Runa Elodie Doe

AF279915

Slopeside

Was die Neugier weckt

Band 1

Runa Elodie Doe

Slopeside

Was die Neugier weckt

Runa Elodies WORDS

Roman

Impressum:

Bibliografische Information der Deutschen Nationalbibliothek: Die Deutsche Nationalbibliothek verzeichnet diese Publikation in der Deutschen Nationalbibliografie; detaillierte bibliografische Daten sind im Internet über http://dnb.dnb.de abrufbar.

Die automatisierte Analyse des Werkes, um daraus Informationen insbesondere über Muster, Trends und Korrelationen gemäß § 44b UrhG („Text und Data Mining") zu gewinnen, ist untersagt.

Korrekt- & Lektorat: Caro Neuhaus & T. J. Born
Covergestaltung: © CoverArt Flemming
Kapitelzierde; Canva Pro Design
2. Auflage

Verlag: BoD · Books on Demand GmbH, Überseering 33, 22297 Hamburg, bod@bod.de
Druck: Libri Plureos GmbH, Friedensallee 273, 22763 Hamburg

ISBN: 978-3-7693-2300-9

Für all die Menschen da draußen,
die jeden Tag den Kampf aufnehmen,
um zu überleben.

Playlist

während des Schreibprozesses der Trilogie

ACDC – Back to Black

ACDC – Highway to hell

AG ft. Claire Wyndham – My Love will never die

Billie Ellish – Bad Guy

Billy Boyd – The Last Goodbye

Christina Aguilera – Say something

David Bowie – Heroes

David Bowie – Nature Boy

Demi Lovato – Confident

Ed Sheeran – I see fire

Harry Styles – Sign of the Time

Imagine Dragons – Believer

Journey – Anyway you want it

Kelly Clarkson – Since u been gone

OneRepublic – Love runs out

P!nk – Just like Fire

Peter Gabriel – Heroes

Pentatonix – The Sound of Silence

Queen – Bohemian Rhapsody

Queen – Somebody to love

Kapitel 1

Heute könnte ein vielversprechender Tag werden. Nachdem ich mir gestern von den mickrigen Einnahmen meiner Ausbeute gerade mal ein Sandwich hatte leisten können, weiteten sich meine Augen vor Begeisterung beim Anblick der ausrangierten Markenturnschuhe, die ich soeben unter einem zugeknoteten Sack entdeckt hatte. Zu meinem Glück kam der Schmutz auf dem weißen Leder nicht vom Verschleiß, sondern von der Müllhalde, in der meine schwarzen Springerstiefel knöcheltief versanken. Das konnte ich problemlos abwaschen. Genau wie den Gestank von Verfaultem und Morast um mich herum, der sich bereits auch in dem Gewebe meines Rockes und der dunklen Lederjacke festgesetzt hatte. Durch den Fund blieb es mir heute wenigstens erspart, mich durch die gesamte Flut an Abfall auf dem Müllabladeplatz im Slope wühlen zu müssen. Für die Turnschuhe würde Straßenhändler Jasper mir einen guten Betrag zahlen und sie dann anschließend als Neuware auf der anderen Seite des Berges von Hill City verschachern.

Schon der Morgen war von Erfolg gekrönt. Bei meiner üblichen Tour hinauf zum Hill, zu dem wesentlich attraktiveren Bereich der Stadt, war mir auf dem Wanderweg zwischen Kiefernnadeln und Moos ein schillernder Silberreif aufgefallen, den dort sicher jemand verloren hatte. Vielleicht hatte der kühle Herbstwind auch die Erde aufgewühlt. Jedenfalls hatte es mir eine gute Gelegenheit geboten. Im Pfandhaus der Secter konnte ich den

Reif gegen ein schönes Sümmchen einlösen. Mir war bewusst, dass der Pfandleiher mich übers Ohr gehauen hatte. Nur wer wusste, welchen Wert er in den Händen hielt, zückte so bereitwillig drei Scheine. Ich verkaufte meine Ausbeute meistens unter Wert. So war es mir lieber. Ich wollte keine unnötige Aufmerksamkeit erregen. Als kleine Hehlerin, die ihre Ware mehr oder weniger auf legalem Weg beschaffte, segelte ich unter dem Radar der Behörden hindurch. Außerdem war ich genügsam. Mit meinen neunzehn Jahren etwas dürr, aber mein wirtschaftlicher Handel reichte aus, um über die Runden zu kommen. Und auch wenn ich gerade zwischen fauligen Essensresten und aufgeweichter Pappe stand, achtete ich auf meine Körperhygiene, was ich nicht über jeden am Fuß des Berges sagen konnte. Natürlich war es vorteilhaft, dass meine Mom den Trailer meines Erzeugers geerbt hatte.

Ich schnappte mir die Turnschuhe und stapfte durch die Berge an Müll zurück, bis ich wieder die Querstraße erreichte. Es dämmerte bereits, was mich ein wenig nervös werden ließ. Ich klopfte mir schnell den Dreck von der Kleidung und fischte irgendetwas Matschiges aus den blonden Wellen meiner Haare. Meine zu krumm geratene Nase kräuselte sich angewidert und ich musste einen Würgereiz unterdrücken.

Es war nicht angenehm, jeden Tag aufs Neue den Müll zu durchkämmen, den die reichen Snobs auf dem Hill und die mittelständigen Secter hier unten abluden. Doch mir blieb nichts anderes übrig, um im Armenviertel der Stadt zu überleben. Da Jasper um diese Uhrzeit seine Tour im Slope bereits beendet hatte, würde ich die Turnschuhe erst einmal in meinem Versteck aufbewahren müssen, bis ich sie bei ihm in Zahlung geben konnte. Jeder Cent, den ich nicht für die alltäglichen Bedürfnisse benötigte, sparte ich an. Ich klammerte mich an die Hoffnung, eines Tages genügend Geld zusammenzukratzen, um aus dieser gottverlassenen Stadt zu entkommen.

Die riesigen Bagger und Walzen der Deponie wirkten in der Abenddämmerung weniger bedrohlich. Ich machte mich mit zügigen Schritten auf den Weg, bevor es noch später wurde. Der Müllabladeplatz lag zwischen der nördlichen Bergflanke und dem angrenzenden Waldgebiet, sodass ich nicht weit gehen musste, um das Fabrikgelände zu erreichen, wo ich all meine Habseligkeiten verwahrte. Den äußeren Randbezirk im Norden des Slopes hatten die Bewohner des Hills komplett in Beschlag genommen. Hier funktionierten die aufgestellten Straßenlaternen einwandfrei; Schlaglöcher im Asphalt waren eine Seltenheit. Neben der Deponie reihte sich in großen Abständen ein mit Backstein hochgezogenes Fabrikgebäude an das nächste. Welche Funktion das Konstrukt mit den zwei hässlichen Schornsteinen und großen Sprossenfenstern vor mir besaß, wusste ich nicht. Über uns thronte das 2. Polizeirevier im Section wie ein Palast auf dem Bergvorsprung. Auch wenn es tagsüber einen perfekten Ausblick auf das Gebiet darunter ermöglichte, war die dünn besiedelte Gegend ideal, um meine Habseligkeiten zu verstecken. Die meisten Firmen und Industriebauten waren mit Zäunen und ausgeklügelten Sicherungssystemen bestückt, das den Bereich für die

Anwohner des Slopes unattraktiv machte. Mir war jedoch schon vor einigen Jahren aufgefallen, dass man das grasbewachsene Gelände vor mir ungehindert betreten konnte, ohne von den Kameras am Backsteingebäude erfasst zu werden oder einen Alarm auszulösen. Bisher war ich anscheinend die Einzige, die die äußere, frei zugängliche Außenanlage der Fabrik für ihre Zwecke nutzte.

Sobald ich den im Dunkeln liegenden Eingangsbereich des Gebäudes hinter mir gelassen hatte, blieb ich stehen. Trotz gefütterter Stiefel waren meine Füße zu Eisklötzen erstarrt und mir war arschkalt. Ich zog die Schultern hoch und die zu kurz gewordenen Jackenärmel über die Handgelenke, um meine Finger zu schützen. Dabei warf ich einen Blick nach links, dann nach rechts die leblose Straße hinauf. Es war niemand zu sehen. Auch wenn kaum jemand hier vorbeikam und die Mitarbeiter der Fabrik bereits auf dem Heimweg waren, wollte ich dennoch nicht dabei beobachtet werden, wie ich mich auf dem Gelände herumtrieb. Ich überquerte die Wiese, beschleunigte meine Schritte, bis ich im Schatten der seitlichen Hauswand hinter der Lüftungsanlage abtauchen konnte.

Die Mitarbeiter der im äußeren Randbezirk ansässigen Firmen stammten nicht aus dem Slope. Wissenschaftler mit weißen Kitteln oder todschicke Anzugsträger wagten sich auf dieser Seite des Berges bloß herunter, um ihre Erfolgserlebnisse zu bestaunen. Klär- und Kraftwerke waren auf dem Hill nicht schön anzusehen, weshalb sie nun die Aussicht vom Slope versperrten. Die reiche Elite oder Pöbel, wie wir hier unten die Hill-Bewohner gerne unpassend nannten, investierte viel Geld, um die Wasser- und Energieversorgung effizienter zu gestalten. Zum Missfallen der in ihren Augen unterbelichteten Bewohner von Hill City und vor allem auf Kosten derer Gesundheit. Die Luft im Slope war an manchen Tagen unerträglich. Die Abgase und Dämpfe stanken und verunreinigten das gesamte Tal. Lediglich die angrenzenden Wälder und der dadurch produzierte Sauerstoff verhinderten, dass die Schadstoffe den Slope nicht unbewohnbar machten. Dennoch verlor das Grundwasser kontinuierlich an Qualität und die Lebenserwartung sank rapide. Es war früher bereits vom Klimawandel und der globalen Umweltverschmutzung die Rede gewesen, doch niemand außerhalb der Stadt sah sich genauer die Infrastruktur von Hill City an. Zudem herrschte nach wie vor eine strikte Trennung zwischen Reichen und Armen. Die mittelständische Gesellschaft lebte in bescheidenen Bauten auf einem Vorsprung des Berges – dem sogenannten Section – und fungierte als Arbeiter und Laufburschen für die Oberschicht.

Ich machte mich an einem lockeren Bodengitter zu schaffen, das einen darunterliegenden, metertiefen Schacht samt dem kastenförmigen Außentemperaturfühler des Gebäudes verdeckte. Ich musste nicht einmal die Steigleiter hinunterklettern. Kniend beugte ich mich vor, bis ich an den breiten Spalt zwischen Wand und Gerät herankam. Ich zog das viereckige Kästchen mit Deckel hervor, in dem ich meine bisherigen Ersparnisse aufbewahrte. Ein Schein des Pfandleihers verblieb für ein ausgewogenes Abendessen in meinem Rucksack, den Rest verstaute ich in dem Kästchen. Behutsam schob ich es wieder zurück in den dunklen Spalt und steckte die Turnschuhe daneben.

Als ich mich aufrichtete, wanderten meine Augen hinauf auf den Hill. Beim Anblick der beleuchteten Wohnhäuser sanken meine Mundwinkel nach unten. Mir missfiel diese exquisite Gesellschaft dort oben schon immer. Im Gegensatz zu meiner Mutter lebte ich seit Geburt an im Slope. Ich gehörte hierher, eine minderwertige Hehlerin, die ihre Besitztümer in einer Lüftungsanlage versteckte.

Gerade wollte ich hinter der Hauswand hervortreten, da entdeckte ich einen Schatten auf dem gepflasterten Gehweg, der sich zum Eingangsbereich der Fabrik zubewegte. Ich strauchelte sofort zurück, drückte mit klopfendem Herzen meinen Rücken dicht an den kühlen Backstein. Verdammte Scheiße, wer war das? Und seit wann trieb sich bei Dämmerung überhaupt noch jemand im äußeren Randbezirk herum? Ich war die Letzte, die den Müllabladeplatz verlassen hatte und nie zuvor war mir um diese Uhrzeit noch ein Mitarbeiter der ansässigen Firmen aufgefallen. Ich durfte unter keinen Umständen hier erwischt werden. Zum einen hatte ich unbefugt ein fremdes Gelände betreten, zum anderen könnte es künftig mein Versteck gefährden.

Mit gespitzten Ohren lauschte ich, ob ich irgendetwas hörte. Doch da war nichts. Kein Geräusch, keine Schritte, nichts. Wer auch immer über den Gehweg gehuscht war, musste lautlos das Gebäude betreten haben. Sicherheitshalber wartete ich ein paar Minuten, ehe ich mich von der Wand abstieß und einen Blick um die Ecke wagte. Der Eingangsbereich lag nach wie vor im Dunkeln, niemand war zu sehen.

Ich holte noch einmal tief Luft, dann stürmte ich los. Ich blickte nicht zurück, während mich meine Füße so schnell wie möglich über die Wiese trugen. Ich hetzte über die Straße, rannte um mein Leben, selbst als ich den äußeren Bereich hinter mir gelassen hatte und den düsteren Randbezirk durchquerte. Die zwielichtige Gegend, die folgte, war auch kein guter Ort, um sich bei Dämmerung lange dort aufzuhalten.

Kapitel 2

Gebäudetechnisch war von dem ehemaligen Stahlwerk an der westlichen Stadtgrenze nicht mehr viel übrig. Die schäbigen, eingerissenen Grundmauern erhoben sich zwischen dem Trailerpark und dem südlich ins endlosreichende Waldgebiet, direkt an der Hauptstraße, die aus der Stadt hinausführte. Dort trafen sich die jungen Leute, um abzuhängen oder eben ihren Geschäften nachzugehen. Finley und Ash waren nicht nur gute Abnehmer, sondern auch meine Freunde. Wir teilten oft unsere Mahlzeiten und Ausbeute. Ich kannte ihre richtigen Namen nicht, sie dafür aber auch nicht meinen. Das war hier sowieso besser so.

»Hey Fibs, wo hast du gesteckt?«, rief der dürre, in einen Sweater eingemummte Finley mir entgegen. Während er die Hände an einem brennenden Stahlfass wärmte, fixierten mich seine haselnussbraunen Augen mit einer Anzüglichkeit, die mir die Röte ins Gesicht trieb.

»Ich hatte noch etwas zu erledigen«, druckste ich. Der Schrecken meines Ausfluges in den äußeren Randbezirk saß mir noch in den Knochen.

Eine zarte Hand streifte von hinten meine Schulter. »Heute war für dich wohl ein vielversprechender Tag. Die gönnst du dir nur, wenn es richtig gut gelaufen ist.«

Erschrocken wirbelte ich herum und stierte in das sommersprossige, zierliche Gesicht meiner besten Freundin, die sich eine rote Locke aus der Stirn schob und gierig auf die Chipstüte in meiner Hand schielte.

»Das kann man wohl so sagen«, bestätigte ich und streckte ihr die Tüte entgegen. »Nimm dir ruhig etwas.«

Ashs grüne Augen strahlten wie die eines Kleinkindes. Sie schob die langen Ärmel ihres Sweaters hoch und griff in die Packung. Mein Blick glitt prüfend über das Gelände. Eine Schar unterschiedlichster Menschen in dunklen Hoodies und Lederkluft hatte sich auf dem Platz versammelt. Sie wärmten sich an den Feuerstellen auf oder lungerten in Ecken herum, um Schnaps oder Drogen zu konsumieren. Ich verschaffte mir gern einen Überblick, weil man nie wusste, wann und wo die Bullen eine Razzia starteten.

»Hey, was ist eigentlich mit mir? Du weißt, dass ich Chips hasse.«

Ich sah zurück zu Finley und kniff die Augen zusammen. »Und wieso sollte mich das kümmern?«

»Weil ich dein Bestbuddy bin, der dir immer die schönste und wärmste Kleidung besorgt.« Er zwinkerte mir bedeutungsvoll zu. »Und wie ich sehe, ist bald eine neue Jacke fällig. Du bist wohl etwas deinen Schuhen entwachsen.«

Ich schnaubte, zog dann aber grinsend eine Flasche Billigfusel aus dem Rucksack. »Ta-da!«

»Jawohl«, stieß Finley begeistert hervor und nahm mir die Flasche mit Hochprozentigem ab. »Endlich mal etwas, was wirklich gegen diese Scheißkälte hilft. Feuer verbrennt dich äußerlich, Schnaps dafür von innen heraus. Also rein damit.«

Ich lachte. Er gönnte sich einen Schluck und reichte die Flasche an Ash weiter, die mit weniger Enthusiasmus daran nippte.

»Ach Fibs, bevor ich es vergesse.« Finley zückte ein Bündel Geldscheine aus seiner Gesäßtasche, blätterte es auseinander und streckte mir die Hälfte entgegen. »Ich habe einen guten Deal mit Frank ausgehandelt, wegen der Stahlkappen von Ad. Du bekommst natürlich auch deinen Anteil.«

Ich wusste, dass mein bester Freund weder schreiben noch lesen konnte, dafür hatte er sich meine Rechenkünste angeeignet.

»Wow, das sind fünfzig Piepen«, kam es mir mit leuchtenden Augen über die Lippen. »Da war Frank ja mal richtig großzügig.«

»Das war er. Oder ich einfach der bessere Feilscher.«

»Bestimmt nicht«, spottete ich und ließ die Scheine in der Jackentasche verschwinden. Es war nicht klug, im Stahlwerk mit so viel Kohle gesehen zu werden, genauso wenig, wie damit den Trailer meiner Mom aufzusuchen. So spät und kalt es auch war, ich musste wohl oder übel zurück zur Fabrik.

»Wie sieht es aus, Fibs? Kommst du noch mit zu Bangz? Er hat Carries Trailer heute Abend für sich allein. Wir können dort auch pennen, wenn wir wollen, oder uns eben ein wenig amüsieren.«

Finley betonte die letzten Worte mit aufschlagenden Lidern, worauf Ash ironisch die Augen verdrehte. Mit ihm kurzweilig den Alltag zu verdrängen, war verlockend, doch mussten wir uns das für einen anderen Zeitpunkt aufsparen.

»Da muss ich heute leider passen. Ich muss noch wohin. Danach werde ich wohl meine Mom besuchen. Mal schauen, ob sie überhaupt noch lebt. Und Duschen sollte ich auch.«

Finley zog eine enttäuschte Schnute. »Spielverderberin.«

Ich grinste frech zurück, während Ash mit der Tüte Chips vor mir herumwedelte.

»Schon gut, behalt sie.«

»Du bist die Beste, Fibs", sagte sie und kräuselte das Gesicht mit den niedlichen Sommersprossen. „Duschen musst du übrigens wirklich. Du stinkst grauenvoll.«

***

Sobald ich das Zentrum hinter mir gelassen hatte und den Randbezirk des Slopes erreichte, minderte sich auch die flackernde Straßenbeleuchtung. Es war so dunkel auf den Schlaglöchern versehenen Straßen, dass ich nicht nur wegen der Kälte eine Gänsehaut verspürte. Diese Gegend war zwielichtig früher Einzugsgebiet diverser Gangs, die sich vor allem in der Lessington Street niedergelassen hatten. Dreck und Schrott stapelten sich, der Geruch von Müll und Verwesung stieg mir in die Nase. Neben der Bar des kleinwüchsigen Reepers fanden sich im Randbezirk überwiegend Freudenhäuser und baufällige Lagerhallen wieder. In letzterem ließen sich die Junkies nieder, um ihren Rausch auf versifften Matratzen auszuschlafen.

Bei jedem Geräusch, bei jedem klappernden Fenster der angrenzenden Häuser mit baufälligen, grauen Fassaden zuckte ich zusammen. Die Polizisten interessierten sich nicht für Überfälle innerhalb des Slopes. Tauschgeschäfte waren nur von Bedeutung, wenn die Ware illegal besorgt wurde. Meistens stammte sie nämlich dann vom Hill. Ich hatte früh gelernt, wie man im Slope zurechtkam und überlebte. Dennoch blieb dieses Leben gefährlich. Es gab keine Regeln, Vernunft und erst recht keine Aussichten. Meine Geschäfte wandelten auf einem schmalen Grat an der Legalität vorbei. Eine Pechsträhne, ein Ausfall und man rutschte noch tiefer in diesen Sumpf. Wer einmal drin steckte, kam nie wieder raus. Und als Krimineller überdauerte man nicht lange. Meine Freunde und ich hatten uns deshalb geschworen, niemals tiefer zu sinken. Aber wenn ich ehrlich war, kannte ich niemanden, der ausschließlich von der Hehlerei lebte. Es gab auch ehrbare Arbeitsplätze, doch die waren selten und umstritten.

Meine Anspannung war deutlich spürbar, als ich den äußeren Randbezirk am Wald erreichte. Obwohl ich niemandem begegnete, beunruhigte mich die Uhrzeit zunehmend. Ich kam selten zu dieser Tageszeit hierher, auch wenn die Mitarbeiter der Firmen und Fabriken bereits lange zu Hause waren. Heute war allerdings so einiges anders. Mir war nur noch nicht bewusst, dass dieser Moment mein Leben für immer verändern würde.

Das Eingangsfoyer des Fabrikgebäudes war nicht hell beleuchtet, doch mittlerweile brannten ein paar Deckenleuchten. Die Tür stand nun einen Spalt offen; das war bisher nie der Fall gewesen, auch vor einer Stunde nicht. Ich hatte mir den Schatten also nicht eingebildet. Es wunderte mich, dass so etwas bei den hohen Sicherheitsmaßnahmen des Pöbels überhaupt passieren konnte. Gleichzeitig weckte der Instinkt der Hehlerin aber auch meine Neugier. Ich war keine Diebin und es sprach gegen all meine

Vorsätze, aber vielleicht ließ sich in dem Gebäude etwas finden, das ich gewinnbringend verschachern konnte. Immerhin hatte ich einen Plan, und eine derart günstige Gelegenheit würde sich mir wohl nie wieder bieten.

Da niemand zu sehen war, setzte ich vorsichtig einen Fuß durch die Eingangstür. Mit schnellen Schritten ging ich hinter einer buschigen Lorbeerpflanze in Deckung. Von dort aus bot sich mir zwar ein guter Überblick über das Foyer, doch etwas Nützliches konnte ich nicht entdecken. Nicht einmal ein Bilderrahmen zierte die weißen Wände. Lediglich zwei Treppen führten auf eine Empore im oberen Stockwerk. Ich hätte es dabei beruhen lassen und verschwinden sollen, doch meine Unvernunft siegte. Bevor ich wusste, was ich tat, schlich ich die Stufen hinauf. Von der Empore aus fuhren nur noch zwei Aufzüge die oberen Etagen an. Weitere Treppen gab es nicht. Dafür bog ein Korridor in den hinteren Bereich des Gebäudes ab. Es wirkte auf mich nun eher wie eine Firma als eine Fabrik.

Ich stahl mich in den langen Flur, in dem der beißende Geruch von Chemikalien und Wandfarbe hing. Mein Instinkt flehte mich an, umzukehren und kein Risiko einzugehen, doch etwas in mir zwang mich dazu, meine Vorsicht heute abzulegen. Bisher blieb alles ruhig; kein Mensch war zu sehen.

Aufmerksam folgte ich dem Korridor, von dem auf der rechten Seite mehrere Türen abgingen, die sich jedoch zu meinem Bedauern, als allesamt verriegelt erwiesen. Ich blieb erst wieder stehen, als der Gang vor einer zweiflügeligen Milchglastür endete. Ich schenkte dem angebrachten Schild mit den Worten *Zutritt verboten* keine Beachtung. Solche Warnhinweise waren im äußeren Randbezirk nicht unüblich. Im Gegensatz zu allen anderen Türen, die ich probiert hatte, war die letzte allerdings unverschlossen. Das Schloss klackte und gab den Blick auf einen schmalen Raum frei, in dem lediglich rechts eine Milchglasfront und ein Wanddurchbruch eingelassen waren. Ich stockte augenblicklich, als ich durch das Glas ein schwaches, rotes Licht flackern sah und sich der Schatten einer Silhouette erhob. Ich war also nicht allein.

Es war keine gute Idee; meine Neugier aber zu groß, um nicht nachzusehen. Auf Zehenspitzen schob ich mich an der Glasfront vorbei und warf einen Blick um die Ecke. Dahinter verbarg sich ein großer Raum mit Arbeits- und Labortischen, flimmernden Hologrammen und diversen Gerätschaften, die bestimmt ein kleines Vermögen wert waren. Neben einer eingelassenen Nottür ragte ein geöffneter Kühlschrank mit Ampullen und Flakons empor. Darüber blinkte eine rote Lampe auf, mit einem schrillen Piepsen, das mir in den Ohren dröhnte.

Ich konnte mir das Labor nur kurz einprägen. Meine Aufmerksamkeit galt sofort der männlichen Gestalt, die sich mit dem Rücken zu mir gewandt an einem Tisch erhob.

»Das darf nicht sein«, drang das ungläubige Murmeln des Mannes zu mir hinüber. Er schien mich nicht bemerkt zu haben. Er hatte bloß Augen für seine verkrampften Finger und seinen zitternden Leib.

Anstatt zu verschwinden, schob ich meinen Oberkörper weiter um das Glas herum. Nun kam mein Helfersyndrom zum Vorschein. Ich begriff nicht, was den Mann so aus der Bahn geworfen hatte. Er wirkte wie ein normaler Wissenschaftler im Kittel, an dem nichts Ungewöhnliches zu sein schien. Doch dann erkannte ich, was ihn so verstörte: Über die Haut seiner Finger pulsierten kleine Flammen. *Der Mann brannte!*

Instinktiv griff ich um die Ecke nach dem angebrachten Feuerlöscher. Damit erregte ich seine Aufmerksamkeit. Blitzschnell fuhr er zu mir herum, und ich traute meinen Augen nicht, als ich sein Gesicht erblickte. Die aschfahle Haut stand im krassen Kontrast zu seinen rot aufleuchtenden Iriden, als hätten sie, wie seine Finger, ebenfalls Feuer gefangen.

Erschrocken ließ ich den Löscher fallen. Er biss schnaufend die Zähne aufeinander und knurrte wie eine Raubkatze, als auch noch die Spitzen seiner Haare in Flammen aufgingen. Ich war unfähig zu reagieren, auch wenn ich wusste, dass ich etwas tun musste.

»Das darf nicht sein«, schrie er mich an.

Wie recht er hatte. Ich durfte gar nicht hier sein. Ich hätte meine Neugier ignorieren sollen und niemals dieses Gebäude betreten dürfen. So was wie ihn hatte ich noch nie gesehen. Mein Herz pochte unkontrolliert, meine Gliedmaßen waren taub. Ich sah ihn schockiert an, betete stumm dafür, dass er mir nichts tat. Viel bedrohlicher als die Flammen auf seiner Haut war sein mittlerweile wütender und von loderndem Feuer erfasster Blick.

Als der Mann die Hände nach mir ausstreckte, fanden meine Beine endlich wieder Halt und ich wich zurück. Ein folgenschwerer Fehler. Mit lautem Geschrei brachen Funken aus seinen Fingern und flammten auf mich zu. Noch gerade rechtzeitig brachte ich meine zittrigen Knie zu Boden, bevor das Feuer meine Haut versengte. Ohne nachzudenken, krabbelte ich in den Raum und spürte die Hitze, die um mich herumwirbelte. Ich hatte irgendwo eine Tür gesehen. Das war meine Rettung.

Bevor ich sie erreichte, umschlossen Finger meinen Knöchel und zogen mich mit einem Ruck auf den Bauch zurück. Ich schrie schmerzerfüllt auf. Eine unnatürliche Hitze brannte sich durch meine Haut, selbst als die Hand von mir abließ. Keuchend rollte ich mich zur Seite; Tränen schossen mir in die Augen. Ich stieß ein Wimmern aus, als ich an die verbrannte Stelle am Fuß fasste, die nach verkohltem Fleisch roch.

Schritte hallten um mich herum. Ich wischte mir über die Augen, machte mich darauf gefasst, erneut von dem Wissenschaftler gepackt zu werden. Doch als ich aufsah, waren wir nicht mehr allein. Eine hohe Gestalt stand plötzlich im Raum und lenkte die Aufmerksamkeit des Feuerspuckers auf sich. Gekonnt wich er den Flammen aus, die nun auf den jungen Kerl im schwarzen Hoodie und tief ins Gesicht gezogener Kapuze gerichtet waren. Das war meine Gelegenheit. Ich zog mich mühselig auf die Knie, immer noch mit der festen Absicht, zur Tür zu krabbeln.

Lautes Poltern und Klirren ließ mich wieder herumfahren. Der Junge war geradewegs in einen Wagen mit Gläsern gekracht und damit zu Boden gesackt. Auf seiner Stirn klaffte ein blutiger

Schnitt; die blauen Augen trafen benommen meine. Ich kannte ihn. Er arbeitete als Aushilfe bei Lorraines Coffeeshop. Auch die Bezeichnungen Dealer, Hehler, Schmuggler und Coffeeboy – wie viele ihn nannten – geisterten bei seinem Anblick durch meinen Schädel. Er hatte sicher denselben Gedanken wie ich gefasst, als er die offene Eingangstür gesehen hatte. Wie mies diese Idee war, wussten wir mittlerweile beide.

Kreischend entfachte der Feuerspucker erneut Flammen, die nun unkontrolliert durch das Labor rauschten. Durch den Druck wurden einige Tische und Geräte umgerissen. Ich duckte mich instinktiv. Da spürte ich bereits, wie sich etwas Heißes in meine Schulter krallte. Mit einem Ruck wurde ich angehoben und dann mit voller Wucht gegen die Glasfront geschleudert. Es ging so schnell, ich war nicht mehr fähig, die Hände schützend hochzureißen. Ein unerträglicher Schmerz überrollte mich, als ich durch das Milchglas brach und dahinter auf dem Flurboden aufschlug. Dutzende klirrende Splitter prasselten auf mich nieder und schnitten mir die Haut auf. Ich tat nichts, um mich davor zu schützen. Augenblicklich schwand sämtliche Energie aus meinem Körper und mein Kopf kippte vornüber.

Ich trat bloß ein paar Sekunden weg, bevor mich eine gehörige Ladung Adrenalin und meine Würde zurück ins Bewusstsein beförderten. Die Gefahr war immerhin noch nicht gebannt und ich war viel zu stolz, um so mein vorzeitiges Ende zu finden. Ich war eine Kämpferin, die sich ihr Leben lang dem Slope widersetzt hatte. Ich würde nicht widerstandslos aufgeben. Also biss ich die

Zähne zusammen, ballte die Fäuste und zog mich trotz des grauenvollen Pochens meiner linken Körperhälfte auf die Knie. Um mich herum blitzten dutzende Sterne auf. Schwindel erfasste mich und brachte den gesamten Flur zum Schwanken. Dennoch gelang es mir, mich aufzurichten.

Ich zuckte zusammen, als sich Hände um meine Taille legten. Benommen sah ich auf und starrte in Coffeeboys Gesicht.

»Komm, wir müssen hier weg!«

Es war für ihn unerheblich, dass ich kaum auf den Beinen blieb. Er zog so lange an mir herum, bis ich meine geschundenen Füße bewegte. Der Feuerspucker im Labor war kaum noch zu erkennen. Mittlerweile war seine komplette Erscheinung von Flammen umhüllt. Und auch wenn es mir widerstrebte, schaffte ich es nicht, mich zu widersetzen, als Coffeeboy mich geradewegs auf ihn zuschob. Ich glaubte zuerst, er wollte mich ausliefern, letztendlich hielt aber auch er den Notausgang für den sichersten Fluchtweg. Schließlich mussten solche Türen aufgehen.

Wir stolperten darauf zu und duckten uns das ein oder andere Mal, um nicht vom Feuer versengt zu werden. Wenigstens attackierte uns der Wissenschaftler nicht mehr offensiv; er hatte augenscheinlich die Kontrolle über seinen Körper verloren.

»Siehst du die Gasflasche?«, raunte Coffeeboy nah an meinem Ohr und deutete mit dem Finger auf den umgefallenen Behälter. »Versuch sie mit deinem Fuß in seine Richtung zu schubsen. Du kommst gleich besser ran.«

Ich hinterfragte seine Worte nicht. Sobald wir die Notausgangstür erreicht hatten, holte ich mit dem Fuß aus und berührte die Flasche. Sie rollte direkt auf den Mann und die Flammen zu. Da riss Coffeeboy bereits die Tür auf und zerrte mich hindurch. Die kühle Abendluft von Hill City wehte mir sofort entgegen, nährte meine Lungenflügel mit Sauerstoff.

Kaum sackte ich schnaufend auf dem oberen Gitter einer Fluchttreppe nieder, da rauschte plötzlich ein lauter Knall über uns hinweg. Der Junge drückte noch gerade rechtzeitig die Notausgangstür zu, bevor eine Explosion das Labor erschütterte. Auch wenn alle Wände und Türen brandschutzgesichert waren, traf uns dennoch eine Druckwelle. Ich hüpfte nur ein Stück nach vorn, weil ich mich gegen das Geländer klammerte. Coffeeboy allerdings wurde von den Beinen gerissen und einige Stufen abwärts geschleudert. Wenn er sich dabei verletzte, ließ es sich nicht anmerken. Er war umgehend wieder oben auf.

»Los, komm mit!«

Mit einem Ruck zog er mich am Arm, sodass ich erneut auf die Füße kam. Ich war mir sicher, dass nur die Ausnahmesituation und das angestaute Adrenalin der Grund dafür waren, wieso ich überhaupt noch stehen konnte.

Coffeeboy war unaufhaltsam. Er zerrte mich die Fluchttreppe hinunter, und wir landeten auf einer Wiese in der Nähe der Lüftungsschächte. Erst als wir das Firmengelände hinter uns gelassen hatten und im Schutz einer Seitengasse zum Stehen kamen, konnte ich erstmals durchatmen. Ich schaute keuchend zurück auf das Gebäude. Aus den Fenstern der ersten Etage brachen lodernde Flammen; eine Sirene heulte gellend durch die Nacht. Nun blieb niemandem mehr verborgen, was hier passiert war. Und die sterblichen Überreste eines Menschen würden beim baldigen Eintreffen der Polizei zutage gefördert werden.

Ich stand bloß wie angewurzelt da und versuchte zu verstehen, was hier gerade passiert war.

»Du solltest von hier verschwinden.«

Die Stimme drang mit einem Moment Verzögerung zu mir durch.

Nur langsam wandte ich mich von dem brennenden Gebäude ab. Ich suchte Coffeeboys Gesicht in der Düsternis, allerdings fand ich es nicht. Er war nicht mehr da. Die Dunkelheit hatte ihn verschluckt, und ich blieb allein zurück.

Kapitel 3

Ich zitterte unablässig, als ich den Schlüssel in das Schloss des Trailers steckte und umdrehte. Das Adrenalin verließ allmählich meinen Körper, und die Blessuren und Schmerzen kehrten zurück. Ich hatte Glück, dass der Trailerpark an den Randbezirk grenzte. Noch viel weiter hätte ich mich nicht schleppen können. Genauso war es heute einmal ein Segen, dass meine Mom im Vollrausch auf dem Sofa lag und die Kissen vollsabberte. Sie bekam wie so oft nicht mit, wie ich mich an ihr vorbeihangelte und mich im engen Badezimmer niederließ. Seit dem Tod meines Erzeugers sicherte sie sich ihren Alkoholnachschub mit der geringen Hinterbliebenenrente und verkümmerte in dem hinterlassenen Trailer. Immerhin besaß sie einen ausreichenden Vorrat an Schmerzmitteln, die ich tonnenweise in mich hineinfraß. Mein Spiegelbild war so verstörend, wie ich vermutete. Ich war blass um die Nase und rußverschmiert; dafür waren die kleinen Schnittwunden der Glassplitter wenigstens vorerst die einzigen äußerlich erkennbaren Verletzungen. Meine Kleidung roch nicht nur nach Rauch und Chemikalien, das Feuer hatte große Löcher hineingebrannt. Für die Jacke schlug ihr letztes Stündlein.

Es dauerte eine Ewigkeit und kostete mich viele schmerzhafte Seufzer, bis ich mich endlich aus den Kleidern geschält hatte. Das lauwarme Duschwasser fühlte sich gut auf meiner geschundenen Haut an, doch die Bilder des Vorabends ließen mich nicht los. Dieser Mann, der zur lebenden Fackel geworden war, die Entfesselung seiner Wut, es war purer Irrsinn. Wie war das möglich? Ein Sturm aus Fragen brach über mich herein, von der unverschlossenen Eingangstür, den fehlenden Sicherheitsvorkehrungen bis hin zu Coffeeboy. Ob er in diesem Moment auch an seinem Verstand zweifelte und an den Wissenschaftler dachte, der unseretwegen sein Leben in den Flammen verloren hatte? Auch wenn der Mann uns angegriffen hatte, waren wir es letztendlich, die die Explosion ausgelöst hatten. Das war Coffeeboys Absicht. Er wusste haargenau, was beim Bewegen der Gasflasche passieren würde. Und doch war ich ihm dankbar. Er hatte mich gerettet und zugleich zur Mörderin gemacht. Beides ließ mich erschaudern.

Wie in Trance desinfizierte ich alle Schnitte und wickelte provisorisch einen Verband um meinen Knöchel, damit kein Dreck in die Wunde kam. Im Slope war der ein oder andere bereits an einer Blutvergiftung oder Sepsis verstorben. Auch kursierte seit Jahren eine unheilbare Krankheit, die viele heute noch dahinraffte und sich über Blut und körperliche Intimität verbreitete. Ich hatte daher genug Erfahrung gesammelt, um auf eine ordnungsgemäße Wundversorgung zu achten. Bei dem Sturz hatte ich mir bestimmt eine Gehirnerschütterung zugezogen. Alle typischen Symptome wie Schwindel, Kopfschmerzen sowie Gehör- und Sehstörungen bestätigten meine Vermutung. Auch war ich überzeugt, dass die Schmerzen unterhalb meiner linken Brust ein Anzeichen für eine oder mehrere gebrochene Rippen waren. Ich spürte regelrecht, wie die blauen Flecken unter meiner Haut pulsierten und sich langsam an die Oberfläche drückten. Ähnlich fühlte es sich an meinem Oberschenkel an. Neben dem Kopf war ich vor allem mit der linken Körperhälfte aufgeschlagen, was in den kommenden Tagen zu sichtbaren Hämatomen führen würde.

Aus dem Froster fischte ich eine Schnapsflasche meiner Mutter und humpelte in ihr Schlafzimmer. Da sie das Sofa belegte, musste ich mit ihrem Bett vorliebnehmen. Ich kannte die Hilfestellungen bei Gehirnerschütterung und Blutergüssen. Kühlen und Ausruhen waren neben Schmerzmitteln und Hochlagern eine gute Unterstützung. Außerdem war ich fix und alle. Jede Bewegung war anstrengend, das Hämmern in meinem Kopf ein andauernder Begleiter und die Müdigkeit wie ein Zug, der mich überrollte. Ich sank auf die Matratze, drückte die Flasche gegen den schmerzenden Schenkel und mein Bewusstsein floss dahin. Als ich die Augen schloss, trieb ich sofort in einen traumlosen Schlaf davon.

***

Mit stechenden Schmerzen im Schädel riss ich die Augenlider auf. Grelles Licht fiel in den Trailer und blendete mich so stark, dass ich blinzeln musste. Für einen kurzen Moment glaubte ich tatsächlich, dass mich der Vorfall des gestrigen Abends dahingerafft hätte und ich nun das Licht am Ende des Tunnels erblickte. Meine Gliedmaßen waren so schwer, und ich konnte mich kaum bewegen. Ein höhnisches Lachen erinnerte mich allerdings daran, dass ich noch am Leben war.

Ich drehte vorsichtig den Kopf zur Seite und sah die ausgemergelte Gestalt meiner Mutter in der Zimmertür stehen. Ihre blonden Haare kräuselten sich unterhalb der Schulterblätter zu strähnigen Kringeln. Ihr Gesicht war aufgedunsen, und tiefe, dunkle Ringe unter den blau ausgewaschenen Augen, die sie mir leider vermacht hatte, verdeutlichten den starken Missbrauch von alkoholischen Getränken am Vorabend. Ihr Teint hatte bereits einen Gelbstich angenommen, der keinen Zweifel ließ, dass der Alkohol ihren Körper von innen heraus zersetzte. Mit spöttisch verzogenem Mund starrte sie mich an, sichtlich bemüht, das Gleichgewicht zu halten.

»Was machst du hier? Und wie siehst du überhaupt aus?«

Ich wandte den Blick von ihr ab und ignorierte das Gelalle wie üblich. Ich musste erst einmal die Kontrolle über meinen Körper zurückgewinnen.

»Was, redest du nicht?«, setzte sie nuschelnd nach. »Meckerst immer über meine Trinkgewohnheiten und bedienst dich dann selbst an meinen Vorräten. Willst du die Schmerzen betäuben?«

»Wie?« Ich wirbelte zu ihr herum und unterdrückte einen Aufschrei, indem ich die Zähne krampfhaft aufeinanderbiss. Die Tabletten benebelten zwar meine Sinne, betäubten aber den Schmerz kaum.

Meine Mom zuckte mit den Schultern und deutete auf die Matratze. »Na, du siehst so aus. Pulle im Bett, Schnitte im Gesicht, blass wie eine Leiche. Bist du wieder mit deinen Hehlerfreunden aneinandergeraten, oder was, Phoebe?«

»Nein«, ich rollte mit den Augen und versuchte mich aufzusetzen, »es geht mir gut.«

»Oh ja, das sehe ich«, höhnte sie.

Ich schwang die Beine über die Bettkante und funkelte sie finster an. Dabei blieb mein Blick an der zerrissenen Jacke hängen. Ein ungutes Gefühl überkam mich und trieb mich trotz der Schmerzen auf die Füße. Während meine Mutter jede meiner Bewegungen argwöhnisch beobachtete, griff ich in die Jackentasche. Finleys Geld war nicht mehr da.

»Du bestiehlst mich?«

»Stehlen?«, fragte sie selbstgerecht. »Was für ein schäbiges Wort. Ich nehme mir nur das, was mir zusteht. Immerhin schläfst du ab und an hier, frisst meine Pillen und klaust meinen Fusel. Da kannst du ruhig auch etwas für die Familienkasse beisteuern.«

»Familienkasse?« Ich explodierte beinahe vor Wut. »Wir sind bestimmt vieles, aber keine Familie. Du bist erbärmlich.«

Ich war nicht wütend auf sie, weil sie meine Verletzlichkeit ausgenutzt hatte. Ich war wütend, weil sie ein wandelndes Laster war, das mir schon immer das Leben schwergemacht hatte. Dabei stammte meine Mutter ursprünglich aus einem guten Elternhaus. Sie gehörte zu den Privilegierten der Stadt. Meine Großeltern waren zu Lebzeiten wohlhabende Geschäftsleute auf dem Hill, die ihren beiden Töchtern gute Voraussetzungen in die Wiege gelegt hatten. Während meine Tante Andriana standesgemäß Augustus Leopold Kensington ehelichte, traf meine Mutter Mariola auf einer Reise den Marinesoldaten Chester Crowley.

Nach der Entbindung von seiner Dienstpflicht wegen eines andauernden Traumas zog es ihn in den Slope. Die beiden heirateten gegen den Willen meiner Großeltern, was meine Mutter zu einer Ausgestoßenen machte. Kurz nach meiner Geburt hatte sich Chester eine Überdosis gesetzt und damit seinem Trauma ein vorzeitiges Ende beschert. Mom war seit jeher dem Alkohol verfallen und gab stets mir die Schuld an dem, was aus ihr geworden war. Sie verschwendete keinen Gedanken daran, wozu sie ihre einzige Tochter Phoebe Lewis erzogen hatte.

»Wir *sind* eine Familie«, beharrte sie. »Ob es dir gefällt oder nicht. Du bist meine Hehlertochter, die für Geld sicher weitaus Schlimmeres tut als nur zu stehlen.«

Ich griff schnaufend nach meiner Sporthose und zog sie über.

»Weißt du was, behalt es. Gib jeden Cent für Alkohol aus, es ist mir egal. Du wirst deswegen sowieso bald draufgehen.«

Auch wenn jede Bewegung schmerzte, schaffte ich es, mich an ihr vorbeizuschleusen, bevor ihr geschrumpftes Hirn auch nur eine Antwort überlegte. Sie litt schon länger an Konzentrationsstörungen und miserabler Gedächtnisleistung. Das war mir bisher so weit nützlich, dass ich meist über alle Berge war, bevor sie mit ihrer Schimpftirade begann. Durch meine Einschränkungen war sie mir dieses Mal allerdings selbst mit ihrem schwankenden Tempo überlegen. Noch bevor ich um das Sofa herum war, hatte sie mich eingeholt.

»Du… du bist die verdorbenste Tochter, die man sich wünschen kann. Ich habe dich großgezogen, dir ein Dach über dem Kopf geboten, und so dankst du es mir?«

Sie stolperte vor lauter Erregung über ihre Füße und wäre beinahe der Länge nach hingefallen. Es interessierte mich nicht. Ich griff nach meinem Rucksack und schleppte mich nach draußen an die kühle Luft. Glücklicherweise brach die Sonne durch die Wolken, sodass es nicht ganz so ungemütlich ohne Jacke war.

»Phoebe«, brüllte meine Mom mir aus dem Trailer hinterher.

Ich drehte mich nur kurz zu ihr um und setzte ein gehässiges *Mariola* nach, bevor ich ihr den Rücken zuwandte und von dem Grundstück davonhumpelte.

***

Als mein Blick auf den asphaltierten Platz fiel, der ringsherum von grauen Fassaden mit alten Schaufenstern umgeben war, erkannte ich zwei Dinge: Ich trug zum ersten Mal auf den Straßen des Slopes lässige Kleidung, bestehend aus Sporthose und Hoodie. Und die zweite, viel bedeutendere Erkenntnis, die mir Sorgen bereitete: Ich führte nicht einen Cent mit mir, um meinen Hunger zu stillen.

Ich blieb stehen und ließ den Blick über den trostlosen Platz vor dem Coffeeshop am Fuß des Berges wandern. Die Menschen im Slope nannten es das Zentrum, obwohl die meisten Geschäfte schon lange geschlossen waren. Übrig geblieben waren verwaiste und eingeschlagene Schaufenster, eine schäbige Spelunke, zwei nutzlose Trödelläden und Lorraines Coffeeshop. Ohne Geld brauchte ich bei keinem von ihnen einzukehren. Meine Ersparnisse lagen in einem Kästchen hinter der Lüftungsanlage der Firma, die am Vorabend in Flammen aufgegangen war. Die Brandverletzung an meinem Knöchel war längst nicht so schlimm wie die stechenden Schmerzen unterhalb meines Rippenbogens. Unterwegs hatte ich den Pulli hochgezogen und die blauen, wulstigen Flecken betrachtet, die inzwischen auch meinen Oberschenkel zierten. Das Laufen fiel mir unheimlich schwer, und das Hämmern in meinem Schädel machte die Sache nicht besser. Daher kam ein Ausflug in den äußeren Randbezirk nicht in Betracht. Außerdem wollte ich mir gar nicht vorstellen, was dort gerade los war.

»Es ist nicht alles abgebrannt, aber die obere Etage ist ruiniert«, hörte ich eine ältere Dame sagen, die sich zusammen mit dem charismatischen Frank Lawine, dem taubstummen Wallace und dessen junger Mutter Arida vor dem Shop erhob. »Es soll noch jemand drin gewesen sein. Aber das ist nur ein Gerücht.«

Neugierig fuhr ich zu ihnen herum und näherte mich langsam.

»Das habe ich auch gehört. Bekanntlich sollen Gerüchte ja einen wahren Ursprung haben.« Frank schenkte der blondhaarigen Arida ein so abstoßendes Lächeln, dass sich meine Übelkeit augenblicklich verstärkte.

Ich mochte seine charmante, anbiedernde Art überhaupt nicht. Er war weder attraktiv noch ein Typ, dem man über den Weg trauen sollte. Vom Alter her hätte er der Vater von Arida und mir sein können. Und der Frau missfiel dieses Anschmachten offenkundig auch.

»Hey Fibs, hast du schon von dem Brand gehört?«, begrüßte sie mich ablenkend.

Ich gesellte mich zu ihnen und zuckte mit den Schultern, darauf bedacht, mir meinen schlechten Zustand nicht anmerken zu lassen. »Gerüchtehalber.«

»Das wird für viele Geschäftsleute eine schwere Zeit werden, da nun überall im Slope Polizei herumstreunt. Immerhin war es ein wertvolles Gebäude des Pöbels. Das war letztes Jahr schon so, als es im Kraftwerk zu diesem Brand kam.«

So wie Frank mich bei diesen Worten mit den mausgrauen Augen fixierte, war deutlich die Ironie darin zu erkennen. Er war der größte Abnehmer der Hehler im Slope, verachtete sie aber für ihre Ignoranz und Dummheit. Er fühlte sich im Handel immer überlegen, obwohl den meisten durchaus bewusst war, dass er sie über den Tisch zog.

»Hast du Finley oder Ash gesehen?«, fragte ich ausweichend.

»Nee, heute noch nicht. Sie waren gestern bei Bangz. Da geht es doch immer drunter und drüber.« Franks Mundwinkel zogen sich zu einem fiesen Grinsen. »Es würde mich nicht wundern, wenn sie etwas mit dem Brand zu tun hatten.«

»Was ein Bullshit«, wehrte ich sofort mit einem Knurren ab. »Niemand von uns geht da hin. Was sollten die beiden davon haben, das Gebäude in Brand zu stecken?«

Während Frank unbeeindruckt von der Härte meiner Worte die Schultern hob, schüttelte die Dame den Kopf. »Die jungen Leute von heute sind durchaus fähig, so etwas zu tun. Denkt mal an diesen Reed-Jungen. Erst sein Onkel, dann er. Es hat sich so viel verändert. Bandenkriege und Kommunen waren früher…«

Ich hörte ihr nicht mehr zu. Mein Blick war zu dem Schaufenster des Coffeeshops gewandert. Dahinter erkannte ich den jungen Mann vom Vorabend, der Geschirr von einem Tisch abräumte. Entweder war ich ihm bisher nicht aufgefallen oder er wollte mich nicht sehen. Die weiße Schürze hing schief über einem dunklen Shirt, die schulterlangen, dunkelblonden Haare hatte er lässig im Nacken zusammengeknotet. Er sah genauso wie in meiner Erinnerung aus. Der leicht genervte, unergründliche Blick, stahlblaue Augen und hohe Wangenknochen mit Bartstoppeln, die ihm einen verwegenen Touch verliehen. Den Schnitt auf der Stirn hatte er gut verarztet, er war kaum noch zu erkennen.

Als er sich mit dem Geschirr abwandte, war ich mir sicher, dass seine Augen mich streiften. Doch er ignorierte mich und marschierte davon. Kurzerhand ließ ich die Erwachsenen stehen, schenkte Wallace beim Vorbeigehen ein warmherziges Lächeln und betrat dann so aufrecht wie möglich den Coffeeshop. Lorraines graubraune Lockenpracht lugte hinter der Theke hervor und funkelte mich finster an. Wir kannten uns ewig. Es glich schon einem morgendlichen Ritual, dass ich mir bei ihr ein Sandwich kaufte. Sie wusste von meinen Freunden und deren Umgang. Für sie war nur ehrliche, aufrichtige Arbeit wertvoll. Sie stammte aus der Mittelschicht und war mit dem Laden sehr erfolgreich. Lorraine musste ihr Geschäft nicht hier unten betreiben, doch sie hatte dem Section den Rücken zugekehrt und war im Slope sesshaft geworden. Warum auch immer. Vielleicht lag es daran, dass sie eine herrische, bösartige Gewitterhexe war. Jeden Tag aufs Neue missfiel es mir, dass sie als Einzige frische Sandwiches im Slope verkaufte, was natürlich ihrer Abstammung und den guten Beziehungen zu den Sectern geschuldet war. Im Gegensatz zu allen anderen war es ihr des Öfteren gestattet, Lebensmittel und Materialien, die mit den Güterzügen von außerhalb der Stadt zum Bahnhof hinter dem Trailerpark befördert wurden und allein dem Section und Hill vorbehalten waren, abzugreifen.

»Was willst du heute?«, murrte sie und deutete in die Auslage.

»Heute nichts, danke. Aber ich würde gerne einmal kurz mit deiner Aushilfe sprechen, wenn es möglich wäre.«

Sie zog die Augenbraue hoch. »Mit dem Parker-Jungen?«

»Ähh… genau mit dem«, sagte ich. Ich hatte keinen blassen Schimmer, ob er tatsächlich so mit Nachnamen hieß. »Könnte ich kurz mit ihm unter vier Augen reden? Es ist wichtig.«

Nachdenklich wiegte sie den Kopf und willigte schließlich mit einem knappen Nicken ein. »Meinetwegen. Er ist gerade in der Küche. Durch die Tür da, dann kannst du ihn im Treppenhaus abfangen.«

»Super. Vielen Dank.«

»Halt ihn bloß nicht von der Arbeit ab. Und geh nicht in die Küche«, ermahnte sie mich noch mit drohendem Finger.

»Verstanden«, raunte ich, war in Gedanken bereits allerdings bei der Tür, die im hinteren Bereich des Ladens in den Hausgang des mehrstöckigen Gebäudes führte.

Nach wie vor bemüht, einigermaßen unauffällig aufzutreten, bahnte ich mich an ein paar Tischen mit Gästen vorbei. Mir war selbst nicht klar, was ich von dem Parker-Jungen wollte, doch alles in mir schrie danach, ihn auf den gestrigen Abend anzusprechen. Ich musste endlich mit jemandem darüber reden, und er war nun mal der einzige, mit dem das ging.

Ich stieß die Pendeltür auf und betrat das Treppenhaus, von dem aus lediglich ein Durchbruch mit einem aufgehängten Fadenvorhang in die Küche und eine Haustür hinaus auf die Straße führte. Es stank nach einer Mischung aus Verbranntem und Moder. Eine schäbige Wendeltreppe wand sich zu den oberen Etagen; die Leuchten surrten und flackerten grell.

Ich wollte gerade die Fäden beiseiteschieben, als die hohe, breitschultrige Gestalt des Parker-Jungens aus der Küche stürmte. Einen seltsam gedehnten Atemzug lang starrten wir uns in die Augen, und ich bereitete mich auf den Zusammenstoß vor. Während ich das blasse Antlitz meines Gegenübers mit einem Wimpernschlag verinnerlichte, gelang es uns beiden dann doch noch, einander auszuweichen. Der Junge wirkte dabei unbeeindruckt, als ob er mich nicht gerade beinahe umgerannt hätte.

»Hey.«

Er kräuselte die Stirn. »Was willst du denn hier?«

»Ich… wollte kurz mit dir reden.«

»Aha«, sagte er. Eine Sekunde konnte ich die Überraschung darüber in seinen stahlblauen Augen aufflammen sehen. Sein blasierter, wortkarger Auftritt entfachte sofort eine Wut in mir, die ich nur schwer unterdrücken konnte. Es schien ihm nichts auszumachen, was am Vorabend vorgefallen war – fast so, als hätte er es bereits vergessen.

»Es geht um gestern. Du warst dort. Du hast gesehen, was da passiert ist.«

»Ja, ich war dort«, erwiderte er gedehnt. »Soweit ich mich erinnere, hast du, nicht ich, einen Schlag auf den Kopf abbekommen. Also, was ist damit?«

»Was *damit* ist? Wunderst du dich denn nicht darüber, was da passiert ist?«, platzte es schnaufend aus mir heraus.

Er zuckte lediglich mit den Schultern. Es machte mich rasend, dass er immer noch so tat, als sei es nichts Ungewöhnliches, als müssten wir nicht darüber sprechen.

»Du hast diesen Mann doch gesehen. Er stand praktisch in Flammen. Er ist… ich meine, er hat die Explosion sicher nicht überlebt«, setzte ich nach und biss mir bei meinem letzten Gestammel auf die Unterlippe.

»Und wenn schon, dann ist er eben tot. Wir müssen alle irgendwann einmal sterben.«

Ich konnte nicht anders, ich glotzte ihn mit offenem Mund an.

»Was willst du überhaupt? Ich muss arbeiten«, fuhr er mich an.

»Was ich will? Anscheinend macht es dir ja nichts aus, jemanden auf dem Gewissen zu haben. Aber ich kann mir nur schwer vorstellen, dass dich alles unmittelbar vor der Explosion genauso wenig überrumpelt hat wie mich.«

Ich zog schwerfällig Luft ein. Am liebsten hätte ich mich hingesetzt. Das Pochen der blauen Flecken raubte mir den Atem, und ein Flimmern verschleierte meine Sicht. Dass er mich dazu auch noch so auf die Palme brachte, machte die Situation nicht gerade angenehmer.

Coffeeboy zeigte nun endlich Regung. Er verdrehte die Augen. »Ich weiß immer noch nicht, was du von mir willst. Du kennst mich überhaupt nicht.«

Tat ich auch nicht. Dank Lorraine wusste ich mittlerweile seinen vollständigen Namen, und die Gerüchte über ihn waren auch mir zu Ohren gekommen.

»Und ob ich dich kenne«, widersprach ich aufgeblasen. »Alex Parker, der große Dealer, Schmuggler und Hehler des Slopes!«

»Wow, du kennst also meinen Namen, Kitty«, stellte er unbeeindruckt fest. »Das ändert aber nichts. Ich habe immer noch zu tun, und du störst hier.«

»Wenn ich dich doch so störe und ein Leben für dich nichts bedeutet, wieso hast du mir gestern dann erst geholfen? Du wolltest, dass ich die Gasflasche zu ihm rolle.«

Er zuckte mit den Schultern. »Das war die einzige Möglichkeit, den Typ loszuwerden. Im Nachhinein betrachtet, und angesichts der Tatsache, dass du mir jetzt auflauerst, hätte ich dir besser nicht helfen sollen.«

»Ich lauere dir nicht auf«, platzte es aus mir hervor. »Ich wollte nur mit dir darüber sprechen, was wir jetzt machen. Sie reden draußen bereits über den Vorfall. Wenn der Typ gestorben ist, wird es hier bald nur so von Bullen wimmeln. Das war damals bei dem Brand im Kraftwerk genauso.« Leise ergänzte ich noch: »Außerdem ist mein Name nicht Kitty. Ich bin Fibs.«

»Fibs?«, entfuhr es ihm spöttisch.

»Ja, die Kurzform für Phoebe«, erklärte ich, auch wenn mir schleierhaft war, wieso ich ihm meinen Namen verriet.

Nun lachte er erstmals und entblößte weiße Zähne. »Hat dir etwa ein Alkoholiker während seiner Hickse die Abkürzung verpasst, oder was? Fifi hätte ich persönlich besser gefunden.«

»Lenk nicht vom Thema ab«, blökte ich ihn an. »Auch wenn es dich nichts angeht, der Alkoholiker gab mir den Namen Phoebe. *Fifi* nannte mich nur mein Vater. Seit er sich den letzten Schuss gesetzt hat, nimmt er aber gar nichts mehr in den Mund.«

Das erste Mal sah ich so etwas wie Mitleid und Bedauern in Alex' Augen aufflammen, genau wie beabsichtigt. Über meine Versagereltern zu reden, machte mir schon lange nichts mehr aus. Dafür raubte mir diese unsinnige Diskussion die Kraft.

»Das tut mir leid.«

»Oh, hast du also doch so etwas wie Mitgefühl?«, fragte ich blasiert und verschränkte die Arme vor der Brust. »Wollen wir jetzt darüber reden, was wir nun machen werden?«

Alex' Miene wich, und er lehnte sich zu mir herab – so nah, dass ich seinen Atem auf meinem Gesicht spürte. Das Zittern, das seit gestern Abend mein ständiger Begleiter war, verstärkte sich bei dem feindseligen Blick, mit dem seine Augen mich nun fixierten. Ein Schaudern stellte meine Nackenhaare auf und ich war nahe einer Ohnmacht.

»Hör mir mal gut zu, Little Kitty«, sagte er so langsam und bedrohlich, als würde er mit einem Kleinkind sprechen. »Es gibt

vieles, wovon du keine Ahnung hast und was deine Vorstellungskraft bei weitem übersteigt. Eines steht dabei aber im Vordergrund: *Wir* machen gar nichts. Es gibt nur dich und mich, zwei
Individuen, die nichts gemein haben. Wie ich bereits sagte, allmählich bedauere ich, dass ich dir geholfen habe. Und wenn du
dafür eine Entschuldigung hören willst, kannst du lange darauf
warten.«

Ich zuckte merklich zusammen und wich einen Schritt zurück,
um etwas Abstand zwischen uns zu bringen. So, wie er das sagte,
wusste er mehr. Und trotz meines Zustands und der Wut, die er in
mir auslöste, kam mir ein Gedanke, der sich nicht mehr ver-
flüchtigen ließ.

»Du… du hast so etwas schon einmal gesehen, oder?«, brachte
ich kurzatmig hervor und ignorierte die plötzliche Hitze, die in
meinem Körper aufflammte.

Er überging meine Aussage und verdrehte die Augen. »Was
meinst du? Wie sich wer entschuldigt?«

»Du weißt genau, was ich meine, Alex Parker. Du bist so ein…
Arsch«, würgte ich hervor, zu mehr nicht imstande.

»Wow, wie wortgewandt, Kitty.« Er schnaubte belustigt.
»Machst du jetzt auch noch so einen theatralischen Abgang, damit
ich weiterarbeiten kann?«

Meine Worte waren wirklich nicht besonders schlagfertig. Und
er traf ins Schwarze mit dem theatralischen Abgang. Denn anstatt
etwas zu erwidern, wurde das Flimmern vor meinen Augen so in-
tensiv, dass sich plötzlich alles um mich herumdrehte. Meine
Wackelpudding-Beine gaben nach und ich sackte wie ein Häuf-

chen in mich zusammen. Das Letzte, was ich sah, waren die aufgerissenen Pupillen von Coffeeboy.

Das nannte ich eher einen melodramatischen Abgang.

Kapitel 4

Ich schreckte wie von einer Tarantel gestochen hoch und kämpfte mich aus der Bewusstlosigkeit. Sämtliche Alarmglocken und mein bloßer Wille bescherten mir einen kurzen Moment, um mich aufzurichten. Bevor ich jedoch realisierte, wo ich mich befand, sackte ich mit zusammengekniffenen Augen wieder zurück auf ein Kissen. Meine Blessuren waren keineswegs abgeklungen und mir war kotzübel.

»Oh, du bist wach!«

Ich erstarrte in der liegenden Position wie ein Eisklotz. Die rauchige Stimme war mir vertraut, und die Erinnerung an all das, was vor meinem Zusammenbruch passiert war, kam schlagartig zurück. Durch ein angeschrägtes Fenster des engen Raumes war der mittlerweile sternenlose Abendhimmel von Hill City zu sehen. Ich ließ meine Augen an der üppigen Einrichtung einer Mansardenwohnung entlangwandern, bis ich den Blick von Alex Parker einfing. Er lehnte am Türrahmen des Schlafzimmers und umklammerte mit der Hand ein Glas Wasser. Die andere balancierte einen Teller mit einem Sandwich.

Sofort wandte ich mich ab und schaute perplex an meinem Körper herunter. Ich lag angezogen auf einer Matratze, oder besser gesagt in einem breiten Bett mit blauem Laken. Die Bettdecke umhüllte nur zur Hälfte meine Beine. Meine Füße mit den roten Socken lugten darunter hervor, genauso wie der blutverkrustete Knöchel.

»Wurde auch Zeit. Hast du Durst? Oder Hunger?«, fragte Coffeeboy und kam auf mich zu, als hätte er meine erstarrte Haltung nicht bemerkt.

Ich hatte sogar einen Bärenhunger, und meine Kehle fühlte sich wie das ausgetrocknete Ödland an.

»Wo bin ich?«, platzte es stattdessen aus mir heraus.

»Meinst du jetzt etwa, wo dein derzeitiger Standort im kosmischen Universum ist oder eher, wo genau du dich gerade in diesem Moment befindest?«

Meine Reaktion darauf schien ihn zu belustigen. In meinem Ausdruck musste eine Mischung aus Verwirrung und Benommenheit liegen. Unter anderen Umständen hätte ich ihm sicherlich ein Kissen in die dämliche Visage geworfen.

»Ich… ich meine wohl das letztere von beidem, oder so.«

Er entblößte seine strahlendweißen Zähne. »Na gut. Du liegst in meinem Bett.«

»Du hast ein Bett?«, entfuhr es mir verblüfft, ignorierte dabei das Offensichtliche.

»Ja, ich habe ein Bett«, sagte er amüsiert. »Stell dir vor, wenn nicht gerade eine Fremde darin verweilt, kommt es sogar vor, dass ich auf der Matratze schlafe. Und bevor du jetzt fragst, ja, ich schlafe auch.«

»Haha«, murrte ich, verzog dabei sofort das Gesicht, weil jede kleinste Beanspruchung des Brustkorbs höllisch wehtat.

Der amüsierte Ausdruck in Alex' Gesicht machte Platz für den Hauch einer Besorgnis. »Es scheint dir nicht gutzugehen.«

»Doch, alles okay. Nur ein wunder Knöchel«, log ich und kniff die Lider zusammen. »Und denk bloß nicht, ich habe wegen dem Aufprall vergessen, was passiert ist.«

»Das dachte ich auch nicht. Deinen Auftritt könnte niemand vergessen. Du hast nicht nur den Ärger von Lorraine auf mich gelenkt, nein, zusammengefasst nanntest du mich einen blöden, kaltschnäuzigen Arsch und Mörder.«

Ich unterdrückte nur schwer ein Glucksen und zog die Beine an, um mich im Bett aufzusetzen. »Du liegst falsch. Ich nannte dich nicht blöd. In allem anderen stimme ich dir aber zu.«

Ich war im Grunde ebenso schlagfertig wie er; ein Umstand, den ich ihm seit unserem Aufeinandertreffen im Hausgang nur zu gerne unter die Nase gerieben hätte. Ein Grinsen ließ sich jetzt nicht mehr vermeiden.

»Hast du nun Durst oder Hunger?«, fragte er unbeeindruckt und wedelte mit dem Teller vor meinem Gesicht herum.

Mit hochgezogenen Augenbrauen nahm ich ihm das Glas ab und nippte daran. »Wieso hast du mich hierhergebracht?«

Alex zuckte erneut die Schultern. »Was hätte ich sonst tun sollen? Dich im Hausgang bewusstlos liegenlassen?«

»Du hättest mich ins Krankenhaus auf den Hill bringen können. Ich bin krankenversichert.«

Nun war es an ihm, eine Augenbraue hochzuziehen. »Ins Krankenhaus, mit einer Brandwunde am Knöchel? Das hätte nur unangenehme, lästige Fragen aufgeworfen, die uns unwiderruflich mit dem Feuer in Verbindung gebracht hätten.«

»Das willst du natürlich nicht«, schlussfolgerte ich und stellte das Glas nach einem weiteren Schluck auf dem Nachttisch ab.

»Du etwa?«

»Nein, aber ich will wissen, wie ein Mann in Flammen aufgehen kann, ohne sofort zu verbrennen.«

»Du solltest deine Nase nicht in Dinge stecken, die dich nichts angehen. Iss lieber«, sagte er und reichte mir den Teller.

Mit argwöhnischem Blick nahm ich das Sandwich in die Hand. »Du weichst mir aus. Hast du so etwas vorher schon einmal gesehen?«

»Ja, gestern. Und nun beiß endlich ab, Kitty.«

»Ich weiß, was ich gesehen habe«, murrte ich und biss gehörig in das Sandwich.

Alex beugte sich zu mir vor, ebenso angsteinflößend wie im Hausgang, als er mir klargemacht hatte, meine Rettung zu bereuen. »Was du da gesehen hast, Little Kitty, war ein Mann, der verbrennt«, gab er mit einem Knurren von sich und setzte weniger bedrohlich nach: »So sieht das nun mal aus.«

Dieses Mal wollte ich mich nicht von ihm einschüchtern lassen. Während er sich wieder zurücklehnte, drückte ich mich mit den Handflächen von der Matratze ab und schwang die Beine vom Bett. So sehr ich mich auch bemühte, nicht weiterhin die Jungfrau in Nöten zu mimen, konnte ich meinen Zustand unmöglich vor ihm verbergen.

»Du hast wohl heftige Schmerzen, was?«

Ich verdrehte die Augen. »Nicht blöd, wie ich bereits sagte.«

»Hast du wenigstens den Knöchel desinfiziert?«

Mein Blick schwenkte zu ihm auf. »Ich bin auch nicht blöd.«

»Na gut, dann warte kurz. Ich hol dir etwas.«

»Nein«, wehrte ich ab, bevor er auch nur auf dem Absatz kehrtmachen konnte. »Es geht schon.«

»Du bist verletzt und solltest dich ausruhen.«

Trotz seiner Belehrung stemmte ich mich mit dem Sandwich in der Hand auf die Füße. Ich unterdrückte die Tränen, die mir die Schmerzen in die Augen trieben. Es nervte mich, wie Alex mit verschränkten Armen dastand und mich kritisch beäugte.

»Bist du wirklich sicher?«

»Ach, jetzt machst du dir etwa Sorgen?«, schnaubte ich zurück. »Gestern hast du mich auch einfach stehenlassen.«

Er nervte mich nicht nur, er kotzte mich an. Seine ganze herablassende Art und Weise war mir zuwider. Ich musste von hier verschwinden, wo auch immer ich mich gerade befand.

»Sorry.« Er hob beschwichtigend die Hände. »Ich dachte nicht, dass es so schlimm ist. Kannst du überhaupt laufen?«

Ich nickte und ging einen Schritt durch das Zimmer. Es war unvermeidlich, dass ich strauchelte, und nur Alex' rechtzeitiger Griff nach meinem Arm hielt mich aufrecht.

»Ich würde mal sagen, das war ein Nein«, sagte er und schob mich trotz meines Protestes zurück auf die Matratze. »Du bleibst hier sitzen und ich hol dir etwas.«

Missmutig musste ich mich geschlagen geben. Er verließ das Zimmer und mit dem Betätigen eines Lichtschalters erhellte sich der dahinterliegende, größere Raum. Während ich wartete, nutzte ich die Zeit, um das Sandwich zu essen. Ich war so ausgehungert, dass mein Magen nur widerwillig die Bisse akzeptierte.

Als Coffeeboy zurückkam, fühlte ich mich ein wenig wohler in meiner Haut, was nicht bedeutete, dass die Schmerzen erträglicher waren. Noch immer hatte ich das Gefühl, dass mein Schädel durch den Fleischwolf gedreht wurde und die linke Körperseite eine beklommene Taubheit ausstrahlte.

Alex sah mich nicht an, als er das Glas vom Nachttisch nahm und aus einer Folie weißes Pulver ins Wasser rieselte. Er schüttelte behutsam das Gefäß, damit sich die Körner in der schwappenden Flüssigkeit auflösten.

»Wenn du das trinkst, werden die Schmerzen erträglicher.«

Seine stahlblauen Augen suchten meinen Blick, während er mir das Glas unter die Nase schob. Zögerlich nahm ich es ihm ab.

»Und welche Droge ist das? Heroin?«, fragte ich und beäugte angewidert das milchige Wasser.

»Oxycodon«, korrigierte er mich. »In erster Linie ist es ein effektives Schmerzmittel. Du kannst dich glücklich schätzen, dass ich so etwas besitze. Im Slope ist es oft vergriffen und überaus teuer.«

»Ich Glückspilz!«

Alex schnaubte und ließ sich neben mich auf die Matratze fallen. »Mit Wasser vermengt ist es nur halb so wild. Also trink, wenn du willst, dass es besser wird.«

Ich sah kurz durch den Vorhang meiner Haare zu ihm hinüber, dann schluckte ich die bittere Flüssigkeit in einem Zug herunter.

Ich handelte nicht mit Rauschmitteln und nahm auch keine. Aus Erfahrung wusste ich, zu was der Konsum von Drogen führte. Mein aktueller Zustand erforderte allerdings eine Ausnahme. Dieses eine Mal musste ich meine Prinzipien außen vor lassen.

»Wieso hilfst du mir eigentlich?«, fragte ich unverhofft und stellte das Glas zurück.

Er zuckte mit den Schultern. »Reiner Eigennutz.«

»Und der wäre?«

»Na ja, wenn du in diesem Zustand herumfällst, wirkt das verdächtig. Und ich will sichergehen, dass du nicht irgendetwas ausplauderst. Wenn ich dich also im Auge behalte, ist das nur von Vorteil für mich.«

»Ah, natürlich. Das ist wirklich nicht blöd«, sagte ich, versuchte mir die Kränkung über seine Worte nicht anmerken zu lassen. »Ist das hier eigentlich deine Wohnung?«

»Ja, wieso?«

»Nur so«, murmelte ich, konnte meine Verwunderung darüber allerdings nicht verbergen. »Ich hatte es eben nicht erwartet.«

»Stimmt, es war für dich ja schon ein Wunder, dass ich ein Bett besitze«, bemerkte er spöttisch und ein Grinsen zuckte über seine Lippen. »Ich arbeite bei Lorraine, damit ich ihre Dachwohnung beziehen darf. Wir wohnen doch alle irgendwo.«

Ich sah ihn verblüfft an. Es war mir nie in den Sinn gekommen, dass wir über dem Coffeeshop waren und er dort lebte. Gleichzeitig wurde mir bewusst, dass ich mit ihm nie wirklich in Berührung gekommen war, was mich nur noch mehr verwunderte. Das Oxycodon war Beweis genug, dass was Wahres an den Gerüchten über ihn dran sein musste. Die meisten Hehler und Schmuggler, die ich kannte, hatten keinen festen Wohnsitz, teilten sich einen Trailer oder lebten auf der Straße. Das Privileg einer eigenen Unterkunft war nur der höheren Gesellschaft und deren Laufburschen im Section vergönnt, sowie den Händlern und Dienstleistern im Slope.

»Wenn wir schon eine Fragerunde machen, darf ich auch mal«, setzte Alex unsere Unterhaltung fort und sah mich neugierig an. »Wie kommt ein Mädchen aus dem Slope eigentlich an eine Krankenversicherung?«

Ich biss mir auf die Unterlippe, um Zeit für eine passende Antwort zu schinden: »Ich… äh… na ja, das ist eher nur Zufall. Ich habe Verwandte auf dem Hill.«

»Ah, also eine Ausreißerin?«

»Nein, ich bin im Slope geboren. Ich gehöre hierher.«

Meine Worte schienen ihn nicht zufriedenzustellen. Dennoch wechselte er das Thema: »Wieso warst du auf dem Firmengelände? Die meisten meiden diese Gegend eher wegen der hohen Sicherheitsmaßnahmen.«

Wieder so eine Frage, die ich ungern beantworten wollte.

»Ich habe in der Nähe ein Versteck für meine Habseligkeiten«, antwortete ich ausweichend und hoffte zutiefst, dass er nicht noch mehr Details wissen wollte. »Und nun bin ich wieder dran. Wie sieht es da draußen eigentlich aus?«

Alex hob beide Augenbrauen an. »Da du aus dem Slope kommst, meinst du sicher nicht die anderen Zimmer meiner Wohnung. Und wenn du deine Habseligkeiten in der Nähe des Firmengeländes versteckt hältst, willst du im Grunde genommen wissen, ob es dort nur so von Bullen wimmelt. Richtig?«

Ich nickte verlegen.

»Tja, ich muss dich enttäuschen. Es wird schwierig sein, da heranzukommen. Sie haben den gesamten äußeren Randbezirk abgesperrt. Wenn du da durchgehst, wirst du gleich gekascht. Mit deinen Verletzungen würdest du nur ins Visier der Behörden geraten, was wiederum schlecht für mich wäre.«

»Stimmt ja, reiner Eigennutz«, brummte ich und ballte die Hände zu Fäusten. »Was soll ich denn jetzt machen? Ich brauche meine Sachen.«

Alex hob wiederum die Schultern. »Ich habe gesagt, dass es schwer sein wird, nicht, dass es unmöglich ist.«

»Ach ja, hast du denn eine Idee?«

»Ich habe Hunderte von Ideen. Es gibt bestimmt eine, die dir hilfreich sein könnte.«

Er nutzte den Moment genussvoll aus. Er liebte es, mir seine Überlegenheit unter die Nase zu reiben. Denn genau wie ich wusste er, dass ich auf seine Hilfe angewiesen war. In meinem Zustand würde ich es niemals an der Absperrung vorbeischaffen.

»Hilfst du mir dabei?«, bat ich ihn erwartungsvoll.

»Wieso sollte ich das tun?« Der Spott in seiner Stimme war nicht zu überhören.

»Wir hätten beide etwas davon.«

Er gluckste abfällig. »Und was sollte es mir bitte schön bringen, wenn ich dir helfe, deine Habseligkeiten zu besorgen?«

»Reiner Eigennutz, schon vergessen?« Es überraschte mich nicht, dass ihn dieses Argument nicht zu überzeugen schien. »Willst du ernsthaft von mir angefleht werden? Oder muss ich dich erst bedrohen, damit du zustimmst?«

»Du, mir drohen?«

Sein Tonfall machte deutlich, was er davon hielt. Ich musste also andere Geschütze auffahren. Nun war es an mir, ihm zu zeigen, wozu ich imstande war. Ich beugte mich mit einem aalglatten Grinsen zu ihm vor und legte ihm eine Hand auf die Brust, was er mit einem scharfen Luftzug quittierte.

»Wenn ich Lorraine erzähle, was du hier tust, war es das mit deiner kuscheligen Männerhöhle.«

Alex schüttelte gleichgültig den Kopf, wich allerdings meinem Blick aus.

»Ach ja«, setzte ich nach und fuhr mit dem Finger die Maserungen seiner Brustmuskeln auf dem Hemdstoff nach. »Da wäre ja noch der Mann aus der Firma. Ich würde nicht mit den Bullen reden, aber die Einwohner von Hill City fänden es bestimmt aufregend, dass er in Flammen aufging. Wie seine Augen plötzlich geglüht…«

»Das wagst du nicht«, presste Alex zwischen den Zähnen hervor und sprang auf. »Für dich steht dabei auch einiges auf dem Spiel.«

Ich rutschte ab, fing mich mit der Hand auf der Matratze auf, ehe ich vornüberkippte. Mit seinen Worten hatte er nicht ganz Unrecht. Ihn zu erpressen, war sinnlos.

»Können wir uns dann wenigstens auf einen Handel einigen?«, schlug ich hoffnungsvoll vor.

»Handel?«, horchte er neugierig auf. »Was könntest du mir denn bieten?«

»Ich… weiß nicht«, sagte ich schulterzuckend. »Auch ich habe viele Kontakte. Wenn du mir hilfst, wäre ich dir einen Gefallen schuldig.«

Er schnaubte mit hochgezogener Augenbraue. »Einer? Das wären dann bereits drei.«

»Einer«, korrigierte ich. »Jetzt *bitte* ich dich, mir zu helfen. In der Firma und im Hausgang hast du es allein entschieden – ohne Gegenleistung. Also schulde ich dir bloß *einen* Gefallen. Du kannst ihn jederzeit einfordern. Ich bin Hehlerin, du hast mein Wort.«

Alex blickte mir unverwandt in die Augen und schien meinen Vorschlag abzuwägen. »Einen Gefallen und ich kann ihn jederzeit einfordern? Du machst, was ich von dir verlange?«

»Vorausgesetzt, du sorgst dafür, dass ich meine Habseligkeiten wieder bekomme«, bestätigte ich. »Was sagst du? Haben wir einen Deal?«

»Na gut, meinetwegen. Deal«, räumte er nachgiebig ein und fuhr herum. »Aber wenn, dann jetzt. Ich habe nicht ewig Zeit, Kitty.«

Ich grinste. »Ich auch nicht, Coffeeboy.«

»Dann mach hin und beeil dich«, hörte ich sein genervtes Gemurmel, als er das Zimmer verließ.

Ich stieß einen langen Seufzer aus. Auch wenn ich seine Hilfe brauchte, war mir gleichzeitig bewusst, wie dämlich es war, mich auf einen Handel mit ihm einzulassen.

***

Es war totenstill auf den Straßen des Randbezirks. Ich trottete Alex hinterher, der seit unserem Aufbruch kein Wort mehr gesagt hatte. Ich war erleichtert, dass der Medikamentencocktail seine Wirkung zeigte. Wie er prophezeit hatte, waren die Schmerzen wesentlich erträglicher. Mein Gemütszustand hatte sich allgemein verbessert und das Gehen fiel mir wieder leichter. Dennoch konnte ich nur schwer mit Alex Schritt halten. Jede Faser seines Körpers war zum Reißen gespannt, und etwas Finsteres lauerte in seinem Blick. Wäre ich ihm nicht bereits begegnet und hätte gewusst, dass er mir helfen wollte, hätte mir seine Gestalt in den düsteren Gassen des Slopes eine Heidenangst eingejagt.

»Wie genau gedenkst du eigentlich …?«, fragte ich ablenkend, brach aber ab, als wir in eine Gasse abbogen. »Oh!«

Die Absperrung tauchte nämlich viel früher auf als erwartet. Rotes Band flatterte im kühlen Wind von einer Hauswand zur nächsten; leuchtende Pfeiler verwiesen auf das Betretungsverbot. Das abgesperrte Gebiet erstreckte sich weiträumig über zwei Blocks. Von unserem Standort aus war der äußere Randbezirk nicht einmal zu sehen.

»Die haben sogar einen Teil des inneren Randbezirkes dichtgemacht. Man kommt nicht einmal mehr zu Reepers Bar durch. Was war das bloß für ein Gebäude, dass sie so einen Aufwand betreiben?«

Alex schnaubte neben mir.

»Was?«, fragte ich. »Wundert dich das nicht? Ich könnte ja verstehen, wenn es um das Klär- oder Kraftwerk ginge, aber wegen dieser Firma? Es hat sicher etwas mit dem Typ zu tun.«

»Bestimmt sogar«, bestätigte er amüsiert. »Immerhin wurde er dort kaltgemacht.«

Ich verdrehte die Augen. Er war unmöglich. Alles und jeder war ein Witz für ihn. Er stand den Geschehnissen völlig gleichgültig gegenüber und machte weiter wie bisher. Ich hätte auch die Wahrheit leugnen können, ignorieren sollen, was ich gesehen hatte und was es bedeutete. Immerhin war ich mit meinem Leben einigermaßen zufrieden, hatte ein Ziel vor Augen und wollte nicht, dass sich daran etwas änderte. Aber mein Gefühl sagte mir, dass irgendetwas nicht stimmte, dass das, was ich in dem Labor gesehen hatte, eine größere Rolle spielte, als ich anfangs angenommen hatte.

Ich schob meine Gedanken beiseite, atmete noch einmal tief durch und ging dann zielstrebig auf die Absperrung zu. So sehr ich auch meinen Prinzipien treu bleiben wollte, es gab keine andere Möglichkeit, als sie erneut zu umgehen, wenn ich meine Habseligkeiten sichern wollte.

»Hey, was hast du vor?«, zischte Alex hinter mir. »Du kannst nicht da durch.«

Und wie ich das konnte. Es war mir gleichgültig, was er sagte. Ich musste mein Geld holen, und von ihm loszukommen, war ein willkommener Nebeneffekt. Durch den Medikamentencocktail war ich sowieso nicht mehr auf seine Hilfe angewiesen. Dass ich ihm bereits einen Gefallen schuldete, machte die Sache ohnehin schon schwierig genug.

»Hörst du schlecht, Kitty?«, rief er mir warnend hinterher.

»Ich bin nicht schwerhörig«, brummte ich. Meine Hände legten sich um das Flatterband. »Ich ignoriere dich bloß.«

Was ich lieber nicht getan hätte. Bevor ich auch nur das Band anheben konnte, passierten mehrere Dinge gleichzeitig: Ich hörte das mürrische Grummeln von Alex hinter mir, ein Knacken, dann ploppte ein Scheinwerfer auf und die Gasse erhellte sich. Schritte hallten an dem Gemäuer wider, und das Licht blendete so stark, dass ich mit hochgehaltener Hand ein Stück zurückwich.

Als sich meine Augen an die neuen Lichtverhältnisse gewöhnt hatten, erkannte ich, wie zwei stämmige Uniformträger der Secter auf uns zukamen. Wie üblich im Slope umklammerten sie bereits Schlagstöcke und führten am Bauchgürtel mehr Waffen und Magazine mit sich als sonst.

»Was habt ihr hier zu suchen?«, raunzte mich einer der Officer mit Schnauzer, grauen Haaren und strengem Ausdruck an.

»Ich… ich…«, stammelte ich mühevoll, nicht fähig, einen klaren Gedanken zu fassen. Das Oxycodon wirkte zwar stark stimulierend, vernebelte zeitgleich aber meinen Kopf.

Bevor mich die beiden Männer für mein Gestammel rügen konnten, war Alex an meiner Seite und griff nach meiner Hand.

»Guten Abend, Officers«, sagte er höflich, ignorierte dabei meine Anspannung, die nicht nur durch die Anwesenheit der Polizisten ausgelöst wurde. »Wir beide wollten nur kurz zu Branston Parker. Er wohnt im äußeren Bezirk.«

Ich schluckte unbehaglich. Von einem solchen Mann hatte ich nie gehört, was nicht unbedingt etwas bedeuten musste. Ich kam mir blöd vor, mit Alex unwissend vor den Beamten zu stehen und Händchen zu halten, als sei ich irgendeine Tussi.

»Aktuell ist der äußere Bezirk für Besucher abgeriegelt. Die Absperrung darf nur aus wichtigem Grund passiert werden«, stellte der Officer klar. »Wer sind Sie überhaupt?«

»Ich heiße Alexander Branston Parker und bin sein Sohn. Er ist schwer krank, und ich bringe ihm regelmäßig Medikamente, auf die er angewiesen ist.«

Ich sah ihn mit großen Augen an, als er praktischerweise auch noch eine Packung Pillen aus der Bauchtasche seines Hoodies fischte und den beiden zeigte. Wieder etwas, was ich bisher nicht wusste, wieder etwas, dass mein Bild über ihn ein wenig änderte.

»Ausnahmsweise«, sagte der Officer plötzlich zu meiner Überraschung, und der andere öffnete tatsächlich das Flatterband. »Aber nur kurz, Bursche. Auf direktem Weg hin und wieder zurück. Wir erwarten, euch hier zu sehen.«

Alex nickte zustimmend und zog mich an den Beamten vorbei. Ich war zu perplex, um mich aus seinem Griff zu befreien. Mein Herz hämmerte wie wild. Jeden Moment rechnete ich damit, zurückgepfiffen zu werden, doch nichts dergleichen geschah. Sie ließen uns gewähren. Erst als der Scheinwerfer erlosch und nur noch das flackernde Licht der Straßenlaternen auf uns fiel, entspannte ich mich allmählich, obwohl ich ihre Blicke nach wie vor im Nacken spürte.

»Wow, das … war knapp.«

»Dank mir«, pflichtete Alex bei. »Wenn es nach dir gegangen wäre, säßen wir jetzt in einem Wagen zum Revier. Du bist vielleicht nicht schwerhörig, aber eindeutig lebensmüde.«

Darauf sagte ich nichts, denn er hatte recht. Das war mir durchaus bewusst. Normalerweise überließ ich nichts dem Zufall, doch dieses Mal hatte mein Ego gesiegt und seine Warnung einfach ignoriert.

»Ist es wahr?«, fragte ich, als wir uns weiterhin mit verschränkten Fingern dem äußeren Randbezirk näherten. Reepers Bar lag im Dunkeln hinter uns.

»Was?«

Ich versuchte, seinen undurchsichtigen Blick einzufangen, doch Alex starrte stur auf die Straße; die Anspannung stand ihm nach wie vor ins Gesicht geschrieben.

»Wohnt dein Vater wirklich hier?«

»Nein.«

Seine knappe Antwort ließ mich endlich meine Hand von ihm losreißen. »Dann war das ein genialer Schachzug. Ein wichtiger Grund, den sie akzeptieren mussten. Sie können die Medikamentenversorgung nicht unterbinden, selbst für einen Bewohner im Slope. Das wäre schlecht für ihr Image.«

»Ich weiß.«

»Was weißt du?«

»Dass ich genial bin.« Ein Lächeln zuckte um seine Mundwinkel.

Ich verdrehte die Augen. »Du bist so ein …«

Noch bevor ich meine Schimpftirade beenden konnte, packte er mich an den Schultern und drückte mich gegen eine Hauswand. Ein ungeheuerlicher Schmerz durchfuhr mich, dennoch stemmte ich mich gegen ihn. Sein Arm klemmte mein Schlüsselbein jedoch unerbittlich ein, sodass ich nur noch nach Atem ringen konnte. Sich gegen diesen Griff zu wehren, war aussichtslos.

»Pst«, zischte er und deutete mit den Augen hinter sich.

Ich folgte seinem Blick und erkannte, was er meinte. Nicht weit von uns, gegenüber dem schäbigen Gemäuer, an dem wir lehnten, wimmelte es auf dem erhellten Firmengelände nur so von Menschen in weißen Schutzanzügen. Sie waren überall – kamen aus dem Backsteingebäude oder gingen hinein, sammelten sich in kleineren Gruppen vor dem Haupteingang oder erkundeten die umliegende Grasfläche. Ungewöhnlich, dass sie um diese Uhrzeit noch mit den Untersuchungen zugange waren.

Alex lockerte seinen Griff, was mir ausreichte, um mich von ihm loszureißen. Mit zwei Schritten schlüpfte ich um ihn herum, um einen besseren Blick auf die gegenüberliegende Seite zu erhaschen. Ich achtete jedoch sehr genau darauf, nicht aus dem Schatten der Hauswand hervorzutreten.

»Was zur Hölle machen die da nur?«

Kapitel 5

»**P**ass lieber auf, dass sie dich nicht bemerken.«
Ich warf einen Blick zurück zu Alex, der sich ebenfalls vorgebeugt hatte, um besser sehen zu können. Mir war bewusst, dass wir nicht entdeckt werden durften, zumal ich nicht sagen konnte, ob die Anwesenden nur Wissenschaftler oder auch Polizisten waren. Glücklicherweise richtete sich ihr gesamtes Augenmerk allein auf das Gebäude. Dennoch musste ich einen Weg an ihnen vorbeifinden, um an die Lüftungsschächte zu gelangen. Das Oxycodon entfaltete endgültig seine volle Wirkung. Ich fühlte mich schwerelos und unverwüstlich. Die Gefahr, erwischt zu werden, ließ mein Herz verheißungsvoll pulsieren, statt mich schlotternd in die Knie zu zwingen. Es war ein Kick, dem ich kaum widerstehen konnte. In diesem Moment verstand ich, wieso Abhängige für dieses Gefühl bereitwillig alles aufs Spiel setzten.

»Die achten gar nicht auf uns.«

Auch wenn Alex da offensichtlich anderer Meinung war, schlüpfte ich aus unserem Versteck hervor und pirschte in geduckter Haltung zu einem Kleintransporter, der vor dem Gebäude parkte. Die Ladetüren waren nur angelehnt. Vorsichtig schob ich eine Tür auf und sah mich um. Viel gab es nicht zu sehen. Im hinteren Bereich der Ladefläche lagerten lediglich unbenutzte Schutzanzüge, bei deren Anblick mir eine Idee kam.

Ich drehte mich noch einmal zu Alex um, der an der Hauswand mit den Händen herumfuchtelte und mich unmissverständlich mit Gesten ermahnte, zurückzukommen. Ich ignorierte ihn und krabbelte auf die Ladefläche. Ohne nachzudenken, schnappte ich mir einen der Anzüge und zog ihn über meine Kleidung. Die Haare schob ich unter die angebrachte Kapuze, und auch wenn nicht alle mit Gesichtsmasken herumliefen, ging ich auf Nummer sicher und zog mir den Mundschutz über. So ein Risiko passte nicht zu mir, doch der Rausch in meinen Adern ließ jede Stimme der Vorsicht und Vernunft verstummen. Ohne Zögern sprang ich vom Transporter.

Mir war bewusst, dass es auf Dynamik und Körperhaltung ankam, wenn man nicht auffallen wollte. Mit aufrechter Haltung steuerte ich zielstrebig die Wiese neben dem Gebäude an und mied jeden direkten Blickkontakt, um keine Aufmerksamkeit auf mich zu lenken. Die Gruppierung am Eingang beachtete mich nicht. Ansonsten kam mir nur ein Mann im Kittel entgegen. Er war jedoch so in die Aufzeichnungen auf seinem Tablet vertieft, dass ich für ihn Luft zu sein schien.

Vom Adrenalin und dem Siegestaumel gepackt, entwich mir ein Jubelschrei, als ich das Gitter des Schachtes erreichte und mein Kästchen hinter dem Außentemperaturfühler hervorzog. Glücklicherweise hörte mich niemand. Die Turnschuhe vom Müllabladeplatz ließ ich vorsichtshalber dort, wo sie waren. Ich klemmte mir das Kästchen unter den Arm und marschierte siegessicher zum Kleintransporter zurück.

In genau diesem Moment fuhr ein Elektrowagen vor. Der exquisite Schlitten mit getönten Scheiben und auffällig großen und leuchtenden Reifen hielt vor dem Eingangsbereich des Gebäudes an. Die hintere Wagentür klappte nach oben und ein Anzugsträger stieg vom Rücksitz. Er knöpfte sein Jackett zu, oft eine Geste des Pöbels, um Zeit zu finden, sich einen Überblick über die Gegend zu verschaffen oder eben von den Anwesenden bemerkt zu werden. Bei dem Mann Mitte vierzig mit silbrig glänzendem Haar traf beides zu. Die Gruppierung am Eingang erblickte ihn jedenfalls sofort. Er reichte einer dunkelhaarigen Frau und drei Männern mit ähnlichen Schutzanzügen, wie ich einen trug, die Hand und trat dann mit ihnen ein Stück beiseite. Zu meinem Pech kamen sie dem Transporter gefährlich nah.

Mit schlitternden Schritten hastete ich um den Wagen und riss mich am Metall der Ladefläche hoch. Ich musste schleunigst den Schutzanzug loswerden.

»Wer war es?«, drang eine tiefe, autoritäre Männerstimme von draußen an mein Ohr.

»Dr. Lynch, ein brillanter Chemiker und eine Koryphäe auf dem Gebiet der experimentellen Kernphysik«, erwiderte die Frau unter ihnen bedauernd. »Seine Analysen haben die Forschung revolutioniert. Es ist so erschütternd, was passiert ist.«

Neugierig horchte ich auf. Ich lugte durch den Spalt der angelehnten Ladetüren heraus, erkannte allerdings nichts.

Anders als die Frau zeigte sich der Anzugsträger von Dr. Lynchs Schicksal gänzlich ungerührt, wie seine nächste Äußerung bewies: »Er trägt Mitschuld an diesem Desaster hier. Ich vertraue in dieser Angelegenheit auf Ihre uneingeschränkte Diskretion. Bevor Sie fortfahren, Dr. Fairchild, erwarte ich eine vollständige Untersuchung der gestrigen Vorkommnisse. Um derartiges künftig auszuschließen, sind nur noch erfahrene Mitarbeiter für das Projekt Oblit einzusetzen.«

»Mr. Hayden, bitte! Ich spreche – glaube ich – für alle, wenn ich Ihnen versichere, dass Dr. Lynch ein erfahrener Wissenschaftler war. Was da gestern passiert ist, war ein tragischer ...«

Der Mann schnitt ihr das Wort ab: »Ja, ja, trotzdem kommt so etwas nicht mehr vor. Ich zahle immerhin Unsummen für Erfolge, nicht für Unfälle. Ganz zu schweigen, dass wir durch so etwas unsere Investoren für das Projekt verlieren könnten. Sie wissen genauso gut wie ich, was auf dem Spiel steht, wenn etwas von den Forschungen oder Versuchsreihen nach außen dringt. Wir können es uns nicht erlauben, dass die Anwohner des Slopes erfahren, woran Sie hinter ihrem Rücken experimentieren, Dr. Fairchild. Was denken Sie, wozu die unterprivilegierte Gesellschaft Hill Citys imstande wäre, wenn sie erfahren würde, was hier auf ihre Kosten vonstattengeht? Und das Aufbegehren dieses Packs ist noch nicht einmal das Schlimmste, was passieren kann. Wenn erst die Außenwelt Kenntnis davon erhält, sind wir alle geliefert. Ihre Köpfe werden dann zuerst rollen; dafür werde ich persönlich sorgen. Haben Sie mich verstanden?«

»Selbstverständlich, Sir«, presste die Wissenschaftlerin hervor, wobei ihre Stimme bei der letzten Silbe kurz brach.

Auch mich schockierten die Worte des Mannes bis ins Mark und ließen mich straucheln. Ich verlor das Gleichgewicht und rutschte ab. Es gelang mir zwar, meinen Aufprall mit den Händen abzufedern, dennoch stieß mein Ellbogen gegen eine der beiden Türen. Quietschend schwang sie auf.

Schlagartig hielt ich unter der Maske den Atem an und presste die Lider zusammen. *Verdammte Scheiße.* Mein Herz hämmerte gegen die Rippen, das Blut rauschte in meinen Ohren. Von dem berauschenden Adrenalin des Drogencocktails blieb nur noch ein bitterer Nachgeschmack zurück, sowie die dumpfe Erkenntnis meiner Waghalsigkeit. Wenn die Wissenschaftler oder der Anzugsträger die Tür im Blick hatten, saß ich gewaltig in der Klemme.

Meine Nerven waren zum Reißen gespannt. Ich bewegte mich keinen Millimeter. Draußen vor dem Transporter war es unheimlich ruhig geworden. Sie hatten mit Sicherheit das Quietschen der Tür gehört. Jeden Augenblick würden sie nachsehen und mich in meinem Versteck entdecken.

»Schön, ich muss jetzt auch weiter«, verkündete Hayden da. Alle Anspannung fiel mit einem Schlag von meinen Schultern.

»Ich wollte mir nur kurz einen Überblick verschaffen und mit Ihnen die weitere Vorgehensweise besprechen. Wir können uns glücklich schätzen, dass in mehreren Laboren an dem Projekt gearbeitet wird und nicht alles umsonst war. Sie sollten jetzt dranbleiben, damit Sie bald Ihre Arbeit wieder aufnehmen können, Dr. Fairchild. Und halten Sie mich – ausschließlich mich – über alle Ergebnisse auf dem Laufenden«, raunte Mr. Hayden nach einer kurzen Pause, in der ich mir endlich den Mundschutz vom Gesicht zerrte. »Finden Sie heraus, wie und warum das hier passieren konnte. Sie wissen genauso gut wie ich, dass Dr. Lynch nicht allein war. Das Sicherungssystem wurde teilweise lahmgelegt, und das war gewiss nicht Dr. Lynch selbst.«

Ich war nicht die Einzige, die erleichtert den Atem ausstieß, als der Mann zurück zu seinem Wagen stolzierte. Erst als er mit quietschenden Reifen davonjagte, schienen sich die Wissenschaftler zu entspannen. Ich hörte ihr erneutes Aufatmen im Transporter. Nach einem kurzen Wortwechsel gingen sie zurück zum Eingangsbereich des Gebäudes; ihre Schritte klackerten über den asphaltierten Weg. Ich nutzte meine Chance. In Windeseile riss ich die Klettverschlüsse des Schutzanzuges auf, zerrte mir das verschwitzte Teil vom Leib und hüpfte dann mit dem Karton von der Ladefläche. Den Blick starr nach vorn gerichtet, schnellte ich in geduckter Haltung zurück zu der Hauswand, wo Alex nach wie vor auf mich wartete. Seine Laune war im Keller; der Blick eine Mischung aus Wut und purem Unglauben.

»Du bist wirklich lebensmüde, Little Kitty.«

Ich beugte mich schnaufend vor und lächelte. Das Adrenalin, die Droge, beides pulsierte wieder durch meinen Körper und verschaffte mir ein Hochgefühl der Freude.

»Wow, das war vielleicht ein Kick«, sprudelte es aufgekratzt aus mir heraus. Ich fuhr hoch und lehnte mich grinsend an die Wand, um den Karton in meinem Rucksack zu verstauen. »Außerdem bin ich nicht lebensmüde, Coffeeboy. Es war einfacher als erwartet. Die sind doch nur damit beschäftigt, herauszufinden, was hier passiert ist und wer bei Dr. Lynchs Tod noch anwesend war.«

Alex sah mich mit großen Augen an. »Woher weißt du das?«

»Das hat eben der Anzugsträger gesagt, der vorbeikam. Den musst du doch gesehen haben.«

»Gesehen ja, ich habe allerdings nicht gehört, was die zu besprechen hatten«, erwiderte er mit gekräuselter Stirn und wandte sich von mir ab.

»Was ist?«, hakte ich nach. Das Grinsen auf meinen Lippen und die schrille Tonlage in meiner Stimme fand ich mittlerweile selbst befremdlich. »Machst du dir jetzt etwa doch Gedanken darüber, was hier passiert ist? Ich meine, was die da eben gesagt haben, war schon ziemlich krass. Aufstände, Köpfe rollen – das klang mächtig abgefahren. Ich hab's ja gesagt. Es war nicht normal, was wir hier gestern erlebt haben.«

Alex quittierte meine Frage nur mit einem Augenrollen und fuhr herum. »Komm jetzt lieber. Wir müssen an der Absperrung vorbei, bevor sie uns vermissen.«

***

Es lief alles wie am Schnürchen, was mein Hochgefühl nur noch mehr verstärkte. Die Beamten an der Absperrung hatten bloß genickt und uns problemlos passieren lassen. Das Adrenalin schoss kribbelnd durch meine Adern und war so berauschend, dass das belauschte Gespräch und die rätselhaften Umstände zur Nebensache verblassten. Selbst die Kälte konnte mir nichts anhaben.

Seit unserem Aufbruch hüllte sich Alex in Schweigen und würdigte mich keines Blickes. Trotz der dunkelblonden Strähnen, die sich aus dem Knoten seines Haares gelöst hatten und ihm ins Gesicht fielen, erkannte ich die unergründliche Miene, die er oft zutage brachte. Es schien ihn offensichtlich etwas zu beschäftigen. Mittlerweile war ich aber an einem Punkt angelangt, an dem mich seine Haltung nicht mehr interessierte. Es war an der Zeit, mich endgültig von ihm loszueisen. Im Grunde genommen mochten wir einander nicht. Da ich nun wieder im Besitz meiner körperlichen und geistigen Verfassung sowie meiner Habseligkeiten war, sprach nichts dagegen, von nun an getrennte Wege zu gehen.

»So, ich muss hier lang«, sagte ich, sobald wir das Zentrum erreicht hatten, und deutete auf die abbiegende Straße.

Alex blieb ebenfalls stehen und sah mich wortlos an.

»Na dann, man sieht sich bestimmt irgendwann mal wieder«, setzte ich zögerlich nach. Es wurmte mich, dass er nicht einmal ein Wort des Abschieds übrig hatte. Und da er es beibehielt, mich nur blöd anzustieren, wartete ich nicht länger auf eine Reaktion und wandte mich schnaubend von ihm ab.

Da packte Alex mein Handgelenk und zerrte mich herum. Mehrere Sekunden starrten wir uns direkt in die Augen. Er wirkte auf einmal unendlich müde. Das war der Moment, in dem ich erkannte, dass die vergangenen Ereignisse auch an ihm nicht spurlos vorbeigegangen waren. Er ließ es sich zwar nicht anmerken, aber so gefühlskalt konnte niemand sein. Unter seinen stahlblauen Augen gruben sich tiefe Ringe in die Haut – ein Anzeichen für eine schlaflose Nacht. Er war nicht weniger erschöpft als ich, auch wenn mir das Oxycodon derweil einen geistigen Aufschwung bescherte.

»Hör zu«, raunte er, brach allerdings kopfschüttelnd ab.

»Was?« Ich ließ den Blick über die Finger an meinem Handgelenk huschen.

Wie beiläufig löste Alex den Griff und vergrub die Hände in der Tasche seines Hoodies. Er war gut darin, seine Reaktionen und Gefühle zu verschleiern. Der zerknirschte Ausdruck wich einem dieser arroganten Grinsen auf seinen Lippen, und sein Blick erfasste mich mit einer Hochnäsigkeit, die herablassender nicht hätte sein können.

»Ich meine ja nur, sei auf der Hut. Du schuldest mir was. Und verhalte dich ja unauffällig, Kitty.«

Was für ein Kotzbrocken. Ich nickte dennoch, mit einem süffisanten Lächeln der Extraklasse. »Natürlich. Du aber auch, Coffeeboy. Und danke für deine Hilfe.«

Ich hatte das Gefühl, dass er noch etwas sagen wollte, doch da wandte ich mich schon ab. Es war Zeit, Alexander Parker den Rücken zuzukehren und mein altes Leben wiederaufzunehmen.

***

An den Überresten des ehemaligen Stahlwerkes lümmelten unzählige Bewohner des Slopes herum. Ich fühlte mich pudelwohl, als ich dort eintraf. Es war wie eine Befreiung für mich, das lässige Outfit gegen einen Sweater und Rock im Trailer meiner Mom eingetauscht zu haben. Die blauen und roten Schlieren auf meiner Haut spürte ich kaum. Und die Brandwunde am Knöchel heilte bereits. Vorsichtshalber hatte ich das Kästchen mit dem Geld hinter dem Trailer versteckt, damit sich meine Mutter nach dem Aufwachen aus ihrem Koma nicht wieder etwas abzweigte. Ich musste mir schnellstmöglich ein neues Versteck suchen.

Ich ging an einer Gruppierung junger Männer und Frauen vorbei, die sich angeregt über den Vorfall auf dem Firmengelände unterhielten. Sie hatten sogar davon gehört, dass jemand gestorben war.

»Oh mein Gott, Fibs«, rief Ash aus, als sie mich entdeckte, und eilte mit ihrem schwingenden Karorock auf mich zu. »Wo hast du bloß gesteckt? Wir haben uns solche Sorgen gemacht.«

»Ich… ich war bei meiner Mom, sagte ich doch gestern.«

»Schon, aber nach dem, was da im äußeren Randbezirk passiert ist, war ich mir eben nicht mehr sicher. Du hast noch nie unsere Tour verpasst«, setzte sie nach und wischte sich eine Strähne ihrer rötlichen Wuschelmähne hinters Ohr. »Frank meinte zwar, er habe dich heute Morgen bei Lorraine gesehen, aber du seist komisch drauf gewesen. Ist denn alles in Ordnung bei dir?«

Ich nickte. »Alles gut. Du weißt, meine Mom ist stressig.«

»Wieso, war sie etwa mal nüchtern?«, gluckste Ash.

»War sie das denn jemals?«, lachte ich noch, doch die Belustigung verflog augenblicklich. »Sie hat direkt Finleys Mäuse abgegriffen. Ich bereue es jedes Mal, wenn ich dort hingehe, aber ich lerne wohl nie dazu.«

»Was ein Miststück«, murrte sie. »Und dann war heute ausgerechnet noch die Ausbeute spärlich. Es wimmelt hier nur so von Polizei. Das wird sicher auch noch ein paar Tage andauern. Immerhin ist da irgendeine wichtige Persönlichkeit des Pöbels draufgegangen.«

»Also meine Beute war gar nicht so schlecht.«

Wir wirbelten beide herum. Finley stand in seinem übergroßen Sweater hinter uns und hob eine Flasche Fusel in die Luft. Die Hälfte der Flüssigkeit fehlte bereits, und es war ihm anzusehen, dass er einen kleinen Schwips hatte. Mit glasigem Blick und schwankendem Gang kam er auf mich zu und ließ seinen Arm schwer auf meine Schultern fallen.

»Wenigstens war einer erfolgreich.« Ich packte sein Handgelenk und drückte seinen Arm beiseite.

»Was denn? Ich darf ja wohl selbst entscheiden, was ich mit meiner Kohle mache. Sieh dich um, Fibs! Heute sind alle sehr verhalten aus Furcht, die Bullen würden auftauchen und sie befragen. Und glaub mir, das haben sie bereits bei dem einen oder anderen versucht. Sie haben sogar noch in der Nacht den Trailer von Bangz gestürmt. Glücklicherweise waren wir zwei nicht mehr dort.«

Er prostete Ash grinsend zu, während ich seinen Worten Folge leistete und mich umsah. Die Leute waren tatsächlich verhalten, sehr bodenständig, als lägen sie auf der Lauer und warteten darauf, dass etwas passierte. Meine Gelassenheit verflüchtigte sich und machte Platz für eine beklemmende Unruhe. Verstohlene Blicke schienen mich zu verfolgen, als stünde mir die Beteiligung am Vorfall auf dem Firmengelände förmlich ins Gesicht geschrieben. Die brennenden Fässer erinnerten mich zudem an den Wissenschaftler, der meinetwegen sein Leben verloren hatte. Und dann all die Gestalten, die in den dunklen Ecken der Stahlwerkruine lauerten. Die Furcht, jeden Moment könnten Bullen aus dem Dunkel hervorspringen, schnürte mir die Kehle zu.

»Hey, Fibs?«

Zerstreut sah ich zurück zu Finley. »Was?«

»Hast du nicht gehört? Ash und ich sind nur um Haaresbreite davongekommen. Also pass auf!«

»Ja, klar, natürlich.« Ich schluckte unbehaglich. »Frank hat das gar nicht erwähnt, als ich ihn heute Morgen sah.«

»Finley übertreibt ja auch. Da spricht der Alkohol aus ihm«, versicherte mir Ash. »Natürlich haben sie Bangz' Trailer hochgehen lassen. Dort fand eine krasse Sause statt. Das konnten sie nach so etwas unmöglich ignorieren. Weißt du eigentlich, welches Gebäude es war, das gebrannt hat?«

Ich schüttelte den Kopf. »Nein, keine Ahnung.«

»Mmh, ich dachte, wenn es einer weiß, dann du. Du treibst dich doch öfters dort herum, auch wenn wir es nicht wissen sollen.«

»Was?«, meine Stimme überschlug sich fast. »Wie kommst du denn darauf? Ich geh' da so gut wie nie hin.«

Ash hob beide Brauen an, zuckte aber letztendlich mit den Schultern. »Wenn du es sagst. Jetzt kann da vorerst eh keiner mehr hin. Sie haben den gesamten Bereich abgesperrt. Und wer leidet in nächster Zeit darunter? Wir natürlich.«

»So sieht es aus«, bestätigte Fin und setzte erneut die Flasche an.

»Du hast wohl genug davon«, brach es ärgerlicher als beabsichtigt aus mir heraus, und ich riss ihm den Fusel aus der Hand. »Gib mal her. Ich kann das heute auch gebrauchen.«

Während Ash mich argwöhnisch musterte und Finley große Augen machte, nahm ich einen Schluck aus der Flasche. Der Schnaps roch genauso bitter, wie er schmeckte.

»Hör, hör! Fibs hat das Trauma überwunden. Ich musste dich noch nicht einmal wie sonst immer überreden.«

»Halt die Klappe, Fin«, schnurrte ich. »Besorg mir lieber eine neue Jacke.«

Er lachte amüsiert. »Schon gut. Ich höre mich morgen gern einmal für dich um. Vielleicht hat Jasper etwas im Angebot. Er wird es aber wegen des Vorfalls auch schwer haben.«

Ich nickte und trank einen weiteren Schluck. Trotz des ekelerfüllten Schauders breitete sich eine angenehm berauschende Wärme in meinem Magen aus.

»Alles Mist. Man müsste von hier verschwinden können.«

»Du kannst dich ja an Ad halten, Fibs«, schlug meine Freundin mit einem Lächeln vor.

»Ad? Wieso sollte ich mich an den übergeschnappten Kauz des Slopes halten?«

Ashs Grinsen vertiefte sich. »Er posaunt im Moment überall herum, dass er im Forrest Hill angeblich ein verlassenes Auto gefunden hat, mit dem er aus der Stadt fahren will.«

»Ein Auto? Im Forrest Hill?«, fragte ich ungläubig und schüttelte den Kopf. »Ich sagte doch, Ad ist übergeschnappt. Selbst wenn er tatsächlich in diesem Dickicht aus Bäumen ein Auto gefunden hat, woher will er wissen, dass es noch funktioniert? Soweit ich weiß, wurden diese Dinger früher mit Sprit betankt. Wo will er so etwas hernehmen, wenn sich heute alle Autos nur noch elektrisch fortbewegen? Und er weiß bestimmt auch nicht, wie man ein Auto fährt.«

Ash zuckte mit den Schultern. »Du sagst es. Ad erzählt viel, wenn der Tag lang ist. Jedenfalls will er es reparieren und damit raus aus Hill City fahren.«

»Na dann wünsche ich ihm viel Glück.«

Die Ironie in meiner Stimme war nicht zu überhören. Es klang aber auch absurd, was Ad sich da vorgenommen hatte. Er war schon immer anders. Der frühere Drogenkonsum hatte ihm die Sinne vernebelt. Dass mitten in dem dicht bewachsenen Waldgebiet im Norden unserer Stadtgrenze einfach ein Auto herumstehen sollte, klang verrückt. Es gab vier Möglichkeiten, Hill City zu verlassen. Zum einen führte ein kilometerweiter Landabschnitt über die Hauptstraße hinaus. Ähnlich verhielt es sich auf der östlichen Seite des Hills. Wenn es einem gelang, rechtzeitig auf einen der Güterzüge aufzuspringen, konnte man als blinder Passagier hoffen, in einem weitentfernten Bahnhof zu landen. Was man dort allerdings ohne Kohle wollte, war fraglich. Die letzte Variante war der hinter dem äußeren Randbezirk liegende, tückische Forrest Hill. An ihn grenzte nämlich die Stadt Rivershole an. All diese Möglichkeiten waren zu Fuß für die Bewohner des Slopes so gut wie unüberwindbar. Lediglich auf dem Hill und einige höhergestellte Laufburschen des Pöbels im Section konnten sich ein Auto leisten. Gerüchtehalber verkauften Letztere für viel Geld eine Fahrt ins Blaue. Meine Ersparnisse würden vielleicht dafür ausreichen, doch was nützte es mir, wenn ich woanders ohne einen Cent von vorn beginnen müsste?

Erneut setzte ich die Flasche an. Ich hielt diese Grübelei nicht mehr aus, und das Gerede in der Firma machte alles nur noch schlimmer. Es erinnerte mich an die Bilder des Abends, die ich nur zu gern verdrängen wollte. Und dann kamen mir wieder die Worte dieses Geschäftsmannes in den Sinn, die alles andere als harmlos geklungen hatten.

Nach zwei weiteren Schlucken verspürte ich einen Schwindel, der sich in meinem Kopf ausbreitete. Ich war den Alkohol nicht gewöhnt, da ich ihn meistens wegen meiner suchtkranken Mutter mied. Nur ab und zu machte ich Finley zuliebe eine Ausnahme. Ashs Worte trieben vor mir her und verschwammen mit der alltäglichen Geräuschkulisse. Es war angenehm, in diesem Dämmerzustand dahinzuvegetieren und das raue Leben um mich herum kurzzeitig auszublenden.

»Hey, ihr drei!«, rief Frank Lawine über die Meute hinweg und war schneller bei uns, als ich gehofft hatte.

»Hey, Alter!«

Ich hasste es, wenn Finley so auftrat. Ich kannte ihn besser. Er war nicht dieser aalglatte, draufgängerische Typ, den er oft vorzugeben versuchte.

»Wie lief es heute so? Die Ausbeute war bestimmt bescheiden.«

»Kann man wohl sagen«, bestätigte Finley und warf einen grinsenden Blick auf mich. »Zumal, wenn dir die einzige Errungenschaft aus den Händen gerissen wird.«

Nun schauten auch Franks gierige Augen zu mir. Manchmal hegte ich den Verdacht, dass meine Mom recht hatte. Er würde bestimmt ein ordentliches Sümmchen bezahlen, wenn ich mit ihm in die Kiste stieg. Bei dem Gedanken war mir so unwohl, dass ich die Flasche ein weiteres Mal an meine Lippen setzte.

»Was ist denn mit dir los, Fibs? Seit wann trinkst du?«, fragte er mit aufmerksamen Blicken.

»Ich trinke, wenn ich Lust habe«, gab ich lallend von mir.

»Wie schön. Es ist gut, wenn du dich nicht aus dem Konzept bringen lässt, vor allem nach dem, was gestern passiert ist. Wir könnten das bei mir zu Hause fortsetzen, wenn du magst.«

Ein Schauder überkam mich, als Franks große, breite Statur sich mir regelrecht aufzwängte. Ich brachte sofort ausreichend Abstand zwischen uns. Auch wenn Fin und ich nur Freunde waren, wünschte ich mir in solchen Momenten, dass unsere gemeinsame Liaison ihn mehr mit Eifersucht strafen würde. Seit ich ihn kannte, waren wir eng miteinander verbunden. Ich wusste, dass er für mich durch jedes Feuer gehen würde, so wie ich für ihn und Ash. Aber er respektierte meine Unabhängigkeit und überließ es daher mir, mich aus solchen Situationen zu befreien.

»Nee, lass mal gut sein, Frank. Ich gehe jetzt lieber.«

»Jetzt schon?«, fragte Ash, während Finley mit vielsagendem Blick nachhakte: »Soll ich dich begleiten?«

Ich schüttelte den Kopf und reichte ihm die Flasche. »Bleib ruhig. Ich schaff das schon.«

»Na gut, wie du meinst. Dann bis morgen.«

Es fiel mir schwer, mich einigermaßen gerade herumzudrehen, aber ich wollte Frank nicht das Gefühl geben, dass mich mein Zustand zu einem leichten Opfer machte. Bemüht, aufrecht zu gehen, verließ ich das Stahlwerk und trottete über den Asphalt zurück zum Zentrum, ohne genau zu wissen, wo ich eigentlich hinwollte. Ich stockte kurz, als mir zwei Uniformierte entgegenkamen. Nach dem gestrigen Vorfall war es für mich jedoch nicht überraschend, dass der Pöbel die Secter nun zum Streifendienst in den Slope schickte.

Ich schob mich an den beiden Männern vorbei. Sie sahen mir stumm hinterher. Ich betete inständig, dass sie mich in Ruhe ließen. Mittlerweile überragte das Schwindelgefühl alles in mir. Der Untergrund war uneben und ich schwankte unkontrolliert. Es war keine gute Idee gewesen, nach der Einnahme von Oxy Alkohol hinterherzukippen. Ich würde einer Befragung nicht standhalten, was meinen Puls nur noch mehr in die Höhe trieb. Und als wäre das nicht genug, spürte ich wieder diesen stechenden Blick im Nacken, der mich einfach nicht losließ.

Ich hetzte mehr oder weniger über den Zentrumsplatz und dann die Straße zum Randbezirk hinunter. Dabei sah ich mich immer wieder verunsichert um. Es beruhigte mich nicht im Geringsten, dass die Officers mir nicht hinterhergekommen waren. Mein

Orientierungssinn war wie weggeblasen; ich hatte keinen Plan, wo ich war. Die Wärme in meiner Magengegend dehnte sich so weit aus, dass eine regelrechte Hitzewelle durch meinen Körper zog und sich Schweißperlen auf meiner Stirn bildeten. Ich bekam wieder schlecht Luft, was auch an der aufkeimenden Panik lag, die durch mein hüpfendes Herz und die fehlende Orientierung verursacht wurde.

Es passte nicht zu mir, mich dem Alkohol hinzugeben und die Warnung von Alex zu ignorieren. Ich sollte vorsichtiger sein und mich nicht geradewegs der Öffentlichkeit zur Schau stellen. Die wenigen Bewohner, die an mir vorbeikamen, sahen mich so misstrauisch an, dass ich völlig paranoid wurde. Selbst der junge, totgeweihte Drogenabhängige, der aufgrund der blassen Haut und der roten Augen eindeutig an dem Shor-Frie-Syndrom, oder in unserem Sprachgebrauch an der Fixerkrankheit, litt, beäugte mich kritisch. Ich war in ein Gebäude eingebrochen und hatte einen Menschen auf dem Gewissen. Es war meine Schuld. Und die Umstände waren alles andere als unbedeutend. Ich war selbst Zeuge dessen gewesen, was die Wissenschaftler und dieser Mr. Hayden auf dem Firmengelände gesagt hatten. Was auch immer sie da taten, es war wohl ein streng gehütetes Geheimnis und klang gefährlich. Und Mr. Hayden hatte bestätigt, dass es auf Kosten der Slope-Bewohner geschah. Zudem wusste er, dass etwas schiefgelaufen und der Feuerspucker nicht allein war. Vielleicht kannten sie bereits meine Identität und waren gerade auf dem Weg zum Trailer meiner Mom. Wie konnte ich nur so blöd sein und diesen Vorfall beiseiteschieben? Die Bilder des Abends waren allgegenwärtig.

Ehe ich mich versah, kippte ich vornüber und krachte auf das Stück verdorrte Gras. *Nicht schon wieder.*

Kapitel 6

Langsam kam ich wieder zu mir. Mein Kopf brummte fürchterlich. Außerdem war mir hundeelend. Ich blinzelte mit den Augen und erkannte hinter einem Fenster, dass es dämmerte. Orientierungslos ließ ich den Blick umherwandern. Dann kam mit einem Schlag meine Erinnerung zurück. Ich stöhnte genervt. Was war bloß los mit mir, dass mich diese Verletzungen so außer Gefecht setzten? Im Slope überlebte man nur, wenn man stark und abgehärtet auftrat. Meine Schmerzgrenze lag in der Regel über dem Durchschnitt, genau wie meine Skala der Vernunft. In den letzten Tagen hatte ich allerdings nichts davon gesehen.

Ich setzte mich auf und rieb mir über die Stirn. Einen Moment glaubte ich, alles, was ich mit Finley, Ash und Frank im Stahlwerk erlebt hatte, nur geträumt zu haben. Oder ich war noch auf Oxy. Ich lag wieder – oder noch – auf dem blauen Bettlaken in Alex' Mansardenwohnung. Ein Glas Wasser mit dem Klebezettel *Trink!* und ein Sandwich mit dem Vermerk *Iss!* auf dem Nachttisch verflüchtigten diesen Gedanken allerdings. Auch trug ich das Top und den Lederrock, die ich mir im Trailer übergezogen hatte. Nur Stiefel und Sweater fehlten.

Ich stöhnte und hielt dann Ausschau nach Coffeeboy, der nirgends zu sehen war. Es war still in der Wohnung. Ich griff nach dem Glas und befeuchtete meine trockene Kehle. In letzter Zeit hatte ich zu selten meine Grundbedürfnisse befriedigt, weshalb ich auch das Sandwich zur Hand nahm. Während ich vor mich her kaute und die Übelkeit überwand, versuchte ich zu eruieren, wie ich wieder hierhergekommen war. Alles, woran ich mich allerdings erinnerte, war mein leichtsinniger Absturz im Randbezirk.

Das Quietschen einer Tür ließ mich aufhorchen. Kurz darauf hörte ich Schritte, dann betrat Alex das Zimmer. Sein Blick streifte mich beiläufig, während er den Hoodie über den Kopf zog und dabei den Haarknoten löste. Ich hatte ihn bisher nie mit offenen Haaren gesehen. Es überraschte mich, dass es gar nicht so übel aussah, wie ich geglaubt hatte.

»Wie bin ich hierhergekommen?«, fragte ich mit vollem Mund, bevor ich mühsam herunterschluckte.

Alex rückte sein Shirt zurecht und bedachte mich mit diesem unergründlichen Blick. »Wenigstens hast du darauf gehört, etwas zu essen und zu trinken. Ist dir schlecht?«

»Etwas. Wie bin ich hierhergekommen?«

»Ich habe dich gestern hergebracht.«

»Gestern? Wie viel Uhr ist es?«, stieß ich zerknirscht hervor.

»Schon wieder Abend«, sagte er und fügte auf meinen skeptischen Blick noch hinzu: »Ich habe unten gearbeitet, während du deinen Rausch ausgeschlafen hast.«

Ich schluckte unbehaglich. »Wie hast du mich gefunden? Ich … ich war bewusstlos.«

»Du warst *betrunken*«, korrigierte er, eindeutig verärgert. »Ich hatte dich gebeten, nichts Leichtsinniges zu tun. Doch du musstest gleich zum Stahlwerk stolpern und dir eine Flasche Schnaps reinkippen. Hast du eigentlich eine Vorstellung davon, was Alkohol in Kombination mit Oxy anrichten kann? Sei froh, dass du noch lebst.«

»Woher weißt du …?« Ich hielt inne, als mir ein Licht aufging. »Du warst da. Deshalb hatte ich auch ständig das Gefühl, beobachtet zu werden.«

»Wie schon gesagt, sei froh drum«, schnaubte er aufgeblasen.

Ich wollte etwas erwidern, lehnte mich aber stattdessen mit verzerrter Miene an die Wand zurück. Ich biss mir auf die Unterlippe und kniff die Augen zusammen, bis ich eine erträgliche Position fand.

»Du solltest dich noch etwas ausruhen.«

Ich schlug die Augen auf. Alex' Blick hatte deutlich weichere Züge angenommen. »Du könntest mir wieder etwas Oxy geben. Das hat geholfen.«

»Vergiss es!«

»Komm schon. Ich werde bestimmt auch nichts mehr trinken.«

»Ich sagte: vergiss es«, wiederholte er streng und ging zur Tür. »Auf dem Nachttisch neben dem Glas liegt eine Paracetamol. Das hilft auch gegen den Kater.«

Ich sah ihm nach, wie er das Zimmer verließ und die Tür hinter sich zuschlug. Diese Reaktion konnte ich ihm nicht verübeln. Alex hatte recht. Ich war lebensmüde und ihm zu tiefem Dank verpflichtet. Wer wusste, was mit mir passiert wäre, hätte er mich nicht in seine Wohnung gebracht.

Mittlerweile war es so dunkel im Raum, dass ich blind nach der Tablette tastete. Auch wenn sich alles in mir dagegen sträubte, sackte ich auf das Laken zurück und schloss erschöpft die Augen. Es dauerte keine Minute, bis die Welt um mich herum erneut verschwamm.

***

Mitten in der Nacht riss ich die Augen auf. Nur mühsam gewöhnte ich mich an die Dunkelheit des Zimmers. Mir war bewusst, dass ich mich in Coffeeboys Bett befand, aber etwas war anders. Ich drehte mich vorsichtig zur Seite und stockte. Alex lag neben mir. Er schlief in Seitenlage – die Hände unter dem Kopf vergraben, das Gesicht in meine Richtung gestreckt. Einen Moment beobachtete ich seine friedlichen Züge und lauschte den regelmäßigen Atemgeräuschen, die beruhigend wirkten. Wie er so dalag, mit offenem Haar und nacktem Oberkörper, glich er weniger dem unfreundlichen Einsiedler, den ich kennengelernt hatte.

Behutsam schob ich mich von der Matratze, um die Toilette ausfindig zu machen. Es war eine Prozedur, das Zimmer lautlos zu verlassen. Mir war nach wie vor schlecht und jeder Schritt raubte mir den Atem. Es gelang mir dennoch, vor der Tür eine Stehlampe anzuschalten. Der Rest der Wohnung war nicht weniger spärlich eingerichtet. Es gab ein Sofa, ein Bücherregal und einen Tisch mit Stühlen. In der Ecke summte ein kleiner Kühlschrank, gleich neben der Tür, auf die ich mich mühselig zubewegte. Das Badezimmer war genauso schmal und trist wie das im Trailer meiner Mom.

Im flackernden Licht prüfte ich mein Spiegelbild über dem Waschbecken. Die Schnitte der Glassplitter waren kaum noch zu sehen, mein blondes Haar war zerwühlt. Mit meinen ausgewaschenen, blauen Augen und der blassen Haut sah ich meiner Mutter immer ähnlicher. Von meinem Vater hatte ich lediglich die etwas schiefgeratene Nase geerbt. Diese Ähnlichkeiten versetzten mir jedes Mal einen Stich, sodass ich mich mürrisch abwandte und zurück in den Wohnbereich stolperte.

An dem Tisch gaben meine Beine allerdings nach und ich ließ mich auf einen der Stühle sacken. Dabei berührte ich versehentlich einen runden Gegenstand auf der Tischplatte. Ich zuckte erschrocken zusammen, als ein grelles Licht den Raum flutete und ein viereckiges Hologramm sich vor meiner Nase materialisierte. Ich weitete die Augen. In diesem Moment wurde mir bewusst, welchen Gegenstand ich berührt hatte. Alex war im Besitz einer dieser topmodernen Gerätschaften, die sonst nur auf dem Hill zur Anwendung kamen. Ich konnte bei meinen Rundgängen bereits beobachten, wie der Pöbel mit solchen tragbaren Holo-Computern arbeitete, bisher aber nie selbst Hand an einen dieser Touchbildschirme legen. Es war beeindruckend anzusehen, wie der Monitor über dem Tisch schwebte und in bunten Farben flimmerte. Mehrere Dateifenster überlappten einander. Der verrückte Ad, der fasziniert von solchen Wundern der Technik war, hatte mir einmal erzählt, dass der Hill mithilfe eines Programms nach verschiedenen Begriffen im Internet suchen konnte, indem man einen Oberbegriff eingab. Und genau das schien Alex hier gemacht zu haben. Er konnte also lesen und schreiben. Ein Internet-Datenpack, wie sie nur auf dem Hill zu finden waren, klemmte in einer Öffnung des Gerätes. Das oberste Fenster im Bild zeigte unter einem Balken mit dem Begriff „Experimentelle Kern-physik" alle gefundenen Ergebnisse dazu an. Ich hob vorsichtig die Hand und berührte das Hologramm, worauf ein darunter-liegendes Fenster aufploppte. Hier leuchteten nun Informationen rund um die Firma I.S.R. auf.

Es war nicht meine Absicht, Alex nachzuspionieren, aber die Treffer dieser Internetsuchmaschine weckten meine Neugier. Ehe ich wusste, was ich tat, wischte ich mit dem Finger die Dateien beiseite und las mir aufmerksam die Informationen durch. Es überraschte mich, worüber Alex alles recherchiert hatte. Ich über-flog allgemeines Wissen zu Feuer und Explosionen, Wetter-berichte und Datenanalysen eines Wissenschaftlers namens Dr. Samuel Lynch. Das letzte Fenster offenbarte sogar einen Artikel über den Stadtverwalter Hill Citys und Unternehmensmanager Joseph A. Hayden. All diese Worte und Namen sprangen in meinem Kopf umher wie eine Erinnerung an düstere Tage. Es war bestimmt kein Zufall, dass diese Personen bei dem Gespräch vor der Firma erwähnt worden waren. Davon abgesehen leuchtete neben dem Artikel auch ein Foto von Mr. Hayden auf, der mit seinem silbrig glänzenden Haar in die Kamera lächelte. Er war definitiv dort gewesen und hatte diese schwerwiegenden An-deutungen gemacht, die mir seither nicht mehr aus dem Kopf gingen.

Im Hintergrund des Bildschirms waren kleine Ordner-Icons angelegt, die vermutlich Alex dort abgespeichert hatte. Neben I.S.R. und L.K. trug auch eines den Titel „Hayden". Ich tippte mehrfach mit dem Finger darauf; allerdings ploppte bloß ein neues Fenster auf, das die Eingabe eines Passwortes forderte. So gleichgültig, wie dieser Eigenbrötler tat, war ihm der Vorfall in der Firma also gar nicht.

Ich gab mir große Mühe, alle Projektionen wieder an den ursprünglichen Platz zu rücken. Je länger ich mich mit dieser Technik beschäftigte, desto leichter fiel es mir, mit dem Touchsystem umzugehen. Wenn eine Eingabe von Buchstaben erforderlich war, materialisierte sich vor dem Bild eine Holo-Tastatur, die sich mit einem „X" wieder schließen ließ.

Erschöpft tippte ich auf den Deaktivierungsknopf des Holos, woraufhin sich der Bildschirm flackernd zusammenzog. Damit hatte ich hoffentlich alle Spuren meiner Schnüffelei verwischt. Es war Alex bestimmt nicht recht, dass ich seinen Computer durchstöberte. In meinem Kopf überschlugen sich die Fragen, die ich ihm liebend gern gestellt hätte. Was wusste er darüber, was in dieser Firma im Randbezirk vor sich ging? Hatte er ebenfalls begriffen, dass sie dort an etwas experimentierten, was dem Slope gefährlich werden könnte?

Mein Blick wanderte zerstreut zu einem Mäppchen, das neben dem Holo-Gerät lag. Kurzerhand griff ich danach und öffnete den Reißverschluss. Ein Päckchen mit gelblichem Pulver fiel heraus, das ich prüfend in die Hand nahm. Es war zwar kein Oxy, aber dennoch eine Droge, die mir im Slope ein ordentliches Sümmchen einbringen würde. Den flüchtigen Gedanken, es einzustecken, verwarf ich jedoch. Die Hehlerin in mir bestahl niemanden, der mir das Leben gerettet hatte.

Als ich das Päckchen zurückstecken wollte, erreichte das verräterische Knarren von Holz meine Ohren und ich erstarrte in der Bewegung. Ruckartig drehte ich den Kopf herum und ließ dabei das Päckchen in meiner geschlossenen Hand verschwinden. Alex stand, nur in Jogginghose gekleidet, in der Tür zum Schlafzimmer und fixierte mich.

»Was machst du da?«

»Oh … ich … ich war im Bad«, druckste ich und versuchte mich an einem Lächeln. »Ich mache hier nur gerade ein Päuschen. Der Weg ist ziemlich weit.«

Sein Blick wanderte zweifelnd zwischen mir und dem Tisch hin und her. Ich konnte mir gut vorstellen, welches Bild ich für ihn abgeben musste: Wie auf frischer Tat ertappt, saß ich erstarrt vor seinem Computer.

Mit zwei Schritten war er bei mir und packte mein Handgelenk. Ich keuchte vor Schmerz auf, als er meinen Arm unsanft heranzog und die Finger auseinanderbog. Mit geweiteten Augen sah ich zu, wie er das Päckchen aus meiner Handfläche fischte und es mir direkt vors Gesicht hielt.

»Du bestiehlst mich?«, zischte er gefährlich leise.

»Was? Nein, natürlich nicht!«

Das Gespräch verlief nicht in die Richtung, die ich erwartet hatte. Ich war von einer Standpauke zum Thema Privatsphäre ausgegangen. Ich fing völlig perplex seinen Blick ein. Alex verengte die Augen zu schmalen Schlitzen, während er zu ergründen versuchte, ob ich log. Da ich mir in diesem Punkt keiner Schuld bewusst war, zuckte ich schreckhaft zusammen, als er plötzlich meine Hand losließ, sich abwandte und fluchend aufstampfte.

»Verdammter Mist. Wieso habe ich das nicht sofort bemerkt?«

Ich runzelte die Stirn. »Was hast du nicht bemerkt?«

Als er mich wieder ansah, konnte ich seinen Blick nicht deuten.

»Alex, was …?«

Noch bevor ich meine Frage zu Ende führen konnte, wirbelte er herum. Ich beobachtete, wie er ins Schlafzimmer marschierte und mit meinem Rucksack, dem Sweater und den Stiefeln unter dem Arm geklemmt zurückkam. Ehe ich begriff, was er vorhatte, riss er an meiner Schulter, und ich rutschte vom Stuhl. Ein ungeheuerlicher Schmerz durchfuhr meinen Körper. Alex griff nach meinem Arm und verhinderte, dass ich zu Boden sackte. Mit einem Ruck schubste er mich vorwärts. Ich war so damit beschäftigt, nicht über meine Füße zu fallen, dass ich nicht einmal fragen konnte, was plötzlich in ihn gefahren war. Er öffnete die Wohnungstür und warf meine Sachen geradewegs ins Treppenhaus. Dann zerrte er erneut an meiner Hand, und ich folgte ihnen.

»Wie konnte ich bloß so dumm sein? Du bist ein Junkie, Kitty, und ich habe dir auch noch Oxy gegeben.«

Fassungslos starrte ich ihn an, kaum noch in der Lage, aufrecht stehen zu bleiben. Ein dicker Kloß steckte in meinem Hals, und ich rang nach Luft. Am liebsten hätte ich ihm widersprochen und gesagt, dass ich kein Junkie war. Angesichts dieser absurden Anschuldigung hätte ich ihn am ehesten ausgelacht. Doch kein einziges Wort kam mir über die Lippen.

Alex schenkte mir im Dämmerlicht des Treppenhauses noch einen finsteren Blick, dann knallte er mir die Haustür vor der Nase zu. Ich brauchte einen Moment, um all das zu begreifen, um zumindest stoßweise Luft aus meiner Lunge zu pressen und wieder einzuatmen. Als mir das einigermaßen gelang, versuchte ich, einen Schritt nach vorn zu machen. Der Schmerz und das Bewusstsein der Aussichtlosigkeit dieser Misere trieben mir die Tränen in die Augen. Ich würde es niemals hinunterschaffen, geschweige denn irgendwohin gehen.

Das Treppenhaus verschwamm und ich sank auf die oberste Stufe zu Boden. Entkräftet lehnte ich den Kopf an die Wand und schloss die Augen. Mit einem Mal traf mich das volle Ausmaß. Ich konnte Alex keine Vorwürfe machen. Immerhin hatte ich das Päckchen genommen, und es war nicht seine Aufgabe, sich um mich zu kümmern. Ich war selbst schuld. All die Entscheidungen, die ich in den letzten Tagen getroffen hatte, hatten mich zu diesem Punkt geführt. Und diese Hilflosigkeit, die ich nicht gewohnt war, wühlte mich nur noch mehr auf. Es ließ sich nicht vermeiden, dass meine Schluchzer durch das Treppenhaus hallten. Ich war innerlich wie leer und viel zu müde, um gegen meine Gefühle anzukämpfen.

Ich wusste nicht, wie viel Zeit verging, bis ich hinter mir das Quietschen der Wohnungstür hörte. Alex war mein Schluchzen nicht entgangen.

»Habe ich nicht gesagt, du sollst gehen?«, raunte er, weniger unfreundlich als noch bei meinem Rausschmiss.

Ich zuckte mit den Schultern und wischte mir über das gerötete Gesicht, als ein Schatten auf mich fiel. Ich blinzelte und sah an seinen langen Beinen hinauf zu seinen verschränkten Armen. Er blickte auf mich herab, unnachgiebig und viel zu nah.

»Komm schon, du kannst hier nicht einfach sitzen bleiben.«

»Glaubst du, das will ich?«, murmelte ich, während ich mühsam ein Schluchzen unterdrückte. »Ich verschwinde gleich.«

Auch ohne hinzusehen, wusste ich, dass er eine Braue hob. Gleichzeitig wurde unten eine Tür aufgerissen.

»Was ist denn da oben los?« Die verschrobene Stimme gehörte zu Lorraine, die unter Alex im ersten Stockwerk lebte. Offensichtlich fühlte sich die Hauseigentümerin gestört oder war womöglich von dem Krach geweckt worden.

»Alles in Ordnung, Lorraine. Geh wieder rein«, rief Alex über das Geländer und wandte sich wieder zu mir. »Warum erst gleich? Wieso nicht sofort, Kitty?«

Ich warf den Kopf in den Nacken und feuerte ihm einen Blick entgegen; mein Atem ging dabei stoßweise und war so laut, dass er die Stille zerschnitt. Ich registrierte nur am Rande, dass Lorraine Alex' Bitte mit einem Knurren folgte und ihre Schritte hinter der Wohnungstür unten verstummten. Mein ganzer Fokus lag allein auf ihm. Das Blut rauschte mir in den Ohren und steigerte das Verlangen, Alex den aufgestauten Frust wie einen Ball entgegenzuschleudern. Als ich jedoch in sein Gesicht sah, in dem kein Funke von Arroganz oder Ärger zu finden war, schluckte ich schwer, und mein Drang, ihn zu konfrontieren, löste sich in Luft auf.

»Komm schon, Kitty! Sag es!«

Ich wusste genau, worauf er hinauswollte. Und er wusste, dass ich es wusste.

»Ich … kann nicht«, presste ich hervor. Auf seinen skeptischen Blick hin räumte ich tonlos ein: »Ich kann mich nicht bewegen. Es … tut weh, überall.«

Zu meiner Überraschung nickte Alex bloß und beugte sich zu mir hinunter. Er schlang einen Arm um meine Hüfte und schob den anderen unter meine Kniekehlen.

»Was … was machst du denn da?«

Er zuckte mit den Schultern. »Wonach sieht es wohl aus? Ich trage dich wieder rein.«

»Das wirst du sicher nicht. Du hast mich doch eben erst vor die Tür gesetzt.«

»Ich kann dich ja wohl schlecht hier sitzen lassen. Lorraine wird dein Schluchzen nicht ewig ertragen«, sagte er mit einem Lächeln auf den Lippen und hob mich mit einem Ruck in die Arme. »Wäre ja auch nicht das erste Mal. Bisher warst du nur noch nicht bei Bewusstsein.«

»Alex«, flüsterte ich und unterdrückte ein Stöhnen.

»Sei einfach still, Kitty.«

Ich kniff die Augen zusammen. Er war wirklich ein anmaßender Kotzbrocken. Dennoch vergrub ich mein Gesicht an seiner Brust. »Ich wollte eigentlich nur Danke sagen. Ich glaube, das habe ich bisher noch nicht getan.«

Ich spürte, wie er kurz innehielt. Für den Bruchteil einer Sekunde beschleunigte sich sein Herzschlag unter meinen Fingern.

»Keine Ursache«, raunte er schließlich und trug mich zurück ins Schlafzimmer.

Als Alex mich vorsichtig auf der Bettkante absetzte, war sein Blick wie gewohnt unergründlich. Ich kam mir unheimlich seltsam vor, versuchte mir aber nichts anmerken zu lassen. Noch immer umfing mich sein Duft – eine Mischung aus Shampoo und möglicherweise Parfüm. Es war tröstlich, auch wenn meine Tränen nicht vollends versiegt waren.

»Alex«, hauchte ich, während er vor mir kniete und behutsam meinen Knöchel untersuchte.

»Was? Willst du wieder verhindern, dass ich dir helfe, Kitty?«

Als er zu mir aufsah, umspielte erneut ein kurzes Zucken seine Mundwinkel.

Ich schüttelte den Kopf. »Ich bin kein Junkie.«

»Okay«, sagte er und starrte mir forschend in die Augen. »Der Knöchel ist nicht das Problem, stimmt's?«

Ich nickte, bemüht, meine Emotionen zu kontrollieren, was aber unmöglich war, da Alex vorsichtig meinen Rock hochschob. Seine Berührung der blau und rot geschwollenen Flecke an meinem Oberschenkel ließ mich zusammenzucken.

»Das sieht übel aus«, stellte er fest und zog scharf Luft ein. »Es ist ein großes Hämatom und bereits verhärtet. Du hättest es mir sagen müssen. Der Weg zum Firmengelände war zu viel. Das Bein sollte hochgelagert werden.«

»Du kennst dich ja ziemlich gut damit aus«, sagte ich beeindruckt.

Er nickte und drückte mich dann sanft auf die Matratze zurück. Es störte mich, dass er mein Bein anhob und ein Kissen darunter schob – weniger wegen der Berührung, sondern vielmehr wegen seiner fürsorglichen Geste. Ich war ihm dankbar, keine Frage, doch ich wollte ihm nicht zur Last fallen, weshalb ich weiterhin die Wunde unterhalb meiner Brust verschwieg. Er tat bereits mehr als nötig.

Sobald ich auf dem Rücken mit hochgelagertem Bein lag, ging Alex in Richtung Badezimmer davon und kam mit einer Tube zurück. Er schob den Rock wieder ein Stück nach oben und strich vorsichtig eine übelriechende Salbe auf die geschundene Haut. Ich sah betont weg, weil ich nicht wusste, was mich mehr aufwühlte: die Schmerzen bei seiner Berührung oder das Wissen, dass seine Finger über meinen nackten Oberschenkel glitten.

»Was ist das?«, lenkte ich mich ab.

»Eine Schmerzsalbe mit Cortison. Sie unterstützt die Heilung.«

Er verrieb die zähe Paste und wirkte wie in seinem Element. Die Spitzen seiner Haare kitzelten dabei über meine Haut. Zu gern hätte ich sie mit meinen Fingern berührt, nur um zu wissen, wie sie sich anfühlten.

»Wenn du so weitermachst, glaube ich noch, dass du nett zu mir sein willst.«

Seine Finger verharrten kurz. »Reiner Eigennutz«, raunte er schließlich schulterzuckend. »Du weißt, wenn du auffällst, ist es nur eine Frage der Zeit, bis auch ich ins Visier der Behörden gerate.«

Autsch. Ich hätte wissen müssen, dass Alex' Fürsorge einen Hintergedanken hatte. Es war immerhin nicht das erste Mal, dass er so etwas sagte.

Als er von mir abließ und zurück ins Bad ging, spürte ich, wie die Salbe eine sanfte Wärme auf meiner Haut ausstrahlte. Der Schmerz war noch greifbar, aber erträglich. Erschöpft schloss ich die Augen.

Nach ein paar Minuten hörte ich, wie Alex zurückkam, um das Bett herumging und sich wieder neben mich legte. Er bewegte sich dabei möglichst lautlos, um mich nicht zu wecken. Ruckartig neigte ich den Kopf zur Seite und öffnete die Augen. Seine stahlblauen Iriden ruhten auf mir.

»Hey«, hauchte ich. »Damit du es weißt: Ich bin kein Junkie. Ich habe ehrlich gesagt noch nie Drogen genommen, abgesehen von dem Oxycodon. Daher war ich mit dem Alkohol auch etwas leichtsinnig.«

»Sagtest du bereits.«

»Ich wollte nur sichergehen, dass du mich verstanden hast. Und ich wollte dich auch nicht bestehlen. Ich war bloß neugierig.«

Nun zuckte ein Grinsen um seine Lippen. »In der Tat, das bist du. Und nur damit du *mich* verstehst: Ich habe dir beides geglaubt, als du es gesagt hast.«

»Danke.« Ich lächelte traurig. »Es tut mir leid.«

Alex legte den Kopf schief und sah mich an. »Und was?«

»Ich habe deine Hilfsbereitschaft ausgenutzt«, erklärte ich kleinlaut. »Als ich aus dem Bad kam, habe ich mich auf den Stuhl gesetzt. Dein Computer, also das Holo, hat sich plötzlich von allein eingeschaltet.«

Er zeigte keinerlei Regung auf meine Beichte; stattdessen legte sich erneut ein Schleier der Ausdruckslosigkeit über seinen Blick.

»Ich wollte es mir wirklich nicht ansehen, aber da waren einige Daten aufgerufen, die meine Neugier geweckt haben. Du hast nach Informationen über Personen gesucht, die etwas mit dem Vorfall zu tun haben. Ich habe diese Namen vor der Firma aufgeschnappt, du hingegen nicht. Du hast gelogen. Dein Desinteresse war nur vorgetäuscht, und du scheinst mehr zu wissen, als ich geglaubt habe.«

Ich biss mir auf die Unterlippe und wartete gespannt, wie er auf darauf reagierte. Nach wie vor blieb sein Blick jedoch stoisch. Den Vortrag über Privatsphäre sparte er sich auch dieses Mal.

»Wir sollten jetzt lieber weiterschlafen. Ich muss morgen arbeiten und du dich schonen.«

»Alex!«

»Bitte, Phoebe«, fiel er mir plötzlich so sanft ins Wort, dass es mich überraschte. »Wir können morgen darüber reden, versprochen.«

Ich grinste nickend. »Na gut, du hast womöglich recht.«

»Habe ich doch immer.«

Mein Grinsen verflog und ich quittierte seine Worte mit einem Augenrollen. Er war so ein Klugscheißer und arroganter Eigenbrötler. Nur selten gewährte er Einblicke hinter die Fassade.

»Danke«, sagte ich dennoch und lehnte den Kopf nach hinten, um seinem Blick zu entgehen.

»Wofür?«

Ich schloss schmunzelnd die Augen. »Dafür, dass du mich das erste Mal mit meinem Namen angesprochen hast, Coffeeboy.«

Kapitel 7

Als ich am nächsten Morgen aufwachte, lag Alex nicht mehr neben mir. Schwerfällig zog ich mich auf die Beine und humpelte aus dem Schlafzimmer.

»Ah, du bist wach«, begrüßte er mich vom Kühlschrank aus und sah kurz über die Schulter. »Setz dich. Ich habe etwas zu essen besorgt. Eine Paracetamol liegt auch dabei.«

Ein breites Grinsen huschte über mein Gesicht. »Danke. Musst du heute nicht arbeiten?«

»In eineinhalb Stunden erst.«

Da er nichts weiter sagte und auch nicht zu mir sah, ersparte ich mir ein Kopfnicken und steuerte auf den Stuhl zu. Das Holo-Gerät auf dem Tisch war beiseitegeräumt; dafür standen ein Teller mit Hefegebäck und ein Glas Orangensaft parat. Ich nahm mir das Paracetamol und schluckte sie mit etwas Flüssigkeit hinunter. Mein Blick wanderte dabei zurück zu Alex, der im Kühlschrank herumkramte. Er trug dunkle Jeans und ein Shirt, die Haare im Nacken wieder zu einem Knoten zusammengebunden. Sie waren noch feucht von der Dusche.

»Darf ich vorher noch dein Bad benutzen? Ich müsste auch dringend duschen.«

»Jepp«, raunte er der Kühlung entgegen. »Die Salbe steht am Waschbecken. Du solltest sie noch einmal auftragen.«

»Okay«, sagte ich und zog mich ins Badezimmer zurück.

Ich trug die Salbe auch unter der Brust auf, wo es deutlich schlimmer aussah als am Oberschenkel. Das linderte den Schmerz ein wenig. Mit einem von Alex' Haargummis, die im Bad herumlagen, band ich mir die feuchten Haare zusammen.

Als ich mich nach einer Weile zu Coffeeboy an den Esstisch gesellte, war er in einen Stapel loser Blätter vertieft. Mit dem Hefegebäck in der Hand starrte ich ihn erwartungsvoll an. Er tat zunächst so, als würde er meinen Blick gar nicht bemerken.

»Also gut, was willst du wissen?«, brach er schließlich das Schweigen und schob die Unterlagen beiseite, um mich anzusehen.

»Alles. Du hast viele Informationen gesammelt. Was weißt du darüber, was auf dem Firmengelände passiert ist?« Ich schob mir ein Stück Gebäck in den Mund.

»Ehrlich gesagt habe ich schon länger den Verdacht, dass dort hinter verschlossenen Türen krumme Dinger gedreht werden. Die Firma, die das Gelände angemietet hat, nennt sich I.S.R. und ist ein Institut für globale Wissenschaft und experimentelle Forschung. Die Finanzierung erfolgt hauptsächlich durch hohe Persönlichkeiten vom Hill, die die meisten Anteile beanspruchen. Die Firma betreibt auch das Kraftwerk auf der anderen Seite des äußeren Randbezirks.«

»Mmmh, okay«, sagte ich kauend und schluckte den Bissen herunter. »Und was denkst du, geht da ab? Sie müssen irgendwelche Experimente machen, von denen niemand erfahren darf. Was auch immer sie dort treiben, hat gereicht, um diesen Wissenschaftler in einen lebenden Feuerball zu verwandeln.«

Er zuckte die Schultern. »So genau weiß ich es auch nicht. Der Pöbel investiert seit Jahren viel Geld in das Institut, und seit jeher verschlechtern sich die globale Lage und klimatischen Verhältnisse im Slope zunehmend. Außerdem gab es schon einmal so einen Brand.«

»Stimmt, vor einem Jahr im Kraftwerk. Ist da denn auch irgendetwas schiefgelaufen?«

»Zumindest gab es damals auch zwei Tote. Die Explosion beschränkte sich nur auf einen gewissen Bereich. Genau wie jetzt.«

Ich hob eine Augenbraue. »Aber dieses Mal haben *wir* die Explosion ausgelöst. Ohne die Gasflasche wäre es nicht so weit gekommen.«

»Und da bist du dir sicher?«, fragte Alex, ohne eine Antwort zu erwarten. »Dieser Dr. Lynch war zunehmend außer Kontrolle. Irgendwann wäre die Gasflasche ohnehin in seinen Radius geraten. Und dieses Labor ist nicht das einzige, wo sie solche Flakons und Ampullen aufbewahren.«

»Woher weißt du …?«, brach ich ab, als mich die Erkenntnis wie ein Schlag auf den Kopf traf. »Oh, du warst nicht das erste Mal in diesem Gebäude. Du hast noch andere Räume gesehen.«

»Mehr oder weniger.«

»Mehr oder weniger? Das ist jetzt nicht gerade hilfreich. Was hast du noch gesehen? Aus welchem Grund war das Sicherheitssystem deaktiviert? Und warum genau interessiert es dich, was da vor sich geht?«

Alex schloss die Augen und fuhr sich mit der Hand über das Gesicht, als wolle er die Müdigkeit wegwischen, die von ihm Besitz ergriffen hatte. »Der springende Punkt ist, dass du das Gespräch vor der Firma mitangehört hast und sie glauben, dass dieser Dr. Lynch nicht allein war. Sie dürfen auf keinen Fall spitzkriegen, dass wir auch da waren.«

»Das ist doch nicht der einzige Grund.«

Seine ausweichenden Antworten machten mich rasend. Mit geschlossenen Augen wirkte sein Gesicht noch unnahbarer, als er ohnehin schon war.

»Hör zu, Kitty. Was da in dieser Firma passiert ist, hat nichts mit dir zu tun.«

»Ich heiße Phoebe«, belehrte ich ihn. »Und natürlich hat es etwas mit mir zu tun. Immerhin habe ich diesen Dr. Lynch umgebracht.«

»Hast du nicht. Er war praktisch schon tot, bevor wir da reingeplatzt sind. Das kannst du mir ruhig glauben.«

»Wieso sollte ich dir überhaupt ein Wort glauben? Du hast es mir gestern versprochen und hältst dich dennoch nicht daran«, fauchte ich. »Dein aufgeblasenes Gehabe kannst du dir sparen. Du dealst selbst mit Drogen, rastest aber aus, wenn du einen Junkie zu sehen glaubst. Das ist ein Widerspruch in sich.«

»Ich sagte bereits, dass ich dir glaube. Und nur weil ich es ab und zu verticke, um über die Runden zu kommen, bedeutet das noch lange nicht, dass ich es gutheiße.«

Ich ließ die Luft hörbar zwischen den Zähnen entweichen. »Eine schwere Bürde, die du da trägst. Es passt dir vielleicht nicht in den Kram, Alex, aber ich war nun mal in dieser Firma. Ich habe gesehen, was diese Experimente mit diesem Wissenschaftler gemacht haben. Und der Schnösel vom Hill hat gesagt, dass sie es auf Kosten des Slopes tun. Das hat sich nicht gerade so angehört, als sei es harmlos. Wenn die Gefahr besteht, dass die Menschen hier ... ich meine, es tut mir leid, dass ich eine Belastung für dich bin, aber ich kann es nicht ändern und leugnen, was ich dort gesehen habe.«

»Du hast ja eine festgefahrene Meinung über mich, *Kitty*.«

Verglichen mit dem Sturm in mir wirkte Alex beängstigend ruhig. Er saß mit geschlossenen Augen da und zeigte keinerlei Regung. Meine Meinung schien ihn nicht im Geringsten zu interessieren. Ich musste daher an seine Vernunft appellieren.

»Bitte, Alex, ich muss wissen, ob da noch mehr ist. Wenn du dir so sicher in allem bist, dann erzähl mir bitte, was du weißt.«

Er seufzte, kaute vage auf seiner Unterlippe und schien meine Worte innerlich abzuwägen. Erst dann öffnete er die Augen.

»Kanntest du Duncan Reed?«, fragte er schließlich und sah mich wieder an.

Ich nickte mit geschürzten Lippen. »Mehr oder weniger. Er war einer der größten Hehler und Schmuggler im Slope, bevor ihn die Polizei vor etwa einem Jahr gekascht hat. Soweit ich weiß, sitzt er irgendwo außerhalb von Hill City eine Haftstrafe ab.«

»Falsch«, stellte Alex klar. »Das ist vielleicht das, was im Slope erzählt wird, doch Duncan ist nicht im Knast. Er ist tot.«

»Tot? Wie kommst du denn darauf? Davon hätten wir ja wohl erfahren.«

Er lehnte sich mit verschränkten Armen in den Stuhl zurück.

»Und wieder falsch. Hast du seine Festnahme etwa miterlebt?«

»Äh … nein.«

»Kennst du irgendwen, der dabei war?«

Ich schüttelte den Kopf. Duncan Reed war vor über einem Jahr noch der Herrscher des Slopes. Alles, was verhökert wurde, ging praktisch über seinen Tisch. Wenn man etwas brauchte, musste man nur zu ihm. Er konnte alles besorgen und segelte unter dem Radar der Behörden vorbei. Ich kannte ihn nicht persönlich, aber meine Mom bezog ihren Fusel früher von ihm. Eines Tages war er jedoch wie sein Onkel zuvor spurlos verschwunden. Die Bewohner des Slopes rätselten lange, bis jemand das Gerücht aufbrachte, er sei verhaftet worden. Kurz darauf hieß es auch, er säße außerhalb von Hill City im Knast. Sein Geschäft zerbrach, die Hehlerei und Schmuggelei wurde aufgeteilt und jeder bekam etwas vom Kuchen ab.

»Na schön«, sagte ich und beugte mich zu ihm vor. »Gehen wir mal davon aus, du hast recht und Duncan wurde nicht verhaftet. Was hat das mit dem zu tun, was in dieser Firma passiert? Und was macht dich so sicher, dass er tatsächlich tot ist?«

»Weil ich gesehen habe, wie er gestorben ist.«

»Du … du hast es gesehen? Wo?«

Alex starrte einen Moment lang ins Leere, bevor er antwortete: »Vor einem Jahr. Im Kraftwerk.«

Mir entwich jegliche Farbe aus dem Gesicht. »Was, du warst dort? Bei dem Brand? Und Duncan auch?«

»Ja, ich war da, mit Duncan. Es folgte fast dem gleichen Muster wie neulich. Der Mitarbeiter vor Ort erprobte sich selbst. Er war nur nicht von Feuer umgeben, sondern von Elektrizität. Und Duncan … er kam nicht mehr lebend aus der Nummer raus.«

Alex senkte den Blick. Die Erinnerung daran schien ihn zu bedrücken. Mir erging es nicht anders. Was er da erzählte, entzog sich jeder Logik.

»Ich … ich hatte keine Ahnung, dass du mit Duncan Reed befreundet warst. Was hattet ihr im Kraftwerk zu suchen?«

Er zuckte mit den Schultern und sah wieder zu mir auf. »Uns umsehen, herausfinden, ob es sich lohnt, etwas abzugreifen – was wir halt so tun, um zu überleben. Das weißt du doch am besten.«

»Jaaah, schon«, sagte ich gedehnt. »Aber normalerweise betrete ich die Gebäude im äußeren Randbezirk nicht. Es war nur meine blöde Neugierde, die mich dort hineintrieb.«

Nun umspielte ein Lächeln seine Mundwinkel. »Neugierde ist der Katze Tod, Little Kitty.«

Mir war ganz und gar nicht zum Lächeln zumute. Ich musste die Neuigkeiten erst einmal sacken lassen. Dass all diese Dinge miteinander verknüpft sein sollten, überstieg meine Vorstellungskraft. Ich fragte mich, was sie da auf Kosten des Slopes trieben. Wo sollte das enden? Würde sich dadurch wirklich etwas ändern? Unzählige Fragen rasten mir durch den Kopf.

»Was … was werden wir jetzt tun? Warum sollten sie Duncans Tod verschweigen und wieso machen sie so ein Riesentheater darum? Was verbergen sie an diesem Ort, dass es niemand wissen darf?«

Er quittierte meine Worte lediglich mit einem erneuten Schulterzucken. »Das sind viele Fragen, aber ich denke, für heute ist es genug. Ich habe dir erzählt, was du hören wolltest. Und zu unser aller Wohl solltest du es dabei beruhen lassen. Sie experimentieren mit irgendeiner fortgeschrittenen Parapsychologie, die unser aller Wissen übersteigt. Wir haben gesehen, wie gefährlich das sein kann. Also sollten wir sie machen lassen und uns heraushalten. Wir können sowieso nichts anderes tun.«

»Ist das dein Ernst?« Ich starrte ihn an, als hätte ich ihn noch nie zuvor gesehen. »Du hast nach all diesen Informationen im Internet gesucht, nur um es dann ruhen zu lassen? Das glaube ich dir nicht. Dieser Hayden sagte nicht umsonst, dass der Slope protestieren würde, wenn die Menschen davon wüssten. Was auch immer sie da tun, es geschieht auf unsere Kosten. Die Experimente sind bereits zweimal fehlgeschlagen und haben Leben gekostet. Wenn sie damit weitermachen, könnte es noch viel mehr Menschen töten. Das können wir nicht zulassen.«

»Was willst du tun? Sie höflich bitten, damit aufzuhören? Du verstehst nicht, worum es hier geht, Kitty.«

»Anscheinend nicht«, ich hielt seinem Blick stand, ohne zu blinzeln. »Aber ich habe es mit meinen eigenen Augen gesehen. Wenn das alles zusammenhängt, dann sollten wir … ich meine, wir müssen …«

»*Wir* müssen gar nichts. Entscheidend ist, dass unsere Anwesenheit auf dem Gelände unentdeckt bleibt. Alles andere ist nebensächlich. Duncan war nicht so clever. Er hat die Bullen geschmiert, sie unter Druck gesetzt und dadurch Dinge erfahren, die er niemals hätte erfahren dürfen. Kurz darauf wurde er getötet.«

Ich stockte. »Du meinst, der Vorfall im Kraftwerk war Absicht, um Duncan loszuwerden?«

»Vielleicht«, sagte Alex schulterzuckend. »Er regierte praktisch den Slope, zum Missfallen des Pöbels. Und er war neugierig.«

»Aber nur, weil jemand neugierig ist, tötet man ihn nicht gleich. Das ergibt keinen Sinn. Was … was ist damals passiert? Wie ist er gestorben?«

»Die Fragestunde ist jetzt beendet«, stellte er klar und schob seinen Stuhl zurück.

»Nein, ist sie noch nicht«, protestierte ich.

»Und ob. Ich muss gleich arbeiten. Wir können ja ein andermal darüber weiterphilosophieren.«

Ich stieß ein genervtes Seufzen aus, gab mich aber vorerst damit geschlagen. Er würde mir meine Fragen noch beantworten, dafür würde ich schon sorgen. Ich ließ mich nicht so einfach abwimmeln. Ich musste wissen, ob die Menschen, die mir wichtig waren, in Gefahr schwebten.

Alex ging ins Schlafzimmer und kam mit einem Hoodie zurück. »Du solltest etwas essen«, drängte er nachdrücklich und streifte sich das Teil über.

»Das werde ich noch. Ich kann es ja mitnehmen.«

»Mitnehmen? Wohin?«, wollte er wissen und wirbelte zu mir herum.

»Äh … für unterwegs. Ich muss mich umziehen, dann zum Müllabladeplatz, und vor allem meine Freunde …«

Alex unterbrach mich kopfschüttelnd. »Das wirst du sicher nicht. Du bleibst schön hier und ruhst dich aus.«

»Das geht nicht«, widersprach ich und hob skeptisch die Augenbraue. »Du kannst mir nicht vorschreiben, was ich tun und lassen soll.«

»Du … du bist der sturste und undankbarste Mensch, dem ich je begegnet bin, Kitty«, platzte es da aus ihm heraus, und mit drei Schritten war er bei mir. »Anscheinend hast du noch nicht begriffen, wie wichtig es ist, nicht aufzufallen. Du siehst an Duncan, wie gefährlich es sein kann.«

Ich hielt seinem strafenden Blick stand. »*Du* hast anscheinend immer noch nicht begriffen, dass das mein Leben ist. Wenn ich mich nicht blicken lasse, wirft das nur mehr Fragen auf. Ich war gestern schon nicht draußen. Es gibt Dinge, die ich machen muss, Menschen, die sich auf mich verlassen. Wenn ich nicht auftauche, ist das noch auffälliger. Es ist so schon ein Desaster, dass ich seit dem Vorfall keinerlei Geschäfte abwickeln konnte. Keine Ahnung, wie du das machst, aber wer hier den Anschluss verliert, ist schneller weg vom Fenster, als er gucken kann.«

Obwohl sein Blick finster blieb, schienen meine Worte Wirkung zu zeigen. Vielleicht sah er auch einfach ein, dass ich recht hatte. Immerhin konnte ich nicht alles stehen und liegen lassen. Wir lieferten uns noch ein kurzes Duell mit den Augen, dann schnappte er sich das Mäppchen. Zwei Päckchen mit gelbem Pulver landeten auf dem Tisch.

»Also schön, nimm das! Mit PMA dürftest du ein ordentliches Sümmchen erzielen. Sag einfach, du hast es im Tausch gegen vier Zigarren von Jordan erworben. Das wirft keine Fragen auf. Er tauscht so etwas gerne gegen Zigarren ein. Die hast du eben auf dem Hill gefunden.«

»Spinnst du?« Ich starrte ihn mit offenem Mund an. »Ich deale nicht. Und ganz sicher nicht mit solchen Hardcore-Drogen.«

Alex runzelte die Stirn. »Hast du denn eine Wahl? Wenn du es nicht tust, tut es irgendwer. Du brauchst was, da hast du was.«

Ich bedachte ihn mit einem wütenden Blick. Er war unerträglich überheblich. Dennoch steckte ich die Päckchen ein.

***

»Oh mein Gott, Fibs, da bist du ja«, begrüßte mich Ash mit quietschender Stimme.

Ich ging so unauffällig wie möglich auf sie zu. Im Trailer hatte ich nur schnell die Kleidung gewechselt und mich an Moms Tablettenvorrat bedient, um irgendwie den Tag zu überstehen. Ash war bereits früh auf dem Gelände des ehemaligen Stahlwerks und lehnte an einer Betonwand. Sie sah erschöpft aus. Die Kringel ihrer roten Mähne hingen strähnig herab.

»Hey«, sagte ich und ließ mich neben ihr an der Wand herunterrutschen. »Schon hier?«

Sie musterte mich von der Seite. »Jap, gestern auch schon. Wo hast du gesteckt? Dienstags drehen wir immer gemeinsam unsere Runde. Ich dachte schon, du wärst womöglich doch mit Frank herumgezogen.«

»Tut mir leid«, murmelte ich. »Ich hatte etwas zu viel von Finleys Fusel. Erst habe ich verpennt, dann Stress mit meiner Mom gehabt. Bist du wenigstens fündig geworden?«

Sie schüttelte den Kopf. »Die Bullen sind überall und nirgendwo und gute Ausbeute gab es auch nicht. Ich habe gestern nicht viel und heute sogar gar nichts verdient. Ich habe einen solchen Kohldampf. Lief es bei dir wenigstens besser?«

»Nicht wirklich. Ich konnte nur ein paar Zigarren in einer Mülltonne auf dem Hill aufgreifen.« Die Lüge kam mir nicht leicht über die Lippen. Ein schaler Beigeschmack blieb zurück.

»Da sieht man es wieder«, schnaubte Ash. »Genau deshalb haben diese reichen Snobs den Beinamen Pöbel verdient. Sie schmeißen so etwas einfach weg. Verschwenderisch und dumm. Und wir sitzen hier unten und nagen am Hungertuch.«

Ich nickte. Ash hatte schon immer weniger Glück als ich gehabt. Sie hatte keine Mutter mit Trailer, keine Familie, niemanden außer Finley und mir. Und ich belog sie, weil ich nicht wollte, dass sie etwas über den Vorfall in der Firma und Coffeeboy erfuhr. Wieso, wusste ich selbst nicht genau. In erster Linie wollte ich Fin und sie wohl nicht beunruhigen. Die Worte dieses reichen Snobs vor dem Gebäude klangen alles andere als unbedeutend.

»Hey, da sind ja meine beiden Süßen.«

Finley war stets der Sorgenfreie von uns dreien. Er kam so lässig auf uns zu – keine Spur der Hoffnungslosigkeit in sein3en Augen, nicht beleidigt, weil ich gestern verschwunden war. Er blieb einfach der Junge, der mir stets ein Lächeln auf das Gesicht zaubern konnte.

»Bitte sag mir, dass du wenigstens etwas finden konntest, Fin.«

»Nope, kein guter Tag. Ich bin zweimal in die Arme der Bullen gelaufen. Die haben vielleicht merkwürdige Fragen gestellt.«

»Echt?« Meine Kinnlade sackte ein Stück nach unten. »Was wollten sie denn wissen?«

»Ach, den üblichen Scheiß eben. Wie oft wir im äußeren Randbezirk abhängen, ob wir im Kraftwerk waren oder irgend so einen Wissenschaftler kennen. Den Namen habe ich schon wieder vergessen. Muss der Typ sein, der abgekratzt ist.«

Ich senkte den Blick. Finley hatte natürlich keine Ahnung, was das Kraftwerk mit dem Vorfall zu tun hatte. Wenn die Polizei aber so gezielt danach fragte, vermuteten sie auch eine Verbindung zwischen den beiden Bränden, was Alex' Theorie bekräftigen würde.

Ich kam wieder auf die Beine und kramte eines der PMA-Päckchen hervor. »Sag mal, Fin, du weißt bestimmt, wo ich hierfür einen Abnehmer finde, oder?«

Finley machte große Augen. »Wo hast du das denn her?«

»Jordan gab mir zwei von diesen Päckchen im Tausch gegen vier Zigarren.«

»Krass«, murmelte er und legte die Stirn in Falten. »Wenn ich wüsste, was es ist, dann könnte ich dir …«

»PMA, soweit ich weiß.«

»Hammerhart«, schoss es aus ihm heraus, während seine Stimme sich vor Begeisterung fast überschlug. »Mensch Fibs, du bist so verdammt schlau. Dafür liebe ich dich umso mehr.«

Ich erstarrte. Hatte er das wirklich gerade gesagt? Die Intensität seiner Worte traf mich unvorbereitet. Wir waren ewig befreundet, hatten alles geteilt, sogar Körperliches, doch diese Worte waren Neuland zwischen uns. Hitze stieg mir in den Kopf, und ich schaute verlegen zur Seite. Ich wusste nicht, wie ich darauf reagieren sollte.

Glücklicherweise war das auch gar nicht nötig. Die Worte waren Finley wohl nur im Eifer des Gefechts herausgerutscht. Er redete einfach weiter, als wäre nichts gewesen. Ich hoffte inständig, dass das stimmte. Unsere Freundschaft war mir heilig, viel wichtiger als irgendein Gefühlschaos, das ohnehin alles nur komplizierter machte.

»PMA ist die absolute Megadroge im Slope. Damit lässt sich richtig Asche machen. Soweit ich weiß, sind April und Connor große Fans davon. Sie ist noch nicht da, aber Connor steht dort drüben. Soll ich ihn mal herholen?«

Ich folgte seinem Blick. In einer abgelegenen Ecke erkannte ich einen schmächtigen Mann, der sich offenbar dort herumtrieb, um Nachschub zu besorgen. Die meisten Junkies verkauften ihre Körper für Geld. Ihre Kundschaft reichte von erfolgreichen Dealern des Slopes, Händlern bis hin zu angesehenen Mitgliedern des Pöbels, auch wenn die Nachfrage seit dem Ausbruch der Fixerkrankheit kontinuierlich sank. Ich war noch nie ein Fan dieser Art von Handel und vor allem nicht von Abhängigen.

Zögerlich sah ich zurück zu Finley und nickte. Mir war unwohl zumute, als er grinsend losmarschierte. Selbst Ash war wie ausgewechselt und rieb sich die Hände. Für sie war es ein unvorhersehbarer Glücksfall, für mich eher eine Schmach.

Finley brauchte nicht lange, um den Mann zu überreden, mit zu uns zu kommen. Connors Zustand war von Nahem noch viel erschütternder. Er war abgemagert, seine Hände zitterten und die Haut war aufgedunsen und teilweise aufgeschürft. Er sah älter aus, als er tatsächlich war.

»Du … du hast wirklich PMA?«, stotterte er und musterte mich mit verstörtem Blick.

Ich hob das Päckchen an. »Ich habe zwei davon. Ich verkaufe nur gegen Bares.«

Der junge Mann streckte wie paralysiert die zittrigen Finger danach aus. Bevor er es zu fassen bekam, stellte sich Finley wie eine undurchdringbare Mauer zwischen uns.

»Das macht 75 Piepen pro Päckchen. Ware nur gegen Cash.«

Ich war ihm so dankbar, dass er das für mich übernahm. Ich hatte keinerlei Erfahrung und hätte nicht einmal sagen können, wie viel so ein Päckchen überhaupt wert war, geschweige denn wie ich mit diesem Kerl verhandeln sollte.

Connor nickte auf und ab und zückte aus der dreckigen Stoffhose ein Bündel Scheine, wofür er sicher einiges getan haben musste. Allein die Vorstellung, ihn zu berühren, war mir zuwider. Dennoch tat es mir leid, wie er nach den Drogen gierte und was es aus ihm gemacht hatte. Es erinnerte mich an die Hilflosigkeit meiner Mutter, wenn sie keinen Fusel bekam.

Finley nahm ihm drei Fünfziger ab, dann trat er beiseite. Sofort griffen die langen, gequollenen Finger des Mannes nach dem Päckchen in meiner Hand.

»Wo … wo ist … das andere?«, stammelte er gierig.

Ich öffnete meinen Rucksack und reichte ihm auch das andere Päckchen. Wie ein kleines Kind bestaunte er das Pulver auf seiner Handfläche, grinste dabei so erleichtert, als gäbe es nur diese eine Option im Leben.

»So lange sehne ich mich schon nach PMA«, sagte er verträumt, vergaß dabei sogar zu stottern. »Früher habe ich es oft bei Duncan bekommen. Seit Coffeeboy aber das Geschäft vereinnahmt hat, muss ich mich mit anderem Zeug zufriedengeben. Aus unerklärlichen Gründen handelt er nicht mehr damit.«

»Redest du etwa von dem Jungen, der bei Lorraine arbeitet?«

»Ja, genau«, bestätigte Connor und fixierte mich mit den rot unterlaufenen Augen. »Er hat längst nicht so viel Klasse wie Duncan. Die beiden waren bereits in ihrer Kindheit die größten Rivalen. Vermutlich ist Coffeeboy erleichtert, dass er fort ist.«

»Rivalen?«, entfuhr es mir verblüfft.

»Ja … sagte ich … doch.« Connors Interesse galt nun wieder dem PMA. Nichts schien ihm wichtiger. Es juckte ihn auch nicht, wie ich an das Zeug gekommen war. Zu gern hätte ich mehr über Duncan und Alex in Erfahrung gebracht, aber zum einen würde ich damit nur unnötige Fragen von Ash und Finley riskieren, zum anderen war Connor längst abgedriftet. Er umschloss das Zeug mit dem Handballen wie einen wertvollen Schatz und war in Gedanken bereits dabei, wo er es am besten schlucken konnte. Im Gegensatz zu uns sah er nicht mehr, was er sich und seinem Körper damit antat.

»Wenn du … wieder einmal … daran kommst, lass es mich … wissen«, haspelte er und fuhr noch vor meinem Nicken herum.

Wir starrten ihm einen Moment hinterher, dann sah ich im Augenwinkel, wie Finley mir die Scheine vor die Nase hielt. Ich nahm ihm nur zwei ab.

»Behalt einen. Das war ja auch dein Verdienst.«

Finley machte keine Anstalten zu widersprechen. Er ließ die Kohle in die Jackentasche wandern und grinste mich dabei wie ein Honigkuchenpferd an. Während ich einen Schein einsteckte, reichte ich den anderen an Ash.

»Nein, das kann ich nicht annehmen, Fibs. Ich habe dafür doch gar nichts getan.«

»Doch, du kannst und du musst«, widersprach ich. »Du hast Hunger.«

»Schon, aber du könntest etwas holen und mich mal beißen lassen oder so. Du musst nicht …«

»Nimm schon«, bat ich. »Sieh es als Wiedergutmachung an, weil ich gestern nicht da war.«

Ash zögerte, bevor sie mir grinsend den Schein abnahm. »Du bist wirklich die Beste, Fibs.«

»Nein, bin ich nicht, aber wir drei müssen zusammenhalten.«

»Und dafür bin ich dir so dankbar. Wollen wir uns dann bei Cody etwas zu Essen besorgen? Er müsste auf der anderen Seite des Hills seinen Wagen befüllt haben und zurück sein.«

Finley nickte, ich schüttelte dagegen den Kopf.

»Geht ruhig, ihr zwei. Ich muss noch etwas erledigen.«

Ash hob die Augenbraue. »Schon wieder? Was machst du denn die ganze Zeit?«

»Nichts«, winkte ich beiläufig ab. »Ich muss mich nur noch mit einem Abnehmer treffen.«

»Ach, du hast noch etwas gefunden? Was denn?«, wollte Finley wissen.

»Informationen«, antwortete ich, und sah nachdenklich in Richtung Zentrum. »Wichtige Informationen.«

Kapitel 8

Erschöpft sank ich auf die obere Stufe vor Alex' Mansarden-wohnung. Ich hatte ihn weder im Coffeeshop noch bei sich zu Hause angetroffen. Nach dem Gespräch mit Connor war er mir allerdings ein paar Antworten schuldig. Und dieses Mal ließ ich mich nicht abwimmeln.

Ich spitzte jedes Mal die Ohren, wenn unter mir die Haustür aufging. Alex ließ allerdings auf sich warten. Es war draußen bereits dunkel, als er die Treppe hinaufmarschierte. Er blieb wie angewurzelt stehen, als er den Kopf hob und mich dort sitzen sah.

»Oh, mit dir hatte ich nicht mehr so schnell gerechnet.«

Ich starrte ihn nur wortlos an. Er stieg die letzten Stufen hinauf und blieb neben mir stehen. Es war schwer einzuschätzen, was ihm durch den Kopf ging, während er den Schlüssel aus der Tasche seines Hoodies fischte.

»Hat es dir die Sprache verschlagen?«, fragte er und runzelte auf mein erneutes Schweigen hin die Stirn. »Oder sitzt du immer in Hausgängen herum? Waren deine Geschäfte etwa nicht erfolgreich?«

Ein Lächeln der Genugtuung stahl sich auf meine Lippen: »Ich habe jemanden gefunden, der es mir abgekauft hat.«

»Na, das ist doch schön«, sagte Alex und zog die Augenbrauen hoch. »Und nun? Willst du etwa mehr? Oder … vielleicht reinkommen?«

Mein Grinsen wurde noch breiter. »Reinkommen klingt gut, danke.«

Alex gab ein unterdrücktes Murren von sich und vermied jeden Augenkontakt, als er die Wohnungstür öffnete. Seine Körperhaltung war angespannt, doch trat er einen Schritt zurück und wies mit einer steifen Geste den Weg hinein. Mühsam zog ich mich am Geländer hoch, was ihm offenbar nicht schnell genug ging. Ehe ich mich versah, trat er an meine Seite und fasste an meinen Arm. Überrascht wandte ich ihm das Gesicht zu, bis sich unsere Augen trafen. Seit unserer ersten Begegnung wirkte Alex erstmals verlegen, vermutlich, weil wir uns so nah waren oder er einfach nicht verstand, was mich hierher zurückgeführt hatte. Wir waren am Morgen schweigend auseinandergegangen, und er hatte nicht mehr so schnell mit einem Wiedersehen gerechnet. Da lag er allerdings falsch. Er war mir noch ein paar Antworten schuldig. Und offensichtlich schien ihn das zu beunruhigen.

»Äh … kannst du … ich meine, kannst du allein …?«

»Ob ich allein reingehen kann?«, erwiderte ich und nickte. »Klar. Geh ruhig schon vor.«

Etwas unbeholfen ließ er von mir ab und betrat die Wohnung. Ich humpelte ihm hinterher. Gerade als ich den Tisch erreichte, gaben meine Beine nach und ich rutschte noch rechtzeitig auf einen Stuhl. Der Tag zollte seinen Tribut.

Alex nahm, mit dem Rücken zu mir gewandt, eine Schachtel aus dem Bücherregal und verstaute etwas darin, das ich nicht sehen konnte oder sollte. Immerhin war er nach der Arbeit eine Weile verschwunden. Ich wollte gar nicht so genau wissen, was er nebenbei so tat.

Er stellte die Schachtel zurück, ließ sich auf das Sofa fallen und starrte mich an. »Also, warum bist du hier, Kitty?«

»Ich bin neugierig, das weißt du doch«, schnurrte ich. »Ich bin etwas verwundert darüber, was du unter einer Freundschaft verstehst.«

»Freundschaft? Ich wusste nicht, dass wir befreundet sind.«

Ich verdrehte die Augen. »Ich rede nicht von uns. Ich rede von dir und Duncan.«

Alex legte die Stirn in Falten. »Von mir und Duncan? Was gibt es darüber zu sagen? Er ist tot.«

»Das ist er. Und du hast dir sein PMA-Geschäft unter den Nagel gerissen.«

»Jepp, habe ich«, bestätigte er ausdruckslos. »Und … das ist ein Problem, weil?«

»Na ja, jeder hat etwas von Duncans Geschäften übernommen. Früher war er der Einzige; heutzutage sind es viele im Medikamenten- und Alkoholhandel. Außer wenn man PMA kaufen möchte. Wie man hört, bist du der Einzige, der es vertickt, und … doch scheint irgendetwas an der Geschichte nicht zu stimmen, oder?«

Alex schien kurz darüber nachzudenken. »Mal ehrlich, Kitty, worauf willst du hinaus?«

»Du und Duncan wart keine Freunde, sondern Rivalen. Du hast gelogen.«

»Das habe ich nicht«, erwiderte er, ohne eine Miene zu verziehen. »Du hast vorausgesetzt, dass wir Freunde waren. Dabei habe ich nur gesagt, dass ich sah, wie er starb.«

»Und da gibt es einen Unterschied?«

Er nickte hölzern. Meine Laune wurde ungehalten.

»Wow, du bist echt gut«, presste ich zwischen den Lippen hervor. »Ich habe tatsächlich geglaubt, dass dir *sein* Tod wenigstens etwas ausmacht. Aber natürlich nicht. Du hast vermutlich nur darauf gewartet, dass er endlich abkratzt, damit du dir seine Geschäfte unter den Nagel reißen kannst.«

Alex erwiderte meinen Blick nun mit derselben Gefühlslage. »Was ist dein Problem, Kitty?«

»Mein Problem?«, rief ich schnaufend. »Du bist mein Problem! Du sagst mir nicht die Wahrheit über das, was da im äußeren Randbezirk vorgeht. Du weißt viel mehr, als du erzählst. Und dann gibst du mir auch noch PMA und faselst von einem Tauschgeschäft, wo jeder doch weiß, dass du seit Duncans Tod der Einzige bist, der es besitzt.«

»Oh, Verzeihung. Ich wollte sicher nicht, dass die Leute denken, du hättest das Zeug von mir. Nicht auszumalen, was so etwas deinem wohlbehüteten Ruf antun könnte.«

»Darum geht es nicht.«

»Und worum dann?«, schob er gereizt nach, die Antwort bereits vorwegnehmend. »Du hast wegen deiner Verluste herumgejammert, ich habe dir etwas gegeben. Junkies interessieren sich nicht dafür, woher das Zeug kommt. Sie kaufen es, weil sie es brauchen.«

»Aber mich interessiert es. Woher bekommst du das Zeug?«

Seine Augen weiteten sich für einen Sekundenbruchteil, bevor er den Kopf in den Nacken legte und ein genervtes Stöhnen ausstieß. Doch das kurze Zucken seiner Brauen hatte ihn bereits verraten. Er starrte stumm an mir vorbei, und ich wusste, dass von ihm kein Wort mehr kommen würde.

»Du stiehlst es, nicht wahr? Genau wie Duncan es damals stahl. Du stiehlst das Zeug aus der Firma. Ich habe die Ampullen und Flakons selbst dort gesehen. Sie stellen nicht nur Medikamente her, sie experimentieren damit. Das war der Grund, warum Duncan sterben musste. Er hat zu viel gesehen. Und deshalb warst du neulich dort. Du wolltest PMA stehlen.«

Alex' ausweichender Blick bestätigte mir meine Vermutung, ehe er antwortete: »Ich war nicht dort, um PMA zu stehlen. Ich wollte das stehlen, was sie damit machen. Dummerweise habe ich nicht bedacht, dass die Kühlung einen Alarm auslöst.«

Ich sah ihn ungläubig an. »Was … was zur Hölle wolltest du denn mit diesem Zeug?«

Ein trockenes Lachen entfuhr ihm, was meine Geduld endgültig auf die Probe stellte. Ich sah darin keinen Grund zum Lachen. Was auch immer sie da in diesen Laboren zusammenbrauten, es war gefährlich. Das hatte Dr. Lynchs Auftritt eindeutig bewiesen.

»Was wolltest du mit diesem Zeug, Alex? Und hör auf zu lachen. Das ist nicht witzig.«

Er kniff die Lippen zusammen. »Sorry. Es wundert mich eben nur, dass dir das als Erstes dazu einfällt.«

»Was, wieso? Was sollte mir …?« Mitten im Satz brach ich ab. »*Du* hast den Alarm ausgelöst«, flüsterte ich, während mit die Erkenntnis wie kalter Schauer den Rücken herunterlief. »Das bedeutet aber auch … ich meine, du warst bereits vor mir da.«

Nun war es an mir, einen Lacher auszustoßen, aber eher ein *Ich-bin-so-blöd*-Lacher. Mit einem Mal fiel es mir wie Schuppen von den Augen. »Es … es war gar kein Unfall. Dr. Lynch hat dich erwischt. Er hat sich das Zeug selbst verabreicht, um dich aufzuhalten. Ihm war klar, dass er dir körperlich unterlegen ist, und wenn du es nach draußen geschafft hättest, hättest du Dinge gesehen, die niemand sehen darf. Immerhin hat Duncan die Behörden damit bereits erpresst. Lynch konnte nicht zulassen, dass du dasselbe tust oder auspackst. Sonst würde jeder erfahren, was sie dort hinter verschlossenen Türen treiben.«

Alex erwiderte nichts. Er sah mich nur von der anderen Seite des Raumes schuldbewusst an; das Kinn gesenkt, die Schultern hochgezogen. Und das sollte er auch. Er hatte all das, was gefolgt war, in Gang gesetzt. Nicht ich.

»Hast du etwa das Sicherungssystem lahmgelegt?«, rang ich nach Luft und setzte nach. »Wie konnte dir dann der Alarm an der Kühlung entgehen? Hast du mir deswegen geholfen? Wolltest du damit dein Gewissen erleichtern? Dabei bin ich mir nicht einmal sicher, ob du überhaupt eines hast.«

»Hey«, blaffte er zurück. »*Du* bist in das Gebäude gegangen. Ich habe dich nicht darum gebeten, mir zu folgen. Ich wusste, wie ich einen Teil der Kameras und Alarme über den Stromgenerator ausschalten konnte. Dadurch öffnete sich dummerweise auch die Eingangstür. Aber es war allein *deine* Entscheidung, deine Neugier, die dich dort hineintrieb. Deinetwegen bin ich sogar zurückgekommen. Du wirst mich nicht dazu bringen, mir deshalb Vorwürfe zu machen. Ich hatte meine Gründe, so wie du deine. Also gib nicht mir die Schuld dafür.«

Meine Wut verflog augenblicklich. Es beeindruckte mich, dass er im Alleingang ein komplettes Sicherungssystem ausgeschaltet hatte. Und dass er zurückgekommen war, statt einfach zu fliehen, rührte mich zutiefst. Er hatte ja recht: Es war meine Entscheidung, in die Firma einzusteigen. Doch sein Mangel an Reue dämpfte meine Dankbarkeit erheblich.

»Weißt du, Alex, ich habe mich mein ganzes Leben lang um mich selbst gekümmert. Und ich stehe zu dem, was ich tue. Ich brauche niemanden, vor allem nicht so einen kaltschnäuzigen und arroganten Arsch wie dich. Ich kann künftig auf deine Hilfe, dein Mitleid, auf all deine Geheimnisse und Verschwörungstheorien gerne verzichten.«

»Schön«, brummte er und sprang vom Sofa auf. »Dann geh. Ich hatte dich nicht gebeten, zurückzukommen.«

»Ich wollte sowieso gerade aufbrechen«, stellte ich klar.

Alex marschierte an mir vorbei, zur Wohnungstür, und hielt sie mir auf. »Na dann los. Ich habe Besseres zu tun.«

Ich holte noch einmal tief Luft, dann zog ich mich mit Hilfe der Stuhllehne auf die Beine. Die Schmerzen in meinem Brustkorb brachten mich um. Außerdem war mir von der hitzigen Auseinandersetzung schwindelig. Es war daher unvermeidlich, dass meine Knie nachgaben und ich nach vorne sackte. Ich wusste nicht, wie er es anstellte, aber bevor ich auf dem Boden aufschlug, krallte sich Alex in meinen Sweater und zog mich in seine Arme. Mein Kopf stieß dabei gegen seine harte Brust. Ich verfluchte meinen Körper dafür, dass er ausgerechnet jetzt wieder den Dienst versagte.

»Wow«, murmelte er, während er mich an der Taille stützte. »Hatte ich nicht gesagt, du sollst dich ausruhen?«

»Und hatte ich nicht gesagt, ich brauche deine Hilfe nicht? Wir hören wohl beide nicht gut«, witzelte ich, bemüht, die vorherige Diskussion zu besänftigen. Der Geruch von Kaffee und Parfüm stieg mir in die Nase. Ich schnupperte an Alex' Hoodie, was ihm glücklicherweise nicht auffiel.

»Phoebe«, seine Stimme war nun nur noch ein tiefes, kehliges Grollen an meinem Ohr. Ein Schauer lief mir über den Rücken. »Gehen wir mal davon aus, du hättest recht mit dem, was du gesagt hast. Das sollte dir nur deutlicher vor Augen führen, dass du dich da heraushalten musst. Du hast damit nichts zu tun.«

Ich löste den Kopf von seiner Brust und schielte zu ihm auf. »Dafür ist es etwas spät, findest du nicht? Ich stecke bereits mittendrin.«

»Noch nicht. Du kannst umdrehen und es hinter dir lassen.«

»Kann ich nicht«, seufzte ich zu seinem Missfallen. »Und ich will es auch nicht.«

»Ich hatte befürchtet, dass du das sagen würdest.« Er verdrehte die Augen und mit einem Ruck hob er mich hoch.

***

Als ich eine halbe Stunde später wieder in seinem Bett lag und an die Zimmerdecke starrte, war es mir noch immer ein Rätsel, was in Alex' Kopf vorging. Diese arrogante, kühle Haltung, die er so oft an den Tag legte, war das krasse Gegenteil zu dem, was ich in den letzten Minuten gesehen hatte. Erst hatte er mich im Bad abgesetzt, damit ich meine Wunden versorgen konnte, dann mein Bein eigenhändig wieder hochgelagert. All die Vorwürfe, das gesamte hitzige Wortgefecht waren wie wegradiert. Auch wenn er es abstritt, vermutete ich dennoch, dass Alex das schlechte Gewissen plagte. Dabei war es nicht allein seine Schuld. Ich hielt an meiner Meinung fest. Wir hatten beide unabhängig voneinander den Entschluss gefasst und waren in die Firma eingedrungen, um uns umzusehen und schlussendlich auch zu stehlen. Was dann passierte, hätte niemand vorhersehen können.

Ich versuchte, die Flut an neuen Erkenntnissen irgendwie zu ordnen. Die Firma I.S.R. forschte mit Hilfe von Medikamenten an einer Substanz in irgendeinem paraphysischen Bereich, wie Alex es genannt hatte. Inwiefern dies auf Kosten der Einwohner im Slope geschah, hatte ich noch nicht begriffen, aber es gab einen Grund, wieso der Pöbel diese Arbeit verschleierte. Duncan und Alex hatten zu viel herausgefunden, wodurch ihre Leben in Gefahr geraten waren. Und ich hatte mich nun selbst hineinkatapultiert. Mir war bewusst, dass Alex mir noch nicht alles erzählt hatte. Für den Anfang reichte es aber, um meine Gedanken Karussell fahren zu lassen.

»Warst du schon einmal irgendwo außerhalb von Hill City?«

Alex lag wieder neben mir. Wie ich, starrte er an die Decke, die Augen weit offen. Es fühlte sich noch immer ungewohnt an, das Bett mit ihm zu teilen, vor allem, nachdem es nun bewusst geschah.

»Nein«, raunte er. »Und du?«

Ich schüttelte den Kopf. »Ich lege von meinen Geschäften bereits seit Längerem etwas beiseite, um eines Tages hier wegzukommen. Es ist zwar meine Heimat, aber ich würde gerne sehen, was außerhalb der Stadtgrenzen vor sich geht.«

»Wieso? Es wird vermutlich überall gleich sein. Die Reichen regieren über die Armen. Das war schon immer so. Außerdem bedarf es einer Menge Kohle, um sich außerhalb ein neues Leben aufzubauen, ganz zu schweigen davon, dass du erst einmal hier wegkommen musst.«

»Du hast also nie darüber nachgedacht?«, fragte ich in den Raum hinein. »Meine Mutter erzählte mir früher von ihren Reisen. Von traumhaften Städten, vom Meer und der Wildnis. Wir haben doch nur das Pech, hier geboren zu sein. Aber das muss nicht immer so bleiben.«

»Du kannst ja einen reichen Schnösel auf dem Hill verführen, der kann dir dann alles ermöglichen«, spottete er. Auch wenn ich sein Gesicht nicht sah, wusste ich, dass ein Grinsen um seine Lippen zuckte.

»Hältst du es denn wirklich für so undenkbar, hier herauszukommen?«

»Na ja, viele haben es nicht geschafft«, ein leises Seufzen entwich ihm. »Hier haben wir unseren Handel, da draußen bist du erst einmal auf dich allein gestellt und auf die Reserven, die du angespart hast. Das Schwierigste wird sein, irgendwo Fuß zu fassen. Der größte Teil im Slope ist jetzt nicht gerade gebildet. Viele können nicht einmal richtig lesen und schreiben, geschweige denn einer vernünftigen Arbeit nachgehen. Aber ich denke, wenn man es wirklich will, dann schafft man es auch.«

»Das denke ich auch. Ich habe mich anfänglich sehr bemüht, etwas aus mir zu machen. Meine Mutter brachte mir das Lesen und Schreiben bei. In diesem Umfeld ist es aber unmöglich, etwas Besseres zu werden. Es interessiert niemanden, was aus einem wird.«

Ich spürte, wie seine Augen zu mir herüberwanderten. »Wenn es auch wenige sind, die es herausschaffen, du hast gute Karten, Kitty. So starrköpfig, wie du bist.«

Ein Grinsen hob meine Mundwinkel an. »Tust du mir morgen einen Gefallen?«

»Noch einen?«

Ich neigte den Kopf zur Seite, um ihn anzusehen. Seine stahlblauen Augen leuchteten geradezu in der Dämmerung des Zimmers. »Zeigst du mir morgen an deinem Computer, was du herausgefunden hast? Ich will es sehen.«

Wenn ihn meine Bitte überraschte, ließ er es sich nicht anmerken. Er starrte mich nur einen Moment an, als müsste er sich mein Gesicht einprägen. Erst dann nickte er. »Meinetwegen.«

»Danke. Auch dafür, dass ich hierbleiben darf.«

Ich drehte den Kopf wieder von ihm weg und schloss die Augen. Ihm so nahe zu sein, fühlte sich das erste Mal beruhigend und gleichzeitig aufregend an. Seine Gegenwart strahlte eine Sicherheit aus, die ich bisher noch nie bei jemandem empfunden hatte.

***

Als ich das nächste Mal erwachte, war es bereits hell. Mein Blick wanderte automatisch zur Seite. Alex lag nicht mehr neben mir. Ich zog mich schwerfällig auf die Beine und schleppte mich aus dem Zimmer. Im Wohnbereich roch es nach frischem Gebäck und Kaffee. Neben dem angeschalteten Holo-Computer auf dem Tisch stand ein Körbchen mit diversen Backwaren und ein dampfender Pappbecher von Lorraine. Alex hing lässig auf einem Stuhl, schlürfte an seinem Becher und überflog dabei die Tageszeitung. Er streifte mich nur kurz mit den Augen, während ich zu dem Stuhl humpelte.

»Guten Morgen«, sagte ich ein wenig verlegen und setzte mich neben ihn. »Was ist das alles?«

Alex' Blick wanderte zu mir, ohne dass sich ein einziger Muskel in seinem Gesicht regte. »So eine Art Frühstück. Wenn du keinen Kaffee magst, kannst du auch etwas Anderes zum Trinken bekommen.«

»Nein, Kaffee ist gut«, erwiderte ich und deutete auf das Hologramm, auf dem sich mehrere geöffnete Ordner vor mir lichteten. »Und was ist damit?«

»Du wolltest doch die Infos aus meinem Computer sehen. Da sind alle Ordner untereinander geöffnet. Du kannst dich durchscrollen und alles lesen, was ich zusammengetragen habe.«

Ich hielt seinem Blick einen Moment lang stand, bevor sich meine Mundwinkel zu einem wissenden Grinsen verzogen. »*Du* bist wirklich gut, aber *ich* nicht blöd. Du bist vor mir aufgestanden, damit du mir nur das zeigen musst, was du willst.«

Alex warf mir einen flüchtigen Blick zu und schüttelte den Kopf. »Als wenn ich mir so viel Mühe machen würde. Ich sagte, du darfst es sehen. Da ist alles. Sieh es dir an oder lass es.«

Dass mein Lächeln kein Stück nachließ, schien ihn sichtlich aus dem Konzept zu bringen. »Schon gut. Ich nehme, was ich kriegen kann.«

Während ich die Augen auf den leuchtenden Text warf, verharrte sein Blick noch kurz auf mir, bevor er sich wieder der Zeitung zuwandte. Ich genehmigte mir einen Schluck Kaffee und tippte mich mit dem Finger durch die Ansammlung verschiedener Informationen.

»Dafür, dass du dir nicht viel Mühe machst, hast du beim Frühstück ganz schön geprotzt«, bemerkte ich am Rande.

Ich ließ meine Aufmerksamkeit konzentriert auf dem Bildschirm ruhen, sah dennoch, dass ein Lächeln um Alex' Mundwinkel zuckte. Er versuchte es zwar mit seiner üblichen Lässigkeit zu überspielen und starrte unverwandt auf die Druckerschwärze, dennoch konnte er mir nichts vormachen. So kalt-schnäuzig, wie er immer tat, war er nämlich nicht.

Ich tippte mich durch diverse Dateien und las eine Menge über die Firma I.S.R., die weit vor meiner Geburt ihren Sitz in Hill City errichtet hatte. Sie wurde zum größten Teil von Investmentfonds der Bewohner des Hills finanziert. Die meisten Informationen waren heruntergeladene Kopien aus dem Netz, manche mit einer Randnotiz von Alex. Auch gab es ein mehrseitiges Porträt und Portfolio von Joseph A. Hayden, gefolgt von diversen Zeitungs-ausschnitten über seine Person. Nach dem plötzlichen Tod seines Vaters war er als junger Mann von einem zweijährigen Auslands-aufenthalt zurückgekehrt, um sein Erbe anzutreten. Er führte einige Unternehmen auf dem Hill an – sogar außerhalb der Stadt – und fungierte als Stadtverwalter. Am Rand war Alex' Vermerk *Aufsichtsratsmitglied von I.S.R.* notiert. Rätsel wies nur das plötz-liche Verschwinden des damaligen Chauffeurs der Familie, Chayim Tovar, auf, der kurz nach dem Tod von Hayden Senior als vermisst galt. Ansonsten war Hayden Juniors Lebenslauf be-merkenswert unauffällig.

Es folgten weitere Berichte über den Brand im Kraftwerk so-wie über den bei I.S.R. Neben Duncan Reed, der logischerweise nur in den Randbemerkungen von Alex erwähnt wurde, war da-mals ein fünfzigjähriger Mitarbeiter des Kraftwerkes verstorben. Genau wie bei Dr. Lynch gab es keine Hinterbliebenen. Ich über-flog die Artikel nur beiläufig. Wie erwartet, wurde von einem tra-gischen Unfall berichtet. Danach sah ich mir eine Auflistung diverser Medikamente an, mit denen I.S.R. laut Alex' Meinung experimentierte. Überwiegend handelte es sich dabei um bewusstseinsverändernde Rauschmittel. Der letzte Ordner war eine Ansammlung von Zeitungsberichten über die Ankunft und den Aufenthalt westasiatischer Besucher auf dem Hill.

»Mmmh, du hast eine Menge zusammengetragen. Woher hast du all diese Informationen? Und wie kommst du überhaupt an so ein schickes Gerät samt Internetdatenpack?«, murmelte ich und griff nachdenklich nach einem Hefegebäck. »Dieser Hayden, er spielt eine wichtige Rolle. Er hat zu allem eine Verbindung.«

Ich betrachtete ein Foto, das neben zwei Anzugsträgern und drei in traditioneller Tracht gekleideten Ausländern auch das lächelnde Gesicht des Mannes zeigte.

»Wie du weißt, führe ich erfolgreich diverse Geschäfte durch. Ich habe des Öfteren mit ein paar reichen Snobs auf dem Hill gehandelt und bin so an das Gerät gekommen. Das Internet ist sein Geld definitiv wert. Im Netz ist alles zu finden. Daher weiß ich auch, dass Hayden einer der wohlhabendsten Menschen auf dem Hill ist. Seine Finger stecken überall dort drin, wo es etwas zu holen gibt.«

Mein Blick wanderte zu Alex' mürrisch dreinblickender Miene. »Du scheinst ihn richtig zu mögen. Ich habe mir gleich gedacht, dass mit ihm nicht gut Kirschen essen ist. Hast du zufälligerweise auch etwas über dieses Projekt Oblit herausgefunden?«

»Projekt *was*?« Er hielt mitten in der Bewegung inne.

»Ich glaube, er nannte das Projekt *Oblit*. Hayden hat es gegenüber den Wissenschaftlern erwähnt. Er hat sich Sorgen gemacht, dass die Investoren abspringen könnten, wenn sie von dem Vorfall in der Firma erfahren. Dieser Dr. Lynch war auch daran beteiligt.«

Alex schüttelte den Kopf. »Ich höre heute zum ersten Mal davon.«

»Dann solltest du es in deine Notizen aufnehmen«, erwiderte ich mit einem schelmischen Grinsen und deutete auf den Bildschirm. »Was ist eigentlich mit dem Ordner *L.K.*? Hast du da die Sachen abgelegt, die ich nicht wissen soll?«

»Nein«, antwortete er wie auf Knopfdruck. »Das hat nichts damit zu tun.«

»Wie du meinst. Und was ist mit dem Besuch der Ausländer? Haben sie etwas damit zu schaffen?«

»Ich denke schon«, bestätigte er und hielt mir die Ausgabe der Zeitung vors Gesicht. »Sie kommen jedes Jahr für ein paar Tage zu Besuch. In diesem Moment sind sie auch hier.«

Ich starrte auf die Titelseite, wo Hayden die Hände von drei dunkelhäutigen Männern schüttelte.

»Aber was wollen die hier?«

»Ich vermute, sie sind das fehlende Geld. Hayden und Co. werden sie immer wieder aufs Neue als Investoren gewinnen müssen. Du hast selbst gesagt, dass er darüber gesprochen hat. Oder sie machen es sogar freiwillig, weil sie etwas von dem Kuchen abhaben wollen.«

Ich runzelte die Stirn. »Also denkst du, sie kaufen sich ein, um am Ende einen Teil vom Gewinn oder der Ware einzufordern?«

»Das wäre auf jeden Fall möglich.« Alex deutete auf das Foto. »Der Pöbel hüllt sich in Schweigen. Von ihnen werden wir sicher nie etwas darüber erfahren. Aber ich würde zu gern wissen, ob das auch für diese Herrschaften hier gilt. Sie kommen nicht von hier; vielleicht sind sie offener in Bezug auf ihre Geschäfte.«

»Durchaus denkbar. Wenn sie ihre Finger im Spiel haben, müssen sie auch eine Menge wissen. Das könnte durchaus mehr Licht ins Dunkel bringen.«

Alex stieß einen leisen Seufzer aus und nickte. »Äußerst schade, dass es für Leute wie uns keine Möglichkeit gibt, mit ihnen auf dem Hill in Kontakt zu treten.«

»Mmmh, vielleicht gibt es die ja doch«, sagte ich und grinste verschwörerisch.

Soeben war mir eine verrückte, aber auch geradezu erhellende Idee in den Sinn gekommen.

Kapitel 9

»D u lebst also noch?«, fragte meine Mutter vom Sofa aus, als ich im Begriff war, den Trailer zu betreten.

Ich stockte in der Tür. »Wie du siehst. Du ja wohl auch noch.« Mein Blick war voller Ablehnung, doch meine Mom hielt dagegen. Schließlich gab ich nach und sah als Erste weg. Ich stolzierte so aufrecht, wie es mir möglich war, an ihr vorbei. Ihre Augen folgten mir.

»Wieso bist du hier, Phoebe?«

»Ich hole mir nur ein paar Sachen«, antwortete ich einsilbig und öffnete den Wandschrank.

»Also wirst du gleich wieder abhauen?«

Ich nickte. »Keine Sorge, du bist mich sofort wieder los.«

Während ich eine schwarze Hose und eine Bluse aus dem Schrank kramte, hörte ich sie hinter mir bedauernd seufzen. Mir war sofort aufgefallen, dass heute einer ihrer Tage war, an denen sie nicht vollends dem Fusel erlegen war und sich daran versuchte, eine Mutter zu sein. Ich kannte dieses Spielchen bereits. Wie die Momente, wenn die Phase vorüber war.

»Ich … wollte heute Abend etwas zu Essen kochen und … na ja, es wäre schön, wenn du dann dabei sein könntest.«

Ich drehte mich ihr mit hochgezogener Braue zu. »Und du glaubst wirklich, dass du dich heute Abend noch daran erinnerst? Daraus wird sowieso nichts. Ich habe schon andere Pläne.«

»Phoebe«, presste sie hervor, während sich tiefe Falten um ihre Mundwinkel gruben. »Ich weiß, dass ich nicht perfekt bin. Ich bin manchmal in keiner so guten Verfassung, doch ich will mich bemühen, dass es besser wird – auch zwischen uns beiden.«

Diesmal war ich es, die bedauernd seufzte. Ich hatte aufgehört zu zählen, wie oft sie mir Ähnliches versprochen und ich gehofft hatte, dass sie es ernst meinte. Doch sie verfiel jedes Mal in alte Muster, meist sogar schlimmer als zuvor. Wenn ich nachgab, würde ich es später bereuen. Wie immer. Diese Hoffnung hatte ich längst begraben.

»Es tut mir leid, Mom, ich habe heute keine Zeit. Ich muss jetzt auch weiter.«

Ich griff nach meinem Rucksack, stopfte die Kleidungsstücke hinein und ließ meine Mutter dann mit ihrem Schmerz allein zurück. Draußen vor der Tür schloss ich kurz die Augen und atmete tief durch. Auch wenn ich wie ein kaltherziges Miststück wirkte, ließen mich diese Begegnungen niemals kalt. Ich verbot mir mittlerweile, mich an die Hoffnung zu klammern und kein schlechtes Gewissen mehr ihr gegenüber zu verspüren.

Auf dem Rückweg zum Coffeeshop hielt ich Ausschau nach Finley oder Ash. Leider traf ich sie nirgends an. Die Blicke einiger Männer, die mir am helllichten Tag auf den Straßen des Slopes offenkundig nachgafften, stachelten meine miese Stimmung noch mehr an. Mir war bewusst, dass ich in ihren Augen als hübsche, junge Frau durchging. Ich war groß, mit einem ansehnlichen Körperbau und Oberweite. Die blonden, langen Haarkringel schwangen und glänzten im Sonnenlicht, und die kühle

Luft verlieh meinen blassen Wangen etwas Farbe. In meinen Augen war es geschmacklos, dass Frauen im Slope nur als Lustobjekt betrachtet wurden. Ich hatte bereits sexuelle Erfahrungen gesammelt, mich allerdings niemals dazu zwingen lassen oder dafür Geld oder andere Gefälligkeiten verlangt. Finley und ich genossen ab und zu intime, geschützte Momente, die uns beiden wichtig waren. Wir hegten aber keine dieser dämlichen Gefühle füreinander. Wir waren einander aufrichtig verbunden, durch Freundschaft. Ich war nicht einmal davon überzeugt, dass es so etwas wie Liebe überhaupt gab. Wenn ich an meine Eltern dachte, führte so etwas nur ins Elend. Und ich wollte nicht wie die beiden enden.

Hinter mir hörte ich Frank Lawine meinen Namen rufen, was ich jedoch geflissentlich überhörte. Heilfroh, den Coffeeshop erreicht zu haben, stieß ich die Tür zum Treppenhaus auf und stieg die Stufen hinauf. Wie ausgemacht, erwartete Alex mich bereits in seiner Wohnung.

»Ist alles in Ordnung?«, fragte er da und musterte mich mit prüfendem Blick.

»Ja, natürlich.«

Ich ignorierte seine hochgezogene Braue und das bohrende Schweigen, das den Raum erfüllte. Wir verfolgten einen Plan, und obwohl unser Vorhaben nach hinten losgehen konnte, stand mein Entschluss fest.

»Was ist?«, wollte ich wissen, ohne beim Auspacken der Kleidung aufzusehen.

»Du bist mies drauf. Hast du es dir etwa anders überlegt?«

Ich schüttelte den Kopf. »Und du?«

»Nein, aber du musst das nicht tun, wenn du nicht willst.«

»Es war meine Idee«, beharrte ich und verschwand im Bad, bevor er weitere Bedenken äußern konnte.

Ich trug noch etwas Salbe auf, kämmte mir die Haare und nahm sämtliche Ringe von den Ohrläppchen ab, ehe ich mir ein wenig das Gesicht puderte. Die Frau, die so trostlos aus dem Spiegel starrte, war jede andere, nur nicht ich. Mit der bordeauxroten Bluse und der Stoffhose passte ich nicht in den Slope.

Als ich aus dem Badezimmer trat, blieb ich wie angewurzelt stehen. Alex hatte bereits den Kopf schiefgelegt, und seine Augen wanderten langsam an mir auf und ab.

»Was ist?«

»Nichts.«

»Dein Gesicht sagt aber was anderes«, entgegnete ich und presste die Lippen aufeinander.

»Gar nicht. Es ist nur … na ja, du siehst eben …«

Ich ließ die Schultern hängen und strich mir eine Locke aus der Stirn. »Ich weiß, ich sehe furchtbar aus.«

Alex verzog keine Miene, während er mich erneut mit den Augen musterte. Nach einigen Sekunden legte sich ein Lächeln auf seine Lippen, das ich so noch nie an ihm gesehen hatte.

»Was? Willst du mich jetzt mit deiner Schadenfreude ärgern?«

»Das ist keine Schadenfreude«, schnaubte er, sein Lächeln wurde jedoch breiter. »Es ist zwar ungewohnt, aber es steht dir. Du siehst gut aus.«

All die Wut, all die düsteren Gedanken verschwammen augenblicklich. Ich wäre am liebsten an seiner Brust in Tränen ausgebrochen, um all den Schmerz herauszulassen, den ich so tief in mich hineingefressen hatte. Doch ich sah ihn nur reglos an, unfähig zu reagieren.

»Na schön, wollen wir dann los?«, brach er schließlich das bleierne Schweigen.

Mühsam schüttelte ich die Benommenheit ab. Wir hatten einen Plan. Bisher hatte ich ihm bloß noch nicht klargemacht, dass dieser allein mich betraf.

»*Ich* werde gehen, *du* nicht!«

Alex machte große Augen. »Doch, natürlich! Ich gehe mit!«

»Nein, das wirst du nicht«, widersprach ich und fügte angesichts seiner mürrischen Miene hinzu: »Alex, bitte. Ich muss das allein machen. Wenn das, was ich vorhabe, funktioniert, sieht es für den weiteren Plan schon anders aus.«

»Ich werde dich nicht …«

»Das musst du. Seien wir ehrlich: So wie du aussiehst, stichst du auf dem Hill wie ein bunter Vogel heraus. Und wenn du dich erinnerst, wollen wir vieles, aber nicht auffallen.«

Er nickte zwar nach einigen Sekunden, doch seine mahlenden Kiefermuskeln und der harte Blick verrieten, wie sehr ihm meine Idee missfiel.

»Hör zu, Kitty«, sagte er tonlos, packte mich fest am Arm und rückte mir so nah auf die Pelle, dass ich seinen Atem auf der Haut spüren konnte. »Es gibt drei Dinge, die du beachten solltest: Verrate nicht zu viel über dich. Je mehr sie von dir wissen, desto gefährlicher kann es werden. Vertraue ihnen nicht. Sie wollen dir nichts Gutes, so sehr du das auch glauben magst. Und drittens: Sei nicht zu neugierig.«

Ich starrte ihm einen Moment lang in die Augen. Er sah mich an, als müsste er mich vor mir selbst retten. Aber ich war kein Kind mehr, das man an die Hand nehmen musste. Ich wusste, was ich tat, und ich brauchte keine Belehrungen.

Ich machte mich von ihm los und brachte zwei Schritte Abstand zwischen uns. »Ich weiß, was ich tue. Ich kenne sie. Du nicht.«

Alex seufzte. »Kitty, bitte. Vertrau mir, ich weiß, wovon …«

»Sorry, Coffeeboy«, unterbrach ich ihn umgehend. »Ich bin im Slope aufgewachsen. Ich habe gelernt, nur mir selbst zu vertrauen. Es wird schon schiefgehen. Und jetzt muss ich los.«

Ohne auf eine weitere Reaktion zu warten, wirbelte ich herum und verließ die Wohnung. Auch wenn ich Alex die Taffe vorgaukelte, war mir schon etwas mulmig zumute, als ich mich auf den Weg nach oben auf den Berg machte.

***

So oft ich den Berg auch für meine Streifzüge bestiegen hatte, schien sich der Weg dieses Mal endlos zu ziehen. Der Fußweg verlief flacher als der von Tannen besiedelte Hang, schlängelte sich jedoch uneben und staubig im Zickzack nach oben. Um kein Risiko einzugehen, nutzte ich niemals die Hauptstraße, die vom

Hill direkt aus der Stadt hinausführte. Wegen meiner Verletzungen kam ich nur im Schneckentempo voran und brauchte eine gefühlte Ewigkeit, bis ich die Gabelung zum Section und die ersten Häuser auf dem Hill erreichte. Schweißgebadet ging ich den gepflasterten Gehweg entlang, vorbei an farbenfrohen Ladenfronten und Schaufenstern, die mit flimmernden Hologrammen alles Mögliche zeigten. Werbung, Nachrichten, Anzeigen – alles leuchtete hell und in grellen Farben vor sich hin. Die stattlich gekleideten Anwohner sammelten sich nicht nur vor den protzigen Gebäuden, sondern auch in einer säuberlich angelegten Parkanlage, wo sie Getränke und Speisen an Verkaufsständen bestellten und einnahmen. Dieser Bereich von Hill City war das krasse Gegenteil zum Slope. Hier war alles sauber, grüner als grün und die Luft in der Höhe angenehm erfrischend. Die Geschäfte waren einladend gestaltet, Kleinkinder spielten in den Vorgärten der Bonzenhäuser, elektrobetriebene Fahrzeuge befuhren geräuschlos die Straßen. Eine Idylle, die ihresgleichen suchte.

Jedes Mal, wenn ich hierherkam, verspürte ich einen Stich in meiner Brust. Ich war dieses protzige, kultivierte Leben nicht gewöhnt. Es erinnerte mich daran, dass es noch mehr gab als den Überlebenskampf in den Gassen des Slopes. Was ich gewohnt war, waren die abwertenden Blicke der Anwohner, wenn jemand wie ich sich auf den Hill wagte. Meine äußerliche Erscheinung verschaffte mir dieses Mal mehr Respekt – zumindest stürmten sie bei meinem Anblick nicht sofort davon, aus Furcht, ich könnte

141

sie allein durch meine Anwesenheit mit der Fixerkrankheit anstecken.

Der Stadtteil war riesig; erstreckte sich kilometerweit, führte dahinter abwärts in den östlichen Bezirk, wo große Zentren und Passagen das Ende von Hill City erleuchteten. Soweit war ich allerdings nie gekommen. Zu Fuß benötigte man einen guten Tagesmarsch. Außerdem wurde dieser Bereich wegen der erhöhten Diebstahlrate streng von der Polizei bewacht.

Ich wusste, welches Haus ich anpeilen musste. Ich war bei meinen Touren bereits das ein oder andere Mal daran vorbeigekommen. Ein farbenfroh angelegter Vorgarten strahlte mir im Sonnenlicht entgegen, das hohe Gebäude glänzte in protzigen Weißtönen. Ich zögerte kurz, bevor ich auf die geschwungene Haustür zuging und die schrille Klingel betätigte. Es dauerte einen Moment, bis ich Schritte vernahm. Die Tür wurde einen Spalt geöffnet und ein hübscheres Ebenbild meiner Mutter kam zum Vorschein. Riesige, blau leuchtende Augen starrten mir erwartungsvoll entgegen.

»Ja, bitte?«, empfing mich meine adrette Tante mit der perfekt sitzenden Fönfrisur, legte bei meinem Anblick jedoch die Stirn in Falten. »Äh … Phoebe? Bist du das?«

»Ich bin es. Hallo Tante Andriana.«

Ihre erheiterte Miene verhärtete sich umgehend. »Oh, es ist also so weit. Deine Mom hat sich selbst erlöst.«

»Äh nein, Mom geht es gut. Sie lebt zumindest noch«, sagte ich und verlagerte mein Gewicht von einem auf das andere Bein.

»Oh! Das ist gut! Es tut mir leid, das war dumm von mir. Ich hatte einen solchen Besuch von dir nur aus diesem Anlass erwartet. Aber… öhm… möchtest du vielleicht hereinkommen?«

»Sehr gern.«

Meine Tante öffnete die Tür und machte dabei eine einladende Geste, um mir den Vortritt zu lassen. Ich betrat den Flur und sah mich neugierig um, während Andriana mir folgte. Das Haus war exquisit eingerichtet; die Möbel prachtvolle Stücke aus poliertem Holz und edlen Verzierungen. An den Wänden hingen überall Fotografien meiner Tante und ihrer Familie. Ich kannte sie nicht und war ihnen auch noch nie begegnet, aber ich wusste bereits vorher, dass ich zwei Cousins hatte.

Andriana schritt in ihrer faltenfreien Stoffhose und der farblich perfekt abgestimmten Bluse voran. Sie führte mich in ein einladendes Wohnzimmer, das von schweren Ledermöbeln dominiert wurde, während sie mich ununterbrochen mit belanglosem Gefasel bombardierte.

»Ich bin etwas im Stress. Der Hausrobo ist in Wartung, alles bleibt an mir hängen. Und es ist eine Ewigkeit her, seit wir uns das letzte Mal gesehen haben. Du siehst gut aus, Phoebe. Vielleicht etwas dürr, aber das liegt ja in unserer Familie in den Genen. Deine Mom …« Sie ließ den Satz in der Luft hängen und drehte sich verlegen zu mir um. »Na ja, jedenfalls bin ich froh, dass du hier bist«, seufzte sie und deutete auf einen Sessel. »Setz dich doch bitte, Phoebe.«

Ich ließ mich plump auf das Leder sinken und fühlte mich sogleich befangen, als ich beobachtete, wie Andriana mit elfenhafter Grazie auf das Sofa glitt. Sie wirkte makellos: Das seidige, blonde Haar und ihre formvollendete Gestalt strahlten zusammen mit ihrer ungezwungenen Art eine Herzlichkeit aus, die mich sofort willkommen hieß.

»Du solltest wissen, Phoebe, ich habe die Entscheidung meiner Eltern nie respektiert. Es war nicht rechtens, deine Mutter von sich zu stoßen. Sie gehört zu meiner Familie. Genau wie du. Ich habe oft versucht, deiner Mom zu helfen. Ich habe euch in unsere Krankenversicherung aufgenommen und ihr Geld angeboten, aber sie lehnte stets ab. Du sollst wissen, dass dies auch für dich gilt. Wenn du Hilfe benötigst oder hierherkommen möchtest, werde ich dich unterstützen.«

»Schön zu hören«, gestand ich mit einem Lächeln auf den Lippen.

»Wie kommst du zurecht? Wie verbringst du deine Tage?«

»Oh … ich … na ja, ich komme gut klar. Ich verticke ein paar Sachen, um über die Runden zu kommen«, sagte ich und ergänzte auf ihren skeptischen Blick sofort: »Keine Drogen. Alles nur auf legalem Weg. Ich bestehle niemanden oder so.«

Meine Tante nickte mit einem aufgesetzten Grinsen. »Nun, das ist schön, würde ich sagen. Ich bedaure es, dass deine Großeltern so engstirnig waren. Du gehörst hierher, auf den Hill. Sie hätten deine Mom niemals verstoßen dürfen.«

»Hast du Kinder?«, fragte ich ausweichend.

»Äh … ja, natürlich. Zwei Jungs. Sie sind großartig.«

»Was würdest du sagen, wenn sie eines Tages mit einem Mädchen aus dem Slope heimkämen? Du wärst sicher genauso wenig erfreut, wie meine Großeltern es damals waren.«

Andriana senkte den Blick und hob die zierlichen Schultern. »Nun, mag sein, aber wir sind und bleiben eine Familie. Wir müssen zusammenhalten und uns nicht gegenseitig wegstoßen.«

»Das sehe ich genauso.«

Ihre Augenbrauen wanderten ein Stück nach oben, während sie mich prüfend ansah. »Und was heißt das genau?«

»Na ja«, sagte ich zögerlich, »ich würde auch viel lieber das Leben führen, das für mich vorgesehen war. Ich würde gerne meine Familie kennenlernen.«

»Oh, das solltest du, Phoebe. Natürlich. Ich habe nichts dagegen, im Gegenteil, es würde mich freuen, wenn du öfter vorbeikämst. Deine Cousins wollten dich sowieso längst einmal kennenlernen und Augustus wäre entzückt. Er ist ein Einzelkind und hat sich so sehr eine große Familie gewünscht. Und natürlich eine Tochter. Du würdest ihm gefallen.«

Ich spürte, wie die Röte mein Gesicht färbte. Ich fühlte mich geschmeichelt. Auch wenn die ganze Kennenlern-Sache nur Teil meines Planes war, überraschte mich ihre offene, einladende Art ungemein. Sie entsprach so gar nicht dem Bild, das meine Mom mir von ihr vermittelt hatte. Ich war Andriana früher bereits das ein oder andere Mal begegnet, konnte mich allerdings kaum daran erinnern. Es schien ihr wirklich etwas daran zu liegen, dass ich sie besuchte und ein Teil ihrer Familie sein wollte.

»Das wäre schön. Ich möchte euch aber nicht zur Last fallen. Und ich will nicht, dass die Leute hier über euch …«

»Papperlapapp«, unterbrach sie mich lächelnd und winkte ab. »Du gehörst zur Familie. Das darf ruhig jeder wissen. Wir könnten dich in der Gesellschaft einführen und Freunden vorstellen. Wenn du möchtest, helfen wir dir auch, Arbeit zu finden oder deine Bildung abzuschließen. Es gibt unzählige Feste und Treffen, wo wir dir Kontakte ermöglichen könnten.«

»Hört sich gut an. Ich würde gern auf so ein Fest gehen. Das war immer mein Traum. Hier gibt es doch diese Galas, die wären vielleicht eine gute Gelegenheit.«

»Oh«, stieß meine Tante zwischen den rot umrandeten Lippen hervor. Ihre freundliche Fassade schien dabei zu bröckeln. »Solche Galas sind bloß langweilige Partys, auf denen geschäftliche Bindungen aufgebaut oder bestärkt werden.«

Sie fuhr auf und nahm eine Karaffe mit Wasser von der Kommode. »Möchtest du etwas trinken?«

»Gern.«

Meine Kehle war von dem Aufstieg und der Rederei ganz trocken. Außerdem hatte ich das Gefühl, dass sie von meinem Vorschlag ablenken wollte. Ich beäugte sie argwöhnisch, während sie ein Glas füllte. Erst als sie sich mir wieder zuwandte und mir das Wasser reichte, setzte Andriana ihre Unterhaltung mit einem Seufzer fort. »In drei Tagen wird so ein Event organisiert. Die Stadt beherbergt zurzeit einige Gäste aus Westasien, die für wichtige Geschäftsabschlüsse angereist sind. Ich denke nicht, dass so eine Art von Veranstaltung etwas für dich ist.«

Ihr Lächeln blieb starr auf mich gerichtet, während ihre Finger unruhig den Stoff ihrer Hose kneteten. Ich sackte ein wenig in mich zusammen und ließ meine Mundwinkel gezielt nach unten wandern, damit sie meine Enttäuschung ja nicht übersah.

»Oh, schade. Ich wäre gern gekommen. Das hört sich perfekt an, um in die Gesellschaft eingeführt zu werden. Aber …«

»Wenn du natürlich dorthin möchtest, Phoebe, dann solltest du auch hingehen«, unterbrach sie mich. »Ich wollte dich nur vor langweiligen Banketten behüten und nicht ausschließen.«

»Großartig. Ich komme sehr gerne mit meinem Freund.«

»Mit deinem *Was*?« Die Worte blieben meiner Tante förmlich im Hals stecken, während ihre Augenbrauen fast bis zum Haaransatz wanderten

»Mit meinem Freund«, wiederholte ich und lächelte. »Keine Sorge, er wird sich benehmen. Wir kennen die Etikette. Es wird nicht auffallen, wo wir herkommen. Alex wird dir gefallen.«

Andriana sah keineswegs überzeugt aus. Sie versuchte sich zwar zu beherrschen, hätte mir aber wohl lieber ein dickes, fettes *Nein* entgegengeschmettert. Ihr Auflachen wirkte so künstlich, dass ich mir dumm vorkam, ihr überhaupt zugetraut zu haben, die Anwohner des Slopes zu respektieren.

»Du hast also einen Freund. Wie die Zeit vergeht«, presste sie zwischen den Lippen hervor. »Dieser Alex, ist er gut zu dir?«

»Er ist sehr vornehm. Er heißt Alexander Parker und arbeitet in einem Coffeeshop.«

147

»Parker?« Meine Tante hielt mitten in der Bewegung inne. »Dein Freund ist also Alexander Parker?«

Ich runzelte die Stirn. »Genau. Wieso, kennst du ihn?«

»Nein«, sagte sie und schüttelte den Kopf, darum bemüht, ihre offene Art zurückzugewinnen. »Ich bin bloß neugierig. Immerhin hast du jetzt einen Freund. Das letzte Mal, als ich dich sah, warst du eben noch ein Kind.«

»Ich war zwölf oder dreizehn, glaube ich.«

»Ja, sage ich doch, noch ein Kind«, belächelte sie meine Aussage und sank wieder auf das Sofa zurück. »Ich setze euch beide auf die Gästeliste. Es findet am Freitagabend im Palace Room des Hayden Areal statt. Ihr wisst, wo das ist?«

Ich nickte, auch wenn ich keinen blassen Schimmer hatte. Hoffentlich kannte Alex sich aus.

»Sag mir, Phoebe, was macht deine Mutter eigentlich?«

»Na ja, sie hat sich kaum verändert. So genau kann ich es dir aber nicht sagen, ich sehe sie nicht mehr oft. Und wir reden auch nicht viel miteinander.«

Andriana seufzte. »Die arme Mariola. Ich hatte so gehofft, dass sie sich wieder fängt. Wo wohnst du denn, wenn du nicht bei ihr bist? Doch nicht etwa auf der Straße?«

»Nein.« Die Lüge kam mir leicht über die Lippen. »Ich wohne bei Alex. Er hat eine Wohnung über dem Coffeeshop.«

»Ah ja, interessant«, murmelte sie und sah auf eine schicke Armbanduhr. »Ach du liebe Güte, wie die Zeit verfliegt. Ich muss die Jungs bald von der Schule abholen. Möchtest du mich begleiten, Phoebe? Dann lernst du sie auch gleich kennen.«

Ich schüttelte den Kopf, als unsere Blicke sich wiederfanden. »Nein, danke. Ich muss auch los.«

Sie schenkte mir ein breites Lächeln – eines von eben dieser Sorte, wie meine Mutter es mir nie geben konnte. Es gefiel mir, dass sie mich willkommen hieß und mir bereitwillig ihre Familie vorstellen wollte.

»Gut, dann sehen wir uns am Freitag. Ich begleite dich zur Tür.«

»Da wäre noch eine Sache«, stammelte ich und hielt meine Tante davon ab, aufzustehen. »Ich … ich habe für so eine Veranstaltung nichts Passendes zum Anziehen. Und Alex auch nicht.«

»Oh!«

Sie sah mich einen Moment nachdenklich an und mir kam kurz der Gedanke, dass es für sie Grund genug war, uns wieder auszuladen. In diesem Moment hob Andriana jedoch den Zeigefinger, als hätte sie die rettenden Idee.

»Du hast in etwa meine Größe«, stellte sie fest und musterte mich. »Ich könnte dir ein Kleid von mir geben. Und Alex würde vielleicht ein Anzug von Augustus passen. Ist er denn groß?«

»Ja, er ist sicher einen Kopf größer als ich.«

»Na dann könnte es gehen. Wenn es nicht genau sitzt, könnt ihr es bis Freitag noch ein wenig anpassen. Warte hier kurz, ich suche euch etwas heraus. Wie schon gesagt, der Hausrobo hat seine alljährliche Wartung.«

Ich konnte mich noch nicht einmal bedanken, da war sie bereits verschwunden. Während ich auf ihre Rückkehr wartete, nippte ich an dem Wasser und ließ meinen Blick durch das Zimmer wandern. Neben einem Kamin aus weißem Marmor reihte sich ein Bücheregal. Es war gut bestückt und sorgfältig sortiert. Unordnung, überladene Dekoration oder tristes Mobiliar kannten die Kensingtons nicht. Jeder Winkel war blankpoliert und mit modernster Technik ausgerüstet. Auf mich wirkte das alles sehr befremdlich – wie eine andere Welt, in die ich niemals hineinzupassen vermochte. Ich machte mir nichts aus eleganten Kleidern und aufwendigen Hochsteckfrisuren. Wenn ich allerdings auf eine solche Gala wollte, musste ich mich wohl oder übel darauf einlassen.

Als Andriana ins Wohnzimmer zurückkehrte, hielt sie mir eine vollgepackte Tasche entgegen. »Hier, ich habe euch zwei Anzüge und Kleider herausgesucht. Damit habt ihr eine Auswahl. Ihr müsst sie uns auch nicht mehr zurückgeben. Ich hoffe, dass eines davon passt.«

»Danke, das … das ist sehr lieb von dir.«

»Nicht dafür«, sagte sie mit strahlendem Lächeln und reichte mir ein Bündel Scheine. »Und das nimmst du bitte auch mit.«

»Äh, nein, das geht nicht.«

»Und wie das geht. Ich bestehe sogar darauf. Meine Nichte soll nicht durch die Straßen ziehen und in … nun ja, du weißt, was ich meine. Es ist kaum der Rede wert. Nimm es und iss endlich einmal anständig. Du bist viel zu dürr.«

Ich zögerte. Es widerstrebte mir, das Geld anzunehmen. Im Slope erforderte so etwas immer eine Gegenleistung. Auf dem Hill war alles anders. Es gab so etwas wie großzügige Gesten.

Und meine Tante entschied für mich, indem sie das Bündel wie ein Einstecktuch in die Brusttasche meiner Bluse steckte und den Kragen richtete.

»Danke«, murmelte ich.

»Wie gesagt, nicht dafür«, sagte Andriana lächelnd. Ihre Finger fuhren unermüdlich über den Stoff, als gäbe es nichts Wichtigeres, als jede Falte aus meiner Bluse zu streichen. »Warne deinen Freund bitte vor Freitag. Es wird ermüdend sein. Das sind Geschäftsabwicklungen immer.«

»Um welche Geschäfte handelt es sich denn da genau?«, hakte ich neugierig nach.

Kaum dass ich ihrem Blick begegnete, schaute sie zur Seite und gab mich frei. »Ich weiß es nicht. Das sind Augustus' Angelegenheiten. Wieso fragst du überhaupt?«

Sie machte auf mich nicht den Eindruck, als wüsste sie nicht, womit ihr Ehemann sein Geld verdiente. Sie wollte bloß nicht darüber reden.

»Ich bin nur neugierig und will euch besser kennenlernen.«

Da wirbelte meine Tante herum, majestätisch und gefährlich wie eine Löwin. »Neugier ist der Katze Tod, Phoebe. Das solltest du dir merken. Und nun komm, ich muss die Jungs abholen.«

Die Maske der Herzlichkeit zerfiel; zurück blieb die kühle, perfekt frisierte Bewohnerin vom Hill. Wortlos folgte ich ihr zur Haustür, die sie schwungvoll aufriss. Ich musste einen wunden Punkt getroffen haben.

»Wir sehen uns dann am Freitag.«

Ihr kühler Tonfall traf mich unvorbereitet. Entgegen ihrer Ankündigung begleitete sie mich nicht nach draußen, sondern beförderte mich fast schon eigenhändig vor die Tür und ließ sie vor meiner Nase ins Schloss fallen.

Kapitel 10

Im Nachhinein betrachtet hatte ich gegen alle drei Regeln von Alex verstoßen. Viel zu schnell hatte ich mich von der offenen, freundlichen Art meiner Tante blenden lassen und ihr Details über Alex und mich anvertraut, über die ich lieber Stillschweigen bewahrt hätte. Zwar hatte ich sie auch belogen –ihr herzlicher Empfang könnte schließlich reine Fassade sein –, doch letztlich hatte ich jedes Warnsignal ignoriert. Andrianas gesamtes Auftreten war ein Widerspruch in sich. Ihr missfiel es, dass ich gemeinsam mit Alex an dieser Gala teilnehmen wollte und Fragen über die Geschäfte ihres Mannes stellte. Gleichzeitig gab sie mir Kleidung sowie Geld und bot mir ihre Unterstützung an, obwohl sie die Anwohner des Slopes offensichtlich mit Verachtung strafte. Vielleicht irrte ich mich auch. Zumindest hegte ich Hoffnung, dass meine Tante und ihre Familie nicht in die zwielichtigen Machenschaften der Firma I.S.R. verstrickt waren.

Es dämmerte, als ich den Coffeeshop erreichte. Ich war am Ende meiner Kräfte, jeder Muskel schmerzte. Alex erwartete mich bereits. Er riss die Wohnungstür auf, noch bevor ich die letzte Stufe der Treppe hochgewankt war. Ich hievte mich am Geländer nach oben und hielt schnaufend inne.

»Hey!«

Ich versuchte mich an einem Lächeln. »Hey! Ich bin zurück.«

»Das sehe ich«, sagte er und musterte die Tasche in meiner Hand. »Alles okay? Du warst lange weg. Hat es funktioniert?«

»Natürlich. Sie ist meine Tante; sie konnte unmöglich ablehnen. Deshalb gehen wir zwei auch am Freitag auf eine Gala, wo alle wichtigen Geschäftsleute, einschließlich der ausländischen Gäste, anwesend sein werden.«

»Gut.« Sein Blick war wie immer unergründlich.

Ich versuchte, einen Schritt auf ihn zuzumachen, klammerte mich aber sofort wieder ans Geländer, weil meine Beine zitterten.

Alex hob die Augenbrauen. »Und es ist wirklich alles okay?«

»Ja, schon. Es war ein langer Auf- und Abstieg.«

Mein schwaches Lächeln machte ihm nichts vor. Mit zwei Schritten war er an meiner Seite und legte einen Arm um meine Taille. »Komm, ich helfe dir rein.«

Zuerst wollte ich widersprechen, allerdings war ich kaum noch in der Lage, aufrecht zu stehen. Außerdem war mir sein Geruch nach Kaffee und blumigem Parfüm mittlerweile so vertraut, dass ich es gerne um mich hatte. Widerstandslos ließ ich mich von ihm hineinführen und sanft auf einen Stuhl drücken. Auf dem Tisch entdeckte ich ein Sandwich und ein Glas Wasser. Bei dem Anblick musste ich grinsen.

»Was ist eigentlich in der Tasche?«

Ich legte den Kopf in den Nacken und ließ meine Mundwinkel zucken. »Unsere Outfits. Die Etikette muss gewahrt werden.«

»Na prima«, raunte er und ließ die Finger, mit dem Rücken zu mir gewandt, suchend über die Buchrücken des Regals gleiten. »Ich muss gleich noch einmal weg. Du solltest etwas essen und dich ausruhen.«

»Du willst noch einmal weg? Wohin?«

Er sah mich über die Schulter hinweg an. »Ich muss Dinge erledigen, die ich erledigen muss. Von nichts kommt nichts.«

»Ich müsste auch …«, begann ich seufzend, brach aber ab, weil er mittlerweile herumgefahren war und auf mich zukam.

»Was müsstest du?«, hakte er nach.

Ich senkte den Blick. In meinem Eifer hatte ich Ash und Finley ziemlich vernachlässigt. »Ich sollte auch noch mal los. Ich …«

Bevor ich den Satz beenden konnte, war er vor mir in die Knie gegangen. »Du musst dich ausruhen. So solltest du nirgends hingehen. Morgen ist auch noch ein Tag.«

Ein Lächeln umspielte seine Lippen, während er mir wie beiläufig eine widerspenstige Haarsträhne hinters Ohr strich. Die flüchtige Berührung jagte mir einen Schauer über den Rücken und ließ meinen Puls rasen. Der Blick aus seinen stahlblauen Augen löste ein wohliges Kribbeln auf meiner Haut aus. Ich hätte mich nur ein wenig vorbeugen müssen, um sein Gesicht zu berühren. Die Versuchung war groß und ich war nur einen Herzschlag davon entfernt, dem Impuls nachzugeben.

Doch eine innere Stimme ermahnte mich. Alex hatte mehr als einmal verlauten lassen, dass er mir aus reinem Eigennutz half. Seine Freundlichkeit war lediglich ein Mittel, um sein schlechtes Gewissen zu besänftigen. Ebenso waren meine Worte vom Vormittag alles andere als bloß eine schnippische Bemerkung. Ich traute Alex nicht hundertprozentig über den Weg.

Ich brach als erste den Blickkontakt und griff in die Brusttasche meiner Bluse. Mit den Fingern löste ich zwei Scheine und zog sie heraus. »Das ist für dich.«

Als ich zu ihm aufsah, legte sich eine tiefe Falte zwischen seine Brauen. »Wofür ist das?«

»Für die Unannehmlichkeiten, die ich dir bereite«, erklärte ich und fügte auf seinen skeptischen Blick schnell hinzu: »Und für die Rundumversorgung inklusive Schlafplatz. Du hast keine Vorstellung davon, wie dankbar ich dir dafür bin. Ich würde dir gerne etwas zurückgeben.«

Er biss sich auf die Unterlippe und legte den Kopf schräg. Ich konnte nicht sagen, ob ihm die Summe zu wenig war oder er sich schlicht sträubte, überhaupt Geld von mir anzunehmen. Am Ende gab er sich einen Ruck und griff nach den Scheinen.

»Danke. Ich muss jetzt aber los. Ruh dich aus.«

Er sah mich nicht mehr an, als er an mir vorbeiging und die Wohnung verließ.

**

Am nächsten Morgen erwachte ich so allein im Bett, wie ich eingeschlafen war. Ich zog mich auf die Beine und sah mich in der Wohnung um. Kein Trinken, kein Essen, kein Alex. Ich hegte den Verdacht, dass er wütend auf mich war. Ob ihn die Worte vor meinem Aufbruch auf den Hill oder das Geld, das ich ihm danach gegeben hatte, verstimmt hatten, wusste ich nicht. Bei letzterem sah ich keinen Grund dafür. Er konnte mir nicht übelnehmen, dass ich für die Ausgaben und Zuwendungen, die er mir in den letzten Tagen entgegengebracht hatte, aufkam.

Vielleicht irrte ich mich auch. Immerhin kannte ich Alex kaum. Es könnte genauso gut sein, dass er öfter länger fortblieb. Wir beide waren zu einer unausgesprochenen Vereinbarung gekommen, was den Besuch auf dem Hill anging. Wir wollten gemeinsam herausfinden, was es mit diesen Experimenten auf sich hatte. Seine Nettigkeiten dienten dem reinen Eigennutz, da war ich mir sicher. Ansonsten verband uns nichts. Alex konnte tun, was er wollte. Und für mich galt dasselbe. Ich würde nicht in seiner Wohnung warten, bis er zurückkam. Unser Plan sollte ohnehin erst am Freitag in die Tat umgesetzt werden.

Kurzentschlossen nahm ich meinen Kram und verließ das Gebäude. Es ging bereits auf Mittag zu, als ich den Trailerpark erreichte. Als Kind hatte ich mir einmal die Mühe gemacht, die dicht aneinandergereihten Wohnwagen zu zählen. Damals kam ich auf siebenundvierzig. Ich war mir sicher, dass seitdem auch keiner mehr dazugekommen war. Heruntergekommene Überbleibsel von aufgelösten Gangs und Kommunen, die sie dort unbewohnt zurückgelassen hatten. Die Händler im Slope hatten die Gunst der Stunde genutzt, um die Trailer eigens zu besetzen oder für horrende Summen unter die Leute zu bringen.

Meine Mom war nicht zu Hause, was mir genügend Zeit verschaffte, eine gepflegte Dusche zu nehmen und meine Habseligkeiten zu überprüfen. Ich stibitzte mir erneut zwei Schmerzmittel. Wenn sie merken sollte, dass welche fehlten, würde sie mich sicher umbringen. Glücklicherweise nahm sie nur selten Tabletten; sie ertränkte ihre Leiden lieber in Fusel.

Frisch und munter machte ich mich auf den Weg, durchwühlte ein paar Abfallcontainer und vermied im Randbezirk eine Kollision mit zwei Beamten aus dem Section. Es war den uniformierten Männern deutlich anzusehen, dass sie sich unwohl am Fuß des Berges fühlten. Auf dem Vorsprung herrschte zwar nicht der Luxus wie oben auf dem Hill, aber der Stadtteil machte einen passablen Eindruck. Sie hausten in alten Gebäuden und ließen sich für jene Drecksarbeit bezahlen, für die sich der Pöbel selbst noch zu fein war.

Ihre Anwesenheit und die Ernüchterung darüber waren überall im Slope zu spüren. Ganz gleich, welche Ecke ich ansteuerte, die Leute fürchteten sich vor einer möglichen Befragung oder stellten Mutmaßungen über den Vorfall auf dem Firmengelände an. Dass die Ausbeute so mager ausfiel, konnte ich glücklicherweise verschmerzen. Dank des Geldes meiner Tante und dem Erlös aus dem PMA-Verkauf war ich vorerst versorgt. Die nächsten Tage würde ich wohl oder übel die Füße stillhalten müssen.

In der einsetzenden Dämmerung führte mich der kürzeste Weg zum Trailerpark zwangsläufig an dem abgelegenen Bahnhof vorbei. Meist trafen die Güterzüge bei Tagesanbruch ein, bevor die Secter die Ladung mit Transportern den Hill hinaufschafften. Ich mied diesen Ort konsequent. Er war ein Magnet für Schmuggler und Hehler, was regelmäßig die Bullen auf den Plan rief. Die Erschöpfung saß mir jedoch so tief in den Knochen, dass ich dieses Mal eine Ausnahme machte.

Schon von Weitem sah ich Ashs rote Wuschelmähne an den Gleisen leuchten. Sie war nicht allein. Ein breitschultriger Kerl stand bei ihr – mitten in der Dämmerung kein gutes Zeichen. Als sie ihn von sich wegstieß und anbrüllte, schaltete mein Kopf aus. Ash war dürr und viel zu klein, um sich gegen so solch einen Riesen von Mann aufzulehnen. Ich ignorierte das Stechen in meinen Gliedern und stürmte los. Gerade als er sie im Nacken packte, rammte ich ihn mit vollem Körpereinsatz.

»Hey! Lass sie in Ruhe!«

Der Kerl ließ von Ash ab, nur um mich herumzureißen. Er packte mich von hinten wie in einer Schraubzwinge; der Druck war so heftig, dass mir die Luft wegblieb. Instinktiv krallte ich meine Nägel in sein Fleisch. Er brüllte auf und ließ mich los. Ich taumelte zurück. Bevor er mich erneut packen konnte, sprang Ash ihm kreischend auf seinen Rücken. Sie schlang den Arm um seinen Hals und schlug mit der Faust hemmungslos auf ihn ein. Er versuchte verzweifelt, sie abzuschütteln, doch Ash klammerte sich fest wie eine Klette. Ich durfte nicht tatenlos zusehen.

»Jetzt«, rief ich.

Wir waren ein eingespieltes Team. Sie sprang genau im richtigen Moment ab, sodass ich ihm einen gezielten Tritt in die Kronjuwelen verpassen konnte. Japsend taumelte er zurück, fluchte und schäumte vor Wut. Es war ihm anzusehen, dass er uns am liebsten den Hals umgedreht hätte, doch unsere abwehrbereite Haltung machte ihm deutlich, dass wir zu zweit und er allein war. Er hätte uns zwar beide überwältigen können, wollte es aber wohl nicht riskieren. So ließ er von uns ab und rannte über die Gleise davon.

Erschöpft sackte ich zu Boden. Ich ignorierte den stechenden Schmerz hinter meinem Brustbein und sah zu Ash, die mittlerweile ebenfalls neben mir kniete. Mir war längst die verkrustete Platzwunde auf ihrer Stirn aufgefallen, die sie sich bereits vor der Attacke des Dreckskerls zugezogen haben musste.

»Alles okay?«

Sie nickte keuchend. »Bei dir?«

»Ja«, behauptete ich, während mein Puls noch gegen die Schläfen hämmerte. Meine Augen verengten sich zu schmalen Schlitzen. »Was sollte das? Du weißt genau, was für Abschaum sich am Bahnhof herumtreibt.«

»Tja, was bleibt mir denn anderes übrig? Die Bullen lungern an jeder Ecke rum und die Ausbeute ist ein Witz.«

Sie blickte nicht weniger düster drein. Ruckartig kam sie auf die Beine und wandte sich ab. Ich stemmte mich hoch und folgte ihr zu einem umgestürzten Fass. Als wir uns setzten, presste sie die Lippen so fest zusammen, dass sie vollkommen weiß wurden.

»Ash, was ist los? So waghalsig kenne ich dich gar nicht.«

»Was soll los sein?«, herrschte sie mich an, und starrte verbissen auf ihre Schuhspitzen, bloß um mich nicht ansehen zu müssen. »Ich sagte doch, ich hatte keine Wahl.«

Meine Braue schoss nach oben. »Ich habe dir Geld gegeben. Das müsste doch vorerst reichen.«

»Das Geld ist weg«, sagte sie so beiläufig, als würden wir über das morgige Wetter reden.

»Weg? Du … du hast bereits alles ausgegeben?«

»Nur einen Teil. Du weißt doch, was passiert, wenn man mit so viel Geld im Slope herumrennt. Ich habe kein Versteck oder so«, erklärte sie und ließ die Schultern gleich wieder sinken.

Ich legte meine Finger unter ihr Kinn und zwang sie, mich anzusehen. »Was ist passiert, Ash? Haben sie dir das Geld …?«

Die Worte blieben mir im Hals stecken. Ihr Gesicht war eine Maske aus Schmerz. Tränen liefen über ihre hochroten Wangen. In ihren grünen Augen lag so viel Scham, dass es mir einen Stich versetzte. Einen Moment lang hielt sie meinem Blick stand, dann sah sie wieder weg.

»Lass gut sein, Fibs.«

»Ash«, murmelte ich beklommen. »Was ist los? Wer hat dich so zugerichtet?«

Sie ignorierte meine Fragen und wischte sich die Tränen vom Gesicht.

»Wer war das, Ash?«

»Das spielt keine Rolle«, schniefte sie. »Das Geld ist weg. Und du … du warst nicht da.«

Ich seufzte und schüttelte hilflos den Kopf. »Das tut mir so leid. Bist du denn noch irgendwo verletzt? Kann ich was für dich tun?«

»Nein, kannst du nicht.«

Ein einziger Blick zu mir reichte, um ihre Fassung vollends zu brechen. Die Tränen rannen ihr wie ein unkontrollierter Schwall über die Wangen und ein klägliches Wimmern ließ in mir eine dunkle Vorahnung aufkeimen.

»Ash, es hat doch niemand …?«

»Leider doch«, schluchzte sie auf, während sie sich an mich drückte. »Ich fühle mich so schmutzig.«

Meine Arme bewegten sich wie von selbst, legten sich um ihren bebenden Körper und hielten sie fest. Ihr Schluchzen fraß sich in den Stoff meiner Schulter, heiß und ungebremst. Ich presste die Kiefer aufeinander, um das Brennen in meinen Augen zu unterdrücken. Ash war so zart wie eine Blume und so zerbrechlich wie Porzellan. Die bloße Vorstellung, dass jemand seine widerwärtigen Hände an sie legte, ließ Galle in mir hochsteigen. Wie konnten sie ihr das antun? Mein Magen verkrampfte sich bei dem Gedanken, welche Narben das bei ihr hinterlassen würde.

»Oh mein Gott. Das tut mir alles so leid«, wimmerte ich und wiegte sie in meinen Armen wie ein Kind hin und her. »Wenn ich bei dir geblieben wäre, dann …«

»Fibs, es ist nicht deine Schuld. Du hättest es nicht verhindern können«, murmelte sie gegen den Stoff meiner Jacke. »Du warst gestern Abend vielleicht nicht da, aber es ging auch alles furchtbar schnell. Wir haben uns jahrelang für so etwas gewappnet, uns immer verteidigt, doch der Schlag auf die Stirn hat mich praktisch ausgeknockt. Ich habe es bloß über mich ergehen lassen, damit es vorübergeht.«

»Shit. Ich hätte niemals so lange verschwinden dürfen«, klagte ich außer mir vor Wut – die Wut auf mich selbst und meine Rücksichtslosigkeit gegenüber meinen Freunden. »Konnte Finley dir denn nicht helfen?«

Ruckartig richtete Ash sich auf und fixierte mich mit glasigen Augen. »Nein, konnte er nicht. Und er darf das auch niemals erfahren, verstanden?«

Ich nickte zögerlich. In mir rangen unendlich viele Gefühle darum, die Oberhand zu gewinnen. Mindestens fünf wollten, dass ich aufsprang und den Dreckskerl fand, der ihr das angetan hatte.

»Wer war es?«

Ash zuckte arglos mit den Schultern. »Weiß ich nicht. Es spielt, wie gesagt, auch keine Rolle. Er hat sich genommen, was er wollte. So ist das hier nun mal. Die Bullen tun da eh nichts.«

Aber so durfte es nicht sein. Frauen sollten nicht nur als Objekte angesehen werden, mit denen man machen konnte, was man wollte.

»Ich werde damit klarkommen.« Ash presste sich die Finger so fest in ihre Oberschenkel, dass die Knöchel weiß hervortraten. »Jetzt ist es eben so. Einmal und hoffentlich nie wieder.«

»Hoffentlich«, murmelte ich und sah dabei zu, wie sie die Wirbel an ihrem Rücken einen nach dem anderen durchdrückte, bis sie wieder aufrecht stand. »Und was nun?«

»Weitermachen, was sonst? Ich gehe unsere gängigen Routen noch einmal ab, dann zum Stahlwerk. Es wird bereits dunkel.«

»Dann warte, ich komme mit dir.« Ich rutschte umständlich von dem Fass herunter.

Ihre Lippen bildeten einen schmalen, harten Strich. »Nein, ich gehe ohne dich.«

»Ich lasse dich in diesem Zustand bestimmt nicht allein.«

Ashs Blick brannte sich in meinen. Der Kummer in ihren grünen Augen schnürte mir die Kehle zu. Ich fühlte mich furchtbar nutzlos. Jedes Wort, das mir einfiel, wirkte in diesem Moment falsch.

»Fibs, du kannst nicht mit mir gehen. Ich ertrage deine Nähe nicht«, meinte sie und fügte auf meine ungläubige Miene schnell hinzu: »Du hast keine Schuld an dem, was passiert ist. Ich … ich kann dich nur jetzt … nicht um mich haben.«

»Ash, bitte, ich will doch nur …«

»Ich weiß. Aber ich ertrage im Moment kein Mitleid. Ich muss erst einmal allein damit fertig werden.«

Ich nickte widerstrebend. Für sie würde ich alles tun, also akzeptierte ich auch ihr Bedürfnis, es erst einmal mit sich allein auszumachen.

»Lass mich dir wenigstens etwas Geld geben.«

Sie schüttelte erneut den Kopf. »Besser nicht. Ich mache mich jetzt auf den Weg. Danke noch mal, dass du mir den Kerl eben vom Hals gehalten hast.«

»Gern geschehen«, flüsterte ich und sah zu, wie ihr roter Wuschelkopf kleiner wurde und schließlich in der Dämmerung verloren ging.

Sobald sie außer Reichweite war, brach ich in Tränen aus. Es war so unvorstellbar, was im Moment vor sich ging. Ich sehnte mich zu den Tagen zurück, als noch nicht alles aus den Fugen geraten war. Alex und ich hatten etwas in Gang gesetzt, was Auswirkungen auf den gesamten Slope hatte. Ich verlor mich voll und ganz in meiner Trauer, in der Wut auf all diejenigen, die Schuld an diesem Dilemma hatten, allen voran auf mich selbst. Ich hätte meine Neugier zügeln sollen, ich hätte Ash und Finley nie so lange allein lassen dürfen. Ich dachte, wenn ich herausfinden würde, was der Pöbel vor uns verheimlicht, könnte ich die Gefahr für die Menschen im Slope abwenden. Im Moment verursachte ich eher das Gegenteil.

»Fibs, was ist denn mit dir los?«

Die warmherzige Stimme kam mit einem Moment Verzögerung bei mir an. Ich fuhr herum, mein Herz hämmerte mir gegen die Rippen. Aus der Dunkelheit schälte sich Frank Lawines hochgewachsene Silhouette. Seine mausgrauen Augen hielten meinen Blick fest, die feinen Fältchen um seine Mundwinkel waren tiefer als sonst. Schlagartig versteifte ich mich.

»Alles gut. Ash hatte nur ein paar Schwierigkeiten.« Mit dem Handrücken wischte ich mir über die Augen. »Ich war ohnehin gerade auf dem Sprung.«

»Das solltest du auch sein. Hier ist es viel zu gefährlich.«

Er gab wie gewohnt den perfekten Gentleman. Die Sorge, die in seiner Stimme mitschwang, ließ jeden meiner bissigen Kommentare im Hals stecken. Trotz allem durfte ich mich nicht davon nicht einlullen lassen. Ich zwang mich zu einem kühlen Nicken und wandte mich ab. und wandte mich von ihm ab. Mein Körper jedoch verriet mich. Statt eines souveränen Abgangs wirkte mein Rückzug schwerfällig und unbeholfen.

»Was ist denn passiert?«, fragte er neugierig und hakte sich ganz selbstverständlich bei mir unter. Mein Hinken war Frank

165

nicht entgangen. Um ihn nicht misstrauisch zu machen, blieb mir nichts anderes übrig, als ihm Rede und Antwort zu stehen.

»Ash ist mit einem Schmuggler aneinandergeraten. Ich bin dazwischen und habe etwas abbekommen.«

»Oh, das tut mir leid«, sagte Frank bedauernd. »Ihr müsst viel vorsichtiger sein, Fibs. Glücklicherweise bin ich ja jetzt da. Ich helfe dir von hier weg.«

Ich starrte ihn an, hin- und hergerissen zwischen meinem Stolz und der bitteren Erkenntnis, dass ich es allein nicht schaffen würde. »Äh … danke, Frank. Es reicht, wenn du mich ein Stück begleitest.«

Er nickte und führte mich zurück Richtung Zentrum.

»Sind die Schmerzen denn so schlimm? Warst du deswegen so aufgelöst?«

Seine Frage traf mich wie ein Schlag ins Gesicht. Sofort sah ich Ash vor mir, wie sie von ihren Qualen und Erlebnissen berichtete. Es war einfach unbegreiflich. Mein schlechtes Gewissen ihr gegenüber meldete sich wieder zu Wort und erneut brannten Tränen in meinen Augen.

»Ich war nicht für Ash da«, schluckte ich. »Das macht mich wütend.«

»Ach Fibs, du hast getan, was du konntest. Quäl dich nicht mit Vorwürfen, die nichts ändern. Am Ende zählt nur, dass sie heil aus der Sache rausgekommen ist.«

Er hatte ja keine Ahnung. Seine Worte zerbrachen etwas in mir. Während mir die Tränen heiß über die Wangen liefen, entwand ich mich seinem Griff und flüchtete blindlings in den Schatten zwischen zwei Häusern. Ich wollte nicht, dass er Zeuge meines Zusammenbruchs wurde. Dafür war es jedoch zu spät. Ein haltloses Schluchzen erfasste mich und ließ meinen ganzen Körper erbeben.

»Oh Fibs, es ist alles gut«, raunte Frank besänftigend und zog mich in seine Arme.

Obwohl ich es nicht zulassen wollte, ließ ich meinen Kopf gegen seine Brust sinken. Seine Worte und die väterliche Umarmung waren in diesem Moment sehr tröstlich.

Während meine Tränen nur langsam versiegten und seine Jacke durchnässten, dämmerte mir allmählich, wie leichtsinnig ich wieder einmal gewesen war. Wieso passierte mir das in letzter Zeit so häufig?

Kaum hatte sein Kopf nämlich einen Weg an meinen Hals gefunden, spürte ich, wie die rauen Lippen meine Haut berührten. Eine Hand rutschte an meinem Rücken entlang und verharrte an meinem Hintern. Ich versuchte mich loszueisen, aber Frank packte plötzlich so fest zu, dass die Finger sich tief in meine Haut bohrten. Ehe ich mich versah, war sein Mund zu meinem hochgewandert. Während ich versuchte, die Hände zwischen uns zu schieben und ihn von mir wegzudrücken, küsste er mich aufdringlich. Mir wurde speiübel.

»Frank«, presste ich zwischen den Lippen und forschen Berührungen hervor. »Hör auf damit!«

»Ach, zier dich nicht so, Fibs. Du willst es genauso wie ich.«

Da lag er sowas von daneben. Wie Ash bereits sagte, hatten wir uns die Jahre über darauf vorbereitet. Ich hätte ihm das Knie in die Kronjuwelen rammen können, entschied mich zuerst aber dafür, an seine Vernunft zu appellieren.

»Nein!«, würgte ich und stemmte mit letzter Kraft gegen ihn.

Er rückte nur Millimeter ab. Das gierige Flackern in seinen Augen ließ mich sofort begreifen, dass ich einen Fehler gemacht hatte. Ehe ich reagieren konnte, rammte Frank mich gegen die Hauswand und begrub mich unter seinem Gewicht. Während sein Ellbogen mir schmerzhaft in die Rippen stach und sämtliche Luft nahm, umklammerte seine Hand meinen Hinterkopf und küsste mich ungehalten. Ich war machtlos. Meine Chance war vertan. Gegen diesen Bären von Mann kam ich mit meinem Fliegengewicht und den Verletzungen nicht an. Also tat ich das Einzige, was mir in den Sinn kam: Ich nutzte meine Zähne und biss ihm in die Unterlippe.

»Au! Du elende Hure«, krächzte Frank mit blutiger Lippe und zuckte zurück.

Mir blieb keine Zeit, loszurennen, denn sein Aufschrei und die Empörung darüber waren nur von kurzer Dauer. Ehe ich die Flucht ergreifen konnte, schoss seine Hand vor. Mit voller Wucht donnerte er mir die Handfläche ins Gesicht.

Kapitel 11

Der Schlag war so fest, dass sämtliche Glocken in meinem Schädel läuteten. Mir schwanden die Sinne. Wie betrunken spürte ich die Berührungen von Franks Fingern und Lippen überall an meinem Körper. Sein Schweißgeruch übertünchte alles. Ich war nicht einmal mehr in der Lage dazu, meine Hände anzuheben. Es war sinnlos, mich gegen ihn zu wehren. Er war so viel stärker als ich, und mein Zustand eine Mischung aus Benommenheit und qualvollen Schmerzen. Wie konnte ich so dumm sein? Wie hatte ich glauben können, er wäre ein ehrenhafter Mann? Warum hatte ich versucht, an seine Vernunft zu appellieren? Ein dummer Fehler, den ich bitter bezahlte. Frank war und blieb ein gieriger Dreckskerl, der sich rücksichtslos alles nahm, was er wollte. Jetzt konnte ich Ash zu gut verstehen. Es blieb einem in so einer Situation nichts anderes übrig, als es über sich ergehen zu lassen, zu hoffen, dass es schnell vorüberging und man nie wieder daran zurückdenken musste.

Frank nutzte unsere Abgeschiedenheit in vollen Zügen aus. Seine raue Zunge leckte über mein Gesicht, die Finger wanderten über jede Stelle meines Körpers – nicht zart, sondern brutal und besitzergreifend. Ich stieß ein Wimmern hervor, als er mein Shirt zerriss. Ich fühlte mich so schwach und hilflos. Die Spitze seiner Zunge glitt am Rand meines BHs entlang und seine Bartstoppeln kratzten. Gleichzeitig kochte Scham in mir hoch. Ich hätte nie geglaubt, dass ich einmal so schutzlos einem Mann ausgeliefert sein würde. Alle Versuche, meine Muskeln anzuspannen, blieben erfolglos. Ich war körperlich in einem zu miserablen Zustand.

Als die widerwärtigen Finger immer tiefer wanderten, über den Busen hinab zum Bund meiner Hose, rannen erneut Tränen über meine Wangen. Ich wollte an etwas anderes denken. Doch es war schier unmöglich. Ich verspürte einen Ruck, dann war auch der Knopf des Hosenbundes offen. Ich hielt die Luft an und schloss die Augen, während er den Stoff langsam über meinen Hintern streifte. Am liebsten wäre ich im Erdboden versunken. Warum musste mir das passieren? Wieso Ash? Warum musste uns das Leben noch schwerer gemacht werden, als es sowieso schon war?

In diesem Moment hörte ich einen Schrei. Der Druck auf meinem Körper ließ ruckartig nach und ich vernahm um mich herum polternde Geräusche.

»Hey«, blökte Frank keuchend. »Was soll das?«

»Lass die Finger von ihr!«

Woher die Stimme kam, die nach mordlüsternem Zorn klang, wusste ich nicht. Immerhin hatte Frank sich von mir abgewandt.

»Sie will das genauso wie ich«, behauptete dieser Dreckskerl auch noch aalglatt.

»Das denke ich eher nicht.« Die knurrende Stimme kam mir mittlerweile bekannt vor. »Sie ist nicht einmal bei sich.«

Ich öffnete in dem Moment die Augen, als eine Faust in Franks widerwärtige Visage donnerte. Sein Kopf flog nach hinten, die Miene unnatürlich verzerrt. Dann krachte er ausgeknockt zu Boden und blieb liegen. Damit gaben auch meine Beine nach. Ich rutschte mit dutzenden blinkenden Sternen im Blickfeld an der

Hauswand entlang und kauerte halbkniend, halbsitzend auf dem Asphalt. Ein Schatten schob sich vor mein Gesicht. Dann streifte irgendetwas meine Wange. Mit meinem verschwommenen Blick benötigte ich einen Augenblick, um Alex' Konturen vor mir zu erkennen.

»Coffeeboy«, flüsterte ich schlaff.

»Ja, Kitty, ich bin es.«

Meine Mundwinkel zuckten nach oben, doch es war kein Lachen, das meine Lippen verließ. Eher ein verzweifeltes Seufzen, das in Tränen unterging. Alex' Daumen, der bereits an meinen Wangen verharrte, wischte sie weg.

Es dauerte weitere zwei Minuten, bis ich realisierte, was soeben passiert war. Das Wie war dabei nebensächlich. Frank lag bewusstlos am Boden und klebte nicht mehr an mir. Und Alex, er hatte mich gerettet, schon wieder. So langsam wurde die Liste mit den Dingen, die ich ihm schuldig blieb, immer länger.

»Was … was machst du hier?«, presste ich hervor.

Sein Gesicht formte ein mühsames Grinsen. »Deinen Hintern retten, wie immer.«

»Wohl wahr.«

Das Lächeln entglitt augenblicklich seinen Zügen. »Alles okay bei dir? Bist du verletzt?«

Er sah mich so voller Sorge an, dass ich ihm am liebsten versichert hätte, wie gut es mir ging. Aber das wäre gelogen. Also erwiderte ich nichts. Stattdessen versuchte ich mich aufzusetzen, was mir sofort einen stechenden Schmerz durch die Glieder jagte.

»Whoa, ganz sachte.« Alex legte mir eine Hand auf die Schulter, um mich zurückzuhalten. Ich zuckte unwillkürlich zusammen, worauf er sie wieder wegzog.

»Hey, es ist alles gut. Ich werde dir nichts tun«, beschwichtigte er und streckte die Handflächen vor mir aus.

»Das weiß ich«, sagte ich und versuchte, die Mundwinkel nach oben zu ziehen. Ich wollte ihm signalisieren, dass ich keine Angst vor ihm hatte. Es gelang mir eher schlecht als recht. Er lächelte ebenso halbherzig zurück.

»Soll ich dir helfen, aufzustehen?«

Ich schüttelte den Kopf. Nicht, dass ich seine Hilfe nicht wollte, aber ich wusste, dass ich mich nicht auf den Beinen halten könnte.

»Okay. Dann zieh das wenigstens über«, setzte er nach und zog seinen Hoodie über den Kopf.

Ich ließ es zu, dass Alex mir den Hoodie überstreifte. Mir war mittlerweile bewusst, dass ich halbnackt vor ihm saß. Meine Hose war zwar nur ein Stück heruntergerutscht, dafür war das Shirt zerrissen und meine Brüste freigelegt. Dass Alex mich so sah, löste kein Unbehagen in mir aus, ganz im Gegensatz zu der Erinnerung an das, was Frank beabsichtigt hatte. Nach wie vor spürte ich seine Zunge auf meiner Haut, schmeckte das Blut in meinem Mund, roch den Schweißgestank, der ihn umgab, und fühlte die Hilflosigkeit, die mich erschütterte. Ein Schauer des Ekels überkam mich. Dieses Gefühl war nichts im Vergleich zu all den anderen Schmerzen, aber es war das, was sich in den Vordergrund drängte.

Es beruhigte mich ungemein, dass Alex' Hoodie einen vertrauteren Geruch in meine Nase trieb. Ich drückte das Gesicht in den kühlen Stoff und saugte den Kaffee- und Parfümduft ein.

»Schön«, unterbrach Alex unser Schweigen und sah sich unbeholfen um. »Soll ich jemanden holen gehen? Deine Mom vielleicht?«

Ich schüttelte den Kopf.

»Komm schon, Kitty«, seufzte er. »Ich kann dich hier nicht sitzenlassen. Wenn du meine Hilfe nicht willst, dann muss …«

»Ich will«, fiel ich ihm ins Wort und fügte verlegen hinzu: »Ich glaube nur nicht, dass ich mich im Moment auf den Beinen halten kann, selbst mit deiner Unterstützung nicht. Gib mir einfach ein paar Minuten, um mich zu sammeln.«

Erleichterung regte sich in Alex' Gesichtszügen. »Na, da kann ich noch mehr tun.«

Er beugte sich zu mir vor, schlang einen Arm behutsam um meine Taille, den anderen unter die Kniekehlen. Nachdem er sich mit einem Blick kurz vergewisserte, dass es mir recht war, hob er mich mit einem Ruck hoch und marschierte mit mir in den Armen die düstere Straße entlang. Mein Blick fiel dabei zurück auf den bewusstlosen Frank. Er würde zu sich kommen, orientierungslos, aber mit dem Bewusstsein, was passiert war. Er würde aufstehen und weitermachen. Und er war wieder jemand, den Alex und ich mächtig verärgert hatten. Diese Schmach würde Frank niemals auf sich sitzen lassen.

»Alex«, sagte ich nach einer Weile, als sich vor uns der Platz des Zentrums lichtete. »Du kannst mich jetzt ruhig herunterlassen. Es geht mittlerweile wieder. Du musst mich nicht bis hoch in deine Wohnung tragen.«

»Das geht schon.« Sein Atem ging stoßweise, die Muskeln waren zum Reißen angespannt, dennoch trug er mich über die Türschwelle des mehrstöckigen Hauses und die Treppe hinauf.

Oben in der Wohnung folgte er meiner Bitte, mich auf einen Stuhl abzusetzen, statt direkt ins Bett zu verfrachten. Ich musste erst einmal die Hose hochziehen und alles sacken lassen.

»Hier, trink etwas!«

Ich nahm ihm ein Glas Wasser aus der Hand und nippte daran. Die Benommenheit verflüchtigte sich mit jedem Schluck. Allerdings bemerkte ich dabei, wie sehr meine Hände zitterten. Mein Gesicht brannte, vor allem an der Stelle, wo Frank zugeschlagen hatte.

Als hätte Alex meine Gedanken gelesen, kam er mit einem Eispack zurück. »Für dein Gesicht.«

»Danke«, flüsterte ich und legte das umwickelte Eis an meine Wange, in der Hoffnung, dass sie nicht bereits farbenfroh glühte. »Für alles. Du hättest das nicht tun müssen.«

»Stimmt, du wolltest es ja genauso wie dieser Dreckskerl.« Ein humorloses Lachen entwich ihm, als er sich auf das Sofa fallen ließ. »Frank Lawine ist ein gieriger Mistkerl. Das war zu erwarten. Aber was hattest du in der Nähe der Güterzüge zu suchen, Kitty? Der Ort ist eine rote Zone.«

Ich fuhr mit dem Kopf hoch. Sein sorgenvoller Ausdruck war einer passiv-aggressive Anspannung gewichen.

»Es musste sein. Ich habe dort jemanden getroffen, der meine Hilfe brauchte.«

Alex verdrehte die Augen. »Ich hätte dich klüger einge-schätzt.«

»Du hast recht«, presste ich über die Lippen, bemüht, die auf-brodelnde Wut in mir zu unterdrücken. »Ich hätte natürlich – so angeschlagen wie ich bin – zuhause bleiben und warten müssen, bis der gnädige Herr zurückkommt, nachdem er sich die gesamte Nacht über verpisst hat. Das läuft hier ja immer so ab.«

»Whoa, mach mal halblang«, rief er und streckte die Hände von sich. »Was hat das mit mir und meiner Abwesenheit zu tun?«

»Was es mit *dir* zu tun hat?«, schnaubte ich. »Nichts! Es geht hier nämlich nicht um dich!«

Noch während ich sprach, schweifte sein Blick ab und eine endlose Müdigkeit zeichnete seine Züge, als sei er diese unnötige Diskussion genauso leid wie ich. Der Teil von mir, der nicht auf-gewühlt und irritiert von seiner Reaktion war, hätte sich auch lieber in seine Arme geworfen und ihm tausend Dankesküsschen auf die Wange gedrückt. Ohne ihn hätte Frank …

Nur an den Namen des Mistkerls zu denken, ließ mich er-schaudern. Und dann sah ich wieder Ash vor mir, die nicht so viel Glück gehabt hatte.

»Du hast ja recht«, raunte Alex plötzlich. »Das nächste Mal mische ich mich nicht ein.«

Seine Worte brachten das Fass zum Überlaufen. Ich beugte mich nach vorn und vergrub das Gesicht mit den Händen und dem Eispack, um die aufkommenden Tränen zu verbergen. Mit einem Mal war mir all das zu viel. Ich weinte vor Schmerzen, vor Wut, vor Scham. Ich sehnte mich nach einem Leben, wo es so viel Leid und Grausamkeit nicht gab. Seit ich auf dem Hill meiner Tante begegnet war, keimte dieser flüchtige Wunsch in mir zu einer allesumschlingenden Sehnsucht an. Ihre Leben dort schienen so friedvoll und sorgenfrei zu sein. Es spielte dabei keine Rolle, ob ich in so eine Welt hineinpasste oder nicht. Ich wollte nur alles hinter mir lassen und vergessen, was ich erlebt hatte.

»Kitty?«, erkundigte sich Alex irgendwo neben mir.

Ich hatte nicht einmal bemerkt, dass er aufgestanden und sich vor meinem Stuhl niedergekniet hatte. Mein zittriges Schniefen in die Hände war ihm nicht entgangen. Und als seine Finger meine Schulter berührten, zuckte ich erneut zusammen. Dieses Mal zog er sich jedoch nicht zurück.

»Es tut mir leid, was da passiert ist. Aber das ist jetzt vorbei. Du bist in Sicherheit.«

Es widerstrebte mir zwar, dennoch ließ ich die Hände sinken und sah zu ihm auf. Ich bot sicher einen grauenvollen Anblick, mit verheulten Augen und roten Schlieren auf der Haut.

»Es ist niemals vorbei, Alex«, schluchzte ich und mied es, ihm in die Augen zu sehen. »Du weißt so gut wie ich, dass wir hier gefangen sind. So was wie vorhin passiert andauernd. Man ist im Slope nicht sicher, vor allem Frauen werden wie der letzte Dreck behandelt.«

Während ich mir die versiegenden Tränen vom Gesicht wischte, schüttelte Alex ungläubig den Kopf. »Ist dir so was denn schon einmal passiert?«

»Mir nicht.« Ich hörte, wie er erleichtert aufatmete, doch ich sprach einfach weiter: »Aber es gibt so viele andere. Und ich konnte ihnen nicht helfen. Ich konnte ja nicht einmal mir selbst helfen.«

»Du kannst nicht alle retten, Kitty, so scheiße das ist.« Alex löste die Finger von meiner Schulter und hob mein Kinn an, damit ich ihn ansehen musste. »Du weißt, dass du an dieser Stelle hier noch aussteigen kannst.«

Ich blinzelte verwirrt. »Was meinst du?«

In seinem Blick lag plötzlich etwas Flehendes, eine unausgesprochene Bitte, die ich zuerst nicht verstehen konnte. Dann dämmerte mir, worauf er hinauswollte.

»Du redest von dem, was im äußeren Randbezirk vor sich geht, nicht wahr?«

Er nickte langsam. »Du kannst so weitermachen wie bisher. Du kannst mit deinen Geschäften genügend Geld beiseiteschaffen und von hier verschwinden, wie du es vorhattest.«

Ich schluckte gegen den dicken Kloß an, der mir im Hals steckte. Nach allem, was passiert war, kam mir das nicht mehr richtig vor, nicht nach allem, was ich gesehen und erfahren hatte.

»Natürlich solltest du solchen Dreckskerlen wie Lawine aus dem Weg gehen«, setzte er nach und ließ mein Kinn los. »Du könntest dein Leben wie geplant fortsetzen, als Fibs, ohne diesen ganzen Mist hier.«

Ich rieb mir über die Stirn. Hinter meinen Schläfen hämmerte ein dumpfer Schmerz, der es mir unmöglich machte, voll bei der Sache zu bleiben. Aber auch wenn dieser kleine Funke an Fernweh in mir keimte, wusste ich, dass es im Moment kein Zurück in dieses Leben gab.

Entschlossen sah ich auf, direkt in die stahlblauen Augen, die hoffnungsvoll aufflammten. »Und was, wenn ich gar nicht mehr Fibs bin?«, sagte ich und lächelte herausfordernd. »Seit dem Vorfall bin ich immer mehr zu Kitty geworden, zu der sturen und waghalsigen Person, die du in mir siehst. Den Zeitpunkt, um auszusteigen, habe ich längst verpasst.«

Alex' Lächeln verblasste und machte einer Mischung aus Sorge und Müdigkeit Platz. Ich konnte nicht leugnen, wie sehr mir seine fürsorgliche Art gefiel.

»Ach Kitty«, flüsterte er. »Du schaffst mich.«

»Eine meiner besten Eigenschaften«, gab ich grinsend zurück und lehnte den Kopf so weit vor, dass meine Stirn gegen seine Brust sank. »Danke für alles, Alex.«

Einen Herzschlag lang zögerte er, dann legte er schützend die Arme um mich. So saßen wir eine gefühlte Ewigkeit da. In seiner Umarmung schien die Welt für einen Augenblick stillzustehen, während wir schweigsam beieinander Halt fanden.

***

Die kommenden Tage vergingen wie im Fluge. Alex bot mir an, bei ihm in der Wohnung zu bleiben, um meine Blessuren auszukurieren. Ich nahm dankend an. In seiner Nähe fühlte ich mich so sicher wie nie zuvor, sodass ich ihm auch aufgeschlossener gegenübertrat. Das konnte ich von ihm allerdings nicht gerade behaupten. Ich wusste fast nichts über Alex und reden wollte er auch nicht mit mir, zumal er zwischendurch im Coffeeshop arbeitete und hin und wieder verschwand. Er blieb zwar nie lange fort, wich aber den Fragen über seinen Aufenthalt gekonnt aus. Die Schwellung in meinem Gesicht klang glücklicherweise schnell ab. Durch Franks Ellenbogen hatte sich die Verletzung unterhalb meiner Brust hingegen erneut verschlimmert. Ich trug regelmäßig Salbe auf und versuchte meinem Körper die Ruhe zu gönnen, die er brauchte. Das Hämatom war so verhärtet, dass es sich nur sehr langsam zurückbildete. Ab und zu fragte Alex nach meinem Befinden. Ich verschwieg die wulstigen Flecken weiterhin. Ich fiel ihm bereits genug zur Last und seine distanzierte Haltung ließ mich vermuten, dass er sein Angebot bereits bereute.

Als ich einen kurzen Spaziergang durch das Zentrum wagte, traf ich Finley vor dem Gebäude an. Dass ich inzwischen näheren Kontakt zu Alex Parker pflegte, war ihm mittlerweile bekannt. Es schien ihn nicht großartig zu stören. Die spitzzüngige Bemerkung darüber war nur seine Art, mich aufzuziehen. Ich erkundigte mich nach Ash. Der unwissende, sorgenfreie Finley bestätigte wider Erwarten, dass es ihr gutging und sie genau wie er eine kleine Ausbeute erzielen konnte. Das beruhigte mich ein wenig. Mir missfiel es, kaum Zeit für meine Freunde zu finden. Ich vermisste unser unbeschwertes Beisammensein und musste oft an die beiden denken, besonders wenn Alex fort war. Generell wanderten meine Gedanken häufig an jenen Abend zurück. Ich konnte Ash noch nicht unter die Augen treten, vor allem nicht, nachdem es mir erspart geblieben war. Wovor ich mich am meisten fürchtete, war die Begegnung mit Frank. Ich hatte keinen blassen Schimmer, wie er oder ich reagieren würden. Allein nur an ihn zu denken, brachte mich zum Würgen. Ich hätte gerne gewusst, ob Alex ihn in den letzten Tagen getroffen hatte, sprach es allerdings nicht an.

Am Freitagmittag machte Alex früher Feierabend und brachte einen Eintopf von Lorraine mit. Wir saßen, in Gedanken versunken, am Tisch und löffelten die undefinierbare Brühe, die durchaus schmeckte.

»Ich werde mich nach dem Essen fertigmachen, damit wir rechtzeitig aufbrechen können. Ich hoffe, einer der Anzüge passt dir«, verkündete ich in dem Versuch, mit ihm ein Gespräch aufzubauen und seine Aufmerksamkeit zu erregen.

»Das wird gehen.« Er sah nicht einmal auf, schob sich stattdessen den nächsten Löffel in den Mund.

»Du weißt sicher, wo das Hayden Areal ist? Die Veranstaltung findet im Palace Room statt.«

Er nickte lediglich und schluckte.

»Das ist gut«, murmelte ich frustriert über seine distanzierte Haltung. »Sag mal, kennst du eigentlich meine Tante? Andriana Kensington?«

»Nö, woher auch. Wieso fragst du?«

Ich versuchte seinen Blick einzufangen, was mir wieder nicht gelang. »Na ja, sie hat seltsam reagiert, als ich ihr von dir erzählt und deinen Namen erwähnt habe.«

Ruckartig sah Alex auf, während sich eine Zornesfalte zwischen seinen Brauen grub. »Du hast ihr von mir erzählt? Wieso tust du das?«

»Äh … was hätte ich sonst tun sollen?«

Er verdrehte die Augen. »Ihr nicht von mir erzählen. Es reicht schon, dass der gesamte Slope uns zusammen gesehen hat.«

Meine Gesichtszüge entglitten mir augenblicklich. »Verzeih mir, Alex Parker. Ich will bestimmt nicht deinem schlechten Image schaden«, presste ich zwischen den zusammengekniffenen Lippen hervor. »Die Leute könnten noch denken, dass du gar nicht so ein Arsch bist, wie sie immer angenommen haben. Aber ich kann dich beruhigen. Du bist ein Arsch.«

Er stöhnte auf. »So meinte ich das doch nicht. Wir wollten allerdings nicht auffallen. Dass wir hier sitzen, ist schon verdächtig genug. Und dann habe ich Lawine auch noch …« Er verstummte schlagartig und biss sich auf die Unterlippe.

»Sprich ruhig weiter«, schnaubte ich und ließ den Löffel in die Suppenschale fallen. Ich war es so leid, dass er mir ständig das Gefühl gab, meinetwegen Kopf und Kragen zu riskieren. Ich hatte ihn nicht gebeten, mir zu helfen. »Was hätte ich meiner Tante sagen sollen? Ich bringe einen Kerl mit, dessen Namen ich ihr nicht verraten darf? Du wolltest auf eine solche Veranstaltung gehen, also muss dein Name auch auf der Gästeliste auftauchen.«

Alex zog die Stirn kraus. Es war offensichtlich, dass er mir Recht gab, es nur nicht einräumen konnte oder wollte. Ich hatte so gehofft, dass wir uns nähergekommen waren, die Brücke der Distanz zwischen uns endlich eingerissen hatten. Doch viel zu oft ließ er den unnahbaren, arroganten Eigenbrötler heraus, der es mir schwermachte, ihm zu vertrauen. Sein widersprüchliches Verhalten verunsicherte mich; als könnte er selbst nicht entscheiden, ob er mir nur aus reinem Eigennutz half oder auch mich und meine Nähe mochte.

Da er nichts erwiderte und mich nur dümmlich anstierte, stand ich auf und marschierte ins Badezimmer. »Ich mach mich fertig.«

***

Eineinhalb Stunden später war mein Gemüt keineswegs besänftigt, was nicht nur an Alex' Worten lag. Ich stand vor dem kleinen Badezimmerspiegel und erkannte mich selbst nicht wieder. Meine farbenfrohen Ohrringe lagen am Rand des Waschbeckens und waren nicht das Einzige, das ich vermisste. Billige Schminke bedeckte mein Gesicht, die blond gewellten Haare hatte ich oben zusammengebunden, was mir längst nicht so gut gelang wie dem Pöbel auf dem Hill. Deren Frisuren saßen immer perfekt. Ich fuhr zaghaft über den olivgrünen Satinstoff des langen Trägerkleides und überprüfte, ob alle blauen und roten Schlieren bedeckt waren. Meine Tante hatte an alles gedacht, sogar an ein passendes Jäckchen und hohe Schuhe, die ich vorsichtshalber erst nach dem Aufstieg anziehen wollte. Das Outfit jagte mir mehr Angst ein als alles andere. Es passte nicht zu mir, machte mich zu einer Fremden, die ich weder kannte noch war.

Mit gesenktem Kopf und einem flauen Gefühl im Magen schlich ich aus dem Badezimmer. Alex rekelte sich bereits in einem dunklen, schlichten Anzug meines Onkels. Das Sakko saß wie angegossen, die passenden Halbschuhe lugten unter den Hosenbeinen hervor, die ein Stück zu viel von seinen Knöcheln zeigten. Sein Haar war streng nach hinten gekämmt und im Nacken ordentlich zusammengeknotet. Ihm schien diese Aufmachung nichts auszumachen. Er sah weder mürrisch drein, noch fummelte er am Kragen oder Ärmel herum. Den oberen Knopf des hellblauen Anzughemdes hatte er nicht geschlossen und auf die Krawatte gänzlich verzichtet, was ihm einen verwegenen Ausdruck verlieh. Ich musste zugeben, dieser Look stand ihm. Es passte viel besser zu ihm als das Kleid zu mir.

Alex' Miene war unergründlich, während seine Augen mich streiften und von oben bis unten musterten.

»Gut, das dürfte gehen«, sagte er beiläufig und wandte den Blick von mir ab.

Ich zog mir den Bolero über und folgte ihm schweigsam aus der Wohnung. Er scheuchte mich regelrecht im Abendlicht der Herbstsonne durch das Zentrum, damit so wenige wie möglich uns in diesem Aufzug zu Gesicht bekamen. Ich hätte auch nicht gewusst, was ich hätte sagen sollen. So eine Aufmache war im Slope eben nicht üblich.

Wir erreichten ungesehen den Fuß des Berges und den durch Bäume nach oben gewundenen Wanderweg. Der Aufstieg verlief problemlos. Das Hayden Areal lag inmitten des Hill-Bezirks, weshalb wir dieses Mal länger unterwegs waren als ich allein zum Haus meiner Tante. Ich warf Alex ab und an einen Seitenblick zu. Je näher wir kamen, desto angespannter wirkte er. Es lag wieder etwas Dunkles in seinen Augen, als würde ihm eine düstere Vorahnung die Stimmung vermiesen.

»Bist du bereit?«, fragte er plötzlich, sobald sich vor uns ein hohes, palastähnliches Gebäude abzeichnete, dessen weiße Wände im dämmernden Himmel mit farbenfrohen Scheinwerfern angeleuchtet wurden. Seine Anspannung wich augenblicklich und ein Lächeln hob seine Mundwinkel.

Ich nickte zögerlich. Bereit war so ein eigenartiges Wort. Wozu bereit? In die Höhle des Löwen zu gehen oder zu erfahren, was hinter all dem steckte? Ich war zu nichts davon bereit – aus Furcht, dass alles, was ich kannte, sich ändern würde.

Wie abgesprochen, reichte mir Alex seinen Arm und ich hakte mich bei ihm unter. Er schien zu wissen, was er tat. Kaum wagten wir zusammen einen Schritt nach vorn, fuhr ein exquisiter Wagen vor dem Gebäude vor. Ein Mann im Smoking stieg aus, gefolgt von seiner adretten Begleitung. Was unsere Garderobe betraf, passten Alex und ich ins Bild. Die Dame mit perlenbesetztem Korsettkleid hakte sich bei dem Mann unter und ließ sich von ihm die fünf breiten Stufen zum Hayden Areal hinaufführen. Es war anscheinend üblich, dass man sich auf dem Hill lächelnd zunickte, ob man sich kannte oder nicht. Ich bemühte mich daher, diese überhebliche Freundlichkeit nachzuahmen.

»Ganz ruhig, du machst das gut«, sagte Alex leise, während wir uns dem Gebäude näherten.

Ich zog die Stirn kraus. »Äh, danke. Ein nettes Kompliment.«

»Das war kein Kompliment«, entgegnete er unbeeindruckt, sah mich allerdings von der Seite her grinsend an. »Ich spüre nur, dass du nervös bist.«

»Das wundert dich? Wieso bist du plötzlich so tiefenentspannt?«

»Bin ich nicht«, sagte er schulterzuckend und führte mich die Stufen hinauf. »Man gewöhnt sich aber daran, die Ruhe zu wahren, wenn man etwas Routine hat.«

Ich hob die Augenbraue an. »Du machst so etwas also öfters? Gehst auf diese todschicken Events des Pöbels, als würdest du dahingehören?«

Das erste Mal, seit ich ihm begegnet war, lachte er aus vollem Herzen auf. »Nein, das nicht gerade.«

»Das hatte ich auch nicht erwartet.« Ich konnte mir ein Grinsen nicht verkneifen.

Ohne Vorwarnung blieb Alex vor der Eingangstür stehen, griff nach meinen Handgelenken und drehte mich zu sich um. Mein Grinsen erstarb augenblicklich. Nicht, weil seine Anspannung wieder Besitz von ihm ergriffen hatte, sondern weil er verharrte und meinen Blick suchte. Ich wusste nicht, was er darin zu sehen schien, aber was auch immer es war, brachte ihm ein Lächeln ein. Ein Lächeln jener Sorte, das so viel Intensität ausstrahlte, dass sich einem die Nackenhaare aufstellten und ein kribbelnder Schauer über den Rücken jagte.

»Was… was ist?«

Das Lächeln erreichte jetzt auch seine Augen. »Du machst das gut. Also entspann dich. Wir schaffen das. Und falls ich es vorhin nicht zum Ausdruck gebracht habe, du siehst wirklich toll aus. Sehr überzeugend.«

Eine Gänsehaut zog über meine Haut und ich schluckte. Ich hatte keinen blassen Schimmer, was ich darauf erwidern sollte. Bisher hatte er mich noch nie so angesehen oder Derartiges gesagt. Ich fühlte mich geschmeichelt, auch wenn ein kurzer, flüchtiger Gedanke in mir aufkeimte, ob das alles nur Berechnung von ihm war. Doch so wie Alex mich ansah, wirkte es aufrichtig.

Ich biss mir auf die Unterlippe. »War das jetzt ein Kompliment?«

»Ich denke schon.« Er schmunzelte erheitert.

»Dann muss ich mich erneut bei dir bedanken«, antwortete ich, bemüht lässig zu klingen. »Dir steht das auch gut.«

Die Intensität seiner Augen erlosch und das Lächeln wurde nun zu einem spöttischen Grinsen. »Wie gut, dass wir das geklärt hätten. Am geschmackvollsten sind immer noch die Schuhe.«

Ich blinzelte irritiert. Seine Stimmungsschwankungen wie auch die Bemerkung verwirrten mich. Ich brauchte einen Moment, um den Blick zu den klobigen Stiefeln wandern zu lassen, deren Spitzen unter dem Kleid hervorlugten. Sofort riss ich mich los und schlug die Hände vors Gesicht.

»Oh verdammt. Ich habe Andrianas Schuhe vergessen.«

Alex grinste, so frech, als wäre es genau das, was auch er an meiner Stelle getan hätte, um dem Pöbel zu trotzen.

»Nicht so schlimm. Das wird niemand bemerken. Wir sollten jetzt reingehen.« Alex streckte mir bereitwillig die Hand entgegen.

Ich wollte widersprechen, nickte letztendlich aber zögerlich und verschränkte unsere Finger ineinander. Zusammen betraten wir das Gebäude – eine neue Welt aus Glanz und Reichtum.

Kapitel 12

Das Hayden Areal erhob sich auf dem Hill wie die Hochburg eines Königtums. Das prachtvolle Foyer aus weißen Fliesen schimmerte im Lichtschein eines Kronleuchters, der von der hohen Gewölbedecke baumelte. Eine überbreite Marmortreppe führte im hinteren Bereich nach oben auf eine Empore, über deren Geländer sich zwei Männer im Smoking lehnten und uns unterhaltend beobachteten. Ich schluckte bei dem Anblick. Es sah beeindruckend aus, übertraf alles an Vollkommenheit, was ich kannte. Es beruhigte mich auch nicht, dass an der Seitenwand über einem Durchbruch das Wort *Palace* schimmerte. Wir mussten zwar nicht die Stufen hinauf, aber an einem stämmigen Anzugsträger vorbei, der den Eingang bewachte und mit einem strengen Blick das Foyer in Augenschein nahm. Das Pärchen vor uns wurde erst nach einer kurzen Unterredung hineingelassen. Er würde sich auch mit uns austauschen, was mich noch mehr ins Schwitzen brachte. Kurzerhand blieb ich stehen. Zu gern hätte ich auf dem Absatz kehrtgemacht, doch Alex brauchte nur an meinem Arm zu ziehen, schon stolperte ich, mehr oder weniger bei ihm untergehakt, auf den Sicherheitsbeamten zu, der uns mit verschränkten Armen musterte.

»Guten Abend.«

»Guten Abend«, erwiderte Alex wie ein Gentleman des Pöbels.

Ich war heilfroh, dass er das Reden übernahm. Meine Aufmerksamkeit galt allein dem unkontrollierten Zittern meines Körpers, das ich so gut es ging zu verschleiern versuchte.

»Dürfte ich Ihre Namen erfahren?«, fragte der Mann und hob eine buschige Augenbraue an. »Dies ist eine geschlossene Gesellschaft. Nur für Personen, die auf der Gästeliste stehen.«

Ein charmantes Lächeln umspielte Alex' Lippen. »Selbstverständlich stehen wir auf der Gästeliste. Ich bin Alexander Parker und meine Begleitung heißt ... ähm ... ihr Name ist Phoebe ... ich ... pardon.«

Seine Augen wanderten zu mir, zeitgleich mit einem festen Drück seiner Finger. Mein fragender Blick spiegelte exakt die Ratlosigkeit des Sicherheitsbeamten wider. Die Verwirrung fegte wenigstens meine Panik augenblicklich weg.

»Ihr Name, Miss?«, wiederholte der Mann eindringlich.

Mein Kopf fuhr zu ihm zurück. Unter der Musterung seines Blickes musste ich mich zusammenreißen, nicht in mich zusammenzusacken.

»Oh ... ja, natürlich«, sagte ich und streckte den Rücken gerade. »Ich heiße Phoebe Katherine Lewis. Ich bin die Enkeltochter des verstorbenen Phineas Walter Lewis und seiner Ehefrau Katherine sowie Nichte ihrer Tochter Andriana und ihres Mannes Augustus Leopold Kensington. Letztere sind heute Abend anwesend und haben uns auf die Gästeliste setzen lassen.«

Alex bestätigte meine Ausführung mit einem zustimmenden Nicken, als seien ihm die Namen meiner Verwandten bloß entfallen. Dabei hatte ich ihm bisher nur meinen Vornamen verraten, was seine Unsicherheit erklärte.

189

Der Sicherheitsbeamte schien die Gästeliste auswendig zu kennen; er nickte sofort. »Herzlich willkommen im Hayden Areal, Mr. Parker und Miss Lewis. Ich wünsche Ihnen einen angenehmen Abend.«

Auf unser breites, vor allem erleichtertes Grinsen trat er beiseite und gewährte uns Einlass in den dahinterliegenden Saal. Dieses Mal war ich es, die Alex mit einem Ruck zum Gehen veranlasste. Gleißendes Licht und lautes Gemurmel brach uns entgegen. Ich blinzelte. Nur langsam gewöhnten sich meine Augen an die neuen Lichtverhältnisse. Als es soweit war, blieb ich mit aufgerissenem Mund stehen. Wie erwartet suchte die Gala im Bankettsaal ihresgleichen, allerdings sah ich vor mir nicht eine adrette Tanzveranstaltung des Pöbels. Die hohe Decke ähnelte mit kleinen Scheinwerfern einem Sternenhimmel. Hologramme und Schriftzüge flackerten farbenfroh in der Höhe der Seitenwände auf. Statt Tische waren überall im Saal flauschige Sofas und Sessel gruppiert – ein paar an den Wänden um Kamine herum, andere um exotische Blumengewächse. In der Mitte stach eine geflieste Fläche ins Auge, die zum Tanzen einlud und gleichzeitig als Bühne für diverse Künstler diente. Musik drang aus Lautsprechern, die aber keineswegs die Gespräche der unzähligen, ansehnlich gekleideten Gäste störten, die sich überall im Saal in Grüppchen verteilt hatten. Der Geruch von Zigarrenrauch und dampfenden Speisen stieg mir in die Nase und ich verspürte sofort ein Hungergefühl.

Ich hätte später nicht sagen können, wie lange Alex und ich dastanden und das Schauspiel auf uns wirken ließen. Wir tauschten einen vielsagenden Blick, dann führte er mich an der Tanzfläche vorbei, auf der gerade ein Jongleur mehrere Hologramm-Bälle in der Luft balancierte. Ich versuchte mich anzupassen, doch in diesem Moment kam ich mir in dem geliehenen Kleid und meinen Stiefeln völlig fehl am Platz vor. Das war nicht meine Welt. Ich gehörte nicht hierher, so sehr ich mich auch bemühte.

»Phoebe«, schrillte eine Stimme über die Menge hinweg und riss mich aus meinen Gedanken.

Ich musste nicht einmal hinsehen, um zu wissen, dass meine Tante uns zu sich rief. Sie erhob sich in einem platinblauen, bodenlangen Kleid an einem Kamin und winkte überschwänglich. Auf mein zögerndes Nicken hin führte Alex mich zu ihr. Die männliche Begleitung an ihrer Seite mit dem dunklen, streng nach hinten gestylten Haar war eindeutig mein Onkel. Ich war Augustus als Kind schon einmal begegnet, aber nur durch die Fotos in ihrem Haus konnte ich ihn zuordnen. Von der Statur her ähnelte er Alex, seine Ausstrahlung war aber das krasse Gegenteil zu seiner. Er lächelte mit meiner Tante um die Wette, sein viel zu breiter Mund störte das ansonsten makellose Gesicht.

»Wie schön. Du bist gekommen«, trällerte Andriana und deutete auf ihren Mann. »Augustus kennst du sicher noch, oder?«

Bevor ich etwas erwidern konnte, mischte dieser sich bereits mit einem schrillen Lacher in die Unterhaltung ein. »Wo denkst du hin, meine Liebe. Sie war damals noch ein kleines Kind. Sie wird so einen alten Mann wie mich längst aus ihrem Gedächtnis verbannt haben.«

191

Meine Tante stimmte in sein schalkhaftes Lachen ein, während ich mir Gehör verschaffte. Diesen Pöbel-Humor würde ich niemals verstehen.

»Guten Abend, Andriana und Augustus. Ich erinnere mich sehr wohl noch an dich, Onkel. Ich danke euch vielmals für die Einladung. Eure Söhne sind auch hier?«

»Ach was, die sind noch viel zu jung für so eine Veranstaltung. Sie würden sich zu Tode langweilen«, sagte meine Tante beiläufig und ließ ihren Blick dabei neugierig auf Alex ruhen.

»Das ist übrigens Alex Parker«, ergänzte ich und wedelte zwischen den dreien hin und her.

Die Männer beließen es bei einem knappen Nicken, während Andriana Alex mit einem strahlenden Grinsen bedachte.

»Alexander Parker, es ist mir eine Freude«, sagte sie und reichte ihm die Hand.

Er nahm sie mit der Verbeugung eines Gentlemans entgegen und deutete einen Kuss an. »Die Freude ist ganz auf meiner Seite, Mrs. Kensington.«

»Ein richtiger Gentleman; wie Phoebe gesagt hat. Der Anzug passt wie angegossen. Ihr seht beide hinreißend aus«, flötete meine Tante überschwänglich, wobei sie mir einen kurzen, mahnenden Blick zuwarf. »Und denke nicht, mir wäre entgangen, dass du die Schuhe nicht trägst, die ich dir mitgegeben habe.«

Ich schluckte verlegen. »Oh … ja, das ist blöd gelaufen. Sie waren etwas zu eng.«

Mein Blick wanderte zu Alex, der mir amüsiert zuzwinkerte, woraufhin auch ich mir ein Lächeln nicht verkneifen konnte.

»Ach, sind die beiden nicht entzückend, Augustus?«

»In der Tat«, bestätigte mein Onkel und streckte Alex eine Zigarre entgegen. »Möchtest du?«

»Oh nein, vielen Dank. Ich rauche nicht.«

Augustus zuckte mit den Schultern und steckte sie sich selbst zwischen die Zähne. »Du wirst eine gute Zigarre noch eines Tages zu schätzen wissen, junger Mann.«

»Das könnte gut möglich sein.«

»Vielleicht solltet ihr euch erst einmal etwas zu trinken organisieren. Und vor allem solltet ihr das Essen probieren. Es ist fantastisch«, setzte meine Tante nach.

»Das ist eine gute Idee«, platzte es aus mir heraus, wobei ich mich direkt wieder bei Alex unterhakte. »Wir sehen uns gleich.«

Ich verlor keine Zeit und zog ihn von den beiden weg. Das Buffet hatte ich zwar noch nicht entdeckt, aber ich folgte meiner Nase.

»Gott, das war anstrengend.«

Alex lachte neben mir. »Ich weiß nicht, was du hast. Die beiden sind doch nett. Ihr habt sicher viele Gemeinsamkeiten.«

»Oh ja«, rief ich und grinste. »Vor allem dieselbe DNA.«

Alex gluckste so laut auf, dass uns eine Gruppe älterer Damen in vornehmen Kostümen vorwurfsvoll musterte. So ein Benehmen gehörte sich eben nicht in diesen Kreisen, was uns allerdings nicht davon abhielt, unser Grinsen zu vertiefen.

Ich machte das reichlich aufgetischte Buffet an einer Seitenwand aus. Daneben war eine Art Bar aufgebaut, hinter der humanoide Robos mit glänzendem Gehäuse Drinks in geschwungenen Cocktailgläsern kreierten. Es wirkte auf mich alles so befremdlich, dass ich es kaum realisierte. Ich begriff nicht, wie jemand Teil davon sein wollte. Diese ganze Gala wirkte so unecht und viel zu aufgeblasen, um ernst gemeint zu sein.

»Warte!«

Alex blieb stehen und löste sich von meinem Arm, nur um meine Hand zu greifen.

»Was ist?«, fragte ich und runzelte die Stirn. »Wenn wir schon hier sind, sollten wir dem Essen eine Chance geben. Ich verhungere.«

»Wir sind es doch gewohnt, zu hungern. Das Essen kann noch einen Moment auf uns warten.«

»Na gut«, räumte ich ein. »Hast du eine Idee? Ich meine, wie sieht dein Plan aus?«

Er antwortete nicht. Stattdessen zog er mich zurück in die Mitte des Saales, wo gerade graziöse Tänzerinnen sich auf die Musik drehten. Viele Pärchen folgten ihrem Beispiel.

»Was hast du vor?«

»Ich will tanzen«, erklärte er belanglos und reichte mir nun auch die andere Hand.

»Du willst was? Spinnst du?« Meine Stimme überschlug sich beinahe. Ich stemmte die Füße in den glatten Boden und riss mit aller Kraft an meinem Arm, doch sein Griff blieb eisern. »Auf keinen Fall!«

Alex' Finger schlossen sich nur noch fester um meine. Statt loszulassen, hob er den anderen Arm und streckte mir die flache

Hand entgegen. »Wieso denn nicht? Wir sind auf einer Gala, auf der alle tanzen. Du hast ein Kleid an, ich einen Anzug. Das macht man so. Außerdem schuldest du mir noch einen Gefallen.«

Ich riss die Augen auf. »Im Ernst, damit kommst du jetzt? Und dann willst du ihn auch noch für so etwas einfordern?«

Er nickte entschlossen. »Du machst, was ich verlange.«

»Aber ich … ich kann nicht tanzen«, gestand ich, legte meine Hand dennoch in seine. Mir war bewusst, dass uns einige Gäste schon neugierig beobachteten.

»Ich führe dich.«

Ein Schauder überkam mich, als Alex unsere Finger ineinander verschränkte und eine Hand auf meinen Rücken legte. Ich spürte die Berührung unter dem zarten Stoff des Kleides, was meine Gänsehaut nur verstärkte. Meine Finger glitten vorsichtig an seine Schulter und er machte die erste Bewegung. Unsicher starrte ich auf unsere Füße, um seinen Schritten zu folgen. Tanzen war noch komplizierter, als ich vermutete. Meine Motorik war plump, die Schritte zu groß oder zu klein und ich trat ihm sogar auf den Schuh.

»Sieh mich an«, bat Alex, worauf ich den Blick von unseren Füßen löste und zu ihm aufsah.

»Ich sagte doch, ich kann nicht tanzen. Wir sind dennoch quitt.«

»Das sind wir. Und du machst das gut«, versicherte er mir und seine Mundwinkel zogen sich zum Hauch eines Lächelns. »Du darfst nur nicht nach unten sehen.«

Ich reckte das Kinn. »Ach, ist das so? Woher kannst du überhaupt tanzen?«

»Ich bin ein Naturtalent«, sagte er aufgeblasen.

Ich verdrehte die Augen. »Natürlich. Du hast ja Routine darin.«

»Mehr oder weniger.« Er ließ den Blick mittlerweile durch den Saal wandern.

»Wieder so gesprächig. Es ist nicht fair, dass du alles über mich weißt und ich rein gar nichts über dich.«

»Das stimmt nicht«, widersprach Alex, während er mich Schritt für Schritt über die Tanzfläche führte, ohne mich dabei anzusehen. »Du kanntest meinen Nachnamen, was ich von dir bis eben noch nicht behaupten konnte. Katherine gefällt mir übrigens. Ziemlich passend, Kitty.«

»Du weißt, dass ich das nicht meine. Du weichst jeder Frage aus. Erzähl mir etwas von dir.«

Alex' Augen sahen überallhin, nur nicht zu mir. »Was willst du denn wissen?«

»Alles. Für den Anfang würde es mir aber genügen, wenn du mir *eine* Sache über dich erzählst. Hast du zum Beispiel noch lebende Verwandte?«

Er zuckte die Schultern. »Nein, nicht wirklich.«

»Nicht wirklich? Das ist wieder so ausweichend. Du …«

Ich brach mein Gestammel ab, weil ich in diesem Moment begriff, dass dieser Tanz nichts weiter als eine billige Tarnung war. »Das hier ist nur ein Vorwand, um dich in Ruhe umzusehen, oder?«

Endlich wanderten seine stahlblauen Augen wieder zu mir. »Wie gesagt, ich habe ein wenig Routine, wenn man unbemerkt etwas auskundschaften möchte. Man verhält sich genau wie alle anderen, um nicht aufzufallen. Beim Tanzen ist es ein Leichtes, alles im Raum zu beobachten, ohne jemandem direkt in die Augen sehen zu müssen. Es kommt auf …«

»… Dynamik und Körperhaltung an«, beendete ich seinen Satz und biss mir auf die Unterlippe. »Das weiß ich auch.«

»Dann verstehst du es ja«, sagte er lächelnd.

»Und was ist dir bisher aufgefallen?«

»Eine Menge. Die ausländischen Besucher stehen an so einem hässlichen rosa Busch bei Hayden, was uns eine Kontakt-aufnahme erschwert.«

Mir war zwischenzeitlich entgangen, dass wir nach wie vor tanzten. Alex behielt recht. Sobald man aufhörte, die Schritte im Kopf mitzuzählen, geschah alles wie von selbst. Er wirbelte mich herum, sodass mein Blick auf eine rosafarbene Blütenpracht fiel. Meine Augen blieben an der markanten Erscheinung des Geschäftsmanns Joseph Hayden hängen, der inmitten der Blumen in einem maßgeschneiderten Anzug stand und sich mit drei Männern mit dunklem Teint unterhielt. Genau wie auf der Fotografie aus Alex' Sammlung trugen die Besucher luftige, knöchellange Gewänder in pastellgelben Farben und dazu passende Turbans.

Um keine Aufmerksamkeit zu erregen, erlaubte mir Alex nur einen kurzen Blick auf die vier Männer. Er drehte mich herum und ließ die Augen auf meinem Gesicht ruhen. Während unsere Körper sich fast unmerklich im Rhythmus der Musik wiegten, hielt er mich gefangen. Die Leichtigkeit verflog und machte einem beklemmenden Gefühl Platz. Ich fühlte seine Nähe an jedem Zentimeter meines Körpers. Die leichten Berührungen brachten mein Herz aus dem Takt. Ich senkte den Blick, nur um mich dabei zu ertappen, wie ich seine Lippen gebannt anstarrte. Was war nur los mit mir?

»Also ich … ich finde die Blumen nicht hässlich«, presste ich hervor und schluckte. »Sie sind … wunderschön. Vermutlich das Schönste, was ich je gesehen habe.«

»Da habe ich schon Schöneres gesehen.«

Ein verschmitztes Grinsen huschte über sein Gesicht. Ehe ich mich versah, rutschte die Hand an meinem Rücken höher und er beugte mich in einer gezierten Tanzbewegung nach hinten. Mir entwich ein überraschter Laut, als er mich wieder mit einem Ruck nach oben zog. Dieses Mal war der Abstand zwischen uns so gering, dass unsere Gesichter nur noch wenige Zentimeter voneinander entfernt waren. Der kurze, stechende Schmerz unterhalb meiner Brust wurde zur Nebensache. Mein Herz pochte unkontrolliert. Während unsere Blicke miteinander verschmolzen, vergaß ich jeden Widerstand. In diesem Moment wollte ich nichts sehnlicher, als diese Nähe fühlen, seine Lippen auf meinen spüren. Und das war … falsch.

Ich verkrampfte die Muskeln, um mich gegen seine Führung zu wehren. Mir war von dieser ganzen Intensität so schwindelig, dass ich befürchtete, meine Beine könnten jederzeit wegknicken.

Es gab in meinem Leben keinen Platz für alberne Schwärmereien. Wir waren nicht hergekommen, um uns zu amüsieren. Ich gehörte auch nicht zu diesen Flittchen, die seinem Charme erlagen, wo er doch so mit Informationen geizte. Mit einem Ruck zog ich meine Hände zurück und drehte ihm den Rücken zu.

»Kitty, was ist?«

»Nichts!« Ich presste die Lippen aufeinander und machte einen fast schon fluchtartigen Schritt Richtung Buffet. »Ich habe nur einen Bärenhunger. Lass uns gehen.«

Ich sah ihn nicht mehr an, als ich mich zu den Tischen mit dem Essen vorkämpfte. Ich kam mir in diesem Kleid so albern vor. Der ganze Schein und Trug dieser Veranstaltung war albern, genau wie die Maskerade von Alex und mir. Die Menschen hier auf dem Hill lebten in Saus und Braus – so verschwenderisch und taktlos, dass mir übel wurde. Es war kein Wunder, dass sie im äußeren Randbezirk des Slopes auf Kosten anderer Experimente durchführten. Allein die Vorstellung, dass ich mir kurzzeitig so ein Leben gewünscht hatte, erschütterte mich bis ins Mark.

Stockend blieb ich stehen. So übertrieben alles in diesem Saal auch war, beim Essen hatten sie noch einen draufgesetzt. Mehrere Tafeln voller Köstlichkeiten reihten sich an der Wand entlang und boten alles, was man sich nur vorstellen konnte. Gebratenes Fleisch, Canapés mit Meerestieren, zahllose Pasteten- und Käsesorten, dutzende Dips, kunterbunte Gemüse- und Früchtespieße, sowie aufgeschnittene Brote und Desserts. Für einen Moment verdrängte ich die niederen Gedanken, die mich gerade heimgesucht hatten. Mit einem Mal wollte ich alles ausprobieren, was da Köstliches vor mir aufgetischt war.

Wie der Bauer im Nobelschuppen schnappte ich mir einen Teller und packte alles mit den Fingern, das ich zu greifen bekam. Alex beäugte mich von der Seite.

»Jetzt kann ich deinen übereilten Aufbruch verstehen. Du musst ja wirklich am Verhungern sein.«

Ich schob mir eine cremige Lachspastete zwischen die Lippen und stöhnte genussvoll auf. »Oh mein Gott, das ist himmlisch. Andriana hat nicht übertrieben. Du musst die probieren.«

Ich fischte eine weitere Pastete vom Buffet.

»Äh … nein, danke.«

»Du musst das kosten«, widersprach ich und schob ihm das Teil geradewegs in den Mund.

Etwas unbeholfen knabberte er die Pastete von meinen Fingern, was mich zum Kichern brachte. Auch wenn Alex keineswegs glücklich über meinen Überfall war, musste auch er auflachen. In diesem Moment entdeckte ich meine Tante, die uns von der anderen Seite des Saales aus beobachtete. Ich ignorierte sie.

»Und, was sagst du?«, fragte ich schmatzend und ließ ein Canapé auf der Zunge zergehen. »Das ist lecker, oder?«

»Ja, schon, es ist gut.« Ein zweifelnder Schatten legte sich über sein Gesicht, und er schien die Pastete eher aus Höflichkeit herunterzuschlucken.

»Was ist?« Meine Brauen schoben sich irritiert zusammen, während ich mit den Zähnen ein Stück Kiwi von einem Spieß zog. »Schmeckt dir kein Fisch, oder was?«

»Doch«, bestätigte er mit belegter Stimme. »Es ist nur … na ja, im Slope arbeiten wir jeden Tag dafür, um Essen auf den Tisch zu bekommen. Es ist keine schöne Arbeit, womit wir unser Geld verdienen. Hier präsentieren sie es massenhaft in lächerlichen Kreationen, weil sie zu viel davon haben.«

»Oh«, hauchte ich und schluckte den süßen Bissen herunter.

Er hatte recht. Nur Augenblicke zuvor hatte ich dieselbe Abneigung verspürt, bloß um mich wieder von dem Schein blenden zu lassen. Beinahe hätte ich das Essen wieder ausgespuckt, doch das hätte zu viel Aufmerksamkeit erregt.

Angewidert schob ich den Teller beiseite und griff nach seiner Hand. »Komm! Meine Tante starrt uns schon die ganze Zeit an. Wir müssen zurück.«

Mit festem Griff führte ich Alex an der Tanzfläche vorbei. Er leistete schwachen Widerstand, sagte aber nichts. Ein Meer an missbilligenden Blicken folgte uns. Für den Pöbel war unser Anblick zweifellos ein gefundenes Fressen für Spekulationen.

»Na, ihr beiden? Wie ich sehe, genießt ihr die Veranstaltung.«

Wortlos quittierte ich den Satz meiner Tante mit einem Nicken.

»Die Canapés sind immer einen Besuch wert«, ergänzte Augustus und lächelte uns beide abwechselnd an. »Was habt ihr euch eigentlich für die nächste Zeit vorgestellt?«

»Für die nächste Zeit?« Ich runzelte die Stirn.

»Woran habt ihr gedacht? Wollt ihr euch aufrichtige Arbeit suchen oder eine Schulbildung abschließen?«

Ich kniff die Augen zu Schlitzen. »Alex geht bereits aufrichtiger Arbeit nach, Onkel. Wir alle arbeiten hart, um unseren Lebensstandard zu finanzieren.«

Meine Worte trieften nur so vor Ironie, was Alex mit einem mahnenden Blick quittierte. Andriana wusste diese unangenehme Konversation geschickt zu überspielen, indem sie jemanden herbeiwinkte.

»Sieh, Augustus, da ist Joseph! Er muss kurz zu uns kommen. Ich wollte ihm unbedingt Phoebe vorstellen.«

»Oh, ja!«

Der silbrig glänzende Schopf des Mannes nahm ihre Einladung nickend an. Mit gesenktem Blick bahnte er sich einen Weg zu uns. Sofort bemerkte ich die Anspannung, die Alex umgab. Er löste seine Finger von meinem Griff und beugte sich zu mir vor: »Ich gehe uns schnell etwas zu trinken holen.«

Er verschwand so hastig, dass mir jedes Gegenargument im Hals stecken blieb. Im selben Augenblick stand Joseph Hayden bereits vor uns und sah Alex kurz hinterher.

»Augustus, Andriana. Wir haben uns heute noch gar nicht zu Gesicht bekommen. Es freut mich, euch hier anzutreffen«, raunte der Mann und ließ die blauen Augen auf mir ruhen. »Und wen haben wir hier? Eure Begleitung hat sich noch rechtzeitig entfernen können.«

»Guten Abend«, sagte ich höflich und ignorierte seine Bemerkung. »Ich bin Phoebe Lewis, die Nichte von Andriana.«

»Eine Nichte? Das ist mir neu. Du bist mir noch nie auf dem Hill aufgefallen und auch nicht bei solchen Veranstaltungen.«

»Das kann sie auch nicht, Joseph«, kam mir meine Tante zur Hilfe. »Phoebe ist nicht von hier. Sie ist zu Besuch und ganz erpicht darauf, solchen Feierlichkeiten beizuwohnen.«

Verärgert sah ich zu ihr auf. Ich wusste gar nicht, was mich mehr verärgerte – die ausweichende Erklärung über meine Herkunft oder die Behauptung über meine Anwesenheit. So viel dazu, sie würde nicht gutheißen, was meine Großeltern getan hatten.

»Ach, ist das so?«, fragte Hayden mit einem Seitenblick auf mich gerichtet, der tausend Bände sprach. Ihm war die letzte Bemerkung meiner Tante auch nicht entgangen.

»Ich war eben neugierig«, versuchte ich mich an einer neutralen Konversation und fügte rasch hinzu: »Und ich wollte natürlich Zeit mit meiner Familie verbringen.«

Nun fuhr der Mann in seinem todschicken, graumelierten Anzug zu mir herum. Er wirkte mit den hohen Wangenknochen, der faltenfreien Haut und der sportlichen Statur wie ein sonnengebräunter Adonis, der bestimmt viel an sich machen lassen hatte, um in diesem Alter attraktiver auszusehen. Meiner Meinung nach allerdings völlige Zeitverschwendung. Sein mieser Charakter stach buchstäblich aus jeder seiner Poren.

»Wie sagt man noch so schön? Neugier ist der Katze Tod.«

Erschrocken hielt ich die Luft an, sah ihm in die Augen und versuchte zu verstehen, ob es sich bei seinen Worten um einen Witz oder eher um eine Drohung handelte. Sein Blick blieb unergründlich, ließ weder das eine noch das andere erkennen, was mir eine Heidenangst einjagte.

Erst als Augustus sich neben uns räusperte, brach Hayden den Augenkontakt und verfiel in Gelächter. »Kleiner Galgenhumor, Phoebe. Nur ein Scherz.«

Mein Onkel stimmte lachend mit ein, während ich die Augen schloss und schmerzhaft ausatmete.

»Nun denn«, verkündete Hayden auf einmal wie der aalglatte Geschäftsmann. »Zeit ist Geld. Also bitte ich euch beide inständig darum, Augustus und mich kurz zu entschuldigen. Wir müssten noch etwas Geschäftliches besprechen.«

Ich riss die Augen auf. Mein Onkel schien von Haydens Bitte nicht begeistert zu sein. Seine Kiefermuskeln arbeiteten und seine Züge sackten für einen Moment in sich zusammen. Meine Tante schien es nicht zu bemerken oder ignorierte es lediglich. Ihr Lächeln blieb unerschütterlich.

»Selbstverständlich, Joseph. Geht ihr beiden nur. Phoebe und ich kommen auch sehr gut allein zurecht.«

Sie schob wie selbstverständlich das Kinn vor, damit Augustus ihr einen Kuss auf die Wange hauchen konnte. Hayden nickte ihr zum Abschied zu und beugte sich dann noch einmal zu mir hinüber. »Es hat mich sehr gefreut, Phoebe.«

Auf diese schmalzige Floskel erwiderte ich nichts. Ich stand nur reglos da, den Blick auf ihn geheftet, und rief mir im Kopf beruhigende Worte zu. Nichts an mir sollte den Aufruhr verraten, den seine bloße Anwesenheit in mir auslöste.

Kapitel 13

»Hast du deiner Mutter eigentlich erzählt, dass du bei mir warst?«, fragte Andriana plötzlich neben mir.

Seit Augustus und Hayden hinter einer Seitentür im Bankettsaal verschwunden waren, hatte sich ein beklommenes Schweigen über uns gelegt, das sie erst mit diesen Worten unterbrach.

Ich schüttelte den Kopf. Mir war nicht danach, über meine alkoholkranke Mutter zu sprechen. Mit verschränkten Armen vor der Brust hielt ich Ausschau nach Alex, der nach wie vor nicht zurück war.

»Das ist auch besser so.«

»Wenn du es sagst«, gab ich einsilbig zurück.

»Bestimmt«, erwiderte sie mit einem leichten Schulterzucken, als würde das Thema sie kaum mehr als das Wetter interessieren. »Sie würde es nicht gutheißen, so stur und engstirnig, wie sie ist.«

In diesem Moment entdeckte ich Alex. Er hatte tatsächlich Haydens Abwesenheit abgepasst, um die ausländischen Besucher in ein Gespräch zu verwickeln. Seine Idee schien jedenfalls aufzugehen. Die vier Männer schienen sich glänzend zu unterhalten. Kurz spielte ich mit dem Gedanken, mich zu ihnen zu gesellen, ließ es dann aber bleiben.

»Sag mal, Andriana«, platzte ich heraus, sodass meine Tante zusammenzuckte. »Ich wusste gar nicht, dass ihr mit Joseph Hayden befreundet seid.«

»Man kennt sich eben hier auf dem Hill. Außerdem sind Augustus und Joseph Geschäftspartner.«

»Stimmt ja, ganz vergessen«, sagte ich schnell. »Was für Geschäfte sind das eigentlich genau?«

Sie zog skeptisch eine Braue hoch und wahrte mühsam die Fassade ihres Lächelns. »Ich sagte es dir bereits: Das sind Augustus' Angelegenheiten. Davon verstehe ich nichts. Das ist Männersache.«

»Richtig, das sagtest du bereits.« Ein schmales Lächeln stahl sich auf meine Lippen. »Das wundert mich. Ich hielt dich für jemanden, der genau weiß, woher das Geld für euren Luxus kommt.« Ich glättete mein Kleid, als wäre das Gespräch nie über belanglosen Smalltalk hinausgegangen. »Ich werde dann mal Alex suchen.«

Ich ließ sie mit ihrer mühsam aufrechterhaltenen Maske einfach stehen. Ihr Spiel war ohnehin längst durchschaut; das Zittern in ihren Augenwinkeln verriet sie mehr als jedes Wort. Sie wusste es. Wir beide wussten es. Meine einzige Hoffnung, dass Augustus nicht genauso tief mitdrinsteckte wie Hayden.

Kurzerhand bahnte ich mir einen Weg zu der Tür, hinter der mein Onkel verschwunden war. Die Aufmerksamkeit der Gäste galt ihren Gesprächen oder den biegsamen Tänzerinnen; niemand achtete auf mich. Selbst Andriana hielt den Blick gesenkt und schien über meine Worte nachzudenken. Ich drückte die Türklinke herunter und schlüpfte in den dahinterliegenden Flur, der sich einige Meter fensterlos vor mir erstreckte. In regelmäßigen Abständen eingelassene Deckenlampen erhellten den Abstieg zu einer Treppe. Es kostete mich Mühe, mit dem bodenlangen Kleid die Stufen hinunterzusteigen, zumal ich mich bei jedem Schritt bedächtig umschaute. Wie damals im Firmengebäude flüsterte eine Stimme in meinem Kopf, ich solle umkehren. Doch auch dieses Mal ignorierte ich sie. Die Neugier war viel zu verlockend, um jetzt noch haltzumachen.

Am Ende der Treppe erwartete mich eine schwere Stahltür. Ich zögerte nicht und schob mich hindurch. Im flackernden Licht materialisierte sich das langgezogene Kellergewölbe des Hayden Areal vor mir, das als Garage für dutzende Elektrofahrzeuge diente. Der Geruch von Gummi und Feuchtigkeit stieg mir in die Nase. Vorsichtig ging ich an den protzigen Wagen mit getönten Scheiben vorbei, die sich auch in einer dichten Reihe die Kurve entlangzogen. Ein stummes Zeugnis des Reichtums, der sich über meinem Kopf versammelt hatte.

»Jetzt warte, Augustus.«

Ich erstarrte. Nur wenige Meter entfernt schwang die Beifahrertür einer schwarzen Limousine auf und mein Onkel sprang heraus. Geistesgegenwärtig hechtete ich zwischen zwei geparkte Wagen, noch bevor Hayden auf der Fahrerseite auftauchte.

»Ich sagte, du sollst warten.«

»Und worauf?«, blökte Augustus und fuhr zu ihm herum.

Ihre Stimmen hallten in dem grauen Gemäuer wie ein Echo wider. So ungehalten hatte ich meinen Onkel bisher nicht erlebt. Er wartete mit tippelndem Fuß und in die Hüften gestemmten Händen, bis Hayden ihn eingeholt hatte.

»Du hast immer noch nicht verstanden, wie wichtig dieses Unterfangen ist.«

Augustus legte den Kopf in den Nacken und gab einen hohlen Laut von sich. »Oh doch, mein Lieber, das ist mir bewusst. Selbst wenn ich es einmal vergesse, dann erinnerst du mich daran.«

»Wir sind so kurz davor, verstehst du? Es wird nicht mehr lange dauern. Wir dürfen jetzt nicht die Nerven verlieren, nur weil dieser Trottel eines Doktors versagt hat. Seine Fehleinschätzung können wir sogar zu unserem Vorteil nutzen. Du weißt, dass wir das tun müssen, wenn wir erfolgreich sein wollen.«

Mein Onkel presste die Lippen aufeinander, während sein Kopf in einer langsamen, mechanischen Bewegung von links nach rechts glitt. Von meinem Versteck aus sah ich, wie seine Finger unruhig am Saum seines Ärmels nestelten.

»Augustus, bitte!« Hayden dämpfte seine Stimme zu einem melodischen Flüstern. »Du weißt, wie wichtig das Projekt Oblit ist – für alles, was damit zusammenhängt. Es wird alles verändern, zum Besseren, für jeden von uns.«

Er starrte einen Moment ins Leere, ehe sein Kopf auf und ab ging. »Das weiß ich. Ich verliere schon nicht die Nerven.«

»Gut«, sagte Hayden und legte ihm eine Hand auf die Schulter, damit er ihn ansehen musste. »Wenn es aber funktionieren soll, darfst du dir keine Fehler mehr erlauben.«

»*Mehr?*«

»Ja, *mehr*. Meinst du, deine Nichte taucht gerade jetzt zufällig hier auf?«

Ich schluckte. Hayden sprach tatsächlich über mich. *Heilige Scheiße!*

Augustus weitete die Augen und schüttelte den Kopf. »Sie hat nichts damit zu tun. Andriana will ihr nur helfen. Sie haben beide keine Ahnung.«

»Mag sein«, meinte er. »Aber der Junge, der bei ihr war, ist ein Problem. Er hat deine Nichte sicher benutzt, um sich hier einzuschleusen. Erinnere dich an Duncan Reed. Und wir wissen beide, wieso Dr. Lynch tat, was er tat. Er war an jenem Abend nicht allein.«

Mein Onkel sah genauso überrascht aus wie ich. »Du … du denkst, dass dieser Junge bei ihm war?«

Hayden nickte. »Ich könnte es mir vorstellen. Seine Statur passt zu dem Mann, den wir verschwommen auf den Überwachungskameras gesehen haben. Wir müssen dafür Sorge tragen, dass er sich nicht noch tiefer in diese Angelegenheit stürzt.«

Mein Onkel starrte Hayden fassungslos an. Die Lippen leicht geöffnet, als wolle er widersprechen. Doch kein Laut kam heraus. Mir wurde eiskalt. Die Worte sickerten wie Gift in meine Gedanken und ließen meine Knie nachgeben. Ehe ich begreifen konnte, wie mir geschah, verlor ich den Halt. Ich rutschte an dem Auto ab, gegen das ich mich in der Hocke gelehnt hatte. Mir entwich ein Stöhnen, und ich landete auf dem Hintern. Der dumpfe Aufprall wurde vom Beton verschluckt und verstarb als schwaches Echo zwischen den Autos. Ich erstarrte, presste die Lippen zusammen und zog die Schultern hoch, als könnte ich mich so unsichtbar machen. Hayden und Augustus wirbelten herum und ließen ihre Blicke misstrauisch über die dunklen Wagenreihen schweifen.

Ich dachte nicht weiter nach und krabbelte möglichst lautlos um den Wagen herum. Stumm stieß ich jedes Gebet hervor, das mir in den Sinn kam, damit die beiden mich nicht entdeckten. Ich verbot mir, an die Konsequenzen zu denken, sollten sie mich hier finden.

»Wir sollten jetzt besser zurückgehen«, sagte Hayden da.

»Das denke ich auch.«

Ich atmete erleichtert auf, als ich hörte, wie die beiden Männer sich in Bewegung setzten. Ihre Schritte hallten geräuschvoll in dem Gemäuer wider. Ich riskierte einen Blick um den Wagen herum und sah, wie Hayden kurz den Blick zurück zu seinem Schlitten warf, dann aber mit meinem Onkel zielstrebig an dem Auto vorbeiging, hinter dem ich mich versteckt hatte. Ich wartete angespannt, bis die Schritte verhallten. Erst als die Stahltür mit einem Scheppern zufiel, kroch ich langsam aus meinem Versteck hervor. Schwerfällig zog ich mich auf die Beine und fuhr mir über das Gesicht. Das war haarscharf.

Plötzlich hallte das Klicken einer Autotür durch die Tiefgarage. Ich schreckte mit dem Kopf hoch und riss die Augen auf. Neben Haydens Wagen stiegen zwei muskelbepackte Anzugsträger aus einem Van, die Blicke längst auf mich gerichtet.

»Hey du, warte!«

Wenn ich vieles tun würde, das sicher nicht. Ohne nachzudenken, rannte ich los. Ihretwegen hatte sich Hayden noch einmal umgedreht. Er hatte gewusst, dass sie nicht alleine in der Tiefgarage gewesen waren. Die Drecksarbeit überließ er nun seinen Lakaien.

Ein Blick nach hinten verriet mir, dass die Männer mir dicht auf den Fersen waren. Zudem waren sie viel schneller als ich, weil sie eben nicht in so einem blöden Kleid steckten. Ich schaffte es noch um die Kurve, dann packten mich kühle Finger am Oberarm und rissen mich mit einem Ruck herum. Ich nutzte den Überraschungseffekt. Mein Knie schoss hoch und rammte geradewegs in die Kronjuwelen meines Gegenübers, der schmerzerfüllt aufjaulte. Ich presste die Handflächen mit voller Wucht gegen die Brust des Mannes, um ihn von mir wegzuschubsen. Er torkelte nach hinten und stolperte dabei in den anderen Anzugsträger hinein. Sie strauchelten und stürzten trotz aller Mühen zu Boden. So wie ich es dutzende Male trainiert hatte, ließ ich meinen Stiefel mit einem kräftigen Tritt heruntersausen, direkt in das behaarte Gesicht des Dreckskerls, den ich bisher verschont hatte. Ein unheilverkündendes Knacken ließ mich vermuten, dass seine Nase brach. Ein Schwall Blut ergoss sich über die verzerrte Fratze, während seine Schmerzensschreie klagend durch das Gemäuer hallten.

Ich ließ es mir nicht nehmen, dem anderen Kerl noch einmal fest auf die Finger zu treten, bevor ich begleitet vom Hall seines Keifens das Kleid nach oben raffte und losstürmte. Ich prallte mehr oder weniger gegen die Stahltür, riss sie auf und hechtete die Stufen hinauf. Keuchend schleppte ich mich durch den verlassenen Flur. Hayden und Augustus hatten einen guten Spurt vorgelegt. Von ihnen war glücklicherweise nichts mehr zu sehen.

Ich schlug die Tür auf und eine Flut von Licht und Gemurmel schlug mir entgegen. Meine Augen sahen allerdings nur Alex, der geradewegs auf mich zukam.

»Kitty, was …?«

Erleichtert seufzte ich auf. Mit zwei Schritten war ich bei ihm und schlang die Arme um seinen Hals. Sofort stieg mir der Geruch seines Parfüms in die Nase, was mich ein wenig beruhigte. Zudem war ich heilfroh, dass er die Umarmung zuließ und mich an sich drückte.

»Kitty, was ist denn los? Wo warst du?«

Eine Sekunde erlaubte ich mir, die Sicherheit, die mir seine Nähe bot, einzuatmen, ehe ich den Kopf von seiner Schulter nahm und seinen Blick suchte.

»Wir müssen von hier verschwinden. Sofort.«

»Äh, okay«, raunte er, obwohl ihm das Unverständnis ins Gesicht geschrieben stand. »Aber wir sollten nicht gehen, ohne uns zu verabschieden. Wenn wir übereilt aufbrechen, wirkt das verdächtig.«

»Na schön«, murrte ich, löste mich aus unserer Umarmung und griff nach seinem Handgelenk. Dieses Mal ließ er sich bereitwilliger zu meiner Tante ziehen. Augustus hatte mittlerweile wieder seinen Platz neben ihr eingenommen; Hayden entdeckte ich nirgends.

»Ah, da seid ihr zwei ja wieder.«

Es kostete mich alle Mühe, das Zittern meiner Glieder zu unterdrücken und Andriana ein unschuldiges Lächeln zu schenken. »Da sind wir wieder. Ich fürchte jedoch, dass es an der Zeit ist, uns zu verabschieden.«

Meine Tante machte große Augen. »Jetzt schon? Der Abend hat noch gar nicht richtig angefangen. Alles in Ordnung?«

Ich war viel zu aufgebracht, um mir eine plausible Ausrede auszudenken. Also nickte ich wortlos. Andriana wirkte nicht überzeugt. Selbst Augustus hob fragend die Brauen.

»Phoebe fühlt sich nicht ganz wohl. Sie hat zu viel vom Buffet genascht«, kam mir Alex rettend zur Hilfe.

Ich schenkte ihm einen dankbaren Blick, ehe ich nickend zustimmte und eine klägliche Miene auflegte.

»Genau. Die Pasteten waren köstlich, doch anscheinend vertrage ich keine Meerestiere. Ich bin das ja auch gar nicht gewöhnt.«

Andrianas skeptische Miene wich für ein bedauerndes Lächeln. »Oh ja, die sind aber auch verräterisch. Wenn du dich nicht wohlfühlst, solltet ihr wirklich lieber gehen. Aber wir müssen das unbedingt wiederholen. Wie wäre es am Donnerstag? Zum Tee?«

Meine Augen huschten kurz zu der Seitentür, aus der gerade die zwei Anzugsträger traten. Ich schluckte und schob Alex neben mich, um mich vor ihren Blicken abzuschirmen.

»Das … klingt gut. Ich werde so gegen drei vorbeikommen.«

»Wunderbar«, freute sich Andriana und schenkte mir ein überbreites Grinsen. »Augustus wird zwar nicht dabei sein können, aber dafür die Jungs. Dann kannst du endlich deine Cousins kennenlernen, Phoebe.«

»Ich kann es kaum erwarten«, erwiderte ich mit einem gezwungenen Lächeln. »Wir sollten jetzt wirklich gehen. Ich möchte mich nur ungern hier übergeben.«

»Dann geht und seid vorsichtig«, sagte Augustus.

»Das werden wir, Onkel. Wir sehen uns.«

Ich lächelte Andriana noch einmal zu, dann fuhr ich herum. Alex verharrte allerdings.

»Vielen Dank für die Einladung und den netten Abend, Mr. und Mrs. Kensington.« *Oh Mann*, er bewies eindeutig mehr Etikette als ich, was unter anderen Umständen sehr löblich gewesen wäre.

»Das ist doch selbstverständlich, Alexander.«

Ich verdrehte die Augen. Dieses Geschleime konnten meine Tante und er sich für einen Zeitpunkt aufheben, an dem nicht zwei Bodyguards hinter uns her waren. Es wurde höchste Zeit zu verschwinden. Die Kerle suchten bereits den Saal nach mir ab, auch wenn dies durch die Umherstehenden erschwert wurde. Die elitäre Gesellschaft der Hills war es nicht gewohnt, dass ein blutbesudelter Anzugsträger durch den Bankettsaal schritt, der sich bemühte, die Blutung seiner Nase zu stoppen.

Ich verstärkte den Druck auf Alex' Hand, was ihn endlich dazu brachte, sich zu mir umzudrehen. Mein Blick war unmissverständlich, seiner immer noch verwirrt. Dennoch nickte er zustimmend. Ich winkte zum Abschied und zog ihn dann quer durch den Saal Richtung Ausgang. Er versuchte mit mir Schritt zu halten, was er mühelos hätte tun können, wenn mein plötzlicher Aufbruch und das Unverständnis darüber ihn nicht daran gehindert hätten.

Mit gesenktem Kopf brachte ich uns aus der Schussbahn. Ich zerrte Alex an dem Sicherheitsbeamten vorbei ins Foyer, dann geradewegs hinaus in die kühle Abendluft. Erst als wir uns ein Stück von dem Gebäude entfernt hatten und im Schatten der Seitengassen Schutz fanden, löste ich die Finger.

»Kitty?«

All die Anspannung und das aufgestaute Adrenalin verließen meinen Körper. Zurück blieb nur der stechende Schmerz meiner Rippen. Ich zitterte vor Kälte, torkelte regelrecht über den Asphalt und die verlassenen Straßen. Mir war speiübel. Das volle Ausmaß der Unterhaltung zwischen Hayden und meines Onkels traf mich mit einer Sekunde Verzögerung. Sie wussten von Alex, von mir. So unscheinbar unser Auftreten auch gewesen sein mochte, allein die Tatsache, dass wir gekommen waren, hatte uns verraten. Ich wusste nicht, wie weit das Netz sich spannte, wie unsere Strafe ausfallen oder ob es überhaupt Konsequenzen geben würde, aber allein die Vorstellung, dass meine Verwandten involviert waren, schockierte mich. Ich war ein Teil von ihnen, ob ich wollte oder nicht. Ich gehörte zu einer Familie, die dabei half, Experimente mit Drogen und Medikamenten zu finanzieren, die auf Kosten des Slopes geschahen. Und zu was das führte, wollte ich mir nicht einmal ausmalen.

»Was ist los?«

Ich ignorierte Alex' Bedrängnis. Mir war so hundeelend zumute, dass es mir immer wieder hochkam. Die kühle Luft brachte nicht die ersehnte Linderung. Als ich es nicht mehr zurückhalten konnte, blieb ich stehen und beugte mich über einen Strauch. Während ich würgte und Magensäure erbrach, spürte ich Alex' besorgten Blick auf mir ruhen. Das Schwindelgefühl in meinem Kopf war so stark, dass ich schon befürchtete, jeden Moment umzukippen. Glücklicherweise gelang es mir, mich zusammenzureißen und aufrecht zu halten. Ich wollte ihm nicht schon wieder zumuten, mich bis zu Lorraines Haus tragen zu müssen. Beherrscht schluckte ich die restliche Säure herunter.

»Es war eine Finte. Du musst nicht gleich wirklich kotzen.«

Auch wenn es als Scherz gemeint war, klang in seiner Stimme Sorge mit. Ich atmete tief durch und fuhr mir mit dem Handrücken über den Mund. »Tja, was raus muss, muss raus.«

Meine Reaktion brachte seine Geduld zum Überlaufen.

»Was ist denn los? Wieso wolltest du so schnell weg? Ich habe gesehen, wie du hinter der Tür verschwunden bist. Was ist da passiert? Und was hat das zu bedeuten, Phoebe?«

Ich suchte seinen Blick und zog die Augenbrauen zusammen. »Du konntest sehen, wie ich hinter der Tür verschwunden bin? Wie war dir das möglich, wo du doch mitten in einer Unterhaltung mit den ausländischen Besuchern warst?«

»Ich habe dich im Blick behalten«, erklärte er schulterzuckend. »Was ist passiert? Hast du etwas herausgefunden?«

Mir entwich ein glucksendes Geräusch. Ich würde mich nicht auf dieses Spiel einlassen. Immerzu drängte er mich, wollte erfahren, was ich wusste, doch von ihm kam kein einziges Wort. Was hatte er denn herausgefunden? Wieso musste ich ihm alles aus der Nase ziehen?

Wir sahen uns einen Moment schweigsam an. Ich brach zuerst den Blickkontakt und wandte mich ab. Mit wackeligen Knien setzte ich mich in Bewegung.

»Hey Kitty, was soll das?«, stöhnte Alex hinter mir auf.

Ich blieb nicht stehen, hob nur teilnahmslos die Arme. »Was soll was? Wenn du nicht mitwillst, dann bleib halt hier.«

Ich hörte, wie seine Schritte hinter mir schneller wurden, doch er holte mich nicht ein und schwieg demonstrativ. Wir bahnten uns einen Weg an den hellerleuchteten Ladenfronten vorbei, zogen ab und zu die Aufmerksamkeit der vorbeikommenden Elite auf uns. Wir zwei gaben aber auch sicher ein seltsames Bild ab.

Ich war heilfroh, als wir den Pfad abwärts erreichten. Ich wurde immer langsamer. Mit dem Kleid und Bolero war ich für den Abstieg kaum passend gekleidet. Ich zitterte vor Kälte und Erschöpfung, die Stelle unterhalb meiner Brust hämmerte unangenehm. Zudem durchfluteten haltlose Gedanken meinen Kopf. Ich verstand die Welt nicht mehr. Die Eindrücke des Abends waren allgegenwärtig und die Auseinandersetzung mit den Bodyguards nicht das Einzige, was mir einen Schauer über den Rücken jagte. Ich kam mir ziemlich dumm vor, durch die Dunkelheit der Wälder zu streifen, wo noch vor kurzem zwei muskelbepackte Kerle meine Verfolgung aufgenommen hatten. Dass ich nicht allein war, beruhigte mich ein wenig. Ich wünschte, meine Sorgen mit

Alex teilen zu können, doch zuerst musste auch er etwas entgegenkommend sein und mit ein paar Informationen herausrücken.

Seltsamerweise holte er mich nicht ein. Je langsamer ich wurde, desto kleiner wurden auch seine Schritte. Und als ich schnaufend stehenblieb, verstummten sie mit etwas Abstand zu mir endgültig. Ich sah ihn nicht an, während ich am Rand des Weges auf einen Baumstamm sank und die Hand auf die schmerzende Stelle legte. Alex gewährte mir diesen Moment der Abgeschiedenheit. Er wartete, bis meine Atmung sich wieder kontrollierter anhörte, erst dann kam er näher und blieb vor mir stehen. Auch wenn ich seinen Blick mied, konnte ich mir allzu gut vorstellen, wie selbstgefällig er mich gerade anstierte.

»Was ist los?«

Ich schüttelte den Kopf. »Nichts. Ich bin nur geschlaucht.«

»Komm schon«, bat er erstaunlich sanftmütig. »Du warst beim Tanzen bereits so komisch. Und dann bist du hinter dieser Tür verschwunden. Was hast du da gemacht?«

Nun sah ich zu ihm auf. Sein Gesicht zeigte mehrere Regungen, wobei ich nicht sagen konnte, welche Gefühle sich darin spiegelten. Der Gedanke, dass er eine Verbindung mit meiner Reaktion beim Tanzen und der danach vermutete, zauberte mir ein Grinsen auf die Lippen.

»Oh Mann, du schaffst mich.« Es gelang ihm nicht, seine Irritation zu verbergen. »Du bist mir manchmal ein echtes Rätsel. Du lässt mich im Ungewissen, weil du weißt, dass es mich verrückt macht.«

Mein Grinsen versickerte. »Ich, dir, ein Rätsel? Wer ist hier der Geheimniskrämer? *Du* hast dich mit den Ausländern unterhalten. Es war offensichtlich, dass du mich nicht dabeihaben wolltest und Haydens Ankunft ausgenutzt hast, um dich davonzustehlen. Sagst du mir denn, was passiert ist?«

»Äh … na ja, wie erwartet, waren sie nicht so verschlossen wie die Anwohner des Hills. Ich habe mich als einen Geschäftspartner von Hayden ausgegeben, wodurch sie etwas redseliger waren. Sie investieren alle in Projekt Oblit. Darum hat es etwas länger gedauert, bis ich mich loseisen und nach dir sehen konnte.«

Mit einer so direkten Antwort hatte ich nicht gerechnet.

»Haben sie dir denn verraten, worum es bei dem Projekt geht?«

Alex schwieg einen Moment, bevor er in den ausweichenden Modus wechselte. »Nicht direkt.«

Die Art, wie er das sagte und meinem Blick auswich, bewies, dass er log.

»Alex«, seufzte ich. »Du kannst mir vertrauen.«

Seine Augen huschten wieder zu mir. »Kann ich das?«

»Ja, kannst du«, versicherte ich, auch wenn mir mein schlechtes Gewissen einen Stich versetzte. Immerhin hatte ich ihm noch nichts über die Unterhaltung zwischen Hayden und meinem Onkel verraten. Oder darüber, dass ich dabei gesehen wurde.

Eine Zeit lang ruhten seine leuchtenden Iriden still auf mir. Ich konnte nicht deuten, ob er meine Vertrauenswürdigkeit abwog oder sich zurechtlegte, was er mir erzählen sollte.

»Sie sprachen über das Projekt. Wie wichtig es sei, wie weltverändernd«, sagte er schließlich. »Ich glaube nicht, dass sie dieses Mittel, an dem sie in der Firma experimentieren, hier einsetzen wollen. Sie beanspruchen es für sich. Es soll für ihre Gebiete genutzt werden. Sie sprachen von Unruhen und Aufständen, die sie damit unter Kontrolle kriegen wollen.«

»Unruhen im Ausland?« entfuhr es mir überrascht. Davon hatte ich bisher noch nie gehört. Aber wenn ich ehrlich war, hatte ich bis auf die wenigen Geschichten meiner Mutter nie etwas darüber erfahren, was außerhalb der Stadtgrenzen Hill Citys vor sich ging. »Dann muss es eine Art Waffe sein, oder?«

Er nickte stumm.

»Und was genau soll sie bewirken? Wie soll das Aufstände und Unruhen unterbinden?«

Ein schwaches Lächeln huschte über sein Gesicht. »Ich glaube, das weißt du längst.«

Natürlich. Aufstände konnten nur unterbunden werden, wenn die Unruhestifter aufgehalten wurden. Und das bedeutete: Was immer sie da zusammenbrauten, es war tödlich. *Weltverändernd* war das zutreffende Wort. Der Pöbel würde aus einem erfolgreichen Projekt trotz der finanziellen Beisteuerung genügend Gewinn erzielen. Das war mir spätestens nach der Unterhaltung zwischen Hayden und Augustus bewusst. Womit ich nicht übereinstimmte, war der mögliche Einsatz außerhalb von Hill City. Allein wegen der Reaktion meines Onkels steckte mehr dahinter. Und was taten sie dafür, was dem Slope schadete?

»Ich bin übrigens durch die Tür, um Hayden und meinem On-kel zu folgen«, gestand ich. »Ich konnte ein Gespräch zwischen den beiden aufschnappen. Sie haben so etwas Ähnliches ange-deutet.«

Alex machte große Augen. »Du bist wirklich lebensmüde, oder? Wieso zur Hölle folgst du ihnen?«

Ich hob die Schultern, erwiderte aber nichts. Ich sah ihn nur an, musterte die Furche auf seiner Stirn, die mit jeder Sekunde, die verstrich, tiefer wurde. Dasselbe galt für seine Mundwinkel.

»Wie steht es eigentlich bei dir, Little Kitty? Vertraust du *mir*?«

Jetzt also war ich an der Reihe. Alex war bewusst, dass ich ihm nicht alles erzählt hatte. Ich stieß einen Seufzer aus, spannte meine Muskeln an und machte mich bereit, zu beichten – von dem Misstrauen gegenüber uns beiden bis hin zu Haydens Plan, ihn aufzuhalten, und den zwei muskelbepackten Anzugsträgern.

»Ja, Alex, ich vertraue dir.«

In der Hoffnung, meine Worte würden endgültig alle Mauern zwischen uns einreißen, schenkte ich ihm ein aufrichtiges Lä-cheln. Er blockte das Gespräch jedoch auf die erdenklich schmerzhafteste Weise ab, die es gab.

»Das ist schlecht. Du kennst die erste Faustregel im Slope, Kitty. Traue niemandem, außer dir selbst.«

Mein Herz setzte einen Schlag aus, das Lächeln auf meinem Gesicht erstarb. Einen kurzen Moment hatte ich vergessen, was für ein arrogantes Arschloch er sein konnte. Unsere Zusammenkunft diente dem reinen Eigennutz. Er hatte mich das immerzu wissen lassen. Und mein Gefühl der Dankbarkeit ihm gegenüber änderte nichts daran.

Alex wandte sich von mir ab und deutete den Pfad abwärts. »Wir sollten weitergehen, bevor uns die Nacht vollkommen verschluckt.«

Ich nickte betroffen. Es gehörte eine gewisse Abgebrühtheit und Gleichgültigkeit dazu, um so schamlos wie er zur Tagesordnung überzugehen. Mir fiel das schwerer. Und als er wieder zu mir sah, huschte die Erkenntnis darüber über sein Gesicht.

»Phoebe, es …«, setzte er an und streckte die Hand nach mir aus. Ich schüttelte sie ab und marschierte an ihm vorbei. Meinen richtigen Namen konnte er sich jetzt auch sparen. Zwischen uns war alles gesagt. Und das war gut so.

Der kühle Wind, der mir ins Gesicht blies, linderte das Glühen meiner Wangen. Ich atmete tief durch und fasste einen klaren Gedanken. So sehr mir Alex' Art und Reaktion auch missfiel, ich durfte nicht zulassen, dass meine Kränkung zwischen uns stand. Er war mir nichts schuldig. Und ein kleiner, nicht unbedeutender Teil von mir wusste, dass ich ihm nicht vertrauen sollte.

Ich blieb stehen und setzte wieder ein Lächeln auf. »Was ist nun? Willst du hier Wurzeln schlagen?«

Die Anspannung wich aus seinen Schultern, die er mit einem tiefen, hörbaren Ausatmen sinken ließ. Mit ein paar schnellen Schritten holte er auf, bis er wieder an meiner Seite ging.

»Alex?«

»Ja?«, presste er zwischen den Lippen hervor und sah mich von der Seite erwartungsvoll an.

»Darf ich mich heute Nacht noch einmal bei dir einquartieren? Ich … will nicht allein sein, wenn es für dich in Ordnung ist.«

Der angespannte Ausdruck in seinem Gesicht wich einem Grinsen. »Meinetwegen.«

»Danke.«

»Nicht dafür«, sagte er und sein Lächeln erstarb. »Das von eben … es tut mir leid. Ich kann manchmal ziemlich egoistisch sein. Ich bin eben nicht wie du.«

»Wie *ich*? Wieso denkst du, dass ich nicht egoistisch bin?«

»Weil ich dich kenne«, antwortete er prompt.

»Ach ja? Du denkst, du kennst mich?« Ich wedelte mit den Händen vor mir herum. »Im Moment ist das hier nur eine kläglliche Erscheinung von mir.«

Alex zuckte mit den Schultern. »Mag sein. Doch du bist mir bereits früher im Coffeeshop aufgefallen. Daher weiß ich auch, dass du Truthahnsandwiches magst. Genau wie ich übrigens.«

Überrascht zog ich die Augenbraue hoch. »Ich habe dich früher auch schon gesehen, nicht oft, aber ich wusste, wer du bist. Meine Vorliebe für Truthahnsandwiches würde ich zudem nicht als einen Beweis für meine Selbstlosigkeit ansehen.«

Nun schenkte er mir wieder ein Lächeln. »Du unterschätzt deine Wirkung. Ich habe oft miterlebt, wie du deine Ausbeute mit deinen beiden Freunden geteilt hast. Und im letzten Winter war das Geld bei allen knapp. Dennoch hast du damals keine Sekunde gezögert und dem taubstummen Jungen, der wehmütig und hungrig vor dem Shop die Auslage bewundert hat, mit deinen letzten Cent ein Sandwich gekauft.«

Verdutzt blieb ich stehen. »Redest du von Wallace?«

»Ja«, bestätigte er. »Siehst du, du bist so viel besser als ich. Du kennst sogar seinen Namen. Ich bin bloß egoistisch.«

Ein Ausdruck von Schwermut flimmerte über sein Gesicht. Mir war nicht klar, dass er mich damals dabei beobachtet hatte. Für mich war es eine Selbstverständlichkeit, Wallace zu helfen. Immerhin war er ein Kind und seine junge Mutter Arida stets nett und hilfsbereit mir gegenüber. Es erstaunte mich, welchen Eindruck es bei Alex hinterlassen hatte. Und er schien es ernst zu meinen, auch die düstere Beschreibung über sich selbst.

Vorsichtig ging ich einen Schritt auf ihn zu und schüttelte den Kopf. »Ich glaube nicht, dass du selbstsüchtig bist. Du hast mir geholfen – mehrfach. So etwas tut man nicht, wenn man von Natur aus egoistisch ist. Es spielt dabei auch keine Rolle, welche Gründe einen dazu bewogen haben, es zählt nur die Tat an sich. Ob du es leugnest oder nicht, ob ich mich dagegen sträube oder nicht, deine Hilfe war mehr als selbstlos, Alex.«

Mein aufmunterndes Lächeln ließ den Trübsinn in seinen Augen verschwinden. Unsere Blicke verhakten sich ineinander und einen Moment sahen wir uns nur schweigsam an.

»Wenn du es sagst«, durchbrach er schließlich die Stille, die meinen Worten gefolgt war. »Es ist spät, wir sollten uns beeilen.«

Ich nickte und ging neben ihm her. Mir war immer noch mulmig zumute, wenn ich mir die düstere Waldebene um uns herum betrachtete. Jedes Knacken eines Astes jagte mir eine Gänsehaut über die Arme. Wenigstens drang Mondlicht durch die Gezweige und erhellte uns den erdigen Weg.

»Wie wäre es eigentlich damit, wenn du mir jetzt etwas von dir erzählen würdest? Nur eine klitzekleine Sache über dich«, fragte ich ablenkend und schielte zu ihm hinüber.

Er zuckte mit den Schultern. »Über mich gibt es nicht viel zu sagen. Ich lebe im Slope. Allein.«

Dieses Mal verunsicherte mich nicht Alex' ausweichende Bemerkung oder die unleserliche Miene, sondern die Art, wie er die Worte sagte. Im Klang seiner Stimme schwang Bedauern mit, auch Trauer und Selbsthass. Ich fragte mich, was ihm im Laufe der Jahre widerfahren war, wieso er stets zu allen die Distanz wahrte und sich selbst so geringfügig schätzte. Das konnte nicht nur an unschönen Kindheitserinnerungen liegen.

Im Slope hatte jeder sein Päckchen zu tragen. Ich ließ es vorerst dabei beruhen und ging schweigend neben ihm her.

Kapitel 14

Als ich am nächsten Morgen in Alex' Bett erwachte, war ich so ausgeschlafen wie lange nicht. Ich streckte mich gähnend und rappelte mich auf. Der Geruch von frischem Gebäck und Kaffee empfing mich im Wohnbereich und regte meinen Appetit an. Coffeeboy schaute nur kurz zu mir auf, bevor er sich wieder gedankenverloren auf den Holo-Bildschirm konzentrierte, der über dem Esstisch flimmerte. Dass ich mir ein gekringeltes Hefegebäck und einen Kaffeebecher stibitzte, schien er überhaupt nicht wahrzunehmen. Es war aber auch mittlerweile zu einer Selbstverständlichkeit geworden, dass ich mich an Alex' Mitbringsel bediente.

Ich zog mich vom Tisch zurück und knabberte an dem Gebäck, während ich unauffällig auf das Holo spähte. Alex hatte die Datei mit seinen Recherchen geöffnet.

»Was machst du da?«, fragte ich beiläufig und wandte meine Aufmerksamkeit dem Dachfenster zu.

»Ich trage alles zusammen, was wir gestern erfahren haben. Über Projekt Oblit und so«, drang seine grummelnde Stimme durch den Raum.

Ich klappte das Fenster nach oben und ließ die frische Morgenluft herein. Sonnenstrahlen brachen durch die verhangenen Wolken und wärmten mein Gesicht. Ich schloss die Augen und atmete tief ein. Es tat gut, die Sonne auf meiner Haut zu spüren, die sich viel zu selten im Slope zeigte. In letzter Zeit war ich aber auch zu einem Stubenhocker und Nachtschwärmer mutiert.

»Was werden wir jetzt mit dem ganzen Wissen anfangen?«
Ich hörte, wie Alex sich hinter mir auf dem Stuhl umdrehte.

»Eine gute Frage. Die Vorfälle im Stahlwerk und in der Firma waren wohl unglückliche Kollateralschäden. Wenn ich es gestern richtig verstanden habe, sind die Produkte nicht für hier vorgesehen.«

Ich kniff die Lider fester zusammen und seufzte: »Also willst du nichts tun? Was ist mit den Bewohnern im Slope? Hayden sagte vor der Firma, sie würden diese Experimente auf ihre Kosten durchführen. Du willst sie weitermachen lassen und hoffen, dass so ein Vorfall wie bei I.S.R nicht noch einmal geschieht und sie die Anwohner künftig verschonen werden. Das alles bloß, weil diese Ausländer angedeutet haben, man würde die Produkte nicht hier einsetzen wollen.«

»Nun, das ist nicht unbedingt das, was ich will, aber im Moment wüsste ich nicht, was wir sonst tun sollen. Wir können nicht mit Gewissheit sagen, dass dich niemand gesehen oder unsere Anwesenheit auf dem Fest für mehr Aufmerksamkeit gesorgt hat als gewollt. Wenn nur irgendwer Wind davon bekommen hat, dass wir beide in dieser Angelegenheit Nachforschungen angestellt haben, dann haben wir größere Probleme als diese Experimente im äußeren Randbezirk. Denk mal daran, was mit Duncan passiert ist. Und wir können ja auch nicht zu den Bullen gehen oder so.«

»Das können wir nicht«, bestätigte ich und öffnete die Augen.

Ich nahm einen Schluck Kaffee und beobachtete dabei Ashs roten Schopf, der sich die Gasse hinunterstahl. Sie fehlte mir. Genau wie Finley. Einerseits sträubte sich alles in mir dagegen, die Füße stillzuhalten. Wenn ich nach draußen sah, erkannte ich die verruchten Gassen des Slopes, erblickte die Gesichter der Hehler und Schmuggler, der Dealer und Abhängigen. Sie waren Dreck, da hatte der Pöbel nicht unrecht. Aber der Slope war mein Zuhause. Es gab nicht nur skrupellose Dreckskerle und drogensüchtige Versager. Da waren auch Menschen wie Ash und Finley, die dieses Leben nicht verdient hatten. Sie waren aufrichtig, gutmütig und sogar wertvoller als jeder Geschäftsmann auf dem Hill. Ich kannte die Geschichten von früher. Von einer Welt, wo alles besser gewesen sein soll. Gesundheitssysteme für jedermann, Hilfestellungen für die Armen und finanzielle Unterstützung für Bedürftige. Kriege und Wirtschaftskrisen hatten uns weit zurückgeworfen, an einen Punkt, wo die Reichen über die Armen regierten und Korruption dominierte. Ob es in jedem Land so war, wusste ich nicht. Ich wusste allgemein sehr wenig, fast nichts, wenn man es genau betrachtete. Wie all die anderen kannte ich nur dieses Leben. Doch sollte ich deshalb die Augen davor verschließen, was in anderen Teilen der Welt vonstattenging? Und wer garantierte mir, dass wir hier von Unruhen und Aufständen verschont blieben und die Experimente nicht den Menschen, die ich liebte, schadeten?

Andererseits hatte ich in letzter Zeit all meine Vorsätze, jegliche Vorsicht ignoriert. Und wofür? Alex und ich hatten nicht wirklich etwas Wissenswertes herausfinden können, und wie er sagte, blieben uns jetzt nicht mehr viele Möglichkeiten. Wir hatten nie darüber gesprochen, was wir nach dem Besuch auf der Gala machen würden. Vielleicht hatte ich mich zu sehr auf diese Sache versteift. Nur wegen eines zufällig belauschten Gespräches vor der Firma hatte ich meine beiden Freunde vernachlässigt und all meine Pläne riskiert. Immerhin wurde ich von den zwei Bodyguards in der Tiefgarage gesehen. Hayden wusste sicher bereits, dass ich es war, die ihn und meinen Onkel belauscht hatte. Wenn ich dadurch wie Duncan Reed endete, hatte ich letztendlich nichts bewirkt, außer mein Leben zu geben. Dann war ich niemandem mehr eine große Hilfe.

»Ich glaube, ich werde vorerst zurückgehen und das tun, was ich bisher getan habe«, sagte ich entschlossen und wandte mich Alex zu. »Ich meine, du sagst selbst, wir wissen nicht, was wir im Moment sonst tun sollen. Und es wäre wohl besser, wenn wir uns vorerst etwas zurückhalten, um nicht noch mehr Aufmerksamkeit auf uns zu lenken. Oder?«

Wenn ihn meine Aussage überraschte, zeigte er es nicht. Mit dem unergründlichen Blick, den er wie eine Mauer vor sich hertrug, nickte er lediglich. »Das ist eine gute Idee.«

»Okay«, presste ich zwischen meinen Zähnen hervor und unterdrückte die Enttäuschung, die in mir aufstieg. »Ich … werde mich fertig machen und dann zu meiner Mutter gehen. Ich sollte mal nach ihr sehen.«

Alex nickte und wandte sich wieder dem Computer zu. »In Ordnung. Ich werde dich bis zum Trailerpark begleiten.«

»Musst du denn nicht arbeiten?«

Er schüttelte den Kopf, während er den Holo-Bildschirm ausschaltete. »Erst später.«

»Du weißt aber schon, dass ich den Weg auch allein finde«, scherzte ich, wobei mir danach nicht zumute war.

Die Trennung war absehbar. Jetzt war sie Realität. Ohne Ausweg. Ohne Alternative. Wir konnten nichts ausrichten. Er führte sein Leben hier und ich musste zurück zu meinem. Finley und Ash brauchten mich. Ich konnte sie nicht wieder im Stich lassen. Und ich hatte einen Plan, eine Zukunft, die ich zwar kurzzeitig aus den Augen verloren hatte, doch die immer Bestandteil meiner Gedanken war. Darin war kein Platz für Alex.

»Ich fühle mich wohler dabei, wenn ich dich begleite«, sagte er und suchte wieder meinen Blick. Der Hauch eines Grinsens zuckte um seine Mundwinkel. »Du weißt doch, Kitty, die Straßen im Slope sind gefährlich. Und irgendwer muss ja auf dich aufpassen, wenn du es selbst schon nicht machst.«

»Auch wieder wahr.« Ich rang mir ein schwaches Lächeln ab und machte mich auf den Weg ins Badezimmer.

***

Stunden später brachen wir auf. Ich hatte mich mit dem Anziehen und Zusammenpacken meiner Sachen nicht wirklich beeilt. Auch wenn ich meist unfreiwillig in Alex' Wohnung gelandet war, musste ich zugeben, dass ich mich schnell an den festen Wohnsitz gewöhnt hatte. Es war beruhigend, abends nicht überlegen zu müssen, wo man die Nacht verbrachte. Das war auch der Grund, wieso ich zum Trailer meiner Mutter zurückwollte. Es würde nicht auf Dauer mit uns beiden gutgehen, doch ich nahm mir vor, es wenigstens noch einmal zu versuchen.

Schweigsam verließen wir den Coffeeshop. Lorraine erinnerte Alex beim Vorbeigehen daran, nicht zu spät zu seiner Schicht zu erscheinen, was er gekonnt ignorierte. Hinter vorgehaltener Hand schnitt ich ihr eine Grimasse. Dadurch schaute ich etwas zu lange hinter mich und lief beim Herumfahren geradewegs in jemanden hinein. In meinem Kopf reimte ich mir bereits ein paar Entschuldigungsfloskeln zusammen. Als ich jedoch aufblickte und erkannte, wen ich beinahe über den Haufen gerannt hatte, erstarrte ich zur Salzsäure.

Frank Lawine neigte den Kopf zur Seite, die Mundwinkel so weit nach oben gezogen, dass sich tiefe Falten in seine Wangen gruben. »Langsam, Fibs«, schnurrte er. »Du willst doch nicht, dass ich mich verletze.«

Sein Gesicht verschwamm vor meinen Augen, ersetzt durch das Flackern jenes Abends, das mir die Kehle einschnürte. Da waren wieder diese gierigen Blicke, die mich verschlangen. Ich fühlte die Erniedrigung und Hilflosigkeit, die mich auch jetzt noch lähmten. Ich wollte schreien, rennen, irgendetwas tun, doch meine Lungen weigerten sich, den nächsten Atemzug zu nehmen. Wie an jenem Abend blieb ich stehen –unfähig zu reagieren, außerstande, regelmäßig ein- und auszuatmen.

Glücklicherweise trat Alex an meine Seite. Seine Haltung war so angespannt und unterkühlt, dass sich die Luft um uns herum noch eisiger anfühlte, als sie es sowieso schon tat. Sein Griff nach meinem Handgelenk löste wenigstens ein leichtes Zucken in mir aus.

»Ah«, stieß Frank hervor und ließ den Blick zu ihm wandern. »Coffeeboy! Stets bereit!«

Alex tat es mir gleich, ihn wortlos anzustarren. Er blieb dabei so beherrscht, dass er sich nach einem Augenblick loseisen konnte. »Komm, wir sollten weitergehen, Kitty.«

Er zog an meiner Hand, um mich zum Gehen zu bewegen, aber ich konnte mich nicht in Bewegung setzen und den Blick von Frank lösen. Ich musterte immerzu das Veilchen, das seine Wange zierte. Alex musste fest zugeschlagen haben, wenn es noch so deutlich zu sehen war.

»Ja, geht nur. Ich muss auch weiter«, bemerkte Frank beiläufig, sein Grinsen vertiefte sich allerdings. »Seid auf der Hut, die Straßen sind gefährlich.«

Alex zerrte nun so fest an meinem Gelenk, dass ich keine andere Wahl hatte, als ihm zu folgen. Franks Bemerkung prägte sich jedoch wie eine Drohung in mein Gehirn und löste einen kalten Schauer auf meinem Rücken aus. Alles daran war mir zuwider, vor allem die Art, wie er versuchte, mich einzuschüchtern. Ich durfte nicht zulassen, dass er so viel Macht über mich besaß. Wenn ich jedes Mal bei seinem Anblick zur Salzsäule erstarrte, wäre ich ihm früher oder später hilflos ausgeliefert.

Obwohl ich mich von Alex wegführen ließ, behielt ich Frank im Auge.

»Schönes Veilchen hast du da«, spottete ich und versuchte sein hämisches Grinsen nachzuäffen. »Du solltest lieber aufpassen, damit die andere Seite verschont bleibt.«

Mit Genugtuung verinnerlichte ich die mürrische Grimasse, die seine Überheblichkeit fortspülte. Alex legte so ein Tempo vor, dass mir letztendlich nichts anderes übrigblieb, als den Kopf abzuwenden. Er zerrte mich regelrecht über den Platz des Zentrums. Ich stolperte ihm mühevoll hinterher.

»Könntest du etwas langsamer laufen oder mich loslassen?«

Er warf mir einen finsteren Seitenblick zu. »Wenn du damit aufhörst, diesen Dreckskerl zu provozieren.«

»Was soll ich deiner Meinung nach denn sonst tun?«

»Das jedenfalls nicht«, sagte er mit knurrender Stimme, schob mich mit einem Ruck vor sich und ließ mich endlich los.

Ich schwankte kurz, bevor ich wieder festen Boden unter den Füßen spürte. Alex' finstere Miene befeuerte meinen Ärger zusätzlich.

»Ich weigere mich, wie ein aufgeschrecktes Reh vor ihm zu flüchten. Damit würde ich ihm nur geben, was er will.«

»Was er will, bist du«, betonte er und packte mich an den Schultern. »Er wollte weiß Gott was mit dir anstellen. Er ist ein mieses Drecksschwein, das sich nimmt, was es will. Und er lässt es bestimmt nicht auf sich beruhen, nachdem ich ihm eine verpasst habe oder du ihm Provokationen hinterherwirfst.«

Seine Reaktion und der wilde Ausdruck auf seinem Gesicht ließen mich zusammenzucken, weshalb Alex sofort die Hände wegzog und einen Schritt zurückwich.

»Bitte, Kitty. Lawine ist gefährlich. Du solltest einen Bogen um ihn machen«, setzte er versöhnlicher nach.

Einen Moment stierten wir einander schweigend an, bis ich beklommen den Blick senken musste.

»Es war nicht meine Absicht, in ihn hineinzulaufen. Ich würde auch viel lieber einen Bogen um ihn machen oder ihn am besten überhaupt nicht mehr wiedersehen. Aber ich kann nicht zulassen, dass er Macht über mich gewinnt. Das bin nicht ich«, seufzte ich und lächelte kläglich, als ich wieder zu ihm aufsah. »Und du wirst nicht immer da sein können, Alex.«

»Vielleicht nicht«, sagte er, während ein Lächeln die Besorgnis, das Mitgefühl und die Wut aus seinem Gesicht wischte. »Wenn du nicht immer so lebensmüde wärst, wäre das auch gar nicht nötig.«

»Das ist gut möglich.«

»Bestimmt sogar«, setzte er schmunzelnd nach und lenkte die Aufmerksamkeit mit einem Kopfnicken zurück auf den Weg. »Wollen wir dann weiter?«

Ich nickte und setzte mich in Bewegung. Es dauerte eine Weile, bis wir den Trailerpark erreichten. Zweimal kreuzten Polizisten unseren Weg, die uns glücklicherweise nur flüchtig musterten. Ich war erleichtert, dass wir ohne weitere Zwischenfälle bei dem Trailer meiner Mom eintrafen. Dort wurde mir bewusst, dass die notdürftige Partnerschaft mit Alex nun endete.

»So, wir sind da«, sagte ich zu ihm, versuchte dabei so beherrscht wie möglich zu klingen. »Wir werden uns vorerst bestimmt nicht so schnell wiedersehen. Aber solltest du neue Erkenntnisse gewinnen, lass es mich bitte wissen.«

»Das werde ich.«

Sein Ausdruck war unleserlich. Ich konnte nicht sagen, ob Erleichterung oder Enttäuschung darin mitschwang, ob seine Worte aufrichtig oder gelogen waren. Nach all der Zeit, die wir gemeinsam verbracht hatten, war er mir immer noch ein Rätsel.

Ich lächelte ihm noch einmal zu und war schon dabei, mich abzuwenden, als er nach meinem Handgelenk griff. Ich erstarrte in der Bewegung und mein Blick schnellte zu ihm hoch.

»Versprich mir bitte, dass du vorsichtig bist und aufpasst«, bat Alex mich. Er sah mich dabei so sorgenvoll an, dass mir jeder bissige Kommentar im Hals steckenblieb.

Er wusste nicht, dass er wie ich in die Schussbahn geraten war. Es war nicht nur Frank, den wir gegen uns aufgestachelt hatten. Hayden war ein genauso schlimmes Übel. Ich hatte bisher nicht den Mut aufgebracht, Alex von meiner Begegnung mit den Bodyguards zu erzählen. Und ich hatte auch nichts über Haydens Verdacht in Bezug auf ihn verlauten lassen. Der Gedanke, dass Alex gut auf sich allein aufpassen konnte, schmälerte mein schlechtes Gewissen ihm gegenüber keineswegs. Die Worte lagen mir auf der Zunge, doch war es nicht die Zeit und nicht der Ort, sie auszusprechen. Ich schluckte sie hinunter und entschied mich stattdessen für ein stummes Nicken.

»Gut«, sagte Alex und schenkte mir ein schwaches Lächeln.

»Auf Wiedersehen, Kitty.«

»Auf Wiedersehen, Coffeeboy.«

Ich schlang die Arme um die Brust und sah ihm so lange hinterher, bis er aus meinem Blickfeld verschwunden war. Wir kannten uns kaum. Zwei Individuen, die nichts gemein hatten. Und die Vorstellung, dass allein der Vorfall im Firmengebäude ausreichte, um uns eine Gemeinsamkeit zu verschaffen, klang absurd.

***

Als ich den Trailer meiner Mom betrat, musste ich erst einmal genauer hinsehen. Kurz glaubte ich sogar, mich verirrt zu haben. Es war aufgeräumt. Nirgendwo lagen Kleidungsstücke oder leere Flaschen herum, der Geruch von gebratenen Kartoffeln stieg mir in die Nase. Meine Mutter saß nicht wie gewohnt volltrunken auf dem Sofa. Stattdessen hantierte sie an der Küchenzeile mit Pfannen und Töpfen.

»Oh, Phoebe!«, rief sie mir über die Schulter hinweg zu, als sie mich bemerkte. »Du kommst genau richtig. Ich habe frische Kartoffeln bei Cody bekommen.«

Ihre ordentliche Erscheinung verschlug mir die Sprache.

»Es … es ist doch noch gar nicht Abend«, brachte ich hervor.

»Ja, ich weiß, aber die Kartoffeln sahen so köstlich aus und ich habe einen Bärenhunger.«

Ich umrundete das Sofa und blieb vor der Küchenzeile wie angewurzelt stehen. Mein Verstand weigerte sich nach wie vor, meinen Augen zu trauen. Da kochte sie wirklich – ohne die übliche Auszehrung oder das gedunsene Gesicht. Sie hatte sich das Haar gekämmt, und die tiefen Augenringe waren einer fast gesunden Blässe gewichen.

»Du … du isst eigentlich nie viel«, stellte ich verwirrt fest.

Sie fuhr herum und hielt mitten in der Bewegung inne. Hastig strich sie sich eine Strähne hinters Ohr und mied meinen Blick, während ein zarter Hauch von Rosa über ihre Wangen huschte. »In letzter Zeit schon. Ich habe seit deinem letzten Besuch nichts mehr getrunken. Es gibt nicht einmal mehr Alkohol im Trailer. Wenn du auch etwas essen möchtest, setz dich doch.«

Mein Kopf bewegte sich nur ein kleines Stück auf und ab. Ich schob mich auf einen der beiden Stühle, die um einen Klapptisch herumstanden. Mit großen Augen beobachtete ich, wie sie den Tisch mit Teller und Besteck deckte.

»Wie kommt das?«, fragte ich, als sie mir Kartoffeln und ein Stück Fleisch servierte.

Meine Mutter ließ sich Zeit mit der Antwort. Sie scheffelte sich selbst Essen auf und brachte die Pfanne zurück, bevor sie mir gegenüber Platz nahm.

»Ich sagte es neulich bereits. Ich will, dass es besser wird.«

»Okay«, war alles, was über meine Lippen kam. Zu mehr war ich nicht imstande. Bevor es noch unangenehmer wurde, nahm ich die Gabel zur Hand.

Wir aßen schweigsam auf, jeder in seine Gedanken versunken. Als ich mich pappsatt zurücklehnte, bemerkte ich, dass sie mich neugierig beobachtete.

»Ich hoffe, es hat dir geschmeckt«, sagte sie lächelnd. »Wirst du künftig wieder öfters hier sein?«

Ich nickte beklommen. »Denke schon.«

»Das ist schön. Ich habe gehört, was in dieser Firma passiert ist. Ich habe mir Sorgen um dich gemacht. So selten wie jetzt bist du nie nach Hause gekommen. Es wimmelt überall von Polizei.«

»Ich weiß. Es ist im Moment schwierig da draußen.«

Meine Mom wischte sich über die Stirn, musste überlegen, was sie sagen wollte. Auswirkungen des stetigen Alkoholkonsums.

»Ich … ich habe gestern diesen Jungen getroffen.«

Ich zog fragend die Augenbraue hoch.

»Na eben dieser Junge«, setzte sie nach. »Der große Dürre.«

»Mom, das trifft so ungefähr auf Hunderte im Slope zu. Du musst schon etwas genauer sein.«

Sie seufzte. »Ich kann mir Namen eben nur schwer merken. Du kennst ihn, er ist einer deiner Hehler-Freunde.«

»Meinst du Finley?«

»Ja, genau, der immer mit der Rothaarigen herumlungert«, bestätigte sie und ihr Blick wurde ernst. »Er hat mir erzählt, dass du in letzter Zeit häufiger mit dem Jungen aus dem Coffeeshop zu tun hast.«

Ich verdrehte die Augen. Wieso konnte Finley nicht einmal die Klappe halten?

»Kann gut möglich sein«, murmelte ich ausweichend.

»Wieso?«, platzte es aus meiner Mom heraus. »Er hat einen grauenhaften Ruf. Sonst hast du um solche Typen doch immer einen weiten Bogen gemacht.«

»Mom, er arbeitet in einem Coffeeshop. Wie gefährlich kann er mir schon werden?«

»Du weißt, was ich meine. Nach Duncan Reed hat er einen Großteil seiner Geschäfte übernommen. Man sagt, er würde mit harten Drogen und Medikamenten dealen. Viele meinen auch, er würde seine Kunden über den Tisch ziehen.«

»Mag sein«, sagte ich ungerührt. »Ich hatte etwas Geschäftliches mit ihm zu regeln, und mich hat er nicht übers Ohr gehauen.«

»Ich will nur, dass du vorsichtig bist. Er hängt nicht wie die anderen Kids im Stahlwerk herum und pflegt auch sonst keinerlei Kontakte. Gerüchtehalber soll er nicht einmal von hier sein.«

Meine Augen weiteten sich. »Ach ja? Woher sonst?«

Ich suchte in meinem Gedächtnis nach einem Anhaltspunkt, irgendetwas Persönliches, das er einmal fallen gelassen hatte. Doch da war nichts. Alex war ein unbeschriebenes Blatt. Er zog eine Mauer um sich hoch, genau wie der Rest der Leute im Slope.

Meine Mom zuckte die Schultern. »Keine Ahnung, es sind ja nur Gerüchte.«

»Ich passe schon auf. Wie gesagt, es war geschäftlich.«

Ein langer, zittriger Atemzug entwich ihr, als die Anspannung aus ihren Zügen wich und Platz für ein vorsichtiges Lächeln machte. Trotz der Beteuerung ihrer neuen Vorsätze blieb ein bitterer Nachgeschmack. Ich traute dem Frieden nicht. Noch nicht. Ihre Nüchternheit öffnete allerdings eine seltene Gelegenheit, die ich mir nicht entgehen lassen durfte.

»Sag mal, Mom, was weißt du eigentlich über deine Schwester und Onkel Augustus? Womit verdient er sein Geld?«

Ihr Lächeln erstarb augenblicklich. »Du warst dort, nicht wahr?«

»Wie kommst du darauf?«

»Ich habe gesehen, wie du die Bluse geholt hast. Und du hast dich an meiner Schminke bedient. So etwas braucht man im Slope nicht. Wieso bist du zu ihnen auf den Hill gegangen?«

Ich senkte den Blick. »Es war nur geschäftlich. Das hatte nichts zu bedeuten.«

»*Alles nur geschäftlich*«, wiederholte sie argwöhnisch. »Und wieso willst du dann wissen, womit sie ihr Geld verdienen?«

»Na ja, Andriana hat ein Riesengeheimnis daraus gemacht. Ich bin eben neugierig.«

»Du verstehst nicht, wie es oben auf dem Hill zugeht, Phoebe«, hauchte meine Mutter eine Spur angewidert. »All der Reichtum, all der Glanz, das ist nur exzentrisches Gehabe. Im Endeffekt verdienen sie ihr Geld genauso wie wir hier unten. Sie sind nicht besser als wir. Und ich habe ihnen nicht nur wegen deines Vaters den Rücken zugekehrt. Dieser Bonzen-Unternehmer besitzt praktisch den gesamten Hill. Er kauft ein Gebäude nach dem anderen auf, mischt im Slope und im Section mit, während deine Tante und Onkel dieses Vorhaben unterstützen. Ihnen ist nur wichtig, wo Geld zu machen ist und wie viel Profit sie damit herausschlagen können. Der Slope ist der Elite auf dem Berg lästig. Er befleckt ihren makellosen Ruf, den sie der Welt nach außen verkaufen wollen.«

»Weißt du denn, ob es in anderen Ländern genauso ist?«

Sie hob die Schultern. »Wer weiß. Auf meinen Reisen früher sah ich nichts davon. Hier war es immer wichtig, dass der Slope unbemerkt bleibt. In den Augen des Pöbels ist er ein Schandfleck. Sie suchen stets neue Investoren für ihre Forschungen, da kommt es nicht besonders gut an, wenn am Stadtrand die Unterbeschichteten leben. Der Slope hat sich praktisch verselbstständigt und untersteht ihnen nicht mehr wie der Section. Früher schufteten die Leute hier für einen Spottpreis in den Firmen und Werken. Irgendwann konnten sie sich das Leben jedoch nicht mehr leisten und so wandten sie sich den illegalen Geschäften zu. Der Pöbel muss heutzutage selbst herunterkommen, damit der Wohlstand auf dem Hill gesichert ist. Dein Onkel ist ein Investmentbanker. Er verwaltet das Vermögen von Unternehmen, handelt mit Wertpapieren und unterstützt sie bei Kapitalmaßnahmen. Der Slope ist ihm dabei ein Dorn im Auge.«

Allmählich wurde mir klar, wieso der Slope so viel Unmut auf sich zog. Es war Teil einer Entwicklung, eine Abneigung, die sich über Generationen hinweg in die Köpfe der Menschen auf dem Berg eingebrannt hatte.

»Meine Großeltern haben bereits in diese Forschung investiert, nicht wahr?«

»Ja, mehr oder weniger«, stimmte meine Mutter zu. »Aber sie waren nicht so skrupellos, wie ich dich immer habe glauben lassen. Sie missachteten das Leben hier, doch ihre Investitionen bezogen sich in erster Linie auf das Gesundheitssystem. Sie wollten etwas verbessern. Auf positive Art. Als Kind lernte ich einen Jungen aus dem Slope kennen. Ich mochte ihn, er war nett zu mir. Dein Großvater sah damals ein, dass wir uns nicht ewig auf dem Hill verstecken können. Es war unausweichlich, dass der ein oder andere aufeinandertraf. Und um die Missstände zu verbessern und eine gemeinsame Zukunft zu ermöglichen, investierte er in die Forschung. Andriana dagegen verabscheute meine Freundschaft zu dem Jungen. Sie war die vorbildliche Tochter, die sich der strikten Trennung verschwor. Sie beschimpfte ihn, wenn sie uns zusammen sah. Irgendwann wandte er sich von mir ab, weil Shor Frie erkannte, dass er niemals dazugehören würde. Die Forschungen meines Vaters blieben erfolglos.«

In den Augen meiner Mutter flammte der Schmerz auf, in meinen die Überraschung.

»Shor … Frie? So wie …?«

»Das Shor-Frie-Syndrom. Er war der Erste, der sich mit der Fixerkrankheit ansteckte und daran starb. Die Krankheit ist auch dafür verantwortlich, wieso dein Großvater später wieder eine strikte Trennung bevorzugte und meine Beziehung zu deinem Vater ablehnte.«

»Wow«, murmelte ich. »Ich wusste nicht, dass du Shor gekannt hast.«

»Das ist lange her. Er rutschte ab, wie viele im Slope. Dreckige Nadeln, ungeschützter Sex – all das nährt diese Krankheit noch bis heute. Und oben auf dem Hill interessiert es niemanden, solange sie hier unten verbleibt und nicht die Secter befällt.«

Meine Mutter stieß ein spöttisches Lachen aus. Ich sah sie nur an, während mir jedes Wort im Hals stecken blieb. Diese Informationen waren neu für mich. Ich hatte schon immer vermutet, dass die Fixerkrankheit der Hauptgrund war, wieso die Bewohner des Hills den Slope mieden und verachteten. Dass sie uns überhaupt noch Zutritt auf den Hill und in den Section gewährten, war ihrer Angst vor einem erneuten Aufstand geschuldet. Ein Aufstand, der unvermeidlich war, wenn sie die Zugänge blockierten, da der Slope auf den Handel mit den Sectern und auf die Vorräte des östlichen Bezirks angewiesen war.

»Jedenfalls möchte ich, dass du vorsichtig bist«, setzte meine Mom nach, während sie den Tisch abräumte. »Und nicht nur hier. Man lässt sich leicht von diesem pompösen Leben auf dem Hill blenden, übersieht dadurch allerdings zu oft die dunklen Facetten dahinter. So nett sie auch auftreten, Andriana und Augustus sind keine guten Menschen.«

»Sind wir das denn?«

Meine Mutter hielt inne und sah mich forschend an. »Vermutlich nicht. Aber wir, wir verschleiern es nicht hinter Glanz und Gloria, sondern leben damit.«

Mein wortloses Nicken war die Anerkennung einer bitteren Wahrheit. Die Liste ihrer Verfehlungen war lang. Weder in ihrer

Ehe noch in ihrer Erziehung hatte sie geglänzt. Aber immerhin verkaufte sie ihr wahres Ich nicht hinter einer hübschen Fassade.

»Mom?«

Sie stellte die Teller in das Spülbecken und drehte den Kopf zu mir um. »Ja?«

»Ist es dieses Mal von Dauer?«

Ich sprach es nicht aus, sie verstand mich auch ohne weitere Worte.

»Ich hoffe es«, entgegnete sie leise, ihre Mundwinkel zuckten schwach. »Wie gesagt, ich bemühe mich jedenfalls.«

Kapitel 15

Ich erwartete nicht, dass meine Mom dem Alkohol wirklich abschwor. Doch sie rührte nichts an. Es war kein Fusel mehr im Trailer zu finden. So einen Abend hatte ich lange nicht mit ihr verbracht. Und meine Stimmung war am nächsten Morgen so ausgeglichen, dass ich mit viel Enthusiasmus meine Tour durch den Slope begann. Meine Heiterkeit hielt allerdings nicht lange an. Auch wenn ich Frank Lawine nicht begegnete, war die Ausbeute katastrophal und meine Ausdauer erheblich gesunken. Bereits gegen Mittag verspürte ich ein heftiges Stechen in den Rippen und mir fehlte die Luft, meine Tour fortzusetzen. Also machte ich eine Pause am alten Stahlwerk.

»Hey Fibs«, begrüßte mich der kleinwüchsige Reeper, der die Bar am Stadtrand betrieb. »Bist du um diese Uhrzeit nicht auf dem Weg zum Hill?«

»Ja, normalerweise schon. Ich mache nur kurz eine Pause, dann werde ich losgehen.«

Er nickte mit dem Vollbart. »Ich hatte gehofft, du würdest mir wieder ein paar Flaschen besorgen können. Ich bräuchte dringend Nachschub, um die Drinks zu strecken.«

Reeper war mir schon immer wohlgesonnen. Vor ungefähr zwei Jahren hatte er mich sogar in seiner Bar unterrichtet und mir den Umgang mit Schusswaffen beigebracht. Ich hatte ihn darum gebeten. Er befürwortete, dass jeder im Slope mit einer Waffe umzugehen wusste. Seine Behinderung wirkte vielleicht äußerlich befremdlich und schwach, aber der Barbesitzer war alles andere als hilflos und verfügte über eine gewisse Stellung.

»Ich werde sehen, was sich finden lässt.«

»Gut. Sag mir Bescheid, wenn du etwas hast«, sagte er und trottete nach meinem zustimmenden Nicken auf den für seinen Körper viel zu groß geratenen Füßen davon.

Schwierige Zeiten, wenn er angebrochene Flaschen vom Hill benötigte, um seine Drinks anzubieten. Ich musste unbedingt danach Ausschau halten. Reeper würde dafür einiges springen lassen. Und nachdem die Ausbeute bisher so erfolglos war, musste ich etwas finden.

»Na sieh mal einer an, wer sich da herumtreibt«, rief Finley mir mit ausgestreckten Händen entgegen, als er über den Platz marschiert kam. »Was für ein Zufall, dass ich dich gerade gesucht habe.«

»Ach, hast du?«, fragte ich grinsend.

»Allerdings. Ich habe bei Jasper eine Jacke für dich organisiert. Er bringt sie später vorbei.«

»Oh, das … das ist großartig, Fin. Ich habe allerdings heute noch nichts handeln können.«

Er winkte beiläufig ab. »Das geht in Ordnung. Eine Hand wäscht die andere. Ich habe etwas Geld und die Jacke im Tausch gegen ein Paar exquisite Kopfhörer ergattert.«

»Danke, das ist lieb von dir.«

Finley sank mit dem sorglosen Dauerlächeln neben mich auf einen Holzbalken. »Du solltest früher auf den Hill. Im Slope ist im Moment nichts abzugreifen. Die Güterzüge werden mittlerweile rund um die Uhr bewacht, weil zu viel abgezweigt wird. Gestern haben die Bullen zwei Trailer mit Methlabors hochgehen lassen. Wenn es so weitergeht, werden selbst die Drogen langsam rar.«

»Alles Mist. Ich wollte gleich aufbrechen«, murmelte ich und sah ihn verlegen an. »Hast du … ich meine, hast du was von Ash gehört? Ich habe sie ein paar Tage nicht gesehen. Geht es ihr gut?«

»Natürlich. Wir wollen heute Abend zu Bangz und Carrie. Du solltest dich dort mal wieder blicken lassen, dann siehst du Ash auch. Oder hast du bereits etwas anderes vor?«

Er beäugte mich grinsend. Ich wusste, worauf er aus war.

»Ich habe nichts vor. In letzter Zeit bin ich oft zum Trailer meiner Mom zurück. Sie hat aktuell dem Alkohol abgeschworen.«

»Aha«, raunte er ungläubig. »Und das soll halten?«

Ich zuckte mit den Schultern. »Ich hoffe es. Seit es im Slope überall von Bullen wimmelt, ist es dort recht angenehm. Sie bekommt ja glücklicherweise die Rente meines Dads ausgezahlt, sodass uns wenigstens der Trailer Zuflucht bietet. Doch heute Abend kann sie ruhig einmal auf mich verzichten. Ich war wirklich ewig nicht mehr bei Bangz.«

»Sehr gut. Heute Abend sollten wir uns einfach mal wieder amüsieren. Ich besorge etwas Fusel und du bringst gute Laune mit. Dann spricht nichts dagegen.«

Ich erwiderte sein Lächeln nur halbherzig, wohlwissend, was er unter *Amüsieren* verstand. Meistens endeten unsere Besuche bei Bangz damit, dass wir uns volltrunken in eine dunkle Ecke verzogen und übereinander herfielen. Es gab keine Leidenschaft zwischen uns, nur Freundschaft mit gewissen Vorzügen. Wir betäubten uns mit Alkohol und suchten Trost in der Nähe des anderen, um kurzzeitig dem Alltag im Slope zu entkommen. Doch jetzt fühlte es sich falsch an. Nach allem, was passiert war, war das das Letzte, wonach mir der Sinn stand. Ich hatte – genau wie Ash – am eigenen Leib erfahren, dass es eben nicht nur Spaß bedeuten konnte.

»Okay, ich muss jetzt auch mal weiter. Ich treffe mich noch mit Jasper. Wir sehen uns dann heute Abend bei Bangz, dann bekommst du auch deine brandneue Jacke.«

Während Finley vom Balken rutschte, erwiderte ich sein Nicken. Er beugte sich vor, und für einen Moment hielt ich die Luft an, als seine Lippen federleicht meine Wange streiften. Ein unerwartetes Prickeln breitete sich dort aus, wo sonst nur seine raue Art mich berührte. Ich spürte, wie sich der Knoten in meiner Brust löste. Er schien mir mein langes Fehlen nicht krummzunehmen. Kein vorwurfsvoller Blick, kein giftiger Unterton

»Ach so, halt dich heute Nachmittag vom Stahlwerk fern. Es soll eine Razzia geben.«

Ich hob überrascht die Augenbraue. »Woher weißt du das?«

»Na von deinem neuen Freund.«

»Du … du hast das von Alex? Er hat dir das gesagt?«

»Jepp, er hat es mir vorhin erzählt, um mich zu warnen. Das war nett von ihm. Ich werde es natürlich nicht allen sagen. Wenn sie niemanden hochnehmen, starten sie gleich die nächste. Du stellst eine Ausnahme dar.«

Ich nickte beklommen und schaffte es nicht, sein verschwörerisches Grinsen zu erwidern. Mir schwirrten zu viele Fragen im Kopf umher, allen voran die Entscheidendsten: Woher wusste Alex davon und wieso warnte er ausgerechnet Finley davor? Mir war nicht bekannt, dass die beiden sich nahestanden. Außerdem herrschte im Slope die Devise, dass jeder für sich selbst einstand und das Leid anderer ignorierte. Meist musste man nämlich selbst daran glauben, wenn man anderen zur Hilfe eilte. Alex stellte das krasse Gegenteil dar. Er hatte mir mehrfach geholfen und nun auch Finley. Entweder sorgte er sich nicht sonderlich um sein eigenes Wohl oder er war tatsächlich ein hilfsbereiter Mensch.

***

Allen Widrigkeiten zum Trotz bestieg ich an diesem Tag nicht mehr den Hill. Ich war viel zu ausgelaugt und – anders als ich es Finley weismachen wollte – nicht darauf angewiesen. Zwar würden mich meine Ersparnisse nicht ewig über Wasser halten, doch solange meine Mom ihr Geld tatsächlich für Lebensmittel ausgab, konnte ich mir die Mühen sparen. Es gab so viele Menschen hier, die es nötiger hatten als ich. Und morgen würde ein neuer Tag sein, der neue Chancen mit sich brachte.

Ich schlenderte noch ein wenig herum, dann suchte ich mir einen Unterschlupf auf der gegenüberliegenden Straßenseite, von dem aus ich mühelos zwischen Zweigen und Büschen das Gelände des Stahlwerkes beobachten konnte, ohne zu nah dran zu sein, um ins Schussfeld zu geraten. Ich wollte sehen, ob Finley recht behielt. In mir keimten noch immer Zweifel, woher Alex von einer Razzia wissen konnte.

Es dauerte eine halbe Ewigkeit, bis etwas passierte. Ich beobachtete, wie Dealer und Abhängige kamen und gingen, wie die Bewohner des Slopes ihren alltäglichen Dingen des Lebens nachgingen. Aber dann geschah alles sehr schnell. Die Polizisten aus dem Section fuhren nicht wie sonst mit ihren Wagen vor, sondern kamen zu Fuß und schlichen sich rundherum an das Gelände an. Sie trugen schusssichere Westen, Helme mit Visieren und führten Schlagstöcke und sogar Maschinengewehre mit sich. Die Anwohner, die durch die Unruhe aus dem Zentrum hellhörig wurden, hatten keine Chance mehr, zu fliehen. Die Bullen umstellten das Stahlwerk wie eine undurchdringbare Mauer. Es gab keinen Ausweg mehr.

Als die Polizisten losstürmten, brach blanke Panik und lautstarkes Gebrülle aus. Ich erschauderte. Es war viel schlimmer, als ich es mir vorgestellt hatte. Die Beamten engten die Menschen ein, zwängten sie mit dem Lauf der Gewehre in die Knie. Es war ihnen dabei gleichgültig, wer tatschlich Drogen mit sich führte oder wer nur anwesend war, um sich an den brennenden Fässern aufzuwärmen. Sie nahmen alle in Gewahrsam. Wer nicht gehorchte oder sich wehrte, wurde umgerissen und ausgeknockt. Es waren genügend Polizisten im Einsatz, um den Anwesenden rasch Handschellen anzulegen. Erst dann fuhren die Transporter vor. Einer nach dem anderen wurde abgeführt und wie ein Stück Vieh auf die Ladeflächen verfrachtet. Es war offensichtlich, dass viele Anwohner des Slopes gewarnt worden sein mussten. Nicht einmal die Hälfte, die sonst um diese Uhrzeit im Stahlwerk herumlungerte, war anwesend. Ich kannte kaum jemanden von den Abgeführten. Lediglich Ads kuriose Erscheinung und die ausgemergelte Gestalt des PMA-süchtigen Connors erfasste ich in der Menge, bevor sie auf der Ladefläche eines Wagens verschwanden.

In diesem Moment schossen mir tausende Gedanken durch den Kopf. Es war unverkennbar, was der Section hier tat. Ich selbst war bereits eins-, zweimal einer Razzia entkommen, wenn sie den Drogenhandel minimieren wollten. Doch dieses Mal war es anders. Sie säuberten die Straßen des Slopes nicht von Drogen, sondern von den Menschen. Mir kamen Haydens Worte in den Sinn, die er in der Tiefgarage zu meinem Onkel gesagt hatte. Es missfiel ihm zwar, dass Dr. Lynch versagt hatte, aber er wollte seine Fehleinschätzung auch zu ihrem Vorteil nutzen. Und das taten sie nun. Die Bewohner des Hills hatten viel Einfluss auf die Polizei. Es war für sie ein Leichtes, die Beamten zu dieser Razzia zu bewegen. Sie nutzten den Vorfall im Firmengelände aus, um endlich aufzuräumen. Und es wurden alle festgenommen. Sie machten keinen Unterschied mehr. Jeder, der von der Bildfläche verschwand, war einer weniger.

Ich beobachtete noch einen Moment die letzten Nachzügler, dann machte ich kehrt. Ich versuchte, möglichst unauffällig die Hauptstraße zu passieren und ins Zentrum zurückzugelangen. Glücklicherweise begegnete ich keinen Polizisten auf dem Weg zum Trailerpark. Bangz hauste überwiegend bei seiner Freundin Carrie, wenn die beiden nicht gerade stritten, was häufiger vorkam. Es war zwar ihr Trailer, aber er hatte ihn sich praktisch angeeignet und lud ständig Leute ein. Manche schlugen einfach so bei ihnen auf. Es war bereits eine Weile her, dass ich dort war, sodass ich kurz überlegen musste, welches Erbstück zu ihr gehörte. In dieser Gegend ähnelten sie sich ungemein. Als ich noch klein war, hatte meine Mom deshalb ein großes, rotes Namensschild neben unserer Tür angebracht, um sie auseinanderzuhalten. Später hatte sie es in ihrem Delirium vor Wut abgerissen.

Carrie war jedenfalls nicht so einfallsreich. Eher zufällig stolperte ich über ihren Trailer. Die laute Musik, die daraus hervordrang, war auch ein entscheidendes Indiz.

Ich klopfte an der Tür und wartete, bis die schlanke Brünette mir aufmachte. Sie nickte kurz und gewährte mir Einlass. Dichter Zigarettenrauch verschleierte meine Sicht. Grob konnte ich erkennen, dass nicht viele anwesend waren. Dennoch stieß ich direkt mit jemandem zusammen. Ashs rote Wuschelmähne war selbst im Nebeldunst nicht zu übersehen.

»Hey.«

»Hallo Fibs«, sagte sie mit einem Lächeln auf den Lippen. »Finley hat mir bereits erzählt, dass du heute kommen würdest.«

Ich schluckte unbehaglich. »Äh … ja, ich wollte mich mal wieder blicken lassen. In letzter Zeit habe ich mich etwas rargemacht.«

»Das kann man wohl sagen.«

Meine Augen sprachen wohl Bände, denn ihr Blick schlug mir wie eine Warnung entgegen. Ich schluckte den Anflug von Bedauern hinunter und zwang mein Gesicht in eine ausdruckslose Maske. »Wie … wie war denn deine Ausbeute heute so?«

»Mehr schlecht als recht.« Ein Schatten legte sich über ihr Gesicht, der nichts Gutes verhieß. »Die Bullen sind überall. Auch auf dem Hill. Sie haben heute sogar im Stahlwerk eine Razzia durchgeführt.«

»Ich weiß. Ich habe es von der anderen Straßenseite aus gesehen. Es war furchtbar.«

»Kann ich mir vorstellen.«

Unsere Unterhaltung war krampfig. Ich wusste einfach nicht, was ich sagen sollte. Am liebsten hätte ich sie bloß in meine Arme gezogen und festgehalten. Ich vermisste meine beiden Freunde.

»Finley hat mich gewarnt, sonst hätte es mich auch erwischt. Diesmal gab es kein Entkommen, sie haben alle festgenommen.«

Ash nickte. »Hörte ich.«

So sehr ich mich auch bemühte, ich schaffte es nicht, die Taffe zu spielen. Ehe ich mich versah, verschwamm mein Blick und ich seufzte schwermütig: »Ash, es …«

»Nicht«, unterbrach sie mich sofort, wobei auch sie den Tränen nahe war. »Lass es gut sein, Fibs. Vor allem nicht hier.«

»Klar«, schluchzte ich und wischte mir über das Gesicht. »Du hast recht. Es war in letzter Zeit für niemanden einfach.«

Ash hob eine Augenbraue an. »Ach ja? Wie ich höre, hast du einen neuen Schmuggler-Freund. Der ist doch schuld daran, warum du dich so rarmachst. Und du kannst kaum behaupten, dass es dir in letzter Zeit so ergangen ist wie mir.«

»Nein, das nicht, aber … es war auch für mich nicht … also was ich sagen will, wir alle leiden unter den Folgen.«

Sie gluckste ironisch. »Natürlich.«

»Ash«, fiepte ich bekümmert, wobei ich den Kopf schüttelte, um einen klaren Gedanken zu fassen. »Wolltest du eben nicht noch *nicht* darüber reden?«

»Ja, das wollte ich«, keifte sie. »Ich meine, das will ich immer noch. Also belass es dabei, Fibs. Es bringt nichts, darüber zu reden. Und ich ertrage es nicht, wenn du mich so ansiehst.«

»Ich weiß, aber …«

Ich konnte meinen Einwand nicht zu Ende führen. In diesem Moment legte sich ein Arm um meine Schultern und drückte mich an sich. Finley hatte uns entdeckt.

»Fibs, da bist du ja endlich. Ich hoffe, du hast gute Laune mitgebracht«, schnurrte er.

Ich nickte und versuchte mich von seinem Arm zu befreien, während Ash uns nur finster anfunkelte. Finley war eindeutig angeheitert. Er schwankte, machte sich extrem schwer und roch nach billigem Fusel. Ich hatte meine Mühe damit, etwas Abstand zwischen uns zu bringen.

»Ich habe übrigens deine Jacke«, nuschelte er und hob die Hand. Seine Finger umfassten dunkles Leder.

»Oh Fin, das ist lieb von dir.« Mit einem strahlenden Lächeln nahm ich meine neue Lederjacke entgegen. »Ich danke dir.«

»Immer wieder gern.«

Mein Blick wanderte kurz zu Ash, die genervt die Augen verdrehte. Ich konnte nachvollziehen, dass sie nicht über das reden wollte, was ihr zugestoßen war, oder mir eine Szene machte, wenn ich die schlechte Lage verallgemeinerte. In diesem Moment gab sie mir jedoch das Gefühl, dass ich allein schuld daran wäre. Es stimmte, ich war Zeuge des Vorfalls in der Firma, was all den Mist hervorgerufen hatte, aber es war nie meine Absicht, ihr Schaden zuzufügen. Im Gegenteil, sie war einer der Gründe, wieso ich herausfinden wollte, was der Hill da im äußeren Randbezirk trieb. Und wenn es wegen des Geldes war, was ich ihr geschenkt hatte, ich konnte doch nicht ahnen, was für Auswirkungen das für sie haben würde. Ich wollte ihr nur helfen.

Finley war viel zu angeduselt, um die Spannungen zwischen uns zu bemerken. Er tätschelte an mir herum und fuchtelte ständig mit einer Flasche vor meinem Gesicht herum.

»Ich gehe jetzt«, sagte Ash da. »Wir sehen uns morgen.«

»Was, jetzt schon?«

Sie nickte. »Ja, jetzt schon, Fin. Ich bin hundemüde. Die doppelte Tour heute war anstrengend. Und es sieht nicht so aus, als würde es hier in nächster Zeit etwas ruhiger werden, um sich aufs Ohr zu hauen. Ich suche mir für heute etwas anderes.«

Ich musste ihr leider zustimmen. Die Musik drang lautstark durch den Trailer, der Rauch benebelte jede Ecke. Carrie hatte sich auf einem roten Sofa über Bangz gebeugt und knutschte ihn wild ab. Und die drei anderen Jungs tranken Schnaps und wippten johlend vor sich her. Für einen Schlafplatz eher ungeeignet.

»Na schön, dann bis morgen.«

»Ja, bis morgen und pass auf dich auf«, setzte ich nach.

Ash nickte. »Mach ich. Bis dann.«

Sie zögerte keine Sekunde und fuhr herum. Ich sah ihr hinterher, bis sie den Trailer verließ. Es stimmte mich traurig, sie so zu sehen. Auch gefiel es mir nicht, dass wir so auseinandergingen und sie allein davonlief. Es war draußen gefährlich und sie war immerhin noch meine kleine, zarte Porzellanpuppe, der entsetzlich wehgetan worden war.

»Hey, du solltest gute Laune mitbringen«, rief Finley mir zu und fasste an mein Kinn, damit ich ihn ansehen musste. »Wir wollten Spaß haben, schon vergessen? All den Mist beiseiteschieben, der uns umgibt. Das ist unser Ding. Wir beide gegen den Rest der Welt.«

Ich sah ihm einen Moment schweigsam in die haselnussbraunen Augen. In seiner Gegenwart war das Leben immer etwas leichter. Er war so lange mein Freund und schaffte es nach all der Zeit immer noch, mich zum Lachen zu bringen, gleichgültig wie mies mein Tag auch verlaufen war. Und nach alldem, was vorgefallen war, wollte ich mich nur allzu gern dieser Unbeschwertheit hingeben. Also nickte ich zustimmend.

»Sehr gut. Ich mag es nicht, wenn du Trübsal bläst.«

Nun grinste er mich so breit an, dass auch ich lächeln musste.

»Woher willst du wissen, dass ich Trübsal blase?«

Er zuckte die Schultern. »Ich kenne dich eben gut, Fibs.«

»Ach, ist das so?«, fragte ich provokant und nahm ihm die Flasche aus der Hand. »Ich kann dich immer noch überraschen, da bin ich mir ziemlich sicher.«

Unter seinen verheißungsvollen Blicken genehmigte ich mir einen großen Schluck von dem widerlichen Fusel. Am liebsten hätte ich es direkt wieder ausgespuckt, was dann aber nicht so überraschend gewesen wäre. Er wusste, dass ich nur selten Alkohol trank und das auch eher ungern.

»Ah, so gefällst du mir.«

Ich grinste verschwörerisch. »Wusste ich es doch.«

Er streckte die Hände wieder nach mir aus, seine Pupillen glühten. Ich sog scharf Luft ein, als er meine Taille umfasste. Einen kurzen Moment hatte ich wieder Franks widerwärtiges Gesicht vor Augen, dennoch ließ ich seine Berührungen zu. Ich durfte keine Angst zeigen, vor allem nicht vor Finley.

»Ich hatte ehrlich gesagt nicht damit gerechnet, dass du kommen würdest«, hauchte er und fixierte eindringlich mein Gesicht.

»Wieso?«

Er zuckte mit den Schultern. »Na ja, wegen Coffeeboy.«

»Oh Fin, ist das jetzt wirklich dein Ernst?«, gab ich murrend von mir und schubste ihn unsacht gegen die Schulter. »Da läuft nichts zwischen mir und Coffeeboy. Ich schwöre es dir. Das war alles rein geschäftlich.«

»Das beruhigt mich ungemein. Aber ich dachte da auch eigentlich eher an seine Verhaftung.«

Ich riss schockiert die Augen auf. »An seine was?«

»Oh, weißt du noch gar nicht, dass er vorhin verhaftet wurde?«

»Nein«, stieß ich ungläubig hervor. »Wieso … ich meine, wo? War er etwa im Stahlwerk?«

Finley schüttelte den Kopf. »Im Coffeeshop, kurz vor der Razzia. Bangz und Co haben gesehen, wie er abgeführt wurde.«

»Oh Shit! Weißt du denn, wieso sie ihn verhaftet haben?«

»Mensch, Fibs«, gluckste er. »Er ist ein weitverbreiteter Hehler und Schmuggler. Da wird es sicherlich genügend Gründe für sie gegeben haben, um ihn hochgehen zu lassen.«

Ich konnte kaum glauben, was er da sagte. Sie hatten Alex wirklich verhaftet. Nach allem, was er mir über Duncan Reed erzählt hatte, sah es sicherlich nicht gut für ihn aus. Und dann waren da ja auch noch Haydens Worte.

»Fibs?«

Ich griff nach seinen Händen, schob sie, ohne es zu wollen, von mir weg und wich einen Schritt zurück. Mein Brustkorb fühlte sich an, als würden unsichtbare Bänder ihn zusammenschnüren. Jeder Atemzug brannte wie Feuer in meiner Lunge.

»Fin, es … es tut mir leid, ich muss jetzt gehen.«

»Ach komm schon, Fibs, du kannst da nichts tun.«

»Das sehen wir noch.« Entschlossen wandte ich mich ab.

Kapitel 16

Ich musste mir eingestehen, dass mein Plan ziemlich dämlich war. Aber alles in mir schrie danach, Alex zu helfen, allen voran mein schlechtes Gewissen ihm gegenüber. Ich hatte ihm nicht von Hayden erzählt und ihn damit ins offene Messer laufen lassen. Er hatte mir so oft geholfen, jetzt war der Zeitpunkt, mich zu revanchieren.

Es war allgemein bekannt, dass man sich als Anwohner des Slopes von dem Polizeirevier im Section fernhielt. Die Beamten, die dort arbeiteten, lebten genau wie der Rest der Secter auf dem Vorsprung des Berges. Für gute Leistungen wurden sie mit Wohlstand und Ansehen belohnt, ohne aber jemals der Mittelklasse zu entkommen. Wer aus der Reihe tanzte oder in Ungnade fiel, musste sich Sorgen machen, eine Etage tiefer zu enden. Wenn ihnen nicht ihr Erbrecht ein Leben im Section einbrachte, dann gehörten sie nicht zu den Jahrgangsbesten auf dem Hill, was ihnen verwehrte, dort eine glorreiche Laufbahn einzuschlagen. Reichtum war eben keine Garantie dafür, jedem Spross die vorausgesetzte Intelligenz in die Wiege zu legen. Es war kein Geheimnis, dass die Secter ausschließlich dem Pöbel gehorchten. Der ein oder andere handelte zwar unter der Hand mit den Unterbelichteten im Slope, offiziell hegten sie allerdings dieselbe Abneigung uns gegenüber. Deshalb war das Revier auch stets von Uniformierten umstellt, um jemandem wie mir den Zutritt zu verweigern.

Der mit silberner Wandfarbe aufpolierte Prachtbau war an der Kante des Bergvorsprunges errichtet worden, von wo man einen guten Blick auf den äußeren Randbezirk hatte. Ich konnte in der Ferne sogar I.S.R. ausmachen, wo alles seinen Ursprung gefunden hatte. Die Absperrungen waren mittlerweile aufgehoben – laut Aussagen einiger Besucher des Coffeeshops, waren die Arbeiten darin wiederaufgenommen worden. Nun lag die Firma im Dunkeln. Mein Interesse galt allerdings weder der Firma noch den angrenzenden, unscheinbaren Häusern und den an der Hand abzählbaren Geschäften des Section. Gerüchten zufolge wurden Abgeführte zuerst ins Polizeirevier gebracht und dort unterhalb der Bergflanke in Zellen gesperrt, bis die Anklage verlesen wurde. Ich konnte nur hoffen, dass diese Informationen stimmten und Alex noch dort war. Immerhin hatten sie kurz nach ihm eine Menge Menschen im Stahlwerk verhaftet, die auch irgendwo untergebracht werden mussten.

Ich holte noch einmal tief Luft, dann erklomm ich die Stufen zum Haupteingang. Kaum hatte ich den Fuß auf den Stein gesetzt, war ich bereits umringt. Fünf Uniformierte waren wie aus dem Nichts aufgetaucht. Ihre Blicke tasteten mich unnachgiebig ab.

»Stehen bleiben«, herrschte mich ein dickbäuchiger Mann an.

Ich gehorchte augenblicklich, zumal er bereits seinen Schlagstock umklammerte und damit bedrohlich auf die Innenfläche seiner Hand trommelte.

»Entschuldigen Sie bitte. Ich müsste nur kurz hinein und mit jemandem sprechen, der für die Verhafteten zuständig ist.«

Der Mann lachte höhnisch auf. »Natürlich müssen Sie das, wieso auch nicht.«

Ich sah keinen Grund zum Lachen. Er deutete zum Eingang; ich nickte nur und machte den nächsten Schritt.

»Stehen bleiben, hab ich gesagt!«, knurrte er und versperrte mir den Weg. Sofort hob ich beschwichtigend die Hände. Er hatte nie vorgehabt, mich durchzulassen, das war mir schon ohnehin klar gewesen.

»Bitte, Sir. Nur ein kurzes Gespräch. Es geht um einen Freund, den Sie heute Nachmittag festgenommen haben.«

»Sicher nicht ohne Grund«, raunzte er. »Wo kämen wir denn hin, wenn hier sämtliche Angehörige und Freunde aufkreuzen würden? Ihr Freund muss auf die Verlesung der Anklage warten.«

»Genau darum geht es. Ich habe Informationen zu den Vorwürfen, die ihn entlasten könnten.«

»Sie machen jetzt kehrt und verschwinden lieber von hier.«

Ich schüttelte den Kopf. »Das kann ich nicht. Ich muss …«

»Sie müssen gar nichts«, brummte er. Zwei weitere Beamte traten vor, die Hände bereits an den Schlagstöcken.

»Hören Sie«, begann ich erneut. »Ich muss mit jemandem da drin sprechen. Ich bin …«

»Es ist mir scheißegal, wer Sie sind. Sie kehren jetzt um und verschwinden von hier!«, wiederholte er. In seinen Augen flackerte etwas Finsteres, das kein Erbarmen kannte. Die feinen Härchen in meinem Nacken stellten sich auf.

»Wie ich bereits sagte, ich kann nicht …«, setzte ich erneut an.

»Sie werden jetzt sofort gehen!«

»… ich muss mit jemandem sprechen …«

»Ich warne Sie!«

»… ich kann etwas zu dem Vorfall sagen.«

»Verschwinden Sie!«, brüllte er so laut, dass er meine Worte nicht einmal ansatzweise wahrnahm.

Ich stockte kurz, machte dann aber einen Schritt auf ihn zu, um ihm noch einmal zu erklären, wieso meine Anwesenheit so wichtig war. Dass es sich dabei um einen folgenschweren Fehler handelte, war mir bereits bewusst, bevor ich es tat. Kaum war mein Fuß vor ihm aufgekommen, schnellte hinter mir ein Schlagstock vor und rammte geradewegs in meine Seite. Ein markerschütternder Schrei entfuhr meiner Kehle. Ich taumelte zurück. Bevor mich der Schmerz endgültig überrollte, holte der Polizist erneut aus. Dieses Mal traf mich der Schlag mitten in die Magengrube. Die Schmerzen wären ohne meine bisherigen Verletzungen pure Qual gewesen, mit ihnen waren sie wie ein Tornado, der mich kreischend umriss. Ich krachte rücklings auf den Hintern und polterte die Stufen hinab. Einen Moment glaubte ich, mein Herz würde stehen bleiben. Ich rang keuchend nach Luft, Tränen schossen mir in die Augen. Alles Leid, das mir das Hämatom bisher beschert hatte, war nichts dagegen. Es fühlte sich an, als hätte der Schlag ein großes Loch in meinen Magen gesprengt und würde mich in zwei Teile spalten.

Die Männer stiegen die zwei Stufen herab und blickten mit einem provokanten Grinsen auf mich nieder. Im schummrigen

Blickfeld erkannte ich, dass sie erneut mit dem Schlagstock ausholten. Mit letzter Kraft streckte ich die Hand aus.

»Warten Sie«, seufzte ich schwerfällig. »Ich komme vom Hill. Ich bin die Nichte von Augustus und Andriana Kensington.«

Meine Worte erzielten die gewünschte Wirkung. Sie zögerten augenblicklich und warfen sich fragende Blicke zu.

»Wer sind Sie?«

»Ich bin die Nichte von Augustus und Andriana Kensington«, wiederholte ich schnaufend.

Der dickbäuchige Beamte hob ungläubig die Augenbrauen. »Sie meinen doch nicht etwa *die* Kensingtons, vom Hill?«

»Natürlich, wen denn sonst?«

»Oh Shit«, krächzte er. Die Farbe wich schlagartig aus seinem Gesicht, und er schluckte so schwer, dass sein Kehlkopf zitterte. »Das … das wussten wir nicht. Wieso haben Sie das denn nicht gleich gesagt?«

Von einem Moment auf den anderen wurde seine Stimme weich. Mit sorgenvollen Augen beugte er sich zu mir und legte mir beruhigend eine Hand auf die Schulter.

»Sie haben mich nicht ausreden lassen. Mein Onkel wird nicht erfreut sein, wenn er hiervon erfährt«, presste ich zwischen den Zähnen hervor, kaum in der Lage, richtig zu atmen.

»Es tut uns so leid. Wir wollten nicht … ich meine, das war ein unglückliches Versehen. Können wir irgendetwas für Sie tun?«

Die Beamten sahen mich der Reihe nach schuldbewusst an. Sie wollten ihren Fehler wiedergutmachen. Keiner von ihnen war erpicht darauf, dass ich meinem Onkel davon erzählte. Sie wollten nicht für die haltlosen Arschlöcher gehalten werden, die sie nun mal waren. Wenigstens eröffnete mir das eine neue Möglichkeit.

»Ja, Sie können etwas für mich tun.«

»Alles, was Sie wollen, Miss«, rief einer sofort aus.

»Helfen Sie mir auf die Beine und lassen Sie mich da rein.«

Sie standen so unter Schock, dass sie mich ohne weitere Einwände auf die Beine zogen. Gemeinsam begleiteten sie mich wie eine Leibgarde zum Eingang. Ich musste mir zwar noch ein paar Mal die aufkommenden Schmerzenstränen wegwischen, doch mit der Unterstützung der Polizisten gelang es mir, das Revier zu betreten. Sobald die Männer sich wieder nach draußen zurückzogen, prägte ich mir alles in dem hohen Empfangsbereich ein. Ich humpelte mühevoll auf eine Theke zu, die ringsherum mit Glas eingefasst war. Dahinter saß eine Polizistin mittleren Alters, die genauso miesgelaunt dreinblickte, wie anfänglich noch die Beamten vor der Tür. Ich hielt es für das Beste, mich dieses Mal zuerst vorzustellen, um mir Gehör zu verschaffen.

»Was kann ich denn für Sie tun, Miss Kensington?«, fragte die Dame nun eine Spur freundlicher.

»Heute Nachmittag wurde mein Freund Alexander Parker verhaftet«, erklärte ich. »Ich möchte wissen, was genau ihm zur Last gelegt wird.«

Sie nickte und rief mit Hilfe eines Knopfes im Ohr einen weiteren Beamten dazu. Augenblicke später hallte ein klackendes Geräusch durch das Foyer. Eine Tür materialisierte sich in der

Glasscheibe, und ein uniformierter Mann Mitte vierzig trat an mich heran.

»Guten Abend, Miss Kensington. Ich bin Officer McAllister. Ich war unter anderem bei der Verhaftung von Alexander Parker zugegen. Wir haben Grund zu der Annahme, dass er der Brandstiftung dringend tatverdächtig ist. Sein Schuhabdruck wurde auf dem Firmengelände von I.S.R. entdeckt. Dort kam es kürzlich zu einem Brand. Ein Angestellter ist dabei ums Leben gekommen.«

»Oh«, krächzte ich mit belegter Stimme. »Das … das ist nicht möglich.«

Ich hätte wissen müssen, dass sie Alex genau aus diesem Grund verhaftet hatten. Hayden wollte ihn loswerden. Es war die perfekte Lösung, ihm die Schuld an dem Brand zuzuschieben. Außerdem waren wir beide an dem Abend auf dem Gelände gewesen, was immerhin einen Schuhabdruck erklären würde.

»Können Sie uns denn etwas dazu sagen, Miss Kensington? Mr. Parker schweigt bisher«, hakte er interessiert nach und rieb sich über den graubraunen Vollbart.

»Das kann ich.« Die Lüge kam mir leicht über die Lippen. »Er war den gesamten Abend und auch die Nacht mit mir zusammen. Wir sind seit einigen Wochen liiert und seitdem unzertrennlich. Er kann unmöglich an zwei Orten gleichzeitig gewesen sein.«

»Aha! Und da sind Sie sich sicher?«

Wenn man eine Lüge verkaufen wollte, musste sie mit unbedeutenden Details ausgeschmückt werden. »Absolut. Ich erinnere mich gut an den Abend. Ich war kurz am Stahlwerk und bin dann wieder zu ihm zurück. An diesem Tag gab es das letzte Mal Truthahnsandwiches bei Lorraines Coffeeshop. Seit dem Vorfall kommt sie nicht mehr an das Fleisch heran, was wirklich bedauerlich ist. Alex und ich lieben Truthahnsandwiches.«

»Interessant«, murmelte der Officer stirnrunzelnd in den Bart. »Und es gab für ihn keine Möglichkeit, zwischendurch zu verschwinden? Oder nachdem Sie eingeschlafen sind?«

Ich schüttelte den Kopf. »Wir waren an diesem Abend lange wach. Und ich war nur kurz am Stahlwerk.«

»Der Abdruck auf dem Gelände passt zu seinen Schuhen, die er heute trug. Das ist Ihnen bewusst, oder? Sie sind sich absolut sicher und würden das auch offiziell zu Protokoll geben?«

»Wie ich bereits sagte, ich bin mir sicher. Er trägt Allerwelts-Schuhe. Der Abdruck könnte von jedem stammen. Ich schwöre Ihnen, ich sage die Wahrheit. Sie können auch gern die Bewohner im Slope befragen. Sie wissen, dass wir liiert sind. Mein Onkel und meine Tante ebenso. Wir waren erst am vergangenen Freitag gemeinsam zu Gast auf einer Veranstaltung im Hayden Areal. Die beiden können Ihnen bestätigen, dass ich bei ihm wohne.«

Der Officer schien für einen Augenblick meine Optionen in Betracht zu ziehen, schüttelte aber schließlich den Kopf. »Schon gut, das wird nicht nötig sein. Wenn Sie sicher sind, dann war es wohl nur ein Versehen. Warten Sie kurz hier.«

Ich nickte und sah zu, wie er an der Seitenwand zu einem angebrachten Gerät trat. Ein rot leuchtender Strahl scannte seine Augen, kurz darauf erfolgte ein Klick. Wieder erschien eine Tür in der Wand, die mir zuvor nicht aufgefallen war.

Es dauerte eine halbe Ewigkeit, bis er zurückkam. Der Mann interessierte mich nun deutlich weniger. Meine Aufmerksamkeit galt allein Alex, der hinter ihm mit angelegten Handschellen folgte. Ich war so erleichtert, ihn unversehrt wiederzusehen, dass ich mir nur schwer einen lauten Seufzer verkneifen konnte. Er schien mich dagegen nicht einmal zu bemerken. In seinem Ausdruck schwang Müdigkeit mit. Tiefe Ringe gruben sich unter seine Augen, als hätte er ewig keinen Schlaf gefunden.

»Mr. Parker, Sie haben ausgesprochenes Glück«, verkündete McAllister und drehte sich zu ihm um. »Die Vorwürfe gegen Sie werden fallengelassen. Es handelte sich dabei wohl nur um ein Missständnis. Heben Sie bitte die Hände, damit ich Ihnen die Handschellen abnehmen kann.«

Alex folgte der Aufforderung und ließ sich von dem Officer die Handschellen abnehmen.

»Wieso eigentlich?«, hakte er nach und rieb sich über die roten Abdrücke an seinen Gelenken. »Haben Sie nicht genügend Beweise, oder was?«

»Ein Zeuge ist für Sie eingetreten«, raunte McAllister bloß und deutete mit den Augen auf mich.

Alex erstarrte mitten in der Bewegung. Seine Brauen wanderten nach oben, während sein Blick mich fixierte, als wäre ich eine Halluzination. »Du?«

Ich war drauf und dran, ihm auf seine Frage einen bissigen Kommentar entgegenzuschmettern, entschied mich allerdings dafür, meine Tarnung aufrechtzuerhalten.

»Natürlich, Liebling. Was denkst du denn? Ich konnte doch nicht zulassen, dass sie dich zu Unrecht einsperren.«

Ich verringerte sofort den Abstand zwischen uns. Während Alex mich nach wie vor verständnislos anstierte, beugte ich mich vor und umrahmte sein Gesicht mit den Händen. Mit großen Augen sah er zu, wie ich das Kinn vorschob und ihn auf den Mund küsste. Es war bloß ein Trick, eine Finte, die den Officers verdeutlichen sollte, dass ich die Wahrheit sprach. Doch in dem Augenblick, als wir uns berührten, verstummte die Welt um uns herum. Die Zärtlichkeit unserer Lippen fühlte sich so erschreckend vertraut an, dass es mir den Boden unter den Füßen wegzog.

Ich löste mich hastig von ihm, doch unsere unsichtbare Verbindung hielt mich weiterhin gefangen. Ein warmes Beben breitete sich in mir aus, floss durch meine Glieder und ließ mich bis in die Zehenspitzen erzittern. Mein Herz schlug mir bis zum Hals. In der Stille zwischen uns wurde deutlich, dass es ihm nicht anders erging. Sein Herzschlag hallte so laut in der Luft, als wäre es mein eigener, während wir uns wortlos anstarrten.

Ein Räuspern brachte uns in die Wirklichkeit zurück. Ich brach zuerst den Blickkontakt und zog die Finger von seinen Wangen. Ich versuchte mich an einem Lächeln, als ich mich dem Polizisten zuwandte. »Ich … ich bin froh, dass wir dieses Missverständnis aufklären konnten.«

Zögerlich nickte Alex neben mir. »Ich natürlich auch.«

»Ja, das ist gut. Sie dürfen dann jetzt gehen«, meinte Officer McAllister und deutete zum Ausgang.

»Ich danke Ihnen vielmals«, setzte ich nach und griff nach Alex' Hand. »Auf Wiedersehen.«

Ohne auf eine Reaktion zu warten, zog ich Coffeeboy hinter mir her ins Freie. Die Polizisten vor der Tür ließen uns nicht aus den Augen; ihre Blicke hingen voller Scham an meinem Humpeln. Ich spürte ihr Starren noch im Rücken, als das Revier längst außer Sicht war und die dunklen Häuserfassaden des Section hinter uns zurückwichen. Erst am Waldrand hielt Alex inne. Ich stöhnte erschöpft auf.

»Kitty, wieso hast du das gemacht?« Er schüttelte fast unmerklich den Kopf, die Augen weit aufgerissen und fest auf meine geheftet.

Ich kniff die Augen zusammen, um den aufkommenden Schmerz wegzulächeln, und streckte vorsichtig meine Glieder. »Was meinst du? Dir deinen Hintern gerettet?«

Ich betete stumm, dass er nicht über diesen Kuss sprechen wollte. Als er lediglich nickte, durchströmte mich Erleichterung.

»Du hast mir so oft geholfen, ich musste mich revanchieren. Ich habe dir ein Alibi verschafft.«

»Das hast du«, war alles, was er darauf erwiderte. Sein Ausdruck war wie immer unleserlich, auch wenn ich kurz glaubte, Enttäuschung darin aufflammen zu sehen. Missfiel es ihm etwa, dass ich ihn vor dem Knast bewahrt hatte?

Ich schüttelte den Kopf, doch als ich mich abwenden wollte, verkrampfte sich alles in mir. Ich biss mir auf die Lippe; ein scharfes Aufstöhnen entfuhr mir trotzdem.

»Alles in Ordnung?«, fragte er da.

»Ja, alles gut«, sagte ich gleichgültig. »Ich habe nur Bekanntschaft mit einem Schlagstock gemacht.«

Beinahe hätte ich gelacht, so blass wurde Alex plötzlich im Gesicht. Mit offenem Mund und einem Blick, der zwischen purem Entsetzen und tiefer Sorge schwankte, starrte er mich an. Er brauchte einen Moment, bis er seine Fassung wiederfand und ein schmales Grinsen seine Lippen erreichte.

»Du bist wirklich lebensmüde, Little Kitty.«

»Ich weiß«, gab ich zurück und erwiderte sein Lächeln. »Los, lass uns endlich von hier verschwinden.«

***

Ich protestierte nicht, Alex in seine Wohnung zu begleiten. Auch wenn wir nicht darüber sprachen, schweiften meine Gedanken immer wieder zu diesem Blick ab, den wir uns nach dem Kuss zugeworfen hatten. Ich erinnerte mich an die Nähe, die zwischen uns entfacht war, an das Gefühl der Vertrautheit, das umgehend wieder ein Flattern in meiner Magengegend auslöste. So etwas hatte ich bisher noch nie verspürt. Ich war mir immer sicher, alles über diese absurden Gefühle zu wissen. Aber dieser Kuss und unsere Blicke hatten etwas verändert. Zwischen Alex und mir hatte sich etwas verändert. Es hatte sich gut angefühlt.

Ich kam mir so dämlich vor, als wir Alex' Mansardenwohnung betraten und meine Gedanken sich nur um das eine drehten. Ich hatte nämlich das Wesentliche aus den Augen verloren. Die Polizisten hatten seine Wohnung durchwühlt und eine ziemliche Unordnung hinterlassen.

»Whoa!«

»Alles gut«, sagte er und fischte eine Jacke vom Boden. »Ich habe Vorsorge getroffen.«

Mein Blick wanderte vom leeren Tisch zu ihm zurück. »Und der Computer? Was ist mit all den Informationen darauf?«

Er trat mit dem Fuß auf eine Bodendiele, die knarzte. »Alles sicher darunter verstaut. Sie konnten nichts finden.«

Ich seufzte erleichtert, wandte mich sofort von ihm ab, als mir Tränen in die Augen schossen.

»Ich benutze kurz dein Bad, wenn es okay ist.«

Ich wartete seine Antwort gar nicht erst ab, sondern hinkte direkt ins Badezimmer. Ich musste mich erst einmal sammeln und meine Gedanken beruhigen. Mir war das plötzlich alles zu viel. Es war meine Schuld, dass sie ihn verhaftet hatten. Ich hätte ihn warnen müssen, dann wäre es vielleicht nie so weit gekommen. Und wenn er nicht vorher seinen Computer versteckt hätte, wäre es bestimmt nicht so glimpflich ausgegangen.

Ich schluchzte, während ich mir ein Schmerzmittel einwarf und die Salbe auf die geschwollenen, dunklen Flecken unterhalb meines Rippenbogens auftrug. Bei dem Anblick musste ich würgen. Es sah nicht nur fürchterlich aus, jede Berührung tat höllisch weh. Die Schläge vor dem Polizeirevier waren aber auch nicht förderlich für den Heilungsprozess.

Angewidert bedeckte ich die Blessuren mit meinem langen Shirt, war allerdings zu erschöpft, die Hose wieder überzuziehen. Ich spritzte mir Wasser ins Gesicht, um die Rötung meiner Wangen zu lindern. Ich sah grauenvoll aus. Es war kein Wunder, dass die Bullen mir in dem Zustand nicht zugehört hatten. Für sie hatte ich bestimmt wie ein Junkie auf Entzug gewirkt.

Als es an der Tür klopfte, erstarrte ich wie ein Eisklotz. Alex wartete nicht ab, ob ich ihn hereinbat, sondern schob sich durch den Türspalt, ehe ich etwas tun konnte. Sobald sich unsere Blicke trafen, stiegen mir wieder Tränen in die Augen.

»Kitty, alles in Ordnung?«

Ich schüttelte den Kopf. »Es tut mir so leid.«

»Was denn?« Er machte einen Schritt auf mich zu.

»Es ist meine Schuld. Ich wusste, dass Hayden dir misstraut und dich loswerden will. Ich hätte es dir erzählen und dich warnen müssen, aber das habe ich nicht. Ich war …«

»Schon gut«, schnitt er mir ins Wort und umrahmte mit den Händen behutsam mein Gesicht. »Es ist alles gut. Du hast mich herausgeboxt. Das ist das Einzige, was zählt. Danke dafür.«

Während Alex' Blick über mein Gesicht wanderte, versiegten allmählich meine Tränen. Wir waren uns plötzlich so nah und trotz all der Umstände schweiften meine Gedanken zu unserem Kuss zurück. Wenn es auch der falsche Moment war, zog sich mein Inneres bei der Vorstellung, diese Berührung noch einmal zu fühlen, erwartungsvoll zusammen. Und so wie seine Augen glühten, wusste ich, dass er genauso daran dachte und was er als Nächstes tun würde.

Alex beugte den Kopf so weit vor, bis sein Mund über meinem schwebte. Ich verharrte mit pochendem Herzen und verfluchte innerlich jeden Zentimeter, der uns voneinander trennte. Und als er endlich das Kinn vorschob und unsere Lippen sich streiften, kribbelte jeder Zentimeter meines Körpers. Wie von selbst gruben sich meine Finger in sein Haar und entwirrten den Knoten in seinem Nacken. Mir entwich ein Stöhnen, als seine Zunge den Weg zwischen meine Lippen fand. Alex stieß mich rückwärts gegen die Wand, was mir ein kurzes, schmerzhaftes Aufstöhnen entlockte, das er gar nicht wahrzunehmen schien.

Seine Fingerspitzen lösten sich von meinem Gesicht und strichen über die Schulter abwärts zur Taille und zu meinem Hintern. Ich ignorierte das Pochen unterhalb meiner Brust, da mein Inneres von einem viel stärkeren Beben beherrscht wurde. Noch nie zuvor hatte ich jemanden so verzweifelt begehrt, und ein verräterisches Ziehen in meinem Unterleib unterstrich dieses Verlangen. Ich legte den Kopf in den Nacken, während seine Lippen meinen Hals hinabwanderten und die empfindliche Haut mit Küssen benetzten.

»Weißt du eigentlich, wie wunderschön du bist«, hauchte er zwischen den Berührungen in mein Ohr.

Ich kicherte leise. Sein Atem an meiner Haut kitzelte, und es klang verrückt, mich in diesem ramponierten Zustand als schön zu betiteln. Dennoch suchten sich meine Hände einen Weg an seinen Oberkörper und streiften über die angespannten Muskeln. Das entlockte ihm ein Stöhnen.

Ich hätte später nicht sagen können, wann genau Alex die Hand um meine Taille schlang und ich meine Beine um ihn wand. Ich fuhr mit den Lippen zärtlich über die Senke unterhalb seines Ohres, während er mich aus dem Bad ins dunkle Schlafzimmer trug. Vorsichtig ließ er mich herunterrutschen, bis ich die Bettkante in den Kniekehlen spürte. Die Mauer, die ihn stets umgab, war verschwunden, ebenso die Müdigkeit, die ihn die gesamte Zeit gezeichnet hatte. In der Düsterheit des Zimmers glühten Alex' blaue Augen wie zwei tiefe Seen, die ich gerne erforschen wollte. Und wie von selbst fanden unsere Münder wieder zueinander.

Zwischen unseren Berührungen fasste ich nach dem Bund seines Shirts, das er sich bereitwillig über den Kopf ziehen ließ. Kurz darauf glitt auch mein Shirt zu Boden. Wir sanken auf die Matratze und das blaue Laken, das sich mittlerweile so vertraut unter mir anfühlte. Ich seufzte wohlig auf, als Alex sich über meinen fast nackten Körper schob, sich aber mit den Armen auf Abstand hielt. Er löste sich aus unserem Kuss, um mir in die Augen zu sehen. »Sollen wir hier wirklich weitermachen?«

Ich grinste bloß und zog ihn zu mir herunter, um ihn erneut zu küssen. Seine Arme gaben dabei nach und er sank auf mich. Es war nicht der richtige Moment, aber mein Körper und meine Seele verlangten danach. Ich presste mich gegen ihn, tastete nach dem Reißverschluss seiner Jeans, um sie Stück für Stück über seinen Hintern zu schieben. Er half dabei, sie endgültig loszuwerden. Als er meine BH-Träger herunterschieben wollte, erstarrte er jedoch über mir. Vermutlich konnte er in der Dunkelheit des Zimmers nicht das volle Ausmaß meiner Verletzungen sehen, was gut so war. Ich konnte nicht zulassen, dass er sich darum Gedanken machte. Daher öffnete ich selbst die Haken und ließ die BH-Träger über die Schultern rutschen, um seinen Fokus darauf zu richten. Alex stieß einen tiefen Seufzer aus, der meinen Körper zum Vibrieren brachte. Das bloße Verlangen setzte sich in seinem Blick ab und verdrängte die Gedanken, die ihn noch vor wenigen Sekunden beschäftigt hatten. Meine Hände wanderten erneut über seine Brust, dann schob ich den Bund seiner Boxershorts herunter. Er verstärkte den Druck an meiner Taille und griff nach dem Slip. Meine Haut glühte regelrecht vor Hitze und Erregung, während er sich diesem quälend langsam entledigte.

Schließlich lagen wir splitternackt beieinander, was ich so bisher niemals zuvor erlebt hatte. Nicht einmal mit Finley. Alex' unverkennbarer Duft wirbelte um mich herum, gepaart mit unserem Schweiß und der unaufhaltsamen Begierde, die mich erbeben ließ. Unsere Blicke ineinander verhakt, griff er zum Nachttisch und fischte ein Kondom heraus. Ich sah ihm nur in die stahlblauen Augen, wartete, bis er mit der Hand zärtlich meine Hüfte umfasste.

Dann zog er mich endlich an sich und drang in einer einzigen, fließenden Bewegung in mich ein. Das Gefühl, wie er mich ausfüllte, war überwältigend. Ich stöhnte, lehnte den Kopf an seine Brust und verlor mich ganz in der Intensität unserer Körper. Behutsam steigerte er den Rhythmus der sich wiederholenden Bewegungen, trieb mich immer näher an den Abgrund heran, bis ich schließlich aufschrie. Meine Finger suchten Halt im Laken, während Alex mir nur Augenblicke später folgte. Das gehauchte Flüstern meines Spitznamens an meinem Ohr ließ die Gänsehaut auf meinem Körper noch einmal tief nachbeben.

Kapitel 17

Am nächsten Morgen weckte mich ein Geräusch. Ich drückte das Gesicht in das Laken und versuchte, wieder in den Schlaf zurückzufinden, doch dann hörte ich das Quietschen einer Tür. Ich blinzelte und bemerkte erst dabei, wie hell es bereits in Alex' Schlafzimmer war. Ich hob den Kopf und sah mich um. Ich lag allein auf der Matratze, und eine Decke umhüllte meinen nackten Körper.

Schnaufend sackte ich zurück in das Kissen. Es war enttäuschend, dass Alex nicht neben mir lag, aber nach dieser gemeinsamen Nacht konnte nichts meine Stimmung trüben, selbst die höllischen Schmerzen unterhalb meiner Brust nicht. Ich hatte nie geglaubt, dass es so etwas wie vollkommenes Glück gab, oder daran gedacht, wie fantastisch es sich anfühlen konnte. Wir waren praktisch miteinander verschmolzen, und als er mich im Anschluss in seine Arme gezogen und ich den Kopf auf seine Brust gebettet hatte, hatten wir die Nähe zueinander schweigend genossen. Ich hätte noch gern mit ihm geredet, doch die Prozedur des Tages hatte bei uns beiden Spuren hinterlassen. Viel zu schnell waren wir eng umschlungen weggedöst. Der Gedanke daran brachte mich zum Lächeln. Von dieser unsichtbaren Mauer, die Alex stets umringte und kein Durchdringen zuließ, hatte ich letzte Nacht nichts sehen können. Es gab nur ihn und mich, zwei Individuen, die zu einem *Wir* verschmolzen waren.

Ich streckte mich noch einmal seufzend aus, dann setzte ich mich auf. Mir war übel, und Schwindel vernebelte meine Sinne; dennoch schlang ich die Decke um mich herum und schlüpfte aus dem Zimmer. Von Alex war keine Spur zu sehen. Ich dachte mir schon, dass er weg war; das Quietschen der Tür war eindeutig. Mein Magen knurrte, und die Enttäuschung darüber, dass weder Kaffee noch Gebäck auf dem Tisch standen, drückte auf meine Stimmung. Vielleicht war Alex auch gerade auf dem Weg oder zu spät für seine Schicht im Coffeeshop erwacht. Es gab bestimmt einen Grund, der seine Abwesenheit erklärte.

Mein Blick fiel auf das Holo-Gerät, das mittlerweile wieder auf dem Tisch stand. So viel Zeit musste er also noch gehabt haben.

Im Kühlschrank fand ich eine Flasche Wasser vor, die wenigstens meinen Durst stillte. Während ich mich an dem Tisch niederließ und auf was auch immer wartete, ruhten meine Augen gedankenverloren auf der runden, schwarzen Maschine. Es interessierte mich brennend, welche Informationen Alex mittlerweile in seiner Sammlung ergänzt hatte. Und auch wenn ich es nicht wollte und sich alles in mir dagegen sträubte, siegte meine Unvernunft und ich drückte den Aktivierungsknopf. Sofort erwachte das Gerät aus dem Ruhemodus und der Holo-Bildschirm flackerte über dem Tisch auf. Sämtliche Ordner waren geschlossen und wie erwartet passwortgeschützt. Ich überflog die Titel der Dateien, blieb bei L.K. hängen, dessen Inhalt ich bisher nicht kannte. Alex hatte gemeint, es hätte nichts damit zu tun, trotzdem öffnete ich das Fenster, das die Eingabe eines Passwortes forderte. In meiner dümmlichen Euphorie kam mir plötzlich ein Gedanke. Mir war bewusst, wie übertrieben es war, dennoch tippte ich mit der aufgerufenen Tastatur die Wörter *Little Kitty* in das Feld ein. Mit einem kurzen, surrenden Piepsen entsperrte sich plötzlich die Datei und ein Notizfeld ploppte auf.

Ich traute meinen Augen nicht. Es hatte funktioniert. Das Passwort war tatsächlich Little Kitty, was auch auf dem Notizfeld als Überschrift diente. Also war Alex nicht so unberechenbar, wie ich geglaubt hatte. Dass er meinen Spitznamen als Kennwort nutzte, hinterließ ein Lächeln um meine Mundwinkel.

Ich lehnte mich in den Stuhl zurück und schob mit dem Finger die Leiste herunter, um mir anzusehen, was er unter der Überschrift notiert hatte. Zuerst waren meine Eckdaten aufgeführt. Hinter meinem vollen Namen stand sogar der Spitzname Fibs geschrieben. Darunter tauchten mein Alter und das Wort Einzelkind auf sowie eine kurze Ausführung über meine Eltern. Danach folgte eine Liste weiterer Namen, wie der meiner Großeltern, Tante und meines Onkels. Hinter dem Wort Verwandtschaftsgrad war der Hinweis *mütterliche Seite* und *zwei Cousins* notiert. Alex hatte sich jedes noch so kleine Detail gemerkt, das ich ihm über mich erzählt hatte. Er wusste um die Todesursache meines Dads und auch die Suchtprobleme meiner Mom. Woher er ihre Namen hatte, blieb mir ein Rätsel, denn weder Andriana noch ich hatten sie in seiner Gegenwart erwähnt. Der Aufwand, den er betrieben hatte, war beeindruckend und zugleich beunruhigend – als wäre ich, genau wie das unheilvolle Geheimnis um I.S.R. und deren Experimente, ein Fall, den es zu lösen galt.

Ich scrollte weiter herunter. Es folgten einzelne Vermerke über meine Person, wie *Hehlerin* oder *keine Schmugglerin/Dealerin.* Er beschrieb ausführlich meine Charaktereigenschaften, die ich ziemlich zutreffend fand. Bei dem Wort *lebensmüde* musste ich grinsen. Vermutlich hatte Alex die Informationen im Laufe der Zeit ergänzt. Manches konnte er nicht sofort nach unserer ersten Begegnung gewusst haben.

Nachdem ich die für mich eher unbedeutenden Daten durchforstet hatte, folgte eine Aufzählung diverser Fragen, hinter denen auch manche Antworten geschrieben waren. Beim Durchlesen setzte ich mich aufrecht und mein Grinsen verflog augenblicklich.

Wieso war sie in der Firma? Keine Ahnung! Sie sagt, aus Neugierde!

Warum lebt sie mit ihrer Mutter im Slope?

War unsere Begegnung zufällig? Vermutlich nicht!

Wieso hat sie mich danach aufgesucht?

Was weiß sie über die Experimente? Weiß nur das, was ich ihr erzählt habe!?

Woher weiß sie von Projekt Oblit?

Kennt sie Hayden?

Was weiß sie über mich? Nichts!

Kann ich ihr vertrauen? Sicher nicht!

Ich starrte auf die Worte und versuchte zu begreifen, was da geschrieben stand. Waren diese Fragen immer noch in seinem Kopf oder stammten sie aus einer Zeit, bevor wir uns besser kennengelernt hatten? Und was meinte Alex damit? Ich hatte ihm jede dieser Fragen beantwortet, so aufrichtig es mir möglich war. So, wie sich das las, traute er mir nicht über den Weg. Und es war offensichtlich, dass er mehr zu wissen schien, als er zugab.

Sie weiß nur das, was ich ihr erzählt habe! Dieser Satz prägte sich wie ein Warnhinweis in meinem Schädel ein. Er war nicht so aufrichtig zu mir, wie ich erhofft hatte. Und die letzte Frage und seine Antwort darauf versetzten mir einen quälenden Stich in der Brust. Das Gefühl war nichts im Vergleich zu den Schmerzen, die meinen Körper überzogen und mir die Luft raubten, dennoch war es so einprägsam, dass es sich in den Vordergrund drängelte und sich nicht abschütteln ließ.

Angewidert tippte ich auf das Kreuz, um die Datei zu schließen, und dann auf den Deaktivierungsknopf. Während der Holo-Bildschirm verblasste, verrauschte auch das Hochgefühl vom Morgen. Ich kniff die Augen zusammen und rieb mir mit dem Handrücken über die Stirn. Der dumpfe Schmerz hinter meinen Schläfen verstärkte sich, genau wie die Übelkeit. Ich wollte nicht glauben, dass all das, was in dieser Datei geschrieben stand, noch relevant für Alex war, vor allem nicht, nachdem wir die Nacht zusammen verbracht hatten. Immerhin war mir der Ordner bereits neulich aufgefallen. Seitdem war viel passiert. Seine Einstellung könnte sich mittlerweile geändert haben. Es war für mich nicht ungewöhnlich, dass im Slope Misstrauen untereinander herrschte. Und nach allem, was wir beide zusammen erlebt hatten, musste ich einfach hoffen, dass sich etwas zwischen uns verändert hatte.

Ich richtete mich mühevoll auf und zog mich ins Badezimmer zurück. Mittlerweile war mir so hundeelend zumute, dass ich mich nur widerwillig anzog und etwas Salbe auf die dunklen Schlieren auftrug. Am liebsten hätte ich mich geradewegs wieder auf das blaue Bettlaken fallen lassen und die Decke über den Kopf gezogen. Doch tief in meinem Herzen wusste ich, dass ich mich nicht verstecken konnte.

Ich verließ nach einer Weile die Wohnung und war heilfroh, dass ich mich so weit unter Kontrolle hatte, um meinen Tag einigermaßen zu bewerkstelligen. Ich war zu dem Entschluss gekommen, an meiner Hoffnung und an dem Vertrauen zu Alex festzuhalten. Kaum stand ich im Treppenhaus, forderte mich eine Stimme im Kopf auf, einen Blick auf ihn zu riskieren. Allein seine Reaktion bei meinem Anblick würde mir zeigen, ob ich rechtbehielt. Daher öffnete ich die Pendeltür, die in den Coffeeshop führte. Und es war zu erwarten, dass ich es bereuen würde.

Ein kleiner Funke in mir hoffte, Alex nicht anzutreffen. Aber natürlich war er da. Er lehnte lässig über dem Tresen und unterhielt sich mit einer langbeinigen, dürren Brünetten. Die Strähnen ihrer langen Haare streiften ihn dabei. Auffällig waren die hochhackigen Pumps und das viel zu übertriebene Make-up; mein Blick blieb allerdings ungläubig an ihrem Hintern hängen, mit dem sie in dem zu kurzgeratenen Rock hin und her wippte. Ich schluckte unbehaglich. Ich musste zugeben, dass sie verdammt hübsch aussah, auch wenn die dunkelrot umrandeten Lippen ein wenig ordinär wirkten.

Ich holte noch einmal tief Luft und näherte mich ihnen. Die Brünette betätschelte gerade seine Hand und lächelte verführerisch. Auch konnte ich jetzt hören, was sie beredeten.

»Ich bin so froh, dass du wieder draußen bist, Alexander. Nicht auszumalen, was wir hier ohne dich tun würden, mein Lieber.«

»Ich bin schwer totzukriegen.«

»Oh ja, das bist du«, schnurrte sie wie eine Wildkatze.

Ich bereute es, den Coffeeshop betreten zu haben. Allein wie Alex sie ansah, widerte mich an. Er lächelte, so unbeschwert, als würden sie sich Jahre kennen. Dabei hieß es immer, er wäre ein Einzelgänger. Ich kam mir so dumm vor. Ich wusste nichts über ihn, außer von seiner Vorliebe für Truthahnsandwiches. Wieso hatte ich also angenommen, dass ihm die letzte Nacht auch etwas bedeutet hatte? Er vertraute mir nicht. *Sicher nicht!*

Ich blieb mit etwas Abstand zum Tresen stehen, zog die Nase hoch und richtete mich auf, so gut es eben ging. Ich war ein Kind aus dem Slope. So ein arroganter Lackaffe mit seiner Edelnutte würde mir sicher nicht das Leben erschweren.

»Hey.«

Alex' Augen huschten von der Brünetten zu mir. »Oh … hey.«

Auch ihr Kopf ruckte herum und sie musterte mich durch schmale Augenschlitze. »Ist was, Mädchen?«, fragte sie.

Ich ließ meine Augen zwischen ihnen hin und her wandern, bemüht mit einer ausdruckslosen Haltung. »Ja, ich hätte gern ein Truthahnsandwich.«

Während sie mich abschätzig anstierte, hob Alex eine Braue an. »Du willst was?«

»Ein Truthahnsandwich«, wiederholte ich langsam.

Darauf wusste er nichts zu erwidern. Und das brauchte er auch nicht, da in diesem Moment Lorraines graubraune Locken hereinschneiten. »Hey, ich bin für die Aufnahme von Bestellungen zuständig«, rief sie mahnend zu uns herüber.

Ich nickte ihr kurz zu, dann wanderte mein Blick wieder grinsend zu Alex. »Stimmt, du bist ja nur der Teller-Abräumer.«

Ich wusste nicht, wie es mir mit den Schmerzen gelang, dennoch legte ich eine verdammt gute Drehung hin und ging zu Lorraine. Während ich mein Sandwich mit den Rest Kröten bezahlte, die ich einstecken hatte, spürte ich die verständnislosen Blicke von Alex und der Brünetten auf mir ruhen. Mit erhobenem Haupt wandte ich mich ab und stolzierte aus dem Shop. Ich musste erst einmal einen klaren Gedanken fassen und durchatmen. Die frische Luft tat mir gut dabei. Und der Biss in das Sandwich ebenso. Ich hätte nicht so euphorisch sein und mich auf das Wesentliche konzentrieren sollen. Für absurde Gefühle und Eifersuchtsdramen war kein Platz in meinem Leben.

»Hey, Kitty, warte mal!«

Mit aufgerissenen Augen blieb ich stehen. Wie schön, wenn sich Vorsätze in der nächsten Sekunde in Luft auflösten. Ich drehte mich lässig herum und sah zu, wie Alex die Tür des Coffeeshops hinter sich schloss.

»Hey, was ist denn?«

Er musterte mich mit diesem unergründlichen Blick, der mich immer schon an ihm nervte. Ich konnte nicht sagen, was ihm gerade durch den Kopf ging.

»Ist… ist alles in Ordnung mit dir?«

Ich nickte. »Klar, alles gut. Wieso fragst du?«

»Keine Ahnung«, druckste er und wich meinem Blick aus. »Ich dachte, das sah vielleicht eben etwas eigenartig aus.«

»Was? Dass du mit dieser Edel… äh… Brünetten schäkerst?«

Er zog die Augenbraue hoch und sah mich wieder an. »Ihr Name ist Tess. Wir kennen uns schon ewig.«

»Okay. Das ist doch schön.«

Nun kniff er die Augen zusammen. Er versuchte zu eruieren, ob ich wirklich so erfreut darüber war. Das war ich natürlich nicht, aber das spiegelte sich nur in meinem Kopf wider. Für ihn sah ich nur teilnahmslos drein, als würde es mich überhaupt nicht interessieren. Ich hatte diese Gesichtszüge im Laufe der Jahre für die Straßen des Slopes perfektioniert.

»Wegen gestern«, fing Alex an und strich sich verlegen durch den Nacken. »Ich wollte …«

Ich wollte sicher nicht hören, was er wegen gestern Nacht zu sagen hatte, weshalb ich ihm umgehend ins Wort fiel: »Schon gut, Alex. Wir hatten Spaß, haben uns etwas gehen lassen und all den Mist kurzzeitig ausgeblendet. Das ist kein großes Ding.«

Ein kurzes, abgehacktes Nicken war alles, was er zustande brachte. »Wenn du es sagst.«

»Klar. Wir müssen das nicht unnötig ausschlachten, wir sind uns ja einig. Ich muss jetzt aber echt los.«

Er neigte den Kopf, während seine Gesichtszüge zu einer glatten Maske erstarrten, die keinerlei Regung mehr zuließ. Es war schwer zu sagen, ob ihm meine Worte missfielen oder er nicht richtig daran glaubte. »Okay.«

»Okay«, wiederholte ich und wandte mich mit einem aufgesetzten Lächeln von ihm ab. »Man sieht sich, Coffeeboy.«

»Man sieht sich, Kitty.«

***

Ich war heilfroh, als ich nach diesem Morgen einem freundlichen Gesicht auf dem Weg zum Trailerpark begegnete. Finley sprang wie ein albernes Kind hinter einer Mauer hervor, um mich zu erschrecken. Mein Gesundheitszustand war für solche Scherze zwar nicht ausgelegt und ich zuckte nicht einmal zusammen, dennoch grinste ich bei seinem Anblick.

»Fibs, du lebst also noch?«

Ich zog die Augenbraue hoch. »Wieso denn nicht?«

»Na ja, du bist gestern so übereilt davongestürmt. Und anscheinend ist es dir sogar gelungen, Coffeeboy frei zu boxen. Ich habe ihn vorhin im Shop gesehen.«

»Oh, stimmt!« Ich hatte den gestrigen Abend kurzzeitig aus den Augen verloren. »Ich habe doch gesagt, dass sich da was machen lässt. Und es tut mir leid, dass ich dich habe sitzen lassen. Wir hatten etwas vor. Wollen wir … ich meine, wir könnten uns heute Abend treffen, wenn du magst.«

Mir war nicht danach, aber ich verspürte den Drang, bei Finley etwas gutzumachen. Und nach allem, was zwischen Alex und mir vorgefallen war, schien es mir eine gute Ablenkung.

Er nickte grinsend. »Wieso nicht. Dann kannst du mir auch erzählen, wie du Coffeeboy freibekommen hast. Diejenigen, die während der Razzia geschnappt wurden, hatten jedenfalls nicht so viel Glück. Bisher ist niemand von ihnen freigelassen worden und es sieht auch nicht danach aus, dass es bald passiert. Falls du noch einmal an PMA rankommst, musst du dir einen anderen Abnehmer suchen. Connor steht nicht mehr zur Verfügung.«

»Sie halten sogar die Junkies fest?«, fragte ich ungläubig. »Das haben sie noch nie gemacht. Sie kommen doch mit ihren Entzugserscheinungen nicht zurecht.«

»Bisher waren die Bullen immer nur hinter den Dealern her. Seit dem Brand ist Koksen und Prostitution aber auf der Verbrechensskala nach oben gerutscht. Anscheinend haben sie vor der Fixerkrankheit keine Angst mehr. Sie wollen den Slope säubern. Wie man hört, sollen Connor und Ad sogar auf dem Weg zum Revier versucht haben, zu flüchten. Sie wären beide erschossen worden. Also sei bloß auf der Hut.«

Ich nickte nachdenklich. »Das bin ich. Du aber auch.«

»Ich doch immer.«

»Wer … wer hat dir das eigentlich von Connor und Ad erzählt? Ich meine, kann man dem Glauben schenken?«, erkundigte ich mich schließlich und sah zu ihm auf.

»Das war Frank. Er weiß doch häufig, was vor sich geht.«

In der Tat, Frank Lawine wusste eine Menge. Und er war auch derjenige, der uns von solchen Dingen erzählte.

»Mmmh, okay«, hauchte ich. »Erinnerst du dich eigentlich noch an Duncan Reed?«

Finley nickte. »Ja klar, der sitzt doch noch immer seine Haftstrafe außerhalb der Stadt ab.«

»War das damals nicht auch Frank, der uns davon erzählt hat?«

»Äh … ich glaube schon. Wieso fragst du, Fibs?«

Ich zuckte mit den Schultern. »Nur so. Ich wundere mich nur gerade, warum Frank so viel weiß. Und ich bin mir nicht sicher, ob das alles immer so stimmt, was er uns sagt.«

Finley verdrehte die Augen. »Mal ehrlich, wie kommst du denn jetzt darauf? Dreh wegen des Brandes nicht auch noch am Rad. Hier läuft so schon genug Mist. Frank wird das ja nicht einfach erzählen. Was hätte er denn davon?«

»Keine Ahnung«, sagte ich gedankenverloren. »Ich weiß nur, dass Duncan Reed keine Haftstrafe absitzt.«

»Woher willst du das wissen?« Seine Stimme knackte kurz, und er hielt mitten in der Bewegung inne.

»Weil er tot ist. Er starb damals bei dem Vorfall im Stahlwerk.«

Wenn Finley bereits überrascht war, sah er nun geschockt aus. »Wie … ich meine, woher weißt du das, Fibs?«

»Ich weiß es eben. Duncan starb und sein Tod wurde vertuscht. Es sollte kein Aufsehen erregt werden. Vielleicht hat uns Frank deshalb etwas anderes erzählt. Nun sagt er aber, dass Connor und Ad von den Bullen erschossen wurden. Das steht doch im krassen Widerspruch zueinander.«

Ich wusste nicht, warum mich das plötzlich so aus der Bahn warf, aber es stimmte. Frank Lawine war einer der Ersten, der über alles Bescheid wusste. Ich war mir sicher, dass er damals das Gerücht über Duncan in die Welt gesetzt hatte. Woher hatte er all diese Informationen und warum trat er sie im Slope breit, wo es eindeutig nicht der Wahrheit entsprach? Nüchtern betrachtet kümmerte es hier niemanden, wenn ein Abhängiger sich ins Jenseits verabschiedete. Das passierte andauernd. Man rechnete ständig damit, sodass es oft nicht einmal erwähnt wurde, wenn es geschah. Die Junkies hatten ihren Ruf weg – unbedeutend und wegen der Sucht- und Fixerkrankheit mit einer geringen Lebenserwartung. Wieso also erzählte Frank überall herum, dass Connor erschossen wurde? Und warum wurde es im Slope plötzlich so wichtig genommen, wie eine Warnung weitergegeben? Lag es nur daran, dass die Polizisten ihn erschossen hatten oder weil seit dem Brand alles drunter und drüber ging? Vielleicht wurde ich auch langsam paranoid, doch ich konnte den Gedanken nicht abschütteln. Mir kam es eher wie eine Botschaft vor, genau wie damals bei Duncan Reed. Es war, als benutzte man Frank gezielt als Sprachrohr, um eine bestimmte Wirkung zu erzielen. Und Ads Tod war der endgültige Beweis. Es gab kein Entkommen. Er würde die Stadt nicht wie versprochen mit dem Auto verlassen. Sollten er und Connor tatsächlich erschossen worden sein, war das kein Zufall. In einem Punkt behielt Finley nämlich recht: der Pöbel wollte den Slope säubern.

»Fibs, das ist … ich meine, was soll das? Wieso interessierst du dich plötzlich dafür? Ich habe keine Ahnung, ob die Sache mit Duncan stimmt, aber selbst wenn, heißt das noch nicht, dass Frank absichtlich falsche Gerüchte streut.«

»Nein, das heißt es nicht. Ich habe da nur so ein Gefühl. Es lässt mich nicht los.«

Finley schüttelte den Kopf. »Was ist nur in letzter Zeit mit dir los? Seit dem Brand bist du völlig neben der Spur, auch wenn du glaubst, mir fällt das nicht auf. Aber das tut es. Immer. Und Ash hat sich auch verändert.« Das Unverständnis wich und machte Platz für die liebenswerten, mitfühlenden Gesichtszüge, die ich so an ihm mochte. »Du wunderst dich über Frank? Was ist mit Coffeeboy? Woher wusste er von der Razzia? Wir sind alle Hehler und Schmuggler, Fibs. Wir handeln, wir reden, dadurch kommt uns das ein oder andere Gerücht zu Ohren.«

Ich nickte gedankenverloren. »Das mag schon sein. Hast du aber nicht auch das Gefühl, dass seit dem Brand alles anders ist?«

Finley stieß einen lauten Seufzer aus. Zu meiner Verwunderung umrahmte er mit den Händen mein Gesicht und lächelte aufmunternd. »Fibs, natürlich hat sich seitdem einiges geändert. Du weißt, wie der Pöbel reagiert, wenn so etwas geschieht. Das ist nicht das erste Mal. Es wird etwas dauern, bis sich das wieder normalisiert. Dass die Bullen im Moment so hart vorgehen, beweist bloß, wie sehr sie im Dunkeln tappen.«

Ich schloss die Augen und neigte den Kopf in seine Handfläche. Jede Faser meines Körpers sehnte sich danach, dass er rechtbehielt. Ich wollte so sehr glauben, dass all das nur aus einem einzigen Grund geschah und es sich wieder normalisieren würde. Aber Finley kannte nicht die ganze Geschichte. Er wusste nichts von mir und der Firma. Er hatte keinen blassen Schimmer, dass Alex und ich all das losgetreten hatten. Unsertwegen war Dr. Lynch gestorben. Und wenn Connor und Ad von der Polizei erschossen wurden, ging das irgendwie auch auf unser Konto.

»Komm zu mir zurück, Fibs«, bat er leise. »Lass nicht zu, dass es dich verändert. Es wird erst anders, wenn wir es zulassen.«

Ich atmete tief durch und öffnete die Augen. So einfühlsam war Finley mir noch nie gegenüber gewesen. Als wolle er all die düsteren Gedanken aus mir verbannen, die mich quälten. Und dafür schätzte ich ihn umso mehr. Ein dankbares Lächeln zog meine Mundwinkel hoch.

»Gut so«, hauchte er und ließ die Lippen über meinen schweben. »Halte durch. Heute Abend lassen wir gemeinsam los.«

Ich zeigte keinerlei Regung, als seine Lippen meine streiften und er sich wieder zurückzog. Selbst als er die Hände von mir löste und sich abwandte, blieb ich wie angewurzelt stehen. Ich wusste nicht, wie mir geschah. Finley hatte mich schon oft geküsst, wenn wir betrunken waren und uns zum Vergnügen in eine

Ecke verzogen hatten. Aber so etwas wie eben war neu. Und ich wusste nicht, was ich davon halten sollte.

Kapitel 18

Jede Faser meines Körpers schmerzte. Auf meiner Brust lag eine Schwere, die mir die Luft raubte. Das Sandwich hatte zwar meinen Hunger gestillt, aber nicht die Übelkeit, die meine Speiseröhre einengte. Der Schwindel trübte meine Sicht. Ich sehnte mich nach dem Trailer meiner Mom, um mich endlich auszuruhen. Ich brauchte dringend eine Pause.

Ich drehte den Schlüssel herum und drückte die Tür auf. Umständlich zog ich mich über die Schwelle und stützte mich an der Kommode ab, aus Furcht, meine Beine könnten jederzeit nachgeben. Ich schloss kurz die Augen, um durchzuschnaufen. Der Weg war etwas zu viel des Guten. Ich sollte auf meinen Körper hören und ihn vor allem schonen, bevor es mich noch dahinraffte. Viel zu lang beeinträchtigten diese Verletzungen meinen Alltag. Wenn es so weiterging, würde ich sie nicht mehr vertuschen können, und das würde Fragen aufwerfen, die ich mir nicht erlauben konnte.

Ich schloss die Tür hinter mir und fuhr herum, stockte augenblicklich. Das pure Chaos dominierte. Geschirr türmte sich in der Spüle, Kleidung hing über der Theke und Glasscherben häuften sich auf dem Boden. Ein feuchter Fleck setzte sich an der Wand ab. Es musste mir niemand sagen, was da zu Bruch gegangen war. Immerhin war es nicht die einzige Schnapsflasche, die ich im Trailer ausfindig machte. Die meisten waren nur bereits leergetrunken.

Ich kniff die Augen zusammen, um die aufkeimenden Tränen wegzublinzeln. Ich kam mir so dumm vor, wieder darauf hereingefallen zu sein. Sooft hatte meine Mutter dem Alkohol abgeschworen, nur um wieder rückfällig zu werden. Und so, wie es im Trailer aussah, war es ein rapider Absturz.

Ich humpelte einen Schritt auf das Sofa zu, machte dabei anscheinend so viel Krach, dass meine Mom es im Schlafzimmer hörte. Es polterte, stöhnte, dann knarzte etwas. Mein Blick wanderte zur Zimmertür, aus der die ausgemergelte, halbnackte Gestalt meiner Mutter schwankte. Sie trug nur einen Slip und ein ausgefranstes Shirt. Mit den Fingern umklammerte sie eine halbvolle Flasche, die sie erst einmal ansetzen musste, ehe ihr mit dem vernebelten Hirn eine andere Reaktion bei meinem Anblick einfiel. Ich ließ sie nicht aus den Augen, verzog jedoch keine Miene. Während sie schwankte, presste ich die Lippen so fest aufeinander, bis sie schmal und farblos wurden. Mein Blick brannte sich in den meiner Mutter, ohne auch nur ein Fünkchen Wärme zuzulassen.

»Phoebe«, hickste sie und fixierte mich abschätzig. »Du bist also wieder zurück.«

Ich riss den Blick von ihr los und schüttelte verständnislos den Kopf. Sie war so erbärmlich.

»Ach komm schon«, lallte sie und beugte sich vor. »Was ist los? Willst du mich wieder mit Schweigen strafen? Wie wäre es mit etwas Neuem? Sag was Vorwurfsvolles, sag mir ins Gesicht, wie enttäuscht du wieder von mir bist.«

Ich schnaufte lautstark, kam ihrer Bitte aber nicht nach.

»Komm schon, Phoebe! Brüll mich an, schrei, sag mir, wie wütend du bist. Ich weiß doch, was dir durch den Kopf geht.«

»Weißt du nicht«, brummte ich lediglich.

Sie lachte wie eine vom teufelsbesessene Irre. »Oh doch. Du bist leicht zu durchschauen. Immer so weinerlich, gutmütig und stets von deiner Mom enttäuscht.«

Langsam reichte mir ihr dämliches Gefasel. Ich ertrug es nicht, wie sie sprach, mir das Gefühl gab, dass ich die Böse von uns beiden war. Ich würde ihr nicht den Gefallen tun und ihretwegen eine Szene machen. Ich war diese Diskussionen und Reaktionen schon lange, bevor sie wieder einmal beschlossen hatte, nüchtern zu bleiben, leid.

»Ich bin nicht wütend oder enttäuscht.«

»Natürlich nicht«, höhnte sie. »Du bist aalglatt. Du stehst da drüber wie ein taffes Mädchen aus dem Slope. Oder soll ich lieber Hill sagen? Ich bin mir bei dir im Moment nicht sicher.«

Ich kniff die Augen zu Schlitzen. »Du redest Bullshit! Krank und realitätsfern! Ich bin nur aus einem Grund nicht enttäuscht: Ich habe nämlich nichts anderes von dir erwartet.«

»Und das wundert dich? Es ist deine Schuld. Ich habe mich so bemüht, aber du hast es nicht akzeptiert und nur darauf gewartet, bis ich wieder versage.«

Ich schüttelte den Kopf. Wie immer sah meine Mom die Schuld bei jedem anderen, nur nicht bei sich selbst. Sie glaubte sogar den Müll, den sie erzählte. Ich hatte mich oft gefragt, ob der Alkoholmissbrauch sie so fantasieren ließ oder sie mir wirklich die ganze

Schuld gab. In ihren Augen wäre ihr Leben anders verlaufen, wenn sie mich nicht bekommen hätte. Mein Vater könnte sogar noch bei ihr sein.

»Gib mir ruhig die Schuld. Ich ertrage es bereits mein ganzes Leben. Ich frage mich nur, wo du dich bemüht hast. Du hast es nicht einmal geschafft, länger als eine Woche trocken zu bleiben. Unter Bemühen verstehe ich etwas anderes.«

Meine Mutter riss die glasigen Augen auf. »Ich habe mich bemüht, wollte alles besser machen, doch du bist gegangen.«

»Gegangen, wohin? Ich bin doch hier!«

»Jetzt vielleicht. Ich wusste ja nicht, ob du wiederkommst. Du wolltest deine Tour beenden und zurückkommen. Doch du kamst nicht.«

Nun war es an mir, die Augen aufzureißen. »Was? Du hast dich wieder dem Alkohol zugewandt, weil ich gestern nicht heimkam? Dein Ernst? Mom, ich bin neunzehn, ich muss nicht mehr an deinem Rockzipfel hängen. Ich gehe, seit ich denken kann, allein durchs Leben. Ich wollte wirklich glauben, dass du dich bemühst – deinetwegen. Das hat nichts mit mir zu tun.«

»Du bist meine Tochter!«, gellte sie laut. Ein rötlicher Fleck breitete sich auf ihrem Hals aus. »Es hat mit dir zu tun.«

Ich gab auf. Sie würde sich in diesem Leben nicht mehr ändern.

»Denk, was du willst«, sagte ich müde. »Wenn ich hier gewesen wäre, hätte es auch nicht viel länger gedauert. Als ich jünger war, war ich hier, bei dir, dennoch hast du dich mehr für deinen Fusel als für mich interessiert.«

»Was sagst du da?«, herrschte sie mich an und war schneller vor mir als erwartet. »Du verzogenes Miststück! Was bildest du dir eigentlich ein? Ich habe alles, einfach alles für dich gegeben.«

Auch wenn mir nicht danach war, musste ich glucksen. Ihre Einbildung war faszinierend.

Meiner Mutter missfiel diese Reaktion. Sie weitete die verquollenen Augen und der Zorn, der sie ummantelte, äußerte sich mit einer bebenden Unterlippe. Bevor ich mich versah, holte sie mit der Hand aus und schlug mir mit der Innenfläche auf mein Ohr. Ich zuckte erschrocken zusammen. Der Schlag war nicht fest, dennoch dröhnte die Erschütterung in meinem Kopf nach. Fassungslos griff ich an die Stelle und starrte sie an.

»Was ist? Hast du nichts zu sagen? Willst du mich nicht zurückschlagen?«, spuckte sie hervor und wappnete sich für den Moment, in dem ich ausholen würde.

Ich tat nichts dergleichen, sah sie nur an. Ich würde mich nicht mit einer Besoffenen prügeln, zumal ich auch nicht in der körperlichen Verfassung dazu war.

»Komm schon!«

Sie schlug mir auf den Hinterkopf und ich wich vor ihr zurück. Im Rücken spürte ich bereits die Eingangstür des Trailers.

»Mach schon!«, bellte sie weiter. »Ich weiß, dass du es willst! Hau mir eine rein und dann renn wieder zu deiner Tante! Bei ihr warst du doch gestern, stimmt's? Ihr macht euch beide sicher über mich lustig. Die versoffene Versagermutter, die nichts zustande bekommt, außer zu trinken.«

Zu gern hätte ich jetzt etwas gesagt, aber sie ließ mich nicht zu Wort kommen. Sie holte immer wieder aus, schlug mir auf den Kopf, rammte die Fäuste in meine Seite, um eine Reaktion von mir zu erzwingen. Das Einzige, was ich zustande bekam, war mich schützend wegzudrehen. Ich wollte mich nicht wehren.

»Komm schon, Phoebe!«

Sie schlug erneut zu. Als sie dieses Mal meine Rippen traf, schrie ich auf. Eine Flut alles umschlingenden Schmerzes überrollte mich, so heftig, dass ich einer Ohnmacht nahe war. Für den Bruchteil einer Sekunde verschwamm die Welt vor mir und der ungeheuerliche Druck auf meiner Brust engte mich ein. Mir stiegen Tränen in die Augen. Röchelnd schnappte ich nach Luft. Ich musste sie aufhalten, so schwer es mir auch fiel.

Ich spannte die Muskeln an und holte mit allerletzter Kraft aus. Meine Handflächen schoben sich ungebremst in ihren Magen. Entweder war es zu heftig oder sie war zu betrunken, um sich zu halten. Sie taumelte nach hinten, stolperte über den hässlichen Läufer und fiel rücklings über die Rückenlehne des Sofas.

»Ich werde dir nichts tun«, keuchte ich atemlos. »Und nur damit du es weißt: Ich war nicht bei Andriana. Aber ich kann sie gut verstehen. Ich wollte auch nichts mit dir zu tun haben.«

Unbeholfen richtete sich meine Mutter auf dem Sofa auf, nahm eine leere Flasche zur Hand und schleuderte sie mir geradewegs entgegen. Ich war glücklicherweise schneller und wich rechtzeitig aus. Das Klirren von Glas übertünchte unsere hektischen Atemgeräusche.

»Du … du darfst ihr nicht vertrauen. Sie sind an allem schuld.«

»Oh ja«, raunte ich lediglich, dann fuhr ich herum und drückte die Türklinke herunter.

Sie schrie mir noch unbedeutende Floskeln nach, die ich nicht beachtete. Ich schmiss die Tür hinter mir zu und humpelte zu dem Versteck mit meinen Habseligkeiten. Ich musste hier weg. Und nach alledem war ich mir sicher, dass ich nie zurückkommen würde. Sie war mir gegenüber nicht das erste Mal handgreiflich geworden, aber heute hatte sie den Bogen überspannt. Mein Atem war flach, der Schmerz betäubte meine Gliedmaßen. Ich stopfte das Kästchen in meinen Rucksack und schleppte mich vom Grundstück. Jeder Schritt war zu viel, jeder Atemzug eine schmerzhafte Prozedur. Nur allein mein starrköpfiger Wille trieb mich voran – weg von dieser Versager-Mom, die mir wieder einmal bewiesen hatte, wie unbedeutend ich für sie war.

Orientierungslos schaffte ich es aus dem Trailerpark. Dunkle Wolken prangten am Himmel, kündigten den Wetterumschwung an. Ich musste mir einen Unterschlupf suchen, bevor der Regen einsetzte. Meine Sicht war getrübt, was nicht auf das Wetter, sondern auf das unaufhaltsame Dröhnen in meinem Schädel zurückzuführen war. Mühselig unterdrückte ich den Würgereiz und versuchte mich weiterzuschleppen. Doch so sehr ich mich auch bemühte, kurz darauf gelang es mir nicht mehr, nur einen Fuß zu heben.

»Kitty!«

Ich vernahm die Stimme bloß undeutlich, dennoch wusste ich, wer irgendwo in der Ferne auf mich wartete. Immerhin war Alex der Einzige, der mich so nannte. Vielleicht war mein Zustand aber auch so miserabel, dass ich mir seine Anwesenheit nur einbildete.

Ich versuchte den Kopf zur Seite zu neigen, worauf es mir erneut hochkam. Dieses Mal konnte ich es nicht mehr unterdrücken. Spuckend brach es aus mir heraus, nicht nur die Überreste des Sandwiches, sondern auch ein Schwall Blut. Das war nicht gut. Das war ganz und gar nicht gut.

Das Schwäche- und Schwindelgefühl verstärkte sich zunehmend, mein Kreislauf kollabierte und die Beine gaben nach. Ich sackte wie in Zeitlupe in mich zusammen. Während die ersten Regentropfen auf mich niederklatschten, drehte ich mich mit letzter Kraft auf den Rücken. Rasselnd holte ich Luft, schob die Hand an die Stelle unterhalb meiner Brust, weil ich hoffte, damit den ungeheuerlichen Schmerz aufzuhalten. Aber das geschah nicht. Er brannte sich wie ein Lauffeuer durch meinen Organismus und zerriss mich innerlich.

Obwohl meine Sicht verschwamm, erkannte ich dennoch, wie Alex' Gesicht sich vor meines schob.

»Kitty, hey, komm schon!«

»Alex«, hauchte ich verzerrt, »das ist nicht gut. Diesmal kannst du mich nicht retten.«

Er lächelte kopfschüttelnd. »Ach Quatsch. Das wird wieder.«

Er konnte mir nichts vormachen. In seinem Blick schwang Sorge mit. Ich spürte selbst, dass es dieses Mal nicht nur eine Verletzung war, die mich in die Ohnmacht trieb. Mein Brustkorb hob und senkte sich zwar noch, aber eine anormale Kälte zog sich über meine Haut, die sich bis zu meinem Herzen vorkämpfte. Und mit dem nächsten rasselnden Atemzug spuckte ich erneut einen Schwall Blut hervor.

»Shit«, rief Alex.

Seine Augen und Finger wanderten zu meiner Hand. Er schob sie beiseite, damit er mein Shirt hochkrempeln konnte. Bei dem Anblick des verhärteten Hämatoms entwich ihm ein Seufzen.

»Verdammt, Kitty.«

Der Ärger, der in Alex' Stimme klang, war nur von kurzer Dauer. Seine Finger tasteten sich zu meinen Wangen, und sein Ausdruck war nun so voller Angst, dass ich sie ihm am liebsten genommen hätte, wenn ich nur in der Lage dazu gewesen wäre.

»Wir brauchen Hilfe«, murmelte er eher zu sich selbst, dann wandte er den Kopf zur Seite, um seinen Worten Taten folgen zu lassen. »Hilfe! Hey, wir brauchen hier Hilfe!«

Ich wusste nicht, ob er wirklich jemanden sah oder er nur verzweifelt die Gasse hinunterrief, in der Hoffnung, uns würde jemand entdecken. Ich konnte mir beim besten Willen nicht vorstellen, dass uns in dieser trüben Ödnis jemand sehen konnte. Der Regen war mittlerweile so stark, dass Nebel von dem Asphalt aufstieg. Und im Slope auf Hilfe zu hoffen, war meistens vergebliche Liebesmüh'.

Für mich war das alles nebensächlich. Ich wollte mich nur allzu gern der Ohnmacht hingeben oder eben auch dem Tod, wenn es sein musste. Hauptsache, die Schmerzen hörten auf. Aber Alex ließ das nicht zu. Er stand wie eine undurchdringbare Mauer zwischen mir und dem Sensenmann. Immer, wenn meine Sinne davondrifteten, die Kälte sich wie der Griff einer Hand um mein Herz legte, dann betätschelte er mit den kühlen Fingern meine Wange und rüttelte meinen Körper. So blieb ich bei Bewusstsein, obwohl ich alles um mich herum nur noch wie in einer Art Trance vernahm. Durch seine Berührungen sprang mein Kopf wie ein Pingpongball hin und her, was die Situation nicht viel angenehmer machte.

»Du bleibst schön bei mir«, befahl er regelrecht, während seine Blicke zwischen mir und dem Ende der Straße hin- und herwechselten.

Wenn man stirbt, so sagt man, würde das ganze Leben noch einmal an einem vorbeiziehen. Ich konnte dem nicht zustimmen. Meine Gedanken waren meilenweit entfernt. Oder es gab einfach keine bedeutenden Erinnerungen, die ich hervorrufen konnte. Ich sah nur röchelnd zu Alex auf, war nach alldem froh, dass er bei mir war. Es stand nie zur Diskussion, dass im Slope ein früher Tod auf einen wartete. Er wusste das, genau wie ich. Nichts von dem, was gerade passierte, war überraschend. Ich hätte es mir nur etwas friedvoller gewünscht, an einem schöneren Ort, mit weniger Regen und vor allem ohne Schmerzen.

Alex beugte sich über mich. Ihm entging nicht, dass meine Lippen ergrauten, sämtliche Farbe aus dem Gesicht wich und kalter Schweiß sich auf meiner Stirn bildete.

»Phoebe«, flüsterte er und drückte die Hände noch fester gegen meine Wangen. »Halte durch. Es wird gleich Hilfe kommen. Du musst nur durchhalten.«

»Das glaubst du nicht wirklich«, röchelte ich schwerfällig, spuckte dabei abermals Blut hervor.

»Doch, es wird Hilfe kommen. Ich verspreche dir, es wird alles wieder gut. Du musst nur noch ein bisschen wach bleiben.«

Darauf sagte ich nichts mehr. Sein Ausdruck war so voller Kummer, so hilflos, dass ich ihn liebend gern in dem Glauben ließ. Er klammerte sich an die Hoffnung, die ich nicht hatte. Mein Zustand und die Schmerzen waren ein deutliches Zeichen.

In dem Augenblick, als sein Gesicht erneut vor meinem verschwamm und die Dunkelheit sich wie ein Schleier über mich legte, hörte ich in der Ferne Geräusche, die das lautlose Unwetter durchbrachen. Quietschende Bremsen, schlagende Türen, Stimmen und Schritte wirbelten um mich herum. Ich war mir nicht sicher, ob ich mir das einbildete. Daher versuchte ich, der Dunkelheit noch einmal zu entkommen. Tatsächlich beugte sich in diesem Moment eine Frauengestalt über mich und ein Mann schob Alex beiseite. Die Frau tastete zuerst mein Handgelenk ab, dann legte sie mir eine Druckmanschette um den Oberarm. Während sie mit den Fingern unter mein Shirt griff, klemmte sie ein Stethoskop an die Ohren. Nach einigen Sekunden nickte sie und sagte etwas zu dem Mann, was ich nicht verstand. Ich begriff nicht, was vor sich ging. Wer waren diese Menschen und wo waren sie plötzlich hergekommen? Die Notfallversorgung im Slope ging gegen null. Ersthelfer rückten auf dem Hill und im Section aus, doch hier unten kamen höchstens die Bestatter, um die Leichen zu entsorgen.

Die Frau stülpte mir eine Atemmaske über Mund und Nase, während der Mann eine Spritze aufzog. Ich spürte den Einstich nicht. Vor lauter Schmerzen und Anstrengung rannen mir Tränen die Wange hinab. Mein Blick wanderte zur Seite, um Alex ausfindig zu machen. Er kniete immer noch neben mir, nur mit etwas mehr Abstand. Mit allerletzter Kraft streckte ich die Hand nach ihm aus. Als seine Finger meine berührten, begann sein Gesicht zu verschwimmen. Die Dunkelheit senkte sich über mich und rahmte seine Silhouette wie einen Schatten ein. Es zog sich immer enger zusammen, bis die Finsternis ihn vollends verschlang.

Keuchend holte ich Luft, in dem Wissen, dass ich trotz Maske keine Kraft mehr für einen weiteren Atemzug haben würde.

»Kitty«, säuselte es um mich herum. Das war das Letzte, das ich hörte, bevor die Dunkelheit mich endgültig verschluckte.

Kapitel 19

Außer Schmerzen fühlte ich nichts. Sie waren überall. In meinem Kopf, in meiner Brust, meinen Rippen und Armen, glühend und stechend, so unerträglich, dass ich die Augen nicht öffnen konnte. Dennoch flackerte ein greller Lichtstrahl in der Düsternis und störte die unendliche Stille. So sehr ich mir auch wünschte, wieder davonzutreiben, vernahm ich wie bei einem Radio ein immer lauter werdendes Rauschen. Dann drang ein rhythmisches Piepsen und Atemgeräusche zu mir durch. Ich lag auf dem Rücken, die Schwere auf meiner Brust verhinderte, dass ich selbstständig atmete. Gedämpfte Stimmen wirbelten um mich herum.

Ich versuchte erneut, die Augen zu öffnen und die Luft eigenständig in mir aufzunehmen, was mir nicht gelang. Auch konnte ich mich nicht bewegen. Daher blieb ich machtlos liegen, gefangen in diesem alles umschlingenden Schmerz und umringt von einem dichten Nebel. Lediglich die Stimmen wurden etwas klarer.

»Ich sagte es Ihnen bereits, ich kann Ihnen nicht mehr erzählen.«

»Ich will nur wissen, ob es ihr gut geht. Wenigstens das können Sie mir doch sagen.«

Ein Grummeln übertönte die Geräuschkulisse. »Ihr Zustand ist stabil. Mehr werden Sie nicht von mir zu hören bekommen, Mr. Parker.«

Alex! Er war da. Wo auch immer da war.

»Ist sie denn außer Lebensgefahr?«

»Mr. Parker«, mahnte die weibliche Stimme verärgert. »Sie sollten jetzt gehen, Sie haben hier nichts zu suchen. Aktuell atmet die Maschine für sie. Und solange sie sich nicht gegen die Intubation wehrt, wird sie sowieso nicht zu sich kommen.«

»Aber das wird sie wieder, ja?«, fragte er mit ein wenig mehr Hoffnung in der Stimme.

Die Frau seufzte. »Gehen Sie, Mr. Parker. Nehmen Sie eine Dusche, wechseln Sie Ihre Kleidung. Etwas Schlaf könnte auch nicht schaden.«

Alex war um mich besorgt. Er war bei mir geblieben, vermutlich die gesamte Zeit über, auch wenn ich keinen blassen Schimmer hatte, wie viel davon vergangen war, seitdem ich von der Dunkelheit verschlungen worden war. Es überraschte mich nicht. Er hatte mir so oft geholfen und war immer gut zu mir, gleichgültig, wie abweisend ich zu ihm war.

Mit dem Wissen, dass er bei mir war, entspannte ich mich und blendete die Schmerzen und Geräusche um mich herum wieder aus. Der Lichtfleck vor meinem inneren Auge zog sich so eng zusammen, bis er endgültig verschwand. Dieses Mal ließ ich mich liebend gern von der Dunkelheit zurück in die Besinnungslosigkeit führen.

***

Als sich der Nebel das nächste Mal um mich herum lichtete, waren die Schmerzen erträglicher. Auch spürte ich meine Gliedmaßen wieder, allerdings äußerst schwer und versteift. Das stetig ansteigende Rauschen in meinen Ohren ging über in das nervtötende Piepsen, das nun etwas unregelmäßiger erklang. Ich kniff die Lider zusammen, weil es in meinem Schädel wie ein Tinnitus dröhnte. Das dringende Bedürfnis, das störende Geräusch loszuwerden, ließ mich einen erneuten Versuch wagen. Dieses Mal gelang es mir. Ich riss die Augen auf und wollte einatmen, doch ein Fremdkörper in meinem Rachen blockierte alles. Ich würgte und keuchte, versuchte verzweifelt, das sperrige Ding loszuwerden, aber es rührte sich nicht. Die Luft wurde knapp. Um mich herum löste das Piepsen Alarm aus, während ein klägliches Wimmern aus meinem geschwollenen Gesicht drang.

Ruckartig wurde der Gegenstand aus meiner Luftröhre gezogen. Ich saugte gierig so viel Sauerstoff wie möglich auf, bevor ich schnaufend ausatmete. Es dauerte, bis ich mich wieder an das selbstständige Atmen gewöhnt hatte. Mein Hals war rau und empfindlich; der Geschmack von Gummi lag mir auf der Zunge.

Ich schluckte schwerfällig. Dann sah ich mich erstmals um. Die sterile, saubere Atmosphäre eines Zimmers entfaltete sich vor meinen Augen. Allmählich schärften sich die Konturen und der Nebel klärte sich auf. Ein Gesicht schob sich vor meines. Es gehörte zu einer Frau – Mitte fünfzig, weißer Kittel, mit hochgestecktem, krausem Haar und einer Brille auf der Hakennase. Noch nie zuvor war ich in einem Krankenhaus gewesen, aber genauso hatte ich mir die Ärzte und eben auch ein Krankenzimmer vorgestellt.

Die Frau lächelte mich an. »Willkommen zurück, Miss Lewis. Ich bin Ärztin – Dr. Malick. Können Sie mich verstehen?«

Ich versuchte zu nicken und die Hände zu bewegen, was mir auch gelang. Allerdings wanderte mein Blick sofort zu meinem Arm, wo durch die Bewegung ein brennender Schmerz aufflammte. Eine Infusionsnadel steckte in der Armbeuge und pumpte Flüssigkeit in mich hinein. Ich schloss die Augen, da mich der Anblick anwiderte. Auch störte mich noch immer das dröhnende Piepsen, das wieder rhythmischer erklang.

»Das ist sehr gut«, fuhr die Ärztin fort. »Schmerzen in der Magengegend sind normal. Wir verabreichen Ihnen bereits intravenös eine hohe Dosis Oxycodon, damit es erträglicher ist. Haben Sie außerdem Beschwerden?«

»Es brennt«, krächzte ich und öffnete wieder die Augen, um auf den Arm zu deuten. Meine Stimme hörte sich blechern an.

»Dadurch wird Ihnen das Oxycodon verabreicht. Da wir aber den Zugang sowieso wechseln müssen, kann ich Ihnen gleich die Nadel ziehen. Dann hört auch das Brennen auf. Ansonsten ist alles okay?«

»Ich habe Durst«, sagte ich. »Und das Piepsen nervt.«

Dr. Malick lachte amüsiert. »Dagegen können wir etwas tun.«

Ihre Hand machte sich an einem Gerät neben meinem Bett zu schaffen. Mit dem Drücken eines roten Knopfes verstummte das Geräusch schlagartig. Eine Wohltat für meine Ohren.

»Die Schwester wird Ihnen gleich etwas zu trinken bringen. Und jetzt ziehe ich die Nadel heraus.«

Während sie an dem Schlauch hantierte, wanderte mein Blick auf der Suche nach Alex durchs Zimmer. Die Stimme, die ich in meinem Delirium gehört hatte, gehörte eindeutig zu der Ärztin. Ich hatte mir diese Unterhaltung also nicht eingebildet.

Ich stöhnte auf, als die Nadel aus meinem Arm rutschte und meine Augen die Umrisse von Andriana im Türrahmen ausmachten. *Was zur Hölle machte sie hier?*

»So, das war's schon«, verkündete Dr. Malick und klebte ein Pflaster auf. »Das verabreichte Schmerzmittel wird vorerst ausreichend sein, aber spätestens morgen früh sollten wir einen neuen Zugang legen und ein Kontroll-CT ansetzen. Übrigens ist Ihre Tante hier. Sie hat die ganze Zeit darauf gewartet, dass Sie zu sich kommen.«

Ich konnte ihrer Euphorie nicht nacheifern. Wie aufs Stichwort trat Andriana ans Bett heran und Dr. Malick zog sich zurück.

»Oh Phoebe«, hauchte meine Tante besorgt. »Was machst du nur für Sachen? Hast du überhaupt eine Ahnung, was passiert ist?«

Ich zuckte mit den Schultern, erleichtert darüber, dass auch das tadellos funktionierte. Nachdem das Brennen und Piepsen aufgehört hatte, fühlte ich mich wesentlich besser. Die Schmerzmittel schienen Wunder zu bewirken oder die Heilung war bereits gut vorangeschritten.

»Ich … ich wurde ohnmächtig. Es hat geregnet.«

Andriana nickte zustimmend. »Du hattest innere Blutungen, von einem Schlag oder Aufprall. Glücklicherweise hat dich ein Polizist rechtzeitig gesehen und den Notdienst gerufen. Du musstest operiert werden. Sie konnten die Blutungen stoppen und vernähen, du solltest dennoch langsam machen, damit die Nähte nicht aufreißen. Was für ein Glück, dass ich unsere Krankenversicherung auf dich ausgedehnt habe. Es wird alles bezahlt, keine Sorge. Du bist hier in guten Händen.«

So etwas hatte ich bereits vermutet, was allerdings nicht erklärte, wieso sie hier war.

»Wie lange war ich weg? Und warum bist du eigentlich hier?«

»Sie haben mich sofort angerufen, da die Versicherung auf uns läuft. Du warst über zwei Tage weggetreten. Ich habe hier so lange gewartet, bis du wach wirst.«

Ich riss die Augenbraue hoch und begegnete Andrianas erschöpftem Blick.

»Ach Phoebe«, seufzte sie. »Ich habe mir solche Sorgen um dich gemacht. Du musst schon länger innerlich geblutet haben. Wieso hast du denn nichts gesagt?«

»Ich … ich wusste es nicht. Ich meine, ich wollte Alex aus dem Revier holen, weil er zu Unrecht verhaftet wurde«, begann ich, nichts ahnend, ob das der einzige Grund für die inneren Blutungen war. »Die Polizisten wollten mich nicht reinlassen, da habe ich Bekanntschaft mit ihren Schlagstöcken gemacht.«

»Oh du meine Güte. Wie furchtbar«, entfuhr es ihr sichtlich betroffen. »Ich werde ein ernstes Wort mit dem Polizeichef sprechen müssen. Du hättest daran sterben können.«

Mir war bewusst, dass auch die Auseinandersetzung mit Dr. Lynch damit zu tun haben könnte, doch das konnte ich vor ihr unmöglich einräumen. Meine Augen wanderten ausweichend zur angelehnten Tür, hinter der sich Schatten bemerkbar machten.

»Ist noch jemand hier?«

Sie folgte meinem Blick. »Oh, das ist nur Augustus. Er wartet draußen im Flur. Wir wollten dir nicht gleich zu viel zumuten. Kann ich denn irgendetwas für dich tun?«

Ich nickte enttäuscht. »Ich habe immer noch Durst.«

»Gut, dann werde ich dir etwas holen. Ruh dich in der Zwischenzeit noch etwas aus.«

Andriana fuhr mit einem Lächeln herum und verließ den Raum. Auch wenn sie die Tür hinter sich anlehnte, schob sich diese von allein wieder einen Spalt auf. Ich hörte, wie meine Tante jemanden auf dem Flur begrüßte und Augustus kurz erklärte, wie es mir ging und was sie vorhatte. Dann sah ich, wie ihr Schatten davonging. Wortfetzen einer Unterhaltung drangen zu mir durch. Augustus' Stimme war deutlich zu erkennen. Auch die andere kam mir bekannt vor. Von Neugierde gepackt, versuchte ich mich aufzusetzen. Mein Körper protestierte zwar anfänglich, dennoch gelang es mir, mich aufzurichten und nach vorne zu beugen, um besser hören zu können.

»Joseph, bitte. Wir wissen nicht, ob es etwas miteinander zu tun hat«, sagte mein Onkel mit zweifelnder Stimme.

»Wann verstehst du es endlich? Ich will gar nicht wissen, was sie in der Tiefgarage aufgeschnappt hat. Und sie hat ihn aus dem

Knast geholt. Ich habe mit den Officers gesprochen. Sie hat eure Namen benutzt, um sich Gehör zu verschaffen.«

»Vielleicht stimmt es auch und die beiden waren in der Nacht wirklich nicht dort.«

Na prima. Wieder war ich ungewollter Zuhörer einer Unterhaltung zwischen Augustus und Joseph Hayden. Letzterer sah immer noch eine Verbindung zwischen Alex, mir und dem Vorfall auf dem Firmengelände.

»*Vielleicht* ist nicht ausreichend«, gab Hayden mit einem Knurren von sich. »Wir treffen uns heute um sieben mit den Hamades bei I.S.R.. Dr. Fairchild wird freiwillig als Versuchskaninchen fungieren. Wir können es allerdings nicht gebrauchen, dass deine Nichte uns wieder dazwischenfunkt. Daher wirst du jetzt deiner Frau folgen und herausfinden, was sie ihr erzählt hat.«

»Na schön, wie du meinst«, kam es seufzend von Augustus, und nun sah ich, wie er sich ebenfalls entfernte.

Haydens hohe Gestalt blieb vor der Tür stehen. Durch den offenen Spalt erkannte ich, dass er sich erschöpft über die Stirn fuhr, in der Bewegung aber innehielt und sich umdrehte.

»Meinst du, ich bemerke nicht, wie du dort herumlungerst?«

Leise Schritte näherten sich ihm

»Ich lungere eben gerne herum«, sagte eine mir sehr vertraute Stimme. Mein Herz vollzog einen kleinen Freudensprung.

Hayden presste einen spöttischen Laut hervor. »Lungerst herum und spionierst Gespräche aus.«

»Ich habe nichts gehört.«

Alex. Sein Name hallte in mir nach. Er war tatsächlich gekommen. Ungeachtet der Informationen, die ich in seinem Computer gefunden hatte, wog das, was er für mich getan hatte, schwerer. Ich wusste instinktiv, dass ich meine Rettung ihm verdankte. Er hatte mir sein Wort gegeben und es gehalten.

»Und du denkst, ich kaufe dir das ab, Bursche? Ich hatte mich wohl klar und deutlich ausgedrückt. Wir brauchen Nachschub. Und es ist deine Aufgabe, dafür zu sorgen. Aus allen anderen Dingen hast du dich gefälligst herauszuhalten.«

Mein Atem stockte. So, wie Hayden das sagte, stimmte etwas nicht an dieser zufälligen Begegnung. Es hörte sich nicht so an, als wären die zwei sich fremd. Eher kam es mir wie eine geschäftliche Unterhaltung vor. Wann war das denn passiert? Und um welchen Nachschub ging es hier?

»Ich halte mich an alle Abmachungen«, versicherte Alex mit einer Spur Sarkasmus. »Es kam bei der PMA-Lieferung zu einer kleinen Verzögerung. Ich … war kurzzeitig indisponiert. Sobald der Güterzug eintrifft, wird die Ware postwendend zugestellt.«

»Das will ich auch schwer hoffen, Mr. Parker.«

Ich hoffte inständig, mich verhört zu haben oder zu träumen. Abmachungen, PMA-Lieferung, postwendende Zustellung? Was zur Hölle tat Alex da? Hatte er mir nicht erzählt, dass er über I.S.R. an das PMA herankam? Im Moment klang es genau umgekehrt.

Zu gern hätte ich mehr gesehen, hätte seine Gesichtszüge analysiert, um zu begreifen, was er vorhatte. Doch er blieb hinter der Wand im Verborgenen.

»Und was ist mit *ihr*?«, fragte Hayden plötzlich. Es war unmissverständlich, dass er mich meinte.

»Was soll mit ihr sein?«

Mein Herz erstarrte zu Eis. Alex' Stimme klang so teilnahmslos, fast herablassend. Ich dachte an die Fragen auf seinem Computer zurück. Die Antworten darauf waren wohl doch nicht so veraltet, wie ich gehofft hatte.

»Seitdem du mit der Nichte meines Geschäftspartners herumhängst, geht alles drunter und drüber. Ich erlaube nicht, dass so etwas noch einmal geschieht. Wir sind so kurz davor, es darf nichts mehr schiefgehen. Und wie ich bereits sagte: Du hast dich da herauszuhalten. Dasselbe gilt für sie. Ich will mir nicht ausmalen, was sie alles aufgeschnappt hat.«

»Sie weiß nichts. Es war nur Zufall, eine unglückliche Fügung, dass wir uns begegnet sind. Sie weiß nichts, rein gar nichts.«

»Und da bist du dir sicher? Ich glaube nicht an Zufälle.«

»Ich auch nicht. Dennoch war es wohl Zufall, dass ich verhaftet wurde.« Alex' Stimme triefte vor Spott. »Sie weiß nichts und stellt keinerlei Gefahr dar. Sie ist unbedeutend.«

Mir entwich ein leises Wimmern. Ich konnte nicht fassen, was ich da aus seinem Mund hörte.

»Auch das will ich hoffen, Mr. Parker. Ich muss nun weiter. Miss Lewis ist mittlerweile wieder zu sich gekommen. Deshalb sollten Sie hier auch nicht mehr länger herumlungern.«

»Hatte ich auch nicht vor.«

Atemlos lauschte ich den Schritten, die sich auf dem Flur entfernten. Ich war so perplex, dass ich in das Kissen zurücksank und die Augen schloss. Mir sprang immerzu nur ein Gedanke durch den Kopf: Alex und Hayden machten gemeinsame Sache. Wieso war mir das nicht längst aufgefallen? Warum hatte ich ihm so schnell vertraut?

»Übrigens, Mr. Parker«, hallte Haydens Stimme noch einmal durch den Flur. »Wie ich bereits sagte, für mich gibt es so etwas wie Zufälle nicht. Und was Sie betrifft, war es auch keiner.«

Ich weitete die Augen und rappelte mich auf, in der Hoffnung, es würde noch etwas folgen. Ein Wort von Alex, das beweisen würde, dass er mich nicht die gesamte Zeit über belogen und betrogen hatte. Doch das geschah nicht. Es blieb still. Nur die alltäglichen Geräusche des Krankenhauses drangen zu mir durch.

War ihnen bewusst, dass ich alles mitgehört hatte? Hatten sie bemerkt, dass die Tür einen Spalt offenstand? Ich vermutete nicht. Weder Hayden noch Alex wollten, dass ich in dieser Angelegenheit zu viel mitbekam. Es war bloß ein dummer Zufall oder so eine unglückliche Fügung, wie Alex es genannt hatte, die mir die Augen öffnete. Er hatte immerzu versucht, mich von allem fernzuhalten. Seine Auskünfte waren stets spärlich und er hatte niemals konkret zugegeben, dass Duncan und er das PMA aus der Firma gestohlen hatten. Es war genau andersherum. Alex gab es ihnen. Seine Kontakte reichten weiter, als ich mir jemals hätte vorstellen können. Und er musste sogar Verbindungen außerhalb von Hill City haben.

Ich rieb mir über die Stirn. Hinter meinen Schläfen hämmerte ein dumpfer Schmerz, der es mir unmöglich machte, all das zu begreifen. Das Gespräch der beiden wirkte so widersprüchlich. Auf der einen Seite machten sie Geschäfte miteinander, auf der anderen war es offensichtlich, dass Hayden mit Alex' Verhaftung zu tun hatte. Sie schienen sich gegenseitig nicht sonderlich zu vertrauen. Wieso machte Alex dann mit ihm gemeinsame Sache? Wie konnte er ein doppeltes Spiel spielen? Wieso war ich so dumm? Ich war im Slope aufgewachsen, ich wusste es besser. Und er hatte selbst gesagt, ich solle ihm nicht vertrauen. Also warum hatte ich nur einen kurzen Moment geglaubt, dass ich es könnte? Wie konnte ich bloß dieses dumme Liebchen sein, das nach unserer gemeinsamen Nacht mehr hineininterpretierte, wo er direkt im Anschluss so abweisend war und mit der Edelnutte herumgeschmachtet hatte? War ich so davon geblendet, weil er mir nicht nur einmal das Leben gerettet hatte? Mein Schädel zersprang förmlich wegen der vielen Fragen, worauf ich die Antworten nicht kannte. Nun war es an der Zeit, selbst herauszufinden, was hier los war.

Ich horchte auf, als sich Schritte vor der Tür näherten. Sofort sank ich wieder in die Matratze zurück und wischte die düsteren Gedanken beiseite, bevor meine Tante den Raum betrat.

»Hier bin ich wieder.«

Ich ignorierte ihre Floskel. Meine Augen ruhten auf dem Flur, wo Alex sich noch immer erhob. Sobald unsere Blicke sich trafen und er die Mundwinkel zu einem Lächeln anhob, wandte ich mich ab und sah zu Andriana.

»Kannst du bitte die Tür schließen?«

Meine Tante riss genauso überrascht die Lider auf wie Alex auf dem Flur, folgte meiner Bitte aber umgehend. Ich sah ihr dabei zu, wie sie die Tür zudrückte und damit den überrumpelten Jungen aussperrte. *Lebewohl, Coffeeboy! Jetzt weiß ich mehr über dich, als mir lieb ist.*

Andriana brauchte einen Moment, um ihr Lächeln zurückzugewinnen. »Ich habe dir Wasser besorgt«, sagte sie zerstreut und hob das Glas mit dem Strohhalm in der Hand an.

Ich bemühte mich, mir nichts anmerken zu lassen, und nickte dankend. Es war eigenartig, ihr das Glas mit den Fingern abzunehmen. Meine Gliedmaßen waren noch immer etwas steif. Die Flüssigkeit wirkte jedoch wie Balsam für meine trockene Kehle.

»Danke«, murmelte ich zwischen zwei Schlucken.

»Nicht dafür. Kann ich sonst noch etwas für dich tun? Soll ich deine Mom kontaktieren?«

Ich schüttelte den Kopf. »Lieber nicht. Sie wird es nicht einmal wissen.«

»Leider doch«, widersprach sie mit geschürzten Lippen. »Während du operiert wurdest, habe ich euren Trailer aufgesucht. Ich dachte, sie wolle es wissen, aber ich glaube, sie war viel zu betrunken, um es zu realisieren. Es tut mir so leid, Phoebe. Du hast das nicht verdient.«

Ich senkte den Blick und schlürfte am Strohhalm. »Schon gut. Ich hatte nichts anderes erwartet.«

»Doch, das solltest du. Ich habe den Ärzten bereits gesagt, dass du mit zu uns kommst, sobald sie dich entlassen haben. Du wirst noch viel Ruhe benötigen. Bei uns kannst du dich auskurieren.«

Beinahe hätte ich mich am Wasser verschluckt. »Ist das dein Ernst? Das musst du nicht. Ich kann auch …«

»Ja«, unterbrach Andriana mein Gestammel. »Du kannst dich bei uns am besten erholen. Und ich sagte ja bereits, ich werde dir helfen und dich unterstützen. Also keine Widerrede.«

Ich nickte sprachlos.

»Schön. Brauchst du sonst noch etwas? Oder willst du dich lieber ausruhen?«

So sehr mir ihre fürsorgliche Art auch gefiel, ich wollte nur, dass sie verschwand. Nach allem, was ich gehört hatte, wollte ich erst einmal selbst damit klarkommen. Außerdem keimte eine Idee in mir auf, für deren Umsetzung Andrianas Anwesenheit unvorteilhaft war.

Ich stellte den Becher auf dem Beistelltisch ab und gähnte. »Ich würde mich lieber noch etwas ausruhen. Ich bin ziemlich müde, auch wenn ich zwei Tage weggetreten war.«

»Das glaube ich dir gern. Schlaf noch etwas. Ich werde hier sein, falls dir noch etwas einfällt.«

Ein Murren entwich mir. »Da wäre doch noch etwas.«

Andriana grinste wie ein Honigkuchenpferd. »Was du willst.«

»Geh nach Hause und ruh dich aus. Es reicht, wenn du morgen früh wieder kommst.«

»Phoebe, ich ...«

»Bitte, geh nach Hause«, widersprach ich mit Nachdruck. »Es geht mir gut. Ich werde eh nur schlafen und das solltest du auch. Außerdem vermissen meine Cousins bestimmt ihre Mom.«

»Und da bist du dir sicher?« Ihr Blick wanderte prüfend über mein Gesicht, als suchte sie nach einem Anzeichen für eine Lüge.

»Das bin ich. Ich atme selbstständig, bin an keinerlei Maschinen angeschlossen und die Schmerzmittel machen es einigermaßen erträglich.«

Sie zögerte kurz, nickte dann aber zustimmend. »Dann komme ich morgen früh wieder. Ruh dich aus, damit du schnell wieder gesund wirst, Phoebe. Und mach bloß langsam.«

»Das werde ich«, log ich mit einem Lächeln. Ich wartete, bis ihre Schritte auf dem Flur verhallt waren, dann schob ich die Decke beiseite. »Sicher nicht. Es gibt viel zu tun.«

Kapitel 20

Es kam mir sehr gelegen, dass eine Krankenschwester kurz nach dem Verschwinden von Andriana mein Zimmer betrat. Sie checkte meine Werte und befürwortete meinen Wunsch, ein wenig zu schlafen. Sie versicherte mir, dass ich in der nächsten Zeit keine Störungen zu erwarten hätte und die Besuchszeit beendet sei. Sie verwies auf den Notfallknopf, wenn was sein oder die Schmerzen zunehmen sollten. Dann verließ sie wieder den Raum. Ich dachte nicht einmal im Traum daran, mich schlafen zu legen. Ich war nicht müde. Die hohe Dosis an Schmerzmitteln pushte mich eher auf. In eineinhalb Stunden würden sich Hayden, mein Onkel und die Hamades – wer auch immer das war – bei I.S.R. einfinden, um eine Kostprobe an Dr. Fairchild auszuprobieren. Und auch wenn es keine gute Idee war, ich wollte dabei sein. Nach all den enttäuschenden Worten musste ich selbst herausfinden, was dort vor sich ging.

Mühsam stemmte ich mich hoch. Mein Körper steckte nur in einem dünnen Hemd und einem Höschen, und bei jeder Bewegung schoss ein stechender Schmerz durch das Gewebe unter meiner Brust. Die Umsetzung meines Planes war noch nicht ganz ausgereift. Es kostete mich bereits enorme Überwindung, die Füße über die Bettkante zu schieben. So sehr ich es wollte, unter diesen Umständen würde ich es nie zum Firmengelände schaffen.

Zerknirscht fuhr ich mir über die Stirn, überlegte, welche Alternativen es gab. Einmal bot sich mir die Möglichkeit, die Antworten auf all die vielen Fragen in meinem Kopf zu erhalten, und ausgerechnet dann machte mein Körper nicht mit. Die Schmerzen waren zwar erträglich, aber meine Glieder fühlten sich schlapp und kraftlos an. Außerdem hatte ich keinen blassen Schimmer, was nach einer Operation passieren könnte oder wie schnell Nähte aufreißen konnten.

In jenem Moment öffnete sich lautlos die Tür und eine Gestalt schob sich ins Zimmer. Kurz glaubte ich, dass Alex nach meinem indirekten Rausschmiss die Unverfrorenheit besaß, zurückzukommen, stieß dann aber ein freudiges Quietschen hervor, als ich Finley erkannte.

»Fin! Oh mein Gott! Du hast ja keine Ahnung, wie froh ich bin, dich hier zu sehen.«

Mein Freund lächelte bei meinem sitzenden Anblick und stahl sich zu meinem Bett hinüber. »Hey, ich freue mich genauso. Wir haben uns in den letzten Tagen echt Sorgen um dich gemacht, als du nicht zu unserer Verabredung erschienen bist. Wir haben gehört, dass du zusammengeklappt bist und hierhergebracht wurdest.«

Ich nickte. »Ja, das war Riesenscheiße. Aber du kommst gerade rechtzeitig.«

»Rechtzeitig? Wofür?«

»Du musst mir helfen, von hier zu verschwinden.«

Er machte große Augen. »Was? Wieso? Ich meine, ich habe nicht einmal einen blassen Schimmer, wieso du hier bist. Keine Ahnung, wie ein Mädchen aus dem Slope zu so etwas kommt, aber das Zimmer ist medizinisch gesehen vollausgestattet. Es sieht also nicht danach aus, als wärst du ohne Grund hier. Ich kann dir nicht helfen, zu verschwinden. Du siehst ziemlich fertig aus.«

»Finley, bitte. Ich erkläre dir alles, wenn wir hier raus sind.«

»Äh … wieso bist du überhaupt im Krankenhaus? Halten sie dich etwa gegen deinen Willen fest?«

Ich verdrehte die Augen. »Das nicht gerade, aber ich muss weg. Allein schaffe ich es nicht. Ich hatte innere Blutungen.«

»Du hattest was? Woher?« Er riss die Augen auf, sein Kiefer klappte ein Stück nach unten.

»Eine lange Geschichte. Ich erzähle sie dir, wenn wir unterwegs sind«, flehte ich. »Bitte, Fin. Ich brauche deine Hilfe.«

Er stieß einen langen Seufzer aus. »Wie stellst du dir das vor? Ich habe mich auch nur hereingeschlichen und zufällig dein Zimmer gefunden. Ich darf bestimmt nicht einmal hier sein. Da kann ich dich nicht einfach huckepack nach draußen schleppen. Und mit inneren Blutungen solltest du sowieso nirgendwo hingehen.«

»Die wurden längst operativ behoben. Ich muss hier weg«, stöhnte ich.

»Du wurdest operiert?«, stieß er ungläubig hervor. »Verdammt, Fibs, das ist keine Lappalie. Du musst dich schonen. Was sollte so wichtig sein, um deine Gesundheit aufs Spiel zu setzen?«

»Es ist wichtig. Ich erzähle dir alles, versprochen.«

Finley schüttelte den Kopf.

»Bitte, Fin. Ich schwöre dir, wenn du erfährst, worum es hier geht, wirst du es verstehen«, setzte ich flehend nach. »Du hast selbst gesagt, ich solle zu dir zurückkommen. Ich solle stark sein und nicht zulassen, dass es mich verändert. Aber das kann ich nur, wenn ich jetzt von hier verschwinde. Und dafür brauche ich deine Hilfe. Also hilf mir.«

Es war fies, diese Karte auszuspielen. Immerhin bewirkte sie den gewünschten Effekt. Finleys Gesichtszüge wurden weicher und letztendlich nickte er zustimmend.

»Na schön. Meinetwegen«, sagte er und ignorierte mein erleichtertes Jubeln. »Warte kurz.«

Skeptisch sah ich zu, wie er das Zimmer verließ. Ich wusste nicht, was er vorhatte, doch als er nach einem Augenblick einen Rollstuhl ins Zimmer schob und neben dem Bett parkte, hob ich verständnislos die Augenbraue.

»Den habe ich vorhin draußen herumstehen sehen«, erklärte er entschuldigend. »Wir werden dich einfach hinausrollen.«

»Und du bist dir sicher, dass das funktioniert?«

»Wenn du hier raus willst, ist das deine einzige Option.«

»Na schön«, gab ich nach. »Zuerst brauche ich aber meine Sachen. Die müssten hier irgendwo herumliegen.«

Finley schaute sich aufmerksam im Zimmer um und entdeckte zeitgleich mit mir einen Plastikbeutel, in dem meine Kleidung, Schuhe und mein Rucksack verstaut waren. Er schnappte sich den Beutel und verstaute ihn in das Netz des Rollstuhles.

»Hey, ich will mich wenigstens umziehen.«

»Damit musst du bis draußen warten. Hier fährt niemand in seiner Kleidung spazieren. Du kennst die Regeln. Anpassen und Blickkontakt meiden.«

Ich verdrehte mürrisch die Augen, nickte allerdings und hangelte mich unbeholfen in den Rollstuhl. Finley half mir, ein paar Kissen unter die Decke des Krankenbettes zu stopfen, sodass es von der Tür aus wenigstens so aussah, als würde jemand im Bett liegen. Dann schob er mich auf den Flur. Ich ertappte mich mehrfach dabei, wie ich neugierig den Blick umherschweifen ließ, wobei Starren und Glotzen gegen die Regel *nicht auffallen* verstieß. Ich war bisher noch nie in einem Krankenhaus gewesen. Durch Erzählungen hatte ich allerdings ein Bild vor Augen. Es überraschte mich, dass die sterile Beschreibung tatsächlich mit meiner Vorstellung übereinstimmte. Das Gebäude umfasste mehrere Stockwerke, sodass wir mit einem Hightech-Aufzug hinunter in ein Foyer aus Glas fahren mussten. Es war nicht viel los. Die wenigen Schwestern und Ärzte auf den Gängen zeigten kein Interesse an uns.

Wir atmeten beide erleichtert auf, als wir es ohne Zwischenfälle nach draußen schafften. Ich zog mir meine Kleidung über und bat Finley, mich sofort zum äußeren Randbezirk zu rollen. Während er mich durch die kühle Abendluft des Hills schob, erzählte ich ihm alles, was seit dem Tag des Brandes passiert war, wobei ich Alex' Person auf ein Minimum beschränkte. Zu tief saß der Verrat, um seinen Namen in den Mund zu nehmen.

»Mensch Fibs, wieso hast du uns das nicht erzählt?« Sein Tonfall machte deutlich, was er davon hielt. »Sollten wir nicht wenigstens Coffeeboy dazuholen?«

»Wir halten Coffeeboy da heraus.« Meine Worte klangen schärfer als beabsichtigt und ich biss mir auf die Unterlippe.

»Außerdem konnte ich es euch nicht sagen. Ich … glaube, ich fühle mich schuldig. Meinetwegen wurden so viele Leute ins Unglück gestürzt und … auch getötet.«

»Das ist doch Quatsch. Das ist nicht deine Schuld«, widersprach Finley sofort und bog am Ende des Waldweges ab, um die abgelegene Straße zum äußeren Randbezirk einzuschlagen. »Du konntest nicht wissen, dass all das passiert. Und wir hätten dir bei allem beigestanden.«

»Das mag sein«, gab ich zögerlich zu. »Ich werde aber nicht zulassen, dass meinetwegen noch jemand verletzt wird.«

Er gluckste hinter mir. »Und wieso hast du es mir jetzt erzählt? Immerhin rolle ich dich geradewegs ins Verderben.«

»Erstens warst du mein Ticket nach draußen«, sagte ich schulterzuckend. »Und zweitens wirst du mich nur zur Firma bringen und dann verschwinden.«

»Was, im Ernst jetzt? Du willst da alleine reingehen?«

Ich nickte.

»Darauf kannst du lange warten. Ich werde dich begleiten, ob du willst oder nicht.«

»Fin …«

»Nichts da, ich werde mitgehen«, hielt er standhaft dagegen, setzte aber murrend nach: »Wenn wir überhaupt reinkommen.«

Finley blieb ruckartig stehen. Ich sah sofort, was er meinte. Es brannte zwar Licht im Foyer der Firma I.S.R., doch die Eingangstür war zu. Der kleine Hoffnungsschimmer, dass die Tür nicht abgeschlossen war, verflüchtigte sich, sobald Finley es versucht hatte.

»Und was machen wir jetzt? Es gibt keinen anderen Eingang. Wo die Lüftungsschächte sind, lässt sich nur erahnen.«

»Ich weiß, wo ein Lüftungsschacht ist«, sagte ich. »Aber was bringt uns das?«

»Nun, wir könnten versuchen, darin hochzuklettern und so ins Gebäude zu gelangen. Ich bezweifle allerdings, dass du das packen wirst.«

»Wir müssen es versuchen«, beharrte ich. »Ich muss endlich wissen, was da drin vor sich geht.«

Entschlossen lotste ich ihn an dem Gebäude vorbei zu dem Gitter im Boden. Von dort aus musste ich zu Fuß weiter. Ich ließ all meine Habseligkeiten bei dem Rollstuhl zurück, da sie mir in der Firma nur hinderlich sein würden.

»Du weißt, dass du das nicht tun musst, Fin. Du musst nicht dort rein«, versuchte ich erneut ihn zum Umkehren zu bewegen, was er nur mit einem ironischen Räuspern bedachte.

Finley löste das lockere Gitter und half mir in das im Boden eingesenkte Loch. Ich wusste, dass ein schmaler Kanal unter der Firma entlangführte. Zum ersten Mal benutzte ich ihn allerdings auch und zwängte mich hindurch. Nacheinander gelangten wir in einen meterbreiten Schacht mit angebrachter Steigleiter, die über uns reichte. Einer nach dem anderen kletterten wir nach oben. Es knackte, pfiff und grölte in dem Metallschacht und es war so dunkel, dass wir kaum unsere eigenen Hände vor uns erkennen konnten. Dennoch kamen wir gut voran. Nach einigen Metern gabelte sich der Schacht in waagerechte, schmälere Kanäle. Dort brach auch endlich wieder Licht durch die Abzugsgitter.

Finley klammerte sich an das Ende der Leiter, während er mit dem Fuß seitwärts ausholte. Es benötigte mehrere Anläufe und Tritte, bis das Gitter herausbrach. Scheppernd krachte es im Eingangsfoyer der Firma auf den Boden. Nun folgte der schwierigere Teil unseres Unterfangens. Zum einen waren die Abzugsluken sehr schmal, zum anderen verliefen die Belüftungsschächte unterhalb der Raumdecke entlang. Etliche Meter bauten sich zwischen uns und dem Untergrund auf.

Finley ging wieder voraus und quetschte sich mühselig durch das Loch. Ich half von hinten nach. Sobald er den Rumpf vollständig durchgedrückt hatte, rutschte er hinaus und stürzte abwärts. Ein dumpfer Schlag hallte durch das Foyer, gefolgt von einem stöhnenden Seufzen. Ich streckte rasch den Kopf vor. Erleichtert atmete ich auf, als ich sah, wie Finley sich unter mir auf die Füße stemmte und mir zu winkte. Er hatte sich zumindest nicht schwerwiegend verletzt und die Geräusche hatten keine ungewollten Besucher auf den Plan gerufen.

Ich holte noch einmal Luft, dann zwängte ich mich durch. Wegen meines Fliegengewichtes rutschte ich schneller hervor. Finley bemühte sich zwar, mich aufzufangen, doch der Höhenunterschied riss uns beide um. Ich landete plump auf seinem Oberkörper, er unter mir auf dem Rücken. Ein dumpfes Stechen überzog meine Glieder, was nichts im Vergleich zu seinen Schmerzen sein musste. Er bekam den Aufprall im vollen Umfang zu spüren. Dennoch mussten wir beide grinsen, als unsere Blicke sich trafen.

»Und da wolltest du ohne mich gehen.«

Ich lächelte glucksend. »Ich gebe zu, du bist ganz nützlich, vor allem als Luftkissen.«

Sein Grinsen vertiefte sich, während er mir eine Haarsträhne hinters Ohr schob. Die Berührung war so seicht und angenehm, in diesem Augenblick aber auch völlig unpassend. Ich zuckte zurück und fuhr schneller hoch, als es mein Körper guthieß.

»Wir haben es geschafft. Wir sind drin.«

»Sind wir«, bestätigte Finley und stemmte sich auf. »Wohin jetzt? Hier ist weit und breit nichts zu sehen oder zu hören.«

»Ich denke, sie sind oben. Zumindest war dort das Labor, in dem sie die Flakons und Ampullen aufbewahrten«, sagte ich und lotste uns eine der Treppen hinauf.

Vorsichtig spähte ich um die Ecke und musterte den verlassenen Korridor, der bei der zweiflügeligen Glastür endete. Die hintere der beiden Türen stand einen Spalt offen und Licht flutete den Flur. Ich pirschte mich näher heran, blieb allerdings stehen, sobald ich dahinter einen Schatten erspähte und Stimmen vernahm. Nach einem flüchtigen Innehalten drückte ich lautlos die Klinke der Tür neben mir herunter, die sich dieses Mal widerstandslos öffnen ließ. Ich griff nach Finleys Hand und zog ihn hinter mir her, bevor uns jemand entdeckte.

Wir betraten eine Art Labor, was jenem ähnelte, in dem ich Dr. Lynch begegnet war. Ich machte noch einen weiteren Schritt hinein, nur um im nächsten Moment einen unterdrückten Schrei hervorzupressen. Auf einer Seite war neben einer hohen Tür eine meterlange Glasscheibe in die Wand eingelassen, durch die wir einen genauen Blick auf den angrenzenden Raum und eine mit dem Rücken zu uns gewandten Frau im weißen Kittel werfen konnten. Gegenüber von ihr und uns materialisierte sich ein ähnliches Zimmer mit einer Glasfront. Im Bruchteil einer Sekunde machte ich dahinter die verschwommenen Umrisse von Hayden, Augustus, drei Wissenschaftlern und zwei ausländischen Anzugträgern aus. Instinktiv duckten Finley und ich uns, was allerdings unnötig war. Zum einen bot der Raum nicht viele Versteckmöglichkeiten, zum anderen schienen uns die Anwesenden trotz direktem Blickfeld nicht zu bemerken.

»Ich glaube, sie können uns nicht sehen«, raunte Finley neben mir und streckte den Hals. »Diese Scheibe ist wohl eine Art Einwegspiegel. Dadurch wird das Licht hier drin so gebeugt, dass wir alles dahinter sehen, aber für sie ist es nur eine reflektierende Wand. Faszinierend.«

»Oh ja, faszinierend«, murrte ich und richtete mich auf.

Auch wenn sich Finley sicher war, näherte ich mich nur vorsichtig dem Panzerglas. Die Tür zu der teilnahmslosen Wissenschaftlerin war verriegelt. Ein rotes Kreuz leuchtete an einem technisch ausgeklügelten Bolzensystem auf.

Auf den zweiten Blick entdeckte ich noch mehr. Der Raum, in dem sich Hayden und mein Onkel mit den Ausländern unterhielten und immer wieder auf die Frau hinter dem Glas deuteten, war wie eine Art Tribüne mit Stühlen aufgebaut. Ein Hologramm mit einem Countdown von etwas mehr als sieben Minuten zählte hinter ihnen an der Wand herunter, und an der Seite hing Alex lässig in einem Stuhl.

Ich holte tief Luft und streckte die Finger gegen das kühle Glas. Ihn dort bei ihnen zu sehen, versetzte mir einen Stich.

»Ist das … ich meine, ist das da etwa Coffeeboy?«

»Scheint so«, murmelte ich, ohne Finley anzusehen.

»Aber sagtest du nicht …«

Seine Worte wurden von einem surrenden Geräusch unterbrochen. Einer der Wissenschaftler hatte auf der anderen Seite mithilfe eines Gerätes am Ohr die Lautsprecheranlage aktiviert. Seine Stimme hallte in allen Räumen kratzend wider.

»Wie Sie alle gesehen haben, hat sich Dr. Fairchild eine schwache Dosis gespritzt. Sie ist so gering, dass die volle Wirkung nur ungefähr zehn Minuten anhält. Die ersten Anzeichen treten bereits auf, sie kann mich nun auch hören. Ihr Bewusstsein wird durch das Mittel so sehr gestört, dass sie kaum realisiert, was um sie herum geschieht. In diesem Zustand reagiert sie bloß auf mich«, säuselte die Stimme des Mannes durch die Anlage, gefolgt von einem kurzen Auflachen seinerseits. »Keine Sorge, aus Sicherheitsgründen sind die Türen verriegelt. Sie ist vorerst hinter dem Panzerglas eingesperrt.«

Dr. Fairchild, die schwarzhaarige Wissenschaftlerin, die ich damals vor der Firma gesehen hatte, zeigte tatsächlich erste Anzeichen. Über ihre Arme bitzelten kleine elektrische Funken.

»Wow, wie krass«, flüsterte Finley gegen das Glas. »Sie steht praktisch unter Strom und lebt dennoch.«

Ich nickte bloß. Meine Stimme war mir längst im Hals stecken geblieben. Zudem fiel es mir wieder schwerer, auf den Beinen zu stehen. Die Operationsnarbe ziepte unangenehm. Ein Blick auf die verbundene Stelle unter meinem Shirt verriet, dass sich erste Blutstropfen durch die Kompresse drückten. Ich verharrte dennoch in meiner Position. Ich wollte sehen, was aus Dr. Fairchild wurde, wobei ich es mir denken konnte. Dieses Mal war es kein Feuer, sondern Elektrizität. Die ausländischen Besucher, Hayden und die Wissenschaftler gafften sie bewundernd an; mein Onkel schien etwas nervös zuzusehen. Nur Alex' Blick war wie immer unleserlich. Wenn es stimmte, was er mir über Duncan erzählt hatte, überraschte es ihn auch nicht.

Die Energie um Dr. Fairchild nahm stetig zu und bald sah sie wie ein aufgeladener Energieball aus. Dutzende Blitze funkelten über ihre Haut und blendeten unsere Sicht. Die Wissenschaftlerin begann haltlos zu zittern. Es war schwer vorstellbar, dass sie überhaupt noch irgendeine Kontrolle über sich und ihren Körper hatte.

»Bevor die Wirkung wieder nachlässt, wollen wir demonstrieren, was sie auf meinen Wunsch hin tun kann«, erklang die Stimme des dunkelhäutigen Wissenschaftlers erneut durch den Lautsprecher. Mit der streberhaften Erscheinung und dem gepflegten Äußeren stammte der Mittvierziger definitiv vom Hill.

»Dr. Fairchild, bündeln Sie jetzt bitte Ihre Kraft und setzen diese gegen die Wand ein.«

Alle Anwesenden sahen gebannt zu, wie die Frau den Kopf zur Seite drehte. Ihre Augen glühten weiß auf, Blitze sprangen unkontrolliert über die Gesichtshälfte, die uns nun zugewandt war. Sie streckte die Finger wie mechanisch auseinander und staute Energie in den Handinnenflächen an, bis sie sich zu einer Art Leuchtkugel bündelten. Mit einem Aufschrei entlud sie die gesamte Elektrizität in die Seitenwand. Schützend hielten Fin und ich uns die Hände vors Gesicht, während der Energieball mit einem dumpfen Schlag ein glühendes Loch in die Betonwand brannte. Dunkle Rauchschwaden stiegen daraus empor.

»Heiliger Scheiß.«

Finley sah fassungslos zu Dr. Fairchild und dem verkokelten Loch in der Wand, während meine Augen auf dem Wissenschaftler ruhten, der den begeisterten und erstaunten Anwesenden etwas erklärte, was wir nicht hörten. Zu gern hätte ich kehrtgemacht und mich in den Raum geschlichen. Doch das war zu riskant. Ich wollte nicht einmal daran denken, was Hayden mit uns tun würde, sollte er uns entdecken.

Der Mann hinter dem Glas deutete auf den Countdown, der nun fast abgelaufen war. Ich hatte keinen blassen Schimmer, was passieren würde, wenn er auf null stand. Die anderen wollten es anscheinend nicht abwarten. Mit Ausnahme von Alex fuhren alle auf und verließen nacheinander den Raum. Ihre aufgewühlten Stimmen drangen durch die angelehnte Tür zu uns durch. Ich hielt die Luft an, als sie an unserem Labor vorbei und zurück ins Foyer gingen. In diesem Augenblick war der Countdown auch heruntergezählt. Ein lautes Surren dröhnte auf, wie ein aufgellender Alarm, der Schlimmes erahnen ließ. Irritiert sahen Finley und ich uns um.

»Was ist nun los?«

Kaum hatte er ausgesprochen, was ich mich in meinem Kopf fragte, da schnappte die Tür zum Flur automatisch zu. Sofort stürmten wir beide darauf zu, aber sie war verriegelt und wir eingesperrt.

»Verdammter Mist«, rief Finley und rüttelte am Griff der Stahltür. »Da ist irgendeine elektrische Verriegelung eingebaut. Das muss etwas mit dem Countdown zu tun haben.«

Ich gab ebenfalls ein verzweifeltes Stöhnen von mir. Vermutlich waren die anderen deswegen gegangen. Wenigstens hörte das Surren des Alarmes auf. Dadurch konnte ich meine Gedanken soweit sammeln, dass mir etwas einfiel. Wenn wir festsaßen, galt das womöglich auch für Alex.

Ich rannte zurück zur Glaswand. Dr. Fairchild stand noch immer wie angewurzelt da und leuchtete wie ein Energiekraftwerk. Auf der anderen Seite hatte Alex sich nun auch erhoben. Er stierte ausdruckslos die Frau hinter der Scheibe an. In diesem Moment war es mir scheißegal, was er getan hatte oder nicht, ich ballte die Fäuste und hämmerte mit aller Wucht gegen das Glas.

»Alex! Hey, Alex!«

Mir war bewusst, dass die beiden Scheiben zu dick waren und zu viel Abstand zwischen uns lag. Es war ausgeschlossen, dass er mich hörte. Was für ihn galt, schien aber nicht gleich für Dr. Fairchild zu gelten. Sie registrierte mein Hämmern und Rufen durchaus. Ihr Kopf schnellte herum und ihre weißfunkelnden

Augen fixierten mich paralysiert. Glücklicherweise saß sie hinter dem Glas fest.

»Alex!«

Einen flüchtigen Augenblick keimte Hoffnung in mir auf, als er über Fairchild hinweg sah und uns anstierte. Letztendlich wandte er sich jedoch ab und verließ den Raum durch die Tür, die offenkundig nicht verriegelt war. Ich ließ den Schreckensmoment einen Atemzug sacken, bevor ich herumfuhr und zu Finley humpelte. Ich ließ meine Fäuste nun auch gegen diese Tür donnern und rief Alex' Namen in Erwartung, dass er auf der anderen Seite vorbeikommen musste. Meine Fingerknöchel brannten bei jedem Aufprall, doch der Schreck war größer als der Schmerz, während ich weiter auf den harten Stahl einprügelte.

»Hör auf damit, Fibs«, drang Finleys Stimme zu mir durch. »Er hört uns nicht. Das ist eine Brandschutztür.«

»Aber wir müssen hier raus«, keuchte ich und schlug ein letztes Mal dagegen.

»Das werden wir schon.«

Finleys Zuversicht war nicht ansteckend. Ich wandte mich verzweifelt dem Innenleben des Labors zu, in dem wir gefangen waren. Es gab zwei Lüftungsgitter, durch die wir entkommen konnten, sofern es uns gelingen würde, zur Decke zu gelangen. Ansonsten waren allerlei wissenschaftliche Gerätschaften und Materialien auf Tischen und Regalen verteilt und ein Computer, auf dessen überbreiten Holo-Bildschirm ein Logo der Firma I.S.R. aufflackerte. Das schien uns nicht weiterzuhelfen. Die

Streichholzschachtel auf einem der Tische war auch zu nichts zu gebrauchen.

»Es gibt nur eine Möglichkeit. Wir müssen an eines der Lüftungsgitter kommen.«

»Das ist eine gute Idee. Ich versuche es mit dem Drehstuhl«, sagte Finley zustimmend.

Als er den Stuhl unter das Gitter gerollt hatte, gellte erneut ein kurzer Alarm auf. Wir zuckten zusammen, sahen erschrocken zu dem Bolzensystem, wo das rote Kreuz auf Grün wechselte. Mit einem Klacken schwang die Glastür zu Dr. Fairchild auf.

»Verdammte Scheiße!«

Kapitel 21

Im Gegensatz zu mir erwachte Finley zügiger aus der Schockstarre. Ohne ein weiteres Wort stürmte er auf die Labortische zu, wühlte sich durch den Papierkram, sah sich die Gerätschaften und Materialien an und öffnete Schubladen und Behälter. Ich dagegen starrte erschrocken die Glastür an.

Wir waren so dämlich. Wieso hatten wir nicht genauer auf das gehört, was der Wissenschaftler gesagt hatte. Die Wirkung des Mittels sollte nach zehn Minuten nachlassen. Dafür war wohl auch der Countdown gedacht. Die Experimente waren noch zu unerprobt und ihre Prognosen vage. Erst nach Ablauf der zehn Minuten würde man Dr. Fairchild wieder mit einem zeitlich abgestimmten Sicherheitsplan befreien. Die verriegelte Tür, das spätere Öffnen des Bolzensystems, es war alles durchdacht. Vermutlich musste die Wissenschaftlerin die Tür selbst entriegeln, wenn sie wieder zu sich gekommen war. Diese Überlegung schenkte mir wenigstens soweit Hoffnung, dass wir nicht auf ewig hier drin eingesperrt bleiben würden. Allerdings nahm es mir nicht die Furcht, die mich erstarren ließ. Ich hatte mit eigenen Augen gesehen, was diese Medikamente bewirkten. Dr. Fairchild hatte ein klaffendes Loch in die Wand gebrannt, Dr. Lynch war völlig außer Kontrolle geraten. Und nun war die Tür zum Glaskonstruktion geöffnet und alle Fluchtwege versperrt.

Das Poltern von Finleys Suche riss mich aus meinen Gedanken. Mein Blick traf die weißfunkelnden Augen der Frau. Sie erhob sich noch an gleicher Stelle, die Muskeln angespannt, die Hände zu Fäusten geballt. Ich zuckte zusammen, als sie mit dem Fuß einen Ausfallschritt machte, die Knie beugte und damit eine angriffslustige Körperhaltung einnahm.

Plötzlich geschahen mehrere Dinge auf einmal. Mir wurde schmerzlich bewusst, dass die Wissenschaftlerin die geöffnete Tür bemerkt hatte und die Wirkung des Medikaments noch nicht abgeklungen war. Sie machte sich zum Angriff bereit. Wenigstens schien Finley unterdessen fündig geworden zu sein. In seiner Stimme schwang Erleichterung mit.

»Jawohl, das ist doch mal was, was uns helfen kann.«

So schön seine Worte auch klangen, sie setzten etwas in Gang. Gleichzeitig mit Dr. Fairchild rannte ich los und zog an dem Griff der Glastür, während sie sich von der anderen Seite mit voller Kraft dagegen schmiss. Es kostete mich jede Überwindung, die Tür zuzuhalten.

»Fin, hilf mir hier.«

Er ließ sich das nicht zweimal sagen. Mit einem Satz war er hinter mir und umklammerte meine Hände und den Türgriff. Es war unglaublich, wie stark Fairchild war und wie oft es ihr gelang, die Glastür einen Spalt aufzudrücken. Wir stemmten uns mit aller Macht dagegen, nutzten Hüfte und Beine, um mehr Halt zu finden. Ihre Kraft blieb allerdings konstant, während unsere schwand. Auf kurz oder lang würde sie sich Zutritt zum Labor verschaffen.

Es dauerte nur einen Wimpernschlag, bis die Frau reagierte. Mit einem Aufschrei entlud sie einen Teil ihrer aufgestauten

Elektrizität. Der Metallgriff war ein idealer Stromleiter. Die Funken sprangen über und fuhren direkt in unsere Finger. Jaulend zuckten wir zusammen. Der Schlag war so heftig, dass es uns geradewegs nach hinten katapultierte. Ich prallte mit voller Wucht gegen Finley, der wiederum hinter mir scheppernd in einen Labortisch rammte und meinen Aufprall abschwächte.

Ich brauchte einen Moment, um den Schmerz und die tauben Glieder auszublenden. Meine Haut bitzelte unangenehm bis in die Zungenspitze. Schwerfällig richtete ich mich auf und fixierte Dr. Fairchild, die längst durch die Tür getreten war. Ein wütendes Schnauben grollte aus ihrer Kehle, ihr Körper leuchtete noch immer wie eine Glühbirne. Selbst wenn die Wirkung nachließ, es war unmöglich vorherzusehen, wie lange sie brauchte, um wieder zu sich selbst zu finden. Bis dahin waren wir der Wissenschaftlerin und ihren Fähigkeiten hilflos ausgeliefert.

»Rechts auf dem Tisch«, keuchte Finley hinter mir. »Da habe ich eine Pistole gefunden.«

Mein Blick wanderte zu dem Metalltisch, auf dem tatsächlich eine Pistole lag. Ich hatte keinen blassen Schimmer, ob sie geladen war, aber Fairchilds angriffslustiges Schnaufen und die Körperhaltung forderten ein schnelles Handeln. Ich sprang zügig vor, ignorierte die lahmenden Gliedmaßen und schnappte mir die Waffe, bevor die Frau auch nur einen Angriff wagen konnte. Während ich zu ihr herumfuhr, entsicherte ich mit einer geübten Handbewegung die Pistole und schloss die Finger fest um den Griff. Es war wie ein Déjà-vu. Nur dieses Mal war die Szene nicht von Reeper nachgestellt, sondern bitterer Ernst. Ich wusste genau, dass beim Abfeuern ein Rückstoß entstehen würde. Es war unabdingbar, beide Hände zu nutzen und einen festen Stand einzunehmen. Und ich erkannte auf den ersten Blick, dass die Pistole geladen war: Das Magazin steckte und eine Patrone befand sich bereits im Patronenlager. Wovon ich allerdings keine Ahnung hatte, war das Abfeuern einer Waffe auf Menschen. Ich hoffte, dass es dabei blieb.

»Stehen bleiben«, forderte ich Fairchild auf, die geradewegs auf Finley losstürmen wollte.

Während ich den Lauf der Pistole auf sie richtete, folgte sie murrend meiner Anweisung und wandte sich zu mir um. Ihr Körper zitterte unablässig, als würde er sich gegen das Mittel wehren. Auch hatte ich das Gefühl, dass die pulsierenden Blitze auf ihrer Haut allmählich verblassten.

»Es … es ist gleich vorüber«, stotterte sie blechern und kniff die glühenden Augen zusammen. Sie schien einen innerlichen Kampf auszufechten, der zwischen der Entscheidung des Angriffes und des Aufgebens hin- und herschwankte. Ich behielt die Frau im Blick, gewappnet, jederzeit abzudrücken.

»Ganz ruhig, Dr. Fairchild.«

Die Entscheidung fiel schließlich gegen mich, getroffen von ihr oder der fremden Substanz in ihrem Körper. Mit einem Knurren sprang sie auf mich zu. Ich zögerte keine Sekunde. Zweifel und Zurückhaltung konnten im Slope den Tod bedeuten. Ich kniff die Augenlider zusammen und drückte den Abzug. Die Kugel schoss mit einem Donnern und einem enormen Ruck aus dem Lauf. Trotz Vorwarnung musste ich einen Schritt zurückweichen.

Ich riss die Augen auf und sah mit pochendem Herzen zu, wie die Projektil in Zeitlupe auf Fairchilds heranpreschende Gestalt zuflog. Sie bahnte sich ihren Weg und drang in der Magengegend ein. Wie von einer imaginären Kraft getreten, riss es die Wissenschaftlerin rücklings von den Beinen. Der harte Aufprall ließ mich realisieren, was ich getan hatte. Das Blut rauschte mir in den Ohren, mein Herz holperte unkontrolliert. Es war kein Traum. Ich hatte tatsächlich abgedrückt und Dr. Fairchild angeschossen.

Fassungslos starrte ich zu der Frau, die sich windend am Boden lag und mit den Fingern über den Bauch tastete. Blut saugte sich durch den Stoff ihres Kittels, der rote Fleck breitete sich schnell aus. Das Glühen erstarb allmählich und wich für ihre gewöhnliche Erscheinung. Jegliche Farbe schwand aus ihrem Gesicht und kalter Schweiß bildete sich auf ihrer Stirn.

»Es … es tut mir leid.«

Ich traute meinen Augen nicht. Es war wie ein Déjà-vu. Dieses Mal nur schlimmer. Ich sah und spürte das Leid, das ich angerichtet hatte. Angewidert warf ich die Pistole weg und schlug die Hände vors Gesicht. Mir war keine andere Möglichkeit geblieben. Fairchild hätte Finley und mich töten können. Ich musste sie aufhalten. Dennoch konnte ich es nicht fassen. Ich kämpfte mich seit Jahren mit fairen Mitteln durch den Slope, war großem Ärger stets aus dem Weg gegangen. Jetzt geriet ich von einer prekären Lage in die nächste, ließ mich täuschen und blenden, verletzte Menschen. Das war nicht mehr ich.

»Fibs!«

Finleys würgende Stimme riss mich aus meinen Gedanken. Ich sah zu Dr. Fairchild, die mit den Händen versuchte, die Blutung zu stoppen und mich dabei flehend anstierte. Anstatt ihr zu helfen, fuhr ich mir aber bloß über das schweißgebadete Gesicht, holte tief Luft und wandte mich dann Finley zu. Erschrocken hielt ich in der Bewegung inne.

»Was …?«

Nun hoffte ich wirklich, zu träumen. Finley erhob sich an dem Labortisch, gegen den wir durch Fairchilds Stromstoß geprallt waren. Die Metallspitze einer Klemme oder Halterung stach aus seinem Brustkorb hervor und ein großer, roter Fleck zeichnete sich auf seinem hellen Kapuzenshirt ab. Es war Blut – sein Blut, das aus der Wunde hervorquoll und den Stoff tränkte.

»Fin«, stieß ich ungläubig hervor.

Er war leichenblass. Die Lippen bereits ergraut, die Haut mit kleinen Schweißperlen versehen. Vermutlich hielt ihn das aufge-staute Adrenalin auf den Beinen. Mein Anblick weckte jedenfalls seine Lebensgeister. Er kämpfte sich vor, das Metall, das hinter ihm verschraubt war, rutschte dabei langsam heraus. Er biss sich auf die Unterlippe und stöhnte schreiend auf, dennoch gelang es ihm, sich von dem Fremdkörper zu befreien. Hilflos sah ich zu, wie er auf die Knie sackte. Bevor ich etwas tun konnte, glitt auch sein Oberkörper zu Boden.

Erst ein schmerzvoller Stoßseufzer seinerseits löste mich aus der Schockstarre. Ich ignorierte die endlose Müdigkeit und ließ mich neben ihm auf die Knie fallen.

»Ganz ruhig, es wird alles gut«, schluchzte ich hilflos und tastete blind vor Tränen nach seinem Arm.

Mit rasselndem Atem wandte er mir sein Gesicht zu, drückte zaghaft meine Hand. »Ich … ich glaube nicht, Fibs.«

»Doch, natürlich«, krächzte ich, die Tränen schnürten mir die Kehle zu. »Das ist nur eine Fleischwunde. So etwas setzt doch meinen Finley nicht außer Gefecht.«

Ich versuchte mich an einem gequälten Lächeln, was mir mehr schlecht als recht gelang. Er erwiderte es, spuckte dabei allerdings Blut hervor. So sehr ich mich auch bemühte, ich klang nicht überzeugend. Der Abend häufte sich vor Déjà-vus. Noch vor ein paar Tagen war ich selbst in einer ähnlichen Situation gewesen, hatte dabei die Hand von Alex gehalten und nicht daran geglaubt, dass alles wieder gut werden würde. Für mich war eine rechtzeitige Rettung herbeigeeilt. Nun sah die Sachlage anders aus. Wir waren in dem Labor eingesperrt, mit einer verwundeten Wissenschaftlerin und ohne Aussicht auf Befreiung. Selbst wenn Fairchild noch nützlich sein und uns heraushelfen könnte, Finley würde nicht im Krankenhaus behandelt werden. Er hatte keine Verwandten auf dem Hill, die ihm eine Krankenversicherung bezahlten. Und er verlor viel zu viel Blut. Der Gegenstand hatte sein Rückgrat durchstochen, ihn wie ein Schwein aufgespießt. Es war unmöglich, zwei Austrittswunden gleichzeitig abzudrücken, die Blutung irgendwie zu stoppen.

Diese Erkenntnis genügte. Ich wusste, dass Finley diesen Tag nicht überleben würde. Es war sinnlos, ihm etwas vorzumachen, nach tröstenden Worten zu suchen oder ihm zu versichern, dass alles wieder gut werden würde. Denn das würde es nicht. Und er war nicht dumm. Wie ich, wusste er es.

»Fibs«, flüsterte er und drückte meine Hand so fest, als wäre ich diejenige, die starb. »Es ist alles gut. So läuft das nun mal ab.«

Ich schluckte schwer. »Ja, verdammte Scheiße. Ich hatte doch gesagt, dass du nicht mitkommen sollst. Ich hätte dich davon abhalten müssen.«

»Ich bin viel zu stur, um auf dich zu hören.«

»Stimmt auch wieder.« Dieses Mal gelang es mir, zu lächeln.

»Es ist nicht deine Schuld, Fibs«, flüsterte er und seine Mundwinkel zuckten leicht. »Du hast mich gebraucht. Und für dich mache ich alles. Du bist eben du – die Einzige, die je gezählt hat. Ich hoffe, dir ist das klar.«

»Ja, ich weiß.«

Nun konnte ich die Tränen nicht mehr zurückhalten. Ich rückte näher an ihn heran und zog seinen Kopf auf meinen Schoss. Während ich ihm zärtlich über die blassen Wangen strich, fixierte er mich aus halb geöffneten Augenlidern.

»Du musst herausfinden, was hier vor sich geht«, hauchte Finley so leise, dass ich es kaum hörte. »Halte den Pöbel auf. Lass sie nicht gewinnen.«

»Das werde ich«, versprach ich. »Ich schwöre es dir.«

Er grinste wieder. Seine Lider zuckten dabei, der Atem ging flach und der Brustkorb hob sich kaum merklich. Er fühlte sich kalt an.

»Kümmere dich auch um Ash. Vertragt euch«, hauchte er, dann schlossen sich seine Augen für immer.

Plötzlich war es totenstill in dem Raum. Selbst Fairchild hatte ihre hektischen Atemgeräusche kurzzeitig eingestellt. Ich saß nur da und sah zu, wie meine Tränen auf sein friedvolles Gesicht tropften. Es war so ungerecht, so sinnlos. Meinetwegen war er hierhergekommen, ihretwegen in meinen Armen gestorben. Er war noch so jung und unschuldig, es hätte niemals ihn treffen dürfen. Wenn jemand den Tod verdient hatte, dann all diese Menschen, die uns benutzten wie Werkzeuge, die sich selbst zu etwas Besserem erkoren und ohne Rücksicht auf Verluste mit Medikamenten experimentierten.

Ein Schrei entwich meiner Kehle, gefolgt von einem weiteren. Es gelang mir nicht, meine Gefühle zu unterdrücken. Ich schrie alles heraus, all meine Trauer und den Hass, jede Wut und Verzweiflung, die meine Brust zuschnürte. Dabei war es mir egal, dass mich niemand hörte, ich den reglosen Körper meines besten Freundes in den Armen wiegte und hinter mir die verwundete Wissenschaftlerin um ihr Leben kämpfte. Es war mir egal, weil ich alles rauslassen musste, bevor es mich innerlich zerriss. Ich schrie so lang, bis mir die Luft ausging, bis die letzten Tränen über meine Wangen sickerten und ich ins Leere starrte.

Ein letztes Mal berührte ich mit den Lippen Finleys kalte Stirn, bevor ich seinen Kopf vorsichtig auf dem Boden bettete. Jede meiner Bewegungen fühlte sich bleischwer an.

»Es tut mir so leid, Fin«, hauchte ich und löste unsere verschränkten Hände voneinander. »Ich werde alles tun, um sie aufzuhalten. Das verspreche ich dir.«

Ich kniff die Augen zusammen, nahm einen letzten, tiefen Atemzug und zwang meinen zerschundenen Körper in die Höhe. Jeder Knochen schien gegen die Bewegung zu protestieren. Zu gern hätte ich mich neben Finley gelegt und meiner endlosen Trauer freien Lauf gelassen. Doch ich würde mein Versprechen ihm gegenüber halten. Dafür musste ich zuerst hier heraus. Durch den Nebel aus Trauer und Schmerz hatte sich eine Idee geschoben.

Ich wischte mir über die verquollenen Augen, trat ein Stück zurück und ließ den Blick ein letztes Mal auf dem leblosen Körper meines Freundes ruhen. Es kostete mich jegliche Überwindung, dennoch wandte ich mich ab, steckte die Streichholzschachtel vom Tisch ein und fischte die Pistole vom Boden. Fairchild fixierte mich mit schmerzverzerrtem Blick und flachem Atem. Sie hatte sich mittlerweile mit dem Oberkörper an der Glasfront hochgezogen und drückte mit den Händen die Schusswunde ab.

»Wie komme ich hier heraus?«, herrschte ich sie an und zielte mit der Waffe auf ihren Kopf.

Krächzend lachte sie auf. »Wieso sollte ich Ihnen helfen? Ich werde so oder so sterben.«

»Werden Sie nicht. Wenn *Sie* mir helfen, hier herauszukommen, werde *ich* Ihnen ärztliche Versorgung organisieren. Ich bin ursprünglich vom Hill, die Ersthelfer kommen, wenn ich es will. Sie müssen mir nur sagen, wie ich uns hier herausschaffe.«

»Sie werden sterben. Sie hätten nichts davon sehen dürfen.«

»Mag sein, aber es liegt in Ihrer Hand. Sie entscheiden, wie es mit uns beiden zu Ende geht. Wenn Sie hierfür sterben wollen, dann sterben wir«, sagte ich und machte mit der Pistole eine ausschweifende Geste durch das Labor, bevor ich sie wieder gegen ihren Kopf richtete. »Wenn Sie *leben* wollen, haben Sie jetzt die Möglichkeit. Sobald ich draußen bin, verschwinde ich. Es wird niemand erfahren, was hier passiert ist.«

»Ein schöner Plan, der nicht funktionieren wird. Das Labor ist videoüberwacht. Selbst wenn Sie die Aufnahmen löschen, niemand aus dem Slope verlässt Hill City. Das lassen die da oben niemals zu.«

»Was?« Ungläubig stierte ich sie an.

Sie nickte schwach. »Ihr seid hier gefangen. Der Hill lässt nicht zu, dass ein Bewohner des Slopes entkommt und erzählt, was hier vor sich geht. Versucht haben es viele, geschafft bisher niemand.«

Ihre Worte waren wie ein Schlag ins Gesicht, dennoch schluckte ich die Verbitterung darüber herunter. Über ihre Worte konnte ich mir Gedanken machen, wenn ich hier raus war und mein Versprechen gegenüber Finley erfüllt hatte.

»Lassen Sie das mal meine Sorge sein. Von mir erfährt jedenfalls niemand etwas, wenn Sie mir hier heraushelfen. Sie haben die Wahl – leben oder sterben.«

Mehr war nicht nötig, um Fairchild umzustimmen. Es war offensichtlich, dass sie leben wollte. Dafür war sie auf mich angewiesen, so wie ich auf sie.

»Die Tür ist elektronisch verschlossen. In dem Computer dort drüben finden Sie das Entriegelungssystem. Sie müssen sich mit meinem Account einloggen.«

Erleichtert atmete ich aus, als sie mit dem blutigen Finger auf den Holo-Bildschirm deutete. Ich ging zu dem Gerät und klemmte die Pistole unter den Arm. »Was muss ich tun?«

»Berühren Sie das Holo, damit der Bildschirmschoner abgeschaltet wird. Dadurch müsste der Desktop zu sehen sein. Drücken Sie zweimal hintereinander auf die Datei mit dem Wort *Hivision*«, leitete sie mich mit bleierner Stimme an.

Ich setzte ihre Anweisungen um, und prompt erschien ein neues Fenster. Die Eingabe eines Accountnamens und des Zugangscodes wurde gefordert.

»Welche Daten muss ich eingeben?«

»Sie … Sie werden mir doch helfen, ja?«

Mein Blick wanderte kurz zu Fairchild, die mich hoffnungsvoll anstierte. Ich nickte zustimmend und sah wieder auf das Holo zurück. Selbst wenn wir bald aus dem Labor herauskämen, für sie würde vermutlich jede Hilfe zu spät kommen.

»Wenn Sie mit dem Finger auf das Eingabefeld klicken, öffnet sich eine Bildschirmtastatur. Mein Accountname ist Fair39 und der Zugangscode lautet Oblit2.0.«

Ich hinterfragte ihre Informationen nicht. So ungeduldig wie ich war, rief ich noch während sie sprach die Tastatur auf und tippte die Daten ein. Mit einem Piepen öffnete sich ein neues Fenster. Ich scrollte eine Liste herunter und sah mir die Einträge genauer an. Vor mir entfaltete sich *Hivision* – ein ausgeklügeltes Überwachungssystem, das sämtliche elektrische Verriegelungen, Videokameras und Alarmsysteme des Gebäudes auflistete.

»Sie müssen in der Liste das Verriegelungselement des Labors 404 ausfindig machen«, fuhr die Frau stockend fort. »Dahinter müsste in grüner Schrift *On* stehen. Wenn Sie darauf tippen, wird die Tür entriegelt.«

Es dauerte mir zu lange, das Labor 404 herauszusuchen. Daher drückte ich auf jedes On, das zu lesen war. Das Wort änderte sich jedes Mal auf ein rotes *Off*. Das wiederholte ich so lange, bis die Labortür mit ein Klacken aufsprang. Damit war alles tot. Keine Kameras, keine Alarme. Nichts mehr, was mich aufhalten konnte.

»Sie haben es geschafft. Die Tür ist offen. Nun müssen Sie noch die heutigen Speichersätze löschen. Dafür klicken Sie rechts oben auf das Kalenderzeichen, wählen den heutigen Tag mit Doppelklick aus und entfernen die Ordner mit dem roten X.«

Ich folgte ihren Anweisungen und löschte jeden Ordner, den ich finden konnte. Nach vollbrachter Tat schloss ich die Augen, um durchzuatmen. Mir war nicht nach Freude und Erleichterung zumute. Ich musste nur ein Stück zur Seite schauen und den leblosen Körper meines Freundes erblicken, dann würde mich der Schmerz und die Trauer wieder mit sich reißen. Außerdem war mir nicht nur deswegen hundeelend zumute. Die Schmerzmittel verloren langsam an Wirkung. Es war allein meiner Wut zu verdanken, dass ich meine Flucht planen konnte.

Als ich die Augen wieder aufschlug, zögerte ich nicht. Ich steckte die Pistole in den Hosenbund und holte dann mit den Händen aus.

»Hey, was machen Sie da?«, rief Fairchild schockiert.

Ich ignorierte sie. Ich schubste mit einem Knurren sämtliche Gerätschaften vom Tisch, die polternd zu Boden gingen und in tausend Einzelteile zerbrachen. Mit einem Ruck riss ich den Tisch mit dem Laborsystem um, welches Finley aufgespießt hatte. Ich achtete lediglich darauf, dass nichts auf seinen Körper traf.

»Dort sind überaus bedeutsame und wissenschaftliche Aufzeichnungen. Sie können nicht …«

»Und wie ich das kann«, schnitt ich ihr ins Wort und leerte den Inhalt der Schubladen. Den Papierkram zerriss ich in Fetzen, Behälter und Flüssigkeiten kippte ich aus. Nichts sollte mehr an den Ort erinnern, keine Aufzeichnungen oder Verlaufsprotokolle sollten übrig sein, wenn ich fertig war.

»Hören Sie auf«, forderte Fairchild mich abermals auf. Ihre Stimme war so leise, ich hörte sie kaum.

Zu guter Letzt drehte ich das Gas der drei Bunsenbrenner auf.

»Was … was haben Sie vor?«, stieß die Frau erschrocken aus. »Es werden bestimmt noch Kollegen von mir im Gebäude sein.«

»Das ist nicht schlimm, solange sie mich nicht hören«, sagte ich und ging langsam auf sie zu. »Hiermit muss ein für alle Mal Schluss sein. Ich werde alles vernichten.«

»Was?«, krächzte sie, sehr bemüht, nicht der Ohnmacht zu erliegen. »Sie haben gesagt, Sie helfen mir!«

Ich nickte. »Das werde ich auch. Sie haben meinen Freund auf dem Gewissen, sind für all das mitverantwortlich. Ich helfe Ihnen dabei, für Ihre Taten geradezustehen.«

Noch ehe Fairchild realisierte, was ich sagte, griff ich nach der Pistole im Hosenbund, entsicherte sie und drückte ab. Die Kugel durchbohrte ihre Stirn und hinterließ ein kleines, blutiges Loch. Sofort erschlaffte ihr Körper; der Kopf rutschte leblos am Glas herunter, während die leeren Augen zu Boden stierten. Dr. Fairchild war tot.

Ein wimmernder Seufzer entwich mir. Ich war nicht diese kaltherzige Person, die gerade aus mir sprach, doch meine Wut und Trauer verschlangen jeden Funken Anstand in mir, ließen nur den Hass auf all die Menschen des Hills und in diesem Gebäude zurück. Ich hatte nie wirklich vorgehabt, ihr zu helfen. In diesem Moment tat es mir nicht einmal leid. Ihretwegen war Finley gestorben. Und vermutlich wäre sie sowieso verblutet. So hatte ich ihr wenigstens langanhaltende Qualen erspart und ein schnelles Ende gewährt.

Nach einem Augenblick Verschnaufpause bahnte ich mir einen Weg durch das Chaos und riss die Tür auf. Bevor ich den verlassenen Korridor betrat, wandte ich mich das letzte Mal Finleys leblosen Körper zu. Ich konnte nach wie vor nicht begreifen, dass ich nie wieder sein warmherziges Lächeln sehen würde, die unbekümmerte Offenheit erleben durfte. Finley war tot. Er würde hier zurückbleiben und für die Bewohner des Hills und Section als Sündenbock herhalten müssen.

»Es tut mir so leid. Leb wohl, Fin.«

Ich schluckte den Kloß in meiner Kehle herunter und wischte die aufsteigenden Tränen fort. Ich konnte ihm nicht mehr helfen, dafür aber mein Versprechen ihm gegenüber halten. Das war das Einzige, was jetzt noch zählte.

Ich stieß die zweiflügelige Glastür zum hinteren Labor auf, in dem Dr. Lynch seinen Tod gefunden hatte. Auch hier war niemand zu sehen. Das Kühlungssystem war intakt, die rote Sirene durch Hivison ausgeschaltet. Von dem Feuer war nicht mehr viel zu erkennen. Ich überlegte nicht lange und riss alles um, was ich zu fassen bekam, bevor mich doch noch jemand hörte. Bis auf zwei Injektionen mit grüner Substanz, die ich ohne vernünftigen Grund in meinen Hosentaschen verstaute, zerstörte ich alle Flakons und Ampullen aus der Kühlung und drehte das Gas des Bunsenbrenners an.

Als die Verwüstung vollendet war, schob ich mich durch die Notausgangstür, was mir sicherer erschien. Ich zog drei Streichhölzer aus der Packung und entzündete sie an der kühlen Luft. Bevor das brennende Holz erlosch, warf ich es zurück in das Labor auf eine lose Blattsammlung und schloss die Tür hinter mir zu. Ich wusste nicht, ob der Plan aufging, aber ich wollte auch nicht mehr dort sein, wenn es soweit war. Daher schleppte ich mich die Treppe hinunter und suchte nach dem Rollstuhl.

Mir schwirrten so viele Gedanken durch den Kopf, während ich mich auf den fahrbaren Sitz stützte und davonrollte. Allen voran brannte diese brodelnde Wut in mir auf all jene, die mir das aufgebürdet hatten. Die fürchterlichen Dinge, die ich deswegen getan hatte, verdrängte ich bewusst; ich konzentrierte mich allein auf meinen grollenden Zorn. Hayden, Augustus, Fairchild, Lynch, Alex, sie alle hatten mich in meiner schwächsten Stunde kennengelernt. Wenn ich es unbemerkt und heil zurück ins Krankenhaus schaffte, würde mein Plan Form annehmen. Meine Blessuren waren operiert. Jetzt würden sie mein wahres Ich zu spüren bekommen. Ich war ein Mädchen aus dem Slope, das sein Versprechen halten und sich ihnen mit allen Mitteln widersetzen würde. Darauf konnten sie ihre reichen Hintern verwetten. Ich würde tun, was getan werden musste.

Hinter mir donnerte ein ohrenbetäubender Knall durch die Nacht. Ich brauchte nicht hinzusehen, um zu wissen, dass ein Teil der oberen Etage von I.S.R. durch eine Explosion in Flammen aufgegangen war. Alle Beweise für mein Zutun verbrannten mit Finleys und Fairchilds Leichen. Jetzt konnte ich nur noch hoffen, dass mein Verschwinden unbemerkt geblieben war.

Ich biss die Zähne zusammen und kämpfte mich durch die Nacht. Mein bloßer Wille trieb mich voran. Ich ignorierte die Schmerzen, die mich wie ein Mahnmal begleiteten und an all die düsteren Ereignisse erinnerten.

Kurz zuvor

Ich war es bereits gewohnt. Sie ignorierten mich, so als wäre ich Luft, die man einatmete und zum Leben benötigte, der man aber keinerlei Beachtung schenkte. Sie waren so sehr in ihre Unterhaltung vertieft, dass ich bloß wie ein unauffälliger Schatten hinter ihnen herging. Es interessierte sie nicht einmal, dass ich ihnen erst nach kurzem Zögern gefolgt war. Einerseits hatte mich die Neugier getrieben, es mir aus der Nähe anzusehen, andererseits war da dieses sonderbare Gefühl, das mich gestreift hatte. Es war mir schleierhaft, wieso ich plötzlich geglaubt hatte, etwas zu hören. Das war unmöglich. Und doch war in letzter Zeit so viel passiert, dass alles möglich erschien.

Dass sie Dr. Fairchild allein zurückgelassen hatten, überraschte mich nicht. Jetzt, da ich wusste, was sie taten, bestätigte dieses Handeln meine und ihre Einstellung umso mehr. Wie ich waren sie alle egoistisch und rücksichtslos. Die Gier verschlang jeden ehrenvollen Wesenszug und jedes noch so bedeutsame Vorhaben. Allein der Gedanke, dass ich ihnen dabei half, versetzte mir einen Stich. Ich hatte keine Wahl, redete ich mir immer wieder ein, wenn die Zweifel überwogen. Doch so gern ich auch daran glauben wollte, im Endeffekt tat ich es freiwillig. Es war meine Entscheidung, mein Gewissen, das mich zu ihrem Handlanger machte.

Auch wenn eine leise Stimme in mir verlangte, nicht zu gehen, tat ich es dennoch. Lediglich der dunkelhäutige Wissenschaftler blieb im Gebäude zurück, der Rest verteilte sich auf die geparkten Fahrzeuge. Ich verschwand ohne ein Wort im Schatten. Nun, wo sie so siegesfreudig davonfuhren, bot sich mir eine gute Gelegenheit. Ich musste zurück ins Krankenhaus. Eine einzige, quälende Frage in meinem Kopf bedurfte noch einer Antwort. So sehr ich mich auch dagegen sträubte, ich musste die Unwissenheit besiegen. Es war nie meine Absicht. Jede Unterhaltung, jede gute Tat bereute ich bis ins Mark. Jetzt war es mir schier unmöglich, davon Abstand zu nehmen, was meine Schuld war. Jeglicher Versuch des Wegstoßens war gescheitert. Zum einen wegen der grenzenlosen Sturheit, zum anderen auch, weil ich mit jedem Schritt, den ich zurückging, wieder zwei nach vorne gemacht hatte. Ich hatte die Kontrolle verloren. Ich war ein Lügner, ein Betrüger, eben kein guter Mensch. Von mir sollte man sich fernhalten. Und doch war ich selbst nicht fähig gewesen, mich fernzuhalten. Ich hatte alles aufs Spiel gesetzt, Leben gefährdet und immerzu gelogen. Neugier war der Katze Tod. Manchmal wünschte ich mir, dass das auch für mich galt.

Ich kämpfte mich durch die Dunkelheit und kam gut voran. Der Randbezirk schien wie ausgestorben. Niemand kreuzte meine Wege. Ich kannte mich auch bestens aus, um mich ungesehen fortzubewegen. Auf kürzestem Weg erreichte ich den Waldweg, der hinauf auf den Hill führte. Unzählige Male hatte ich diesen Pfad bereits erklommen, doch nie zuvor war es dieses quälende Nichtwissen gewesen, das mich so unerbittlich vorantrieb. Es grenzte an eine Art Besessenheit, die in mir diese widerstrebenden Gefühle auslöste. Und das war falsch. Ich wusste, dass ich es damit nur noch schlimmer machte.

Mitten im Gehen blieb ich stehen. Schon immer war ich der Typ Mensch, der erst jedes Detail zerlegen musste, bevor er den nächsten Fuß nach vorne setzte. Es war mir fremd, übereilte Entscheidungen zu treffen, spontan zu handeln oder auch Nähe zuzulassen. Ich hatte stets ein bestimmtes Ziel vor Augen. Wieso konnte ich nicht einfach nach vorne sehen und meinem eigenen Weg folgen? Warum hatte ich akzeptiert, dass mein Wohl unbedeutend war?

Ich schloss die Augen und gönnte mir ein paar Sekunden Ruhe vor meinen zwiespältigen Gedanken. Während die kühle Luft mir ins Gesicht blies, schwelgten meine Erinnerungen an die schönen Momente zurück. Ein Lächeln, wohlige Wärme wie die Sonne, zarte Berührungen, Stärke. Gemeinsam waren wir stark – ein unverwüstbares Team.

Ich stockte und biss mir auf die Lippe. Panik stieg wieder in mir hoch. Sie war nämlich nicht unverwüstbar. Vor meinem inneren Auge lichteten sich die Bilder. Die vergeblichen Versuche, ein- und auszuatmen, die leichenblasse Haut, das Spucken von Blut. Ich hörte sogar noch immer das Rasseln ihrer Lungenflügel, das Säuseln meines Namens. Und damit kam auch die Erkenntnis zurück. All das war meine Schuld. Diese Gewissheit umhüllte mich plötzlich wie ein Mantel aus Wut und Trauer und ich ballte die Hände zu Fäusten.

»Es tut mir so leid, Little Kitty.«

Ich hatte keine Wahl. Ich durfte nicht schwach werden. Sie wollten mich sowieso nicht da haben, das hatten sie mir mehr als nur einmal verdeutlicht. Ich durfte die Grenze nicht erneut überschreiten, konnte nicht wieder dieselben falschen Entscheidungen treffen, die all den Mist hervorgerufen hatten. Es sah alles danach aus, dass es gut ausging. Und wenn dem so war, durfte ich nicht präsent sein. Wegen mir sollte nicht noch mehr ins Wanken geraten. Auch wenn es mir schwerfiel, mit der Zeit würde sich alles wieder richten und meine Gefühlswelt normalisieren. Mein Rückzug war nötig, um all ihre Leben zu bewahren.

Kurzerhand nahm ich Abstand von dem Plan, den Hill zu besteigen, und kehrte um. Ich stiefelte mit der aufgesetzten Miene, die ich im Laufe der Jahre im Slope perfektioniert hatte, zum Randbezirk zurück. Ich würde meinen Geschäften nachgehen, meinen Plan verfolgen, alles tun, was ich musste, damit *er* das Leben bekam, das mir verwehrt worden war.

Ein lauter Knall brachte mich zum Stehen. Bereits aus der Ferne erkannte ich die Feuerfontäne, die in den dunklen Himmel schoss. Hell und glühend heiß, wie ein unheilverkündendes Déjà-vu. Schockiert sah ich auf das Gebäude, in dem ich noch vor wenigen Minuten zu Gast gewesen war. Nun brachen hohe Flammen aus der oberen Etage von I.S.R., brannten die dortigen Labormauern nieder. Anscheinend war das Projekt noch nicht so ausgereift, wie die Wissenschaftler erhofft und zugesichert hatten. Das war nicht gut, gar nicht gut. Es brachte alles ins Wanken. Der schmale Grat der Hoffnung verlor wieder ein Stück an Breite. Immer, wenn ich mir meiner Sache sicher war, trat das Schicksal nach mir. Als wenn es mich verhöhnte und mir damit zeigen wollte, dass ich den falschen Weg einschlug.

Ich verharrte an Ort und Stelle, beobachtete die lodernden Flammen im Nachthimmel von Hill City und hörte die aufheulenden Sirenen, die alles in Aufruhr versetzten. Trotz der Beklommenheit zuckte auch ein Grinsen um meine Mundwinkel – so verschwörerisch, als hätte ich das Feuer selbst gelegt.

Ende von Band 1

Danksagung

Wie sagt man so schön? Aller Anfang ist schwer. Was die Veröffentlichung dieses Buches betrifft, ist der Satz sehr passend. Ich schreibe, seit ich denken kann, und habe mir nichts lieber gewünscht, als meine Geschichten in die Welt zu tragen. Das größte Problem darin war, ich habe mich nicht getraut, jemanden meine Texte zu zeigen. Mein Kopf quoll über von Ideen, meine Worte füllten Blöcke und Dateien. So viel Schlechtes die Corona-Pandemie auch bewirkte, währenddessen habe ich mich dann endlich getraut, im Rahmen eines Fernstudiums meine Geschichten und Ideen zu teilen. Deshalb gilt mein erster Dank meinem Tutor Michael, der mir nicht nur geholfen, sondern mich auch enorm bestärkt hat.

Vor etwas mehr als zwei Jahren habe ich meinen Instagram-Account @runa_elodies_words gestartet und wollte eigentlich direkt loslegen. Durch die Bookstagram-Community habe ich so viel Neues gelernt, weshalb ich mich erst einmal an drei Kurzgeschichten über Story.one probiert habe, um zu sehen, wie mein geschriebenes Wort bei den Lesern ankommt. Und nachdem das Feedback positiv ausfiel, gab es eigentlich kein Hindernis mehr. Dachte ich zumindest. Ich habe allein eine gefühlte Ewigkeit an der Überarbeitung von Band 1 gesessen, sodass ich zwischenzeitlich selbst nicht mehr daran glaubte, dass es jemals zu einer Veröffentlichung kommt. Neben Test- und Betalesern, Korrektorat und Lektorat habe ich mich selbst am kritischsten betrachtet.

Und das hat alles viel Zeit gebraucht, die ich neben Arbeit, Instagram und anderen Hobbys kaum aufbringen konnte. Daher bin ich umso dankbarer, dass es nun soweit ist.

Bedanken möchte ich mich herzlich bei Caro, T.J. und Daniela für ihre Unterstützung und Anmerkungen, sowie bei Micki von @beyondthepage_designs, die meinem Debütroman die schöne äußere Hülle geschenkt hat.

Darüber hinaus danke ich meinen Test- und Betaleser*innen:

@elliandkimslibrary

@monis.leseecke

@ninis.buecherzeilen

@aditu.in.wonderland

@hannah_mauritz_urbanfantasy

@fix.your.fantasy

@kerstin_gangl

@booksandbobas

@artandbookish

@gif.me.books

(meine liebe Wegbegleiterin)

@autorchristophbaumann

(ich schulde dir noch einen Kasten Bier 😊).

Ihr habt mich durch eure lieben Worte und Begeisterung darin bestärkt, dass Slopeside es wert ist, erzählt zu werden. Gleichzeitig habt ihr mir mit scharfsinniger und konstruktiver Kritik geholfen, das Beste aus der Geschichte herauszuholen. Ohne euch wäre sie nicht das, was sie nun ist.

Ein weiterer Dank geht an meine Blogger, für eure Unterstützung, Rezensionen und Sichtbarkeit von Slopeside.

Mein größter Dank gilt aber Euch da draußen, meinen Leser*innen. Es ehrt mich, dass Ihr Fibs und Alex eine Chance gegeben habt. Wie die Story weitergeht, wird natürlich noch nicht verraten, aber lasst Euch gesagt sein, nichts ist so wie es scheint. Jedes Detail ist wichtig und erst am Ende schließt sich der Kreis. Deshalb hoffe ich, wir lesen uns wieder in **Slopeside – Was das Versprechen verlangt.**

Eure Runa Elodie

Über die Autorin

Runa Elodie Doe wurde 1988 in Hessen geboren und liebt, wie man so hört, das Lesen und Schreiben schon seit Kindertagen an. Nebenbei arbeitet sie als Verwaltungsmitarbeiterin im öffentlichen Dienst, hat sehr erfolgreich einen Fernkurs zu Literatur und kreativem Schreiben abgeschlossen und ist ehrenamtlich in verschiedenen Institutionen engagiert.

Seit einiger Zeit schon widmet sie sich ihrer Leidenschaft und verarbeitet ihren Alltag und ihre Gedanken in Kurzgeschichten und Romanen.

Auf ihrem Instagram-Account **@runa_elodies_words** teilt sie zudem Buchempfehlungen und Fortschritte zu ihren Arbeiten.

Für weitere Informationen schaut gerne vorbei:

Weitere Geschichten der Autorin:

Stars and Birds
Eine Story.one-Rockstar-Romanze

Schillernde Farben, paillettenbestickte Chucks, eine ungewöhnliche Vorliebe für Obst.
Studentin Melody hält nicht viel von dem farbenfrohen Geplänkel des Showbusiness und ist Perfektionistin darin, ihre Gefühlswelt hinter bissigen Kommentaren und einem taffen Auftritt zu verschleiern. Daher ist sie auch wenig begeistert, als sie bei einem Popkonzert Backstage arbeiten muss. Was allerdings als nervenaufreibende Herausforderung beginnt, entwickelt sich zu einem aufschlussreichen Abend und offenbart ihr eine neue Sichtweise dieser bunten, freizügigen Welt. Plötzlich lässt nicht nur der Junge in den viel zu engen Jeans seine Maske fallen...

Flying Little Butterfly
Eine Story.one-Dystopie

»Wenn der Mensch nicht aus den Fehlern der Vergangenheit lernt, wird auch die Zukunft fehlerhaft sein. Wer wird dann noch bereit sein, für seine Träume und Ziele einzustehen?«
Mercy hat sich bereits mehrfach der autoritären Regierung ihres Landes widersetzt, um ihrem Traum von einer Zukunft in Freiheit näherzukommen. Bisher blieb es jedoch nur Wunschdenken. Als sie dann aber dem Rebell Jamie begegnet, bietet sich ihr plötzlich eine neue Gelegenheit, um dem Martyrium aus Hass und Unterdrückung zu entkommen. Und sie macht sich bereit, wie ein Schmetterling davonzufliegen.

Bei Amazon auch als eBook erhältlich.